# AMANDA JENNINGS
Ich will dein Leben

Weitere Titel der Autorin:

Euer dunkelstes Geheimnis

**Über die Autorin:**

Amanda Jennings unterrichtete Kunstgeschichte an der Cambridge University und war bei der BBC in der Produktion tätig. Sie hat mehrere psychologische Spannungsromane geschrieben, die auch international veröffentlicht wurden. ICH WILL DEIN LEBEN ist ihr neuester Roman und spielt in Cornwall, wo Jennings viel Zeit während ihrer Kindheit verbrachte. Heute lebt sie in Henley mit ihrem Mann und ihren drei Töchtern.

AMANDA JENNINGS

# ICH WILL DEIN LEBEN

ROMAN

Aus dem Englischen
von Christina Neuhaus

lübbe

Dieser Titel ist auch als E-Book erschienen

Vollständige Taschenbuchausgabe

Deutsche Erstausgabe

Für die Originalausgabe:
Copyright © 2018 by Amanda Jennings
Titel der englischen Originalausgabe: »The Cliff House«
Originalverlag: HQ, an imprint of
HarperCollins*Publishers* Ltd, London

Für die deutschsprachige Ausgabe:
Copyright © 2020 by Bastei Lübbe AG, Köln
Textredaktion: Ulrike Brandt-Schwarze, Bonn
Umschlaggestaltung: Manuela Städele-Monverde
Unter Verwendung von Motiven von © Yolande de Kort /
Trevillion Images, © Maurizio Blasetti / Trevillion Images
und © ShotPrime Studio / shutterstock
Satz: Dörlemann Satz, Lemförde
Gesetzt aus der Garamond
Druck und Verarbeitung: GGP Media GmbH, Pößneck
Printed in Germany
ISBN 978-3-404-18021-9

2 4 5 3 1

Sie finden uns im Internet unter www.luebbe.de
Bitte beachten Sie auch: www.lesejury.de

Wenn man Glück hat, kann eine einzige Fantasie
eine Million Realitäten verwandeln.
*Maya Angelou*

# Prolog

Du setzt dich hin und nimmst sie von deinem gewohnten Platz aus ins Visier.
Ich beobachte.
Mit meinem kleinen Fernglas.
Dort, wo du dich niedergelassen hast, ist das Gras flach gedrückt. Und da, wo du mit deinen Füßen gelegentlich vor und zurück scharrst, um die Zeit totzuschlagen, ist schon die nackte Erde zu sehen. Die lila Folie eines Schokoriegels, den du vor einer Woche hier gegessen hast, schimmert neben dir in dem sandfarbenen Gestrüpp. Traurig kreischende Möwen ziehen über dir ihre Kreise, hoch über den sich brechenden Wellen und der salzigen Gischt, kaum mehr als kleine Punkte am Himmel.

Wie ein Kalksteinmonolith erhebt sich das Haus auf der windgepeitschten Klippe. Manchmal stellst du dir vor, dass jemand, vielleicht Gott, es aus einem einzigen riesigen Marmorblock herausgehauen hat, glatt und weiß mit klaren Linien und schnurgeraden Kanten und riesigen Glasscheiben, auf denen sich Meer und Himmel wie auf einer Kinoleinwand widerspiegeln. Stolz und trotzig steht es da, ein Fremdkörper an dieser Küste, die geprägt ist von verwitterten Cottages, eingefallenen Minenschächten und aus trockenem Seegras und alter Angelschnur gebauten Bodennestern. Sein Herzschlag ist regelmäßig. Er wummert in deinen Ohren. Macht dich fast taub, während du verfolgst, wie sie wie Geister von einem Raum in den anderen schweben, um schließlich auf der Terrasse zu erscheinen, wo die ausgelassene Küstenbrise an Kleidern und Haaren zerrt.

Er setzt sich an den schmiedeeisernen Tisch. Du hältst den Atem an, während er seinen Drink in einem Glas mit Facettenschliff, in dem sich das Licht bricht, hin und her schwenkt. Es ist, als könntest du das Klirren der Eiswürfel hören, auch wenn dir klar ist, dass das unmöglich ist. Die Fantasie spielt dir einen Streich, denn du bist viel zu weit entfernt, um überhaupt etwas zu hören.

Obwohl du dir natürlich wünschst, es wäre anders.

Sie rückt ihre Sonnenbrille zurecht und hält das Gesicht in die Sonne, schließt die Augen wie eine Katze, die die Wärme genießt. Du siehst, wie sie auf der Gartenliege ein Stückchen herunterrutscht, dann ein Bein ausstreckt, bis ihr Fuß den Rand des schwarz gefliesten Swimmingpools berührt. Ihre Haut ist gebräunt und samten und erinnert an Karamell. Kurz stellst du dir vor, wie du sie mit der Zungenspitze berührst, um die sahnige Süße zu schmecken. Du erschauderst, als sie ihren Zeh ins Wasser taucht. Zarte Wellen breiten sich auf der tintendunklen Oberfläche aus, die farblich perfekt mit den altersgeschwärzten Felsen an der Küste Cornwalls harmoniert.

Du scannst das Haus. Das Fernglas drückt hart in dein Gesicht. Du schwenkst hinauf zu den Fenstern im Obergeschoss. Hinauf zum Schieferdach, das hier und da mit gelblichen Flechten gesprenkelt ist. Hinunter zu den riesigen Gunnerablättern, die den in lebhaften Farben erstrahlenden Garten teilweise überschatten. Eine Oase an dieser rauen, salzzerfressenen Steilküste.

*Ich beobachte.*

Du wendest dich wieder dem Mann zu. Dein Blick folgt dem Schwung seiner Schulter. Du studierst die Neigung seines Kopfes. Wie er das Glas mit seinen Fingern zu liebkosen scheint, während er sich ganz auf die Lektüre seiner Zeitung konzentriert. Er hat die Beine übereinandergeschlagen. Ein Fuß ruht auf dem Knie. Blaue Lederschuhe – die du so sehr magst – schmiegen sich um seine Füße wie Cinderellas Pantoffeln.

*Etwas, das mit P beginnt.*

Die Frau bewegt sich, was deine Aufmerksamkeit erregt. Verlagert ihr Gewicht, als sie ihren Körper streckt und den Rücken durchbiegt. Sie legt einen Arm über ihren Kopf, sacht streicheln ihre Finger etwas Unsichtbares. Unter dir donnern die Wellen gegen die Felsen, und ein salziger Geruch hängt in der warmen trockenen Luft. Zwei junge Klippenmöwen, durch deren Flaum sich die ersten richtigen Federn schieben, schubsen sich in sicherer Entfernung lautstark herum. Du schaust ihnen noch eine Weile zu, dann widmest du deine Aufmerksamkeit wieder der Terrasse.

Ihr und ihm.

Dem Haus mit den weißen Mauern.

»Mit meinem kleinen Fernglas beobachte ich etwas, das mit P beginnt«, flüsterst du.

Der Mann hebt sein Glas und nimmt einen Schluck. Die Frau fährt sich mit der Hand durch das honigblonde Haar.

*Perfektion.*

»Ich beobachte Perfektion.«

# EINS

### Heute

*Ich lehne an der Arbeitsplatte und betrachte sie. Ihre Hand liegt locker auf dem Tisch. Sie sieht mich an, reglos, teilnahmslos. Würde ich sie nicht so gut kennen, wäre das zermürbend.*

*Es ist kühl im Haus, und ich reibe meine Arme, um mich ein wenig zu wärmen. Es freut mich zu sehen, dass sie gut ausschaut mit ihrem glänzenden Haar, der makellosen Haut und den leuchtenden Augen. Keine von uns sagt ein Wort. Die Stille ist nicht unbehaglich, aber ich weiß, dass sie nicht lange anhalten wird. Sie ist ja aus einem ganz bestimmten Grund gekommen.*

*Wie immer.*

*Unfähig, noch länger zu schweigen, sage ich: »Also dann, heraus damit.«*

*Sie hebt eine Augenbraue. »Ich habe mich gerade erinnert.« Ihre Stimme überrascht mich immer wieder aufs Neue, weich und melodisch klingt sie, fast singend.*

*»An den Sommer damals?«*

*»Ja.« Ihr Gesicht ist wie ein Mühlteich, der Ausdruck friedvoll und ruhig. Natürlich trügt der Schein. Unter der Oberfläche treibt ein wirres Knäuel aus Fragen und Gefühlen. »Aber meine Erinnerungen sind verschwommen, fast so wie ein verblassender Traum.«*

*Ich wende mich von ihr ab. Schaue aus dem Fenster. Ein Riss verläuft schräg übers Glas. In den Ecken hängen verstaubte*

*Spinnweben. Der Lack am Rahmen blättert ab, und an den Kanten sind Rostflecken zu sehen. Zu gern würde ich es öffnen. Ein schwerer Schimmelgeruch hängt in der Küche, der mich fast würgen lässt, und ich bin keinesfalls sicher, dass ein geöffnetes Fenster viel daran ändern würde. Also lasse ich es geschlossen.*

*Der Himmel draußen hat eine Farbe wie ein alter Bluterguss. Tief und schwer hängt er über der Landschaft und kündigt ein Gewitter an. Schon klatschen die ersten Regentropfen gegen das Fenster, laufen in unregelmäßigen Bahnen an der Scheibe herunter und vereinigen sich zu immer breiteren Bächen. Ich schließe die Augen und höre das entfernte Echo von Edies Lachen. Mich an sie zu erinnern bringt den Geruch von Seegras zurück, das dort vor sich hin trocknet, wo die Springflut es zurückgelassen hat, den Salzgeruch des Tangs, der mit der Sommerbrise herangetragen wird, und das Gefühl der sonnenwarmen Terrasse unter meinen Füßen. Meine eigenen Erinnerungen sind kristallklar. Jede Einzelne von ihnen so scharf und lückenlos, als wäre alles erst von wenigen Stunden geschehen.*

*Edie und ich, wir sind uns am ersten Ferientag des Jahres 1986 begegnet. Bis zu jenem Moment kannte ich weder ihren Namen, noch wusste ich, wie sie aussah. Ja, ich wusste nicht einmal, dass sie existierte.*

*Aber ich wusste, wo sie wohnte.*
*Denn ich kannte das Haus auf der Klippe.*

# ZWEI

**Tamsyn – Juli 1986**

Als ich wach wurde, sprang ich sofort aus dem Bett. Es war der erste Tag der Ferien, und ich konnte es kaum erwarten, von hier zu verschwinden.

Ruhig lag das Haus da, die Stille, die mich umgab, war dick wie Erbsensuppe. Mum war schon bei der Arbeit, und mein Bruder befand sich in seinem Zimmer, hinter fest verschlossenen Türen. Ich wusste, er schlief noch, dazu musste ich nicht mal nachsehen. Schlafen war so ziemlich alles, was er tat, seit die Zinnmine geschlossen worden war. Auch Grandpa war auf seinem Zimmer. Obwohl es eigentlich nicht sein Zimmer war, sondern das von Mum und Dad. Aber nachdem mein Großvater bei uns eingezogen war, hatte Mum sich ein Klappbett ins Wohnzimmer gestellt. Sie wollte, dass er es gemütlich bei uns hatte. Wegen seiner Lungenkrankheit, erklärte sie. Ich weiß noch, wie der Mann von der Halde kam, um das Bett meiner Eltern abzuholen. Jago hatte es auf die Straße geschleppt, dann sahen wir drei zu, wie der Mann und sein Kumpel es auf den Laster wuchteten. Im Austausch gegen ein Sixpack Bier. Auch wenn Mum das Ganze nicht kommentierte, war ihr doch anzusehen, dass sie traurig darüber war. Aber, wie sie sagte, Grandpa brauchte den Platz, und ein Sessel nützte ihm mehr als ein Doppelbett.

Seine Tür stand einen Spalt weit offen, und da saß er in seinem Sessel, nachdenklich über ein Puzzle gebeugt, dessen

Teile auf dem kleinen Tisch vor ihm verstreut waren. Ich beobachtete ihn ein paar Minuten, bereit zu lächeln, falls er mich bemerkte, aber er rührte sich kein bisschen, starrte nur unverwandt auf den Tisch.

Ich wandte mich ab und ging hinüber zu dem Wäscheschrank auf dem Treppenabsatz. Den benutzte Mum nun für ihre Sachen. Die früher darin aufbewahrten Laken und Handtücher hatte sie in einem Karton verstaut, der nun in einer Ecke von Grandpas Zimmer stand. Dann hatte sie die unteren Regalbretter herausgenommen und eine Kleiderstange in den Schrank eingebaut. Die bestand aus einer langen Kiefernstange aus dem Baumarkt, die sie mit unserer rostigen Säge auf die richtige Länge gebracht hatte. Damals dachte ich, dass sie das wirklich gut hingekriegt hat, wo sie doch nicht Dad ist.

Ich öffnete den Schrank und starrte auf die Kleider und die Schuhe, die sorgsam darunter aufgereiht standen. Auf dem obersten Brett lagen einige Schachteln, in denen Mum Gürtel und Ohrringe, ihre Wintermütze und einen Schal aufbewahrte. Ich fuhr mit den Fingern über die Kleider auf den Bügeln, genoss es, die unterschiedlichen Stoffe zu fühlen, während ich nach etwas Hübschem Ausschau hielt. Etwas Passendem.

Mein Blick blieb an ihrem Regenbogenkleid hängen, und ich lächelte. »Perfekt.«

Ein Schauer der Erregung erfasste mich, als ich das gute Stück mit ins Badezimmer nahm und hinter mir die Tür schloss. Ich ließ meinen Morgenmantel zu Boden fallen und schlüpfte in das Kleid. Zog es an den Hüften und der Taille glatt. Spürte, wie der Kreppstoff dabei rau über meine Haut strich. Mum bewahrte ihre Kosmetika in einer geblümten Kulturtasche auf. Diese stand auf einem metallenen Rollwagen unter dem Waschbecken gleich neben der Duschhaube, der Kordelseife, die niemand benutzte, und einer Flasche Oil of

Olaz, die Jago und ich ihr zum letzten Geburtstag geschenkt hatten. In der Tasche fanden sich ein Döschen Kompaktpuder, den sie nie auflegte, eine eingetrocknete Mascara und ihr Lippenstift. Den nahm ich heraus und hob den Verschluss ab. Dann drehte ich das scharlachrote Innere aus der Hülse, hielt den Lippenstift an meine Nase und atmete tief ein. Der Geruch weckte Erinnerungen an eine Zeit, als ich noch jünger war und meine Eltern sich fein gemacht hatten, um vielleicht – wenn es eine besondere Gelegenheit war – zu dem Italiener in Porthleven zu fahren, den sie so sehr liebten. Ich stellte mir vor, wie Mum sich für Dad leicht im Kreis drehte, sah ihn mit leuchtenden Augen lächeln und ihr einen Kuss auf die Wange drücken. Sie war schmerzhaft, die Erinnerung an damals. Damals, als sich unser Haus noch wie ein Zuhause angefühlt hatte.

*Zuhause.*

Nicht mehr als eine Erinnerung. Undeutlich und verblassend. Ich betrachtete mich im Spiegel über dem Waschtisch und suchte nach dem zehnjährigen Mädchen, das an diesem einst glücklichen Ort gelebt hatte. Aber das war lange her. Ich holte tief Luft und strich mit der Fingerspitze über den blutroten Lippenstift, nahm etwas von der wachsartigen Substanz ab und verteilte einen Hauch davon auf meinen Lippen. Ich ließ den Lippenstift zurück in die Kosmetiktasche fallen und schloss den Reißverschluss. Dann bewegte ich mich hin und her, um das Regenbogenkleid zum Schwingen zu bringen, und stellte mir vor, wie mein Vater bei dem Anblick lächelte.

Ich ging nach unten und warf einen Blick ins Wohnzimmer. Ihr Bett hinter dem Sofa war ordentlich gemacht. Die gefaltete Zudecke und das Kissen lagen obenauf. Durch einen Spalt in den Vorhängen fiel ein Sonnenstrahl darauf. Ich ging weiter in die Küche. Auf dem Tisch standen zwei Tassen. Eine wies am Rand einen Hauch von Lippenstift auf, die andere nicht. Der Anblick machte mich wütend. Ich schnappte mir beide Tassen und ging zum Spülbecken. Dort öffnete ich den Wasserhahn, spritzte Spülmittel in jede Tasse und nahm den Schwamm zur Hand. Die ohne die Lippenstiftspuren bearbeitete ich am heftigsten. Wie hatte er es bloß in diese Küche hineingeschafft? Ich schrubbte, wollte jede Spur von ihm auslöschen, dann trocknete ich die Tassen ab und stellte sie zurück in den Schrank. Gleich darauf verteilte ich Bleichmittel auf dem Tisch und scheuerte sorgfältig jeden Zentimeter der Platte, jede Kante und jede Ecke.

Der stechende Geruch des Bleichmittels hing in der Küche, doch meine Gedanken kreisten schon wieder darum, von hier zu verschwinden. Ich stellte mich auf die Zehenspitzen und angelte nach der verbeulten alten Keksdose auf dem Kühlschrank. Darin befand sich der hauseigene Krimskrams, wie Mum die Sammlung immer nannte: Sicherheitsnadeln, Bleistiftstummel, ein paar verrostete Schrauben und Nägel sowie eine Reihe von Schlüsseln. Die kribbelnde Aufregung breitete sich von meinem Arm bis in meine Magengrube aus. Ich nahm den Schlüssel mit dem grünen Anhänger, schob ihn in die Tasche des Regenbogenkleides, stellte die Dose wieder an ihren Platz und schnappte mir meine Tasche vom Haken im Flur.

Als ich die Haustür hinter mir zugezogen hatte, entspannte sich jeder Muskel meines Körpers. Ich ließ unsere Straße hinter mir und machte mich auf den Weg zur Landspitze. Ich lächelte, als mir der Wind spielerisch das Haar ins Gesicht wehte. An diesem Tag hatte das Meer exakt die gleiche Farbe wie Grandpas liebster Guernsey-Pullover, dazu war es mit Diamanten aus Sonnenlicht gesprenkelt. Hoch über mir zog eine Handvoll Seemöwen ihre ausgedehnten Runden, ihre entfernten Schreie klangen geradezu frohlockend. Ein fast perfekter Tag.

Wie immer musste ich an meinen Vater denken. Es war mir unmöglich, diesen Weg zu gehen, ohne mich nicht daran zu erinnern, wie er mich auf unseren Spaziergängen zum Cape Cornwall an der Hand gehalten hatte. Oder wie ich oft fast rennen musste, um den Anschluss nicht zu verlieren. Noch immer sehe ich das Buch vor mir, das er stets in seiner Gesäßtasche bei sich trug. Das mit den vielen Eselsohren und dem Abdruck einer feuchten Teetasse auf dem Einband. Ich erinnere mich, wie er es hervorholte, sobald er einen Vogel erspähte, es rasch durchblätterte, bevor er mich zu sich heranzog.

*Siehst du den da?*

Er deutete auf den Vogel, und meine Wange berührte sein stoppeliges Gesicht. Der Vogel war mir egal, wichtig war nur das Gefühl, Dad nahe zu sein.

*Ein Goldregenpfeifer.*

Andächtig lauschte ich, während er mir alles zu dem Tier erzählte. Dass sein zoologischer Name aus dem Lateinischen – oder war es aus dem Griechischen? – stamme, weil sich die Regenpfeifer bei Wetterumschwung zusammenscharen. Nach seinem Tod ist auch der letzte Hauch von Interesse an Seevögeln mit ihm gegangen. Aber manchmal, wenn ich ihn am meisten vermisse, tue ich so, als hätte ich sie ebenso sehr geliebt wie er. Dann beobachte ich sie durch das Fernglas, wie sie auf den Felsvorsprüngen balancieren oder sich auf der Jagd nach Fischen kopfüber in die Fluten stürzen. Dann versuche ich, mich an ihre Namen zu erinnern, die Größe ihrer Population und die Farbe ihrer Eier.

Auf dem Parkplatz von Cape Cornwall standen nur vier Autos. Aber es war ja auch noch früh am Tag. Später würden hier die Wagen Stoßstange an Stoßstange stehen, alle mit einem National-Trust-Aufkleber an der Windschutzscheibe und wollenen Picknickdecken und Regenmänteln im Kofferraum. Ich bog auf den Küstenpfad ein und stieg hinauf zur Klippe, wo der Wind heftiger wehte und mir eine Gänsehaut bescherte. Ich schlang die Arme um meinen Körper und ärgerte mich, dass ich keinen Pulli mitgenommen hatte.

Durch die vielen Spaziergänger, die von Botallack zum Cape wanderten und dann in den seitlich mit Segeltuch geschützten und mit Sicherheitsleinen ausgerüsteten Ausflugsbooten nach Sennen Cove weiterfuhren, war der Fußweg ziemlich ausgetreten. Mein Körper vibrierte vor Erregung, als die saftigen Weiden zu meiner Linken in wildes Heideland übergingen. Das Violett des Heidekrauts, das Grün des Farns und das Gelb der stacheligen Ginsterbüsche lagen wie ein farbenfroher Teppich zu meinen Füßen. Als ich innehielt und die Augen schloss, konnte ich das Rascheln der Wühlmäuse hören. Sie versteckten sich wohl vor dem Sperber, der mithilfe der Thermik über uns seine Kreise zog.

Als der Fußweg eine scharfe Linkskurve machte, durchlief mich ein erwartungsvolles Prickeln. Noch vier Stufen bis zum steinernen Herzen. Ich zählte mit, die Augen starr auf den Weg vor mir gerichtet.

*Eins. Zwei. Drei.*
*Vier.*

Da war er, der Stein. Und er hatte tatsächlich die Form eines perfekt gearbeiteten Herzens. Grau und poliert lag er da, mitten in einem Bett aus Gras, das sich um ihn schmiegte wie das Meer um eine Insel. Ich stellte mich mit beiden Füßen darauf und hob langsam den Kopf.

Mir stockte der Atem.

Weiß schimmerte das Haus in der Sonne. Ein Leuchtturm

auf den Klippen. Und wie immer traf mich seine Schönheit wie ein Schlag. Dann sah ich meinen Vater vor mir, wie er mit seinen langen Beinen den Weg entlangging, während er die Arme energisch im Rhythmus seiner Schritte schwang. Jetzt drehte er sich lächelnd zu mir um, winkte mich herbei.

*Beeil dich!*

Der Wind zerrte an seinem Haar und trieb ihm die Tränen in die Augen.

*Ist das nicht wunderschön?*

»Ja, das ist es, Dad.«

Als er sich wieder umwandte, um weiterzugehen, lächelte auch ich, dann verfiel ich in einen Trab, um mit ihm Schritt zu halten.

# DREI

**Tamsyn – Juli 1986**

Über den grasbedeckten Abhang stieg ich weiter hinauf bis zu dem mit Flechten überwucherten Felsenkliff. Ich holte das Fernglas meines Vaters aus der Tasche, hängte es mir mit dem Lederriemen um den Hals und liebkoste das kühle Metall mit dem Daumen.

Das war unser Platz gewesen. Hierher hatte er mich immer mitgenommen, um das Meer und die Vögel zu beobachten. Ein Klippenvorsprung mit aufragenden Felsen, die uns vor Wind und Wetter schützten, und einem Blick bis zum weit, weit entfernten Horizont. Zu unserer Linken lag Sennen Cove, zu unserer Rechten das Haus auf der Klippe.

Und es war auch der Ort, wo meine Erinnerungen an ihn am stärksten waren. Genau hier sah ich ihn deutlich vor mir, in den lebendigsten Farben und in allen Details. Die Schweißflecken, die an manchen Stellen sein T-Shirt dunkel färbten. Die vereinzelten Tropfen, die auf seiner Stirn glitzerten. Ich konnte ihn sagen hören, wir sollten das Beste aus diesem Sonnentag herausholen, da sich das gute Wetter bestimmt nicht halten würde. Weil ein Sturm heranzog. Und wie ich so dasaß und das Haus beobachtete, konnte ich ihn wieder ganz nah bei mir fühlen.

*Ist das nicht wunderschön, Tam?*

Er sprang auf die Füße, nahm meine Hand und zog mich mit sich zurück auf den Pfad und zu dem Eisenzaun, der den

Garten umgab. Als er sich anschickte, das Törchen zu öffnen, wich ich zurück.

*Dürfen wir das denn?*
*Keiner da.*
*Bist du sicher?*

Ich hob das Fernglas an meine Augen und checkte Haus und Auffahrt. Keine Bewegung, kein Licht, keine geöffneten Fenster. Auch kein Wagen, der vor dem Haus parkte. Ich ließ mir Zeit, um sicherzugehen, dass wirklich niemand da war. Dann verstaute ich das Fernglas wieder in meiner Tasche und ging zurück zum Fußweg.

Der weiß lackierte Zaun war hier und da mit Rost bedeckt, der sich in hellbraunen Schlieren am Metall heruntergefressen hatte. Ich lief bis zu dem Tor und schob es nur so weit auf, dass ich mich hindurchquetschen konnte, ohne dass es in den Angeln quietschte. Der weiche Rasen leuchtete smaragdgrün und war von einem Gärtner, der immer mittwochsnachmittags kam, zu einem typischen Streifenmuster gemäht worden. Und der nach seinem Eintreffen erst mal in die Büsche pinkelte, nicht ahnend, dass ich ihn dabei beobachtete. Die Rasenfläche reichte vom Tor bis zum Haus und war von prächtigen Blumenbeeten gesäumt, in denen Pflanzen in allen Farben wuchsen. Zwischen den Blüten schwirrten Insekten geschäftig hin und her. Einige der Gewächse hatte ich in Dads Buch *Der umfassende Führer durch die Flora und Fauna von Cornwall und Devon* nachgeschlagen und mir viele ihrer Namen eingeprägt. Keulenlilie, Grasnelke, rote und lilafarbene Mohnblumen, Neuseelandflachs, blühender Meerkohl und viele andere, an die ich mich nicht mehr erinnerte, wuchsen zwischen Bambusstauden und blauen Hortensiensträuchern. Es gab dekorative Farne, die eigentlich aus dem tropischen Regenwald stammten, Schmucklilien und Mammutblatt-Pflanzen mit riesigen

Blättern, als wären sie geradewegs aus *Alice im Wunderland* hierher verpflanzt worden.

Als ich die Terrasse erreicht hatte, blieb ich stehen und schaute an dem Haus hinauf. Es schien mich zu umfangen wie eine wärmende Decke. Die Luft knisterte vor Elektrizität, und das Geschrei der Brachvögel drang an meine Ohren, als ich das salzbefleckte Weiß der Mauern und die geisterhaft vorbeiziehenden Wolken in den großen Fenstern in mich aufnahm. Laut Dad war das Gebäude zwischen den Weltkriegen von jemandem, der ein riesiges Tabakpflanzer-Vermögen geerbt hatte, in einem Stil erbaut worden, den man Art déco nannte. Der Mann hatte es seinerzeit seiner amerikanischen Frau, die eine Schwäche für Cornwall hatte, zum Geschenk gemacht. Schwer zu glauben, dass hier in St Just mal eine richtige Amerikanerin gewohnt haben sollte. Ich stellte mir vor, wie sie über diese Terrasse geschlendert war und dabei Amerikanisch gesprochen hatte. Eine Frau in weißen Slacks und mit silbernem Zigarettenetui wie eine Diva, wie Lauren Bacall.

Den größten Teil der Terrasse nahm der prächtige Swimmingpool ein. Er war rechteckig mit einer halbkreisförmigen Treppe am einen Ende und mit tiefschwarzen Mosaikfliesen gekachelt. Ich ging zum Rand des Beckens und trat mir hinten auf die Turnschuhe. Sofort glaubte ich, die mahnende Stimme meiner Mutter zu hören.

*Trampel sie nicht an der Ferse runter. Mach die Schnürsenkel auf. Wir haben kein Geld für neue.*

Die Steinplatten unter meinen Füßen waren warm. Ich stellte meine Tasche neben den Schuhen ab und starrte in den Pool. Das Wasser war spiegelglatt, nicht die kleinste Unebenheit war zu erkennen. Wie die Fenster des Hauses reflektierte es den Himmel wie ein schwarzer Spiegel. Als ich mich bückte und einen Finger eintauchte, hörte ich das Echo seiner Stimme. Sah, wie er mich anlächelte. Sah das Glitzern in seinen Augen. Kleine Wellen breiteten sich aus, wo ich die Wasseroberfläche berührt hatte. Nur kurz veränderte sich das Licht auf dem gekräuselten Wasser.

Einer ihrer Schals lag auf der Sonnenliege, die mir am nächsten stand, und ich hob ihn auf. Weich umschmeichelte die Seide meine Finger. Ich hielt ihn an mein Gesicht und holte tief Luft. Er roch nach ihrem Parfüm, ein schwerer Duft, unter den sich ein Hauch von Kokosnuss mischte, der von ihrem Sonnenöl stammte. Ich schlang mir den Schal um den Hals, so, wie ich es bei ihr hunderte Male gesehen hatte.

Immer wieder hatte ich das Haus der Davenports beobachtet, seit sie es vor zwei Jahren dem älteren Ehepaar abgekauft hatten, das nach Spanien gezogen war. Ich weiß nicht mehr genau, warum ich das erste Mal wieder zu dem Aussichtspunkt gegangen war, um es mir anzusehen. Bis zu jenem Tag hatte ich genau das immer vermieden, weil ich den Gedanken, hierher zurückzukehren, zu bitter fand. Zu viele Erinnerungen daran, was ich mit dem Tod meines Vaters verloren hatte. Aber irgendetwas hatte mich dann doch neugierig gemacht. Vielleicht lag es an den Gerüchten, die sich in St Just wie ein Lauffeuer verbreitet hatten. Ein berühmter Schriftsteller. Seine schöne, elegante Frau. Ein Londoner Paar, das seine exaltierte Lebensart nach West Penwith brachte. Vielleicht lag es aber auch daran, dass mir, wenn jemand das Haus erwähnte, auch lebhafte positive Erinnerungen kamen. Was auch immer der Grund für meinen ersten Besuch war – ich wusste vom ersten Moment an, dass es nicht der letzte sein würde. In der Sekunde, da ich das Haus aus der Ferne sah, hatte es mich in seinen Bann geschlagen. Die Verbindung war noch immer da. Und als ich dann damit anfing, sie – Mr und Mrs Davenport –

zu beobachten, wurde die Verbindung noch enger. Ich wurde mehr und mehr in ihr Leben hineingesogen. Zu dem Haus zu gehen wurde zu einer berauschenden Mischung aus Erinnerungen an meinen Vater und einer träumerischen Flucht aus der Wirklichkeit.

Inzwischen kannte ich die Routine der Davenports. Sie kamen nur an den Wochenenden. Meist reisten sie am Freitagnachmittag an und montagvormittags wieder ab. Sooft es ging, machte ich mich also freitags auf den Weg zum Aussichtspunkt, das Fernglas im Anschlag, und hoffte, schon bald das Röhren des Jaguars in der Auffahrt zu hören. Manchmal kamen sie auch nicht. Aber das konnte ich nie im Voraus wissen. Auch wenn Mum jede Woche dort hinging – ob sie nun da waren oder nicht –, hielten die Davenports es nie für nötig, ihr mitzuteilen, an welchen Wochenenden sie nach Cornwall kommen würden. Wenn sie nicht auftauchten, fühlte ich mich dermaßen im Stich gelassen, dass es fast körperlich wehtat. Ich war dann wie leer vor Enttäuschung.

An einem dieser verlorenen Tage beschloss ich zum ersten Mal, mich mutig in ihren Garten zu schleichen, so, wie ich es früher mit Dad getan hatte.

Das Adrenalin pumpte durch meinen Körper, als ich über den Rasen auf das Haus zuging. Bis zur Terrasse schaffte ich es allerdings nicht. Ich verlor die Nerven, wirbelte herum und rannte durch das Tor zurück auf den sicheren Fußweg. Als ich anhielt und nach Luft schnappte, zitterte ich am ganzen Körper, und ein unkontrolliertes lautloses Lachen schüttelte mich. Dieser Nervenkitzel wurde zu so etwas wie einer Droge für mich. Während die anderen Kids in der Schule Klebstoff schnüffelten oder Snakebite and Black tranken, um sich ihre Kicks zu holen, ging ich hinauf zum Haus auf der Klippe. Entweder um die Davenports zu beobachten oder um heimlich das Grundstück zu erkunden, je nachdem, worauf ich gerade Lust hatte.

Auch an diesem Tag verharrte ich eine Weile vor dem Fenster und beschirmte mit den Händen meine Augen, um noch einmal zu überprüfen, dass das Haus wirklich leer war. Das Wohnzimmer war so tadellos aufgeräumt wie immer. Kein Magazin, kein Abdruck, kein schief hängender Bilderrahmen. Ich musste an meine Mutter denken, die hier putzte und wienerte und alles so perfekt wie möglich arrangierte, bevor die Londoner wieder eintrafen. Ich tastete in meiner Tasche nach dem Schlüssel mit dem grünen Anhänger und schob ihn ins Schloss. Es folgte ein lautes Klicken, dann hielt ich inne und lauschte. Das einzige Geräusch war das Brummen des riesigen Kühlschranks in der Küche. Also trat ich ein und zog die Tür hinter mir zu.

Das Innere des Hauses sah aus, wie ich mir eine Kunstgalerie vorstellte. Eine kühle und stille Umgebung, großformatige Gemälde an den Wänden, hier und da ausgefallene Keramiken, in einer Ecke ein großer Klotz aus grauem Stein, der die angedeuteten Konturen eines Gesichts aufwies. Die Bilder waren riesige Leinwände ohne Rahmen oder Glas. Von dicken bunten Klecksen überzogene Flächen, die auf mich wirkten, als hätte jemand die Farbe aus einer Dose darauf ausgekippt, anstatt sie mit dem Pinsel aufzutragen. Alle Bilder waren mit dem Namen *Etienne* signiert, ein blauer schnörkeliger Schriftzug unten rechts. Um ehrlich zu sein, ich fand die Werke nicht so toll, aber was wusste ich schon? Ausgeschlossen, dass sich Leute wie die Davenports etwas an die Wände hängten, das nicht das Beste vom Besten war. Mir allerdings waren die Fotos lieber. Schwarz-weiße Makroaufnahmen von Körperteilen, die auf diese Weise aussahen wie Landschaften. Die Brust einer Frau wurde so zu einem Hügel, ein mit Wasser gefüllter Bauchnabel zu einem See in der Wüste.

Meine Schritte klangen gedämpft, als ich den Raum durchquerte. Die polierten Bodendielen glänzten wie mit Sirup überzogen. Durch die Tür des Wohnzimmers ging ich in die Küche, in deren Mitte die Arbeitsinsel stand. Darauf lag ein dekorativer Stapel mit Kochbüchern, deren Titel und Autoren ich mittlerweile auswendig kannte – Robert Carrier, Elizabeth David, *Der F-Plan*, *Die vollständige Scarsdale-Diät*. Daneben stand eine riesige Pfeffermühle, die genauso rot war wie der Hollywood-Lippenstift meiner Mutter. In gezierter Pose lehnte ich mich gegen die Arbeitsplatte, warf mein Haar zurück, raschelte mit meinem Kleid.

»Darling?«, durchbrach meine affektierte Stimme die Stille. »Ja, mein Liebes?« – »Ach, Darling, bring mir doch einen Martini, ja? Gerührt, bitte.« – »Natürlich, Liebes, sofort. Soll ich auch eins von diesen grünen Dingern reintun? Ich weiß doch, wie sehr du sie liebst.«

Ich gab ein trällerndes Lachen von mir, von dem ich annahm, dass es zu ihr passte.

»Ja, Darling, stimmt. Die liebe ich. Ach, ist es nicht heiß heute? So schrecklich heiß. Dem Herrn sei Dank für den Swimmingpool. Was würden wir bloß ohne ihn machen? Wir würden zu Tode gekocht, Darling. Absolut zu Tode gekocht.«

Er schmunzelte.

Mein Magen ballte sich zusammen, als er meine Hand nahm, sie dann zu seinem Mund führte und seine Lippen auf meine Haut presste.

Ich lächelte und ging zum Schrank, um ein Glas zu holen, und füllte es am Wasserhahn auf. Die letzten Tropfen fielen im Tempo einer immer langsamer tickenden Uhr auf die rostfreie Edelstahlspüle. Mit abgespreiztem kleinen Finger trank ich. Das tat ich in winzigen Schlucken, weil Leute wie die Davenports ihre Getränke nie und nimmer einfach so herunterstürzten. Nachdem ich das Glas ausgespült und an meinem Kleid abgetrocknet hatte, stellte ich es zurück in den Schrank. Dann ging ich durchs Wohnzimmer zurück und hinaus auf die Terrasse, wo die Hitze noch zugenommen zu haben schien.

Ich stolzierte herum wie ein Model auf dem Laufsteg, schwang beim Gehen die Hüften, setzte mit vorgerecktem Kinn einen Fuß vor den anderen. Ich löste den Schal, zog ihn von meinem Hals, genoss das Gefühl, wie er dabei fast liebkosend meine Haut streifte. Ich legte ihn genauso auf die Liege, wie ich ihn vorgefunden hatte, sah, wie eine kleine Brise den Stoff anhob und ihn ein wenig tanzen ließ. Ich ging zur Treppe des Swimmingpools und schaute wieder ins Wasser. Die Schwärze hatte etwas von einem toten TV-Bildschirm, und ich starrte eine Weile auf das Spiegelbild meines Gesichts. Stellte mir vor, ich triebe unter der Oberfläche dahin, den Blick zum Himmel gerichtet. Ich zog den Reißverschluss am Kleid meiner Mutter auf, ließ es zu Boden fallen, genoss die Brise auf meiner schweißfeuchten Haut.

In diesem Moment spürte ich, dass ich beobachtet wurde.

Ich fuhr herum, aber die Terrasse war leer, und das Haus lag still da.

Ich wartete. Mein Blick wanderte über die Fassade, suchte jedes einzelne Fenster ab. Nein, das hatte ich mir nur eingebildet.

*Niemand zu Hause.*

Eingedenk der versichernden Worte meines Vaters wandte ich mich wieder dem Pool zu. Stieg die erste Stufe hinab ins Wasser. Es war geheizt, aber nicht so sehr, dass mir keine Gänsehaut über den Körper kroch. Ich rieb mir die Arme und wartete, bis sich das Wasser unter mir beruhigt hatte. Als die Oberfläche wieder spiegelglatt vor mir lag, machte ich einen weiteren Schritt ins Becken hinein. Das wiederholte ich bei jeder weiteren Stufe und genoss das wachsende Gefühl der Ruhe, die mich dabei erfasste.

Ich stieß mich an der Wand ab, hielt den Kopf bewusst über Wasser und schwamm, so, wie sie es tat, mit hochgerecktem langen Schwanenhals. Meine Züge waren raumgreifend, doch gemächlich, und während ich meine Bahn durchs Wasser zog, konzentrierte ich mich ganz darauf, wie das kühle Nass meine Haut beruhigte. Am Ende des Beckens wendete ich, tauchte hinab in die Tiefe und schloss die Augen, als die totale Stille mich umfing. Ich hielt den Atem an und wartete auf das wohlvertraute Brennen in meinen Lungen. Wie immer erlaubte ich mir auch jetzt den Gedanken, einfach den Mund zu öffnen.

Ein Atemzug. Schnell und sanft. Und dann …

Als der drängende Schmerz zu mächtig wurde, stieß ich mich vom Beckenboden ab und schraubte mich nach oben. Mein Kopf durchbrach die Wasseroberfläche, ich holte tief Luft, sog gierig den Sauerstoff in meine Lungen.

Als ich die Stimme hörte, schrie ich erschrocken auf.

»Was zum Teufel hast du hier zu suchen?«

# VIER

**Tamsyn – Juli 1986**

»*Was zum Teufel hast du hier zu suchen?*«

Mein Magen machte einen Satz.

Die Person stand mit dem Rücken zur Sonne, eine dunkle undeutliche Silhouette am Rand des Pools.

Mein Herz wummerte, als ich durch das Wasser auf die Stufen zuwatete.

»Ich ... Es tut ... Entschuldigung ...« Die Worte wollten nicht so wie ich, und meine Stimme versagte gänzlich, als ich aus dem Swimmingpool kletterte. Mit den Händen versuchte ich meine Unterwäsche zu bedecken. Warum hatte ich zu Hause keinen Badeanzug druntergezogen? Warum musste ich in BH und Unterhose schwimmen gehen? Einer Unterhose, die alt und schlabbrig war und deren Stoff durchsichtig wurde, sobald er mit Wasser in Berührung kam. »Ich bin ... ich ...«

Panik verkleisterte meine Gedanken. Die Stimme war weiblich. Wer war sie? Heute war Donnerstag. Die Davenports kamen nie an einem Donnerstag hierher. Und wenn sie es doch war? Mrs Davenport? Ich konnte es nicht mit Gewissheit sagen, weil die Sonne mich blendete.

»Beantworte meine Frage.«

Ich bückte mich, klaubte mein Kleid vom Boden auf und hielt es mir unters Kinn, um meinen Körper zu bedecken.

»Ich bin sofort weg«, flüsterte ich. »Sorry. Tut mir leid.«

Sie antwortete nicht. Ein sanftes rhythmisches Klappern

wurde auf der Terrasse laut. Die Hintertür war nur angelehnt, und der Wind ließ sie immer wieder sanft gegen den Rahmen schlagen. Alles in mir schrie: *Lauf!* Ich schaute hinunter Richtung Tor und Fußweg. Mein Weg in die Freiheit.

»Denk nicht mal dran.«

Als ich sie wieder ansah, verschwamm sie wie ein unscharfes Foto. Ich schluckte hart. Mein Hals war trocken, meine Handflächen schwitzten, mein Körper war wie betäubt vor schlechtem Gewissen und Angst. Als sie auf mich zukam, machte ich mich schon auf Mrs Davenport gefasst, aber vor mir stand nicht Mrs Davenport. Es war ein Mädchen in meinem Alter, vielleicht ein, zwei Jahre älter. Die Hände in die Hüften gestemmt und den Kopf leicht geneigt, starrte sie mich an. Ihre Augen waren stark geschminkt mit schwarzem Eyeliner, der an den Außenseiten pfeilspitzenartig nach oben gezogen war. Sie trug einen schwarzen Rock, der fast den Boden berührte, dazu ein schwarzes T-Shirt mit Löchern in den Ärmeln. Um ihren Hals lag eine dünne Lederkordel, die sie fast zu strangulieren drohte. Das weißblond gefärbte Haar war zu einem herausfordernd kurzen Bob geschnitten, der ein elfenhaftes Gesicht mit ausgeprägten Wangenknochen umrahmte. Sie strahlte eine aristokratische Selbstsicherheit aus, die mir den Atem stocken ließ. Meine Mutter hätte mir in diesem Punkt wohl widersprochen, hätte das Make-up des Mädchens ebenso kritisiert wie die Tatsache, dass sie erschreckend dünn war. Sie sieht aus wie eine Drogensüchtige, hätte Mum gesagt. Aber dafür war die Haut des Mädchens zu perfekt, zu porzellanhaft. Und die Augen waren zu klar. Ich wusste, welche Kids in der Schule Drogen nahmen. Ich erkannte sie an der Akne, den ausgemergelten Gesichtern und dem leeren Blick.

Nichts davon traf auf dieses Mädchen zu.

Sie sah mich an, als stünde ich zum Verkauf. Ich krümmte

mich förmlich unter ihrem prüfenden Blick, war mir völlig darüber im Klaren, wie schwammig und ungepflegt mein Körper aussah. Scham überkam mich. Verzweifelt nestelte ich an dem Kleid herum, um noch mehr von mir zu verdecken.

Sie trug eine Reihe silberner Armreifen wie Madonna, die melodisch klimperten, als sie die Hände in die Hüften stemmte.

»Wer hat dir erlaubt, hier zu schwimmen?«

Mein Mund öffnete und schloss sich wieder, als ich versuchte, eine Erklärung zu liefern – irgendeine Erklärung, die meine Anwesenheit rechtfertigte. Ich dachte an meinen Vater. Versuchte, mir vorzustellen, welche elegante Ausrede er aus dem Ärmel geschüttelt hätte. Irgendwo über meinem Kopf, da war ich mir sicher, hörte ich einen Raben kreischen, und ein Schauder überlief mich.

»Um Himmels willen«, sagte sie und tippte ungeduldig mit dem Fuß auf die Steinplatte. »Zieh doch das Kleid an, wenn dir so kalt ist.«

Einen Moment lang rührte ich mich nicht, dann drehte ich ihr den Rücken zu und schüttelte das Kleid aus, während ich die Tränen der Demütigung herunterschluckte. Ich konnte ihren Blick auf mir spüren, als ich mich bückte und in das Kleid stieg. Der Stoff klebte auf meiner feuchten Haut, weshalb ich fest daran zerrte und dabei riskierte, das empfindliche Material zu zerreißen. Ich zog den Reißverschluss hoch und drehte mich wieder zu ihr um. Mein nasses Haar tropfte mir in den Nacken, und ich biss mir auf die Unterlippe, um nicht zu weinen.

Das Mädchen hob eine dunkle und perfekt gezupfte Augenbraue. »Wenn du nicht bald redest, rufe ich die Polizei und lasse dich festnehmen.« Sie sprach, als käme sie aus reichem Elternhaus. »Also, wer bist du, und was hast du hier zu suchen?«

Ich war unerlaubterweise hier eingedrungen, und Mum würde ihre Stelle verlieren. Mir wurde schlecht, als ich mir vorstellte, wie sie am Küchentisch saß, ein tränennasses, zerknülltes Stück Toilettenpapier in der Hand, während sich um sie herum die Mahnschreiben stapelten.

»Ich bin ... Ich ...« Wieder versagte meine Stimme.

Das Mädchen wirkte irritiert. »Ja?«

Etwas erweckte meine Aufmerksamkeit. Eleanor Davenports Seidenschal flatterte in einer Windbö, wurde ein Stück von der Sonnenliege gehoben, als wolle er, genau wie ich, schleunigst von hier entkommen. Ich sah wieder zu dem Mädchen. Ihre Augen verengten sich. Sie verlor zusehends die Geduld.

»Meine ... Mutter ...«

»Was? Sprich lauter, Herrgott noch mal!«

»Meine Mutter«, sagte ich. »Sie ... macht hier sauber. Sie ist ... die Putzfrau. Ich denke ... Ich meine, sie hat gesagt ... sie hätte ihren Schal hier vergessen und ... hat mir den Schlüssel gegeben.« Ich zog den Schlüssel mit dem grünen Anhänger aus der leicht klammen Tasche des Kleides und hielt ihn hoch, als wäre dieses kleine Stück Metall so eine Art Passierschein. »Ich hab ihn gesucht. Den Schal, meine ich, konnte ihn aber nicht finden. Ich wollte schon wieder gehen und ... Na ja, es war so heiß ...« Meine Stimme bebte, und der Anflug von Mut welkte dahin. »Und der Pool ... Ich dachte, es wäre niemand ... Es tut mir leid.«

Das Mädchen mit den wasserstoffblond gefärbten Haaren schwieg, und es schien mir wie eine Ewigkeit. Unbehaglich trat ich von einem Bein aufs andere, hoffte inständig, dass sie mich einfach davonjagen und es bei einer scharfen Verwarnung bewenden lassen würde.

»Mit wem hast du gesprochen?«

»Was?« Mein Hals war wie ausgedörrt, weshalb meine Stimme sehr heiser klang.

»Als du ins Haus eingedrungen bist, um den Schal zu suchen. Ich hab dich reden hören. Ist noch jemand hier?« Ihr Blick zuckte von mir zum Haus und wieder zurück.

Meine Wangen wurden heiß. »Nein ... Es ist ... niemand außer mir hier. Ich ... Ich hab ... nur mit mir selbst geredet.«

»Wie seltsam.«

Sie drehte sich um und ging auf die Hintertür zu. War das das Signal für meinen Aufbruch? War ich entlassen? Während ich mich noch fragte, ob ich gehen sollte oder nicht, drehte sie sich zu mir um. »*Denk* nicht mal dran, von hier zu verschwinden. Wenn du dich auch nur rührst, wird es dir leidtun.«

Mein Magen verhärtete sich zu einem steinharten Klumpen. Wer war sie? Warum war sie hier? Aber ich tat, was sie wollte, und stand reglos da, während sich unter meinen Sohlen der Schweiß sammelte. Plötzlich kam mir der Gedanke, dass auch sie hier eingedrungen sein könnte und dass wir beide durch eine merkwürdige Fügung des Schicksals ungebeten zur selben Zeit aufgetaucht waren. Vielleicht war ich ja nicht das einzige Mädchen, das das Haus von einem sicheren Platz aus beobachtet hatte und immer dann herkam, wenn niemand da war.

Kein abwegiger Gedanke, wie ich fand. Mein Verstand schien sich zu klären. Wer auch immer sie war, warum auch immer sie hier war, das Wichtigste war jetzt, sie zu überzeugen, den Davenports nichts zu sagen. Wenn Mum ihre Arbeitsstelle verlor, würde sie noch mehr Stunden in dieser verdammten Pommesbude schuften müssen oder, schlimmer noch, Sozialhilfe beantragen müssen. Und ich wusste, sie würde lieber sterben, als das zu tun.

Das Mädchen erschien wieder auf der Terrasse. Sie hielt zwei Flaschen und einen Öffner in den Händen.

»Mir gefällt dein Kleid«, sagte sie, während sie auf mich zukam.

Da ich nicht sicher war, ob ich richtig gehört hatte, schwieg ich.

»Wo hast du es her?«

»Mein Kleid?«

Sie sah mich an, als wäre ich irgendwie zurückgeblieben. »Ja doch, dein *Kleid*.«

»Das gehört meiner Mutter. Aus den Sechzigern. Sie hat es bei einem Rolling-Stones-Konzert getragen.«

»Retro?« Ihre Augen blinzelten langsam. »*Très* chic.«

Ich lachte nervös und stellte einmal mehr erstaunt fest, wie hübsch sie war. Nicht hübsch wie Alice Dales oder Imogen Norris – die mit ihren hochgepushten Brüsten und knallengen Röcken als die hübschesten Mädchen der Schule galten. Nein, dieses Mädchen war eine klassische Schönheit, so wie Prinzessin Di, sofern Prinzessin Di sich die Augen schwarz schminken, hundert Armreifen und ein Silberpiercing in der Nase tragen würde, versteht sich.

»*Très* cool«, meinte sie.

Ich schaffte es zu nicken.

»Kannst von Glück sagen, dass du so 'ne coole Mutter hast. Meine«, sagte sie bedächtig, »ist sehr, *sehr* uncool.«

Ich musste an das Foto meiner Eltern denken, das, bei dem auf der Rückseite stand: *Angie und ich. Odeon Theatre. Guildford, März 1965.*

Auf diesem Bild hatte Mum das Regenbogenkleid an. Damals war sie siebzehn gewesen, noch nicht lange verlobt und bis über beide Ohren verliebt. Ihre Haare wurden von einem dicken roten Tuch zusammengehalten, die Augen hatte sie katzenartig mit Eyeliner betont, Lippen und Haut waren eher blass, wie es damals Mode war. Mein Vater trug ein weißes Hemd und einen schmalen schwarzen Schlips. Das Haar war zurückgekämmt, und er hielt lässig eine Zigarette in der Hand. Kurz schloss ich die Augen und erinnerte mich daran, wie er mich in den Schlaf gesungen hatte und ich den Zigarettenrauch auf seiner Haut riechen konnte.

»Möchtest du was trinken?« Sie deutete auf die Flaschen in ihrer Hand. Coca-Cola – *the real thing*, in genau den kurvigen dickwandigen Glasflaschen, die im Fernsehen immer von strahlenden Amerikanern mit Zahnpastalächeln in die Kamera gehalten wurden.

»Wer bist du?«

Sie machte nicht den Eindruck, als hätte sie mich gehört. Vielleicht hatte ich zu leise gefragt. Sie ging zu dem schmiedeeisernen Tisch und stellte die Flaschen darauf ab, öffnete sie eine nach der anderen, wobei die Colas ein lautes Zischen von sich gaben. Sie warf die Kronkorken auf den Tisch, einer purzelte mit einem blechernen Geräusch auf die Steinplatten.

»Ich denke, ich sollte jetzt gehen.«

»Wenn du gehst, sag ich meiner Mutter, dass du in unser Haus eingebrochen bist und ich dich dabei erwischt hab, wie du gerade ihren Schmuckkasten durchwühlst.«

Ein Grauen erfasste mich, so stark, dass mir schlecht wurde.

»Deine Mutter?« Ich verstand nicht. Sie hatten doch keine Tochter. Mum hatte dergleichen nie erwähnt. Nichts im Haus wies darauf hin, dass die Davenports Eltern waren. Keine Fotos, keine Kleidung, keine Poster in den Schlafzimmern. Log sie?

»Ja. Meine Mutter. Leider.« Sie setzte sich auf einen der Stühle, legte ihre nackten Füße auf die Tischplatte und schlug sie übereinander. Noch nie hatte ich purpurfarben lackierte

Zehennägel und Menschen mit Zehenringen gesehen, aber sie trug derer drei, und ihre Fußnägel hatten die Farbe reifer Pflaumen.

»Sind deine Eltern auch hier?« Meine Stimme zitterte. Warum war ich nur so leichtsinnig gewesen? Wie dumm konnte man eigentlich sein?

»Meine Mutter ist einkaufen, und mein Vater lässt irgendwas am Jag machen. Einen Reifen oder was weiß ich. Jedenfalls irgendwas Langweiliges. Meine Mutter wird schon jetzt 'ne Stinklaune haben, weil sie wieder nichts gefunden hat, was sich zu kaufen lohnt, und sich darüber aufregen, dass Cornwall im Mittelalter stecken geblieben ist und sich einmal mehr fragen, warum man Chelsea überhaupt verlassen sollte.«

»Meine Mum darf ihren Job nicht verlieren«, wisperte ich.

Einen Moment lang starrte sie mich ausdruckslos an, doch dann schien sich ihre Haltung zu lockern.

»Entspann dich.« Ihre Stimme hatte jede Schärfe verloren. »Musst dir keine Sorgen machen. Ich werde ihnen nichts sagen. Ist mir doch scheißegal, ob du im Pool schwimmst oder nicht. Ich meine, warum auch nicht. Ist ja schließlich verdammt heiß heute.«

Ich hätte vor Erleichterung weinen mögen.

»Komm schon, bleib noch ein bisschen. Ich sterbe hier fast vor Langeweile. Du kannst ja gehen, bevor sie zurückkommen.« Sie schob mir eine der Flaschen zu. »Trink 'ne Cola.«

»Ich hab noch nie 'ne echte Cola getrunken, nur das Zeug, das sie im Wimpy servieren.« Und selbst das hatte ich nur einmal probiert, aber das sagte ich ihr nicht.

Sie zog die Brauen zusammen, dann erschien ein amüsiertes Lächeln auf ihrem Gesicht. Sie schnappte sich die Flasche, die ihr am nächsten stand, und hob sie an ihre Lippen. Scharf zog ich die Luft ein, so ähnlich war sie in diesem

Moment Mrs Davenport. Wie ich sie so anstarrte, fielen mir weitere Übereinstimmungen zwischen dem Mädchen und seinen Eltern auf. Ihr Gesicht hatte die gleiche Form wie seins. Der sanft geschwungene Nacken war genau wie bei ihr. Wie dumm, dass mir das nicht gleich aufgefallen war. Wie dumm, dass ich sie nicht gleich erkannt hatte. Ihre Tochter. Ihr Haus. Eine irrationale Eifersucht durchzuckte mich wie ein Stromschlag.

Das Mädchen beschirmte die Augen vor der Sonne und sah zu mir auf. »Um Himmels willen, jetzt setz dich doch endlich!« Sie trat gegen einen leeren Stuhl, der mit einem knirschenden Geräusch über die Steinplatten schrammte.

Ich gab mir einen Ruck und ging auf sie zu. Am Tisch blieb ich zögernd stehen und fragte mich, ob das wohl so etwas wie eine Falle war. Ob sie mich, sobald ich mich gesetzt hatte, auslachen würde: »Ha, was für eine Idiotin! Als ob jemand wie du sich mit jemandem wie *mir* an den gleichen Tisch setzen könnte!«

Aber sie sagte nichts dergleichen. Wieder lächelte sie.

Als ich mich hinsetzte, nahm ich einen Hauch ihres Parfüms wahr. Im gleichen Moment musste ich an Truro denken. An das dortige Einkaufszentrum, um genau zu sein. Ich sah meine Mutter im Body Shop die diversen Flaschen und Sprays testen. Sah, wie sie die Verschlüsse abhob und sich den einen oder anderen Duft aufs Handgelenk sprühte. Dann auf meins. Und das, ohne sich um den gestrengen Blick der Dame hinter dem Verkaufstresen zu scheren.

»White Musk.«

»Bitte?«

Hatte ich das etwa laut gesagt? »Dein Parfüm«, erklärte ich schnell. »Das ist White Musk.«

»Du bist schon ziemlich seltsam, oder? Aber das ist nicht

schlimm. Ich steh auf seltsam.« Sie blies nach oben über ihre Stirn. »Mann, ist das heiß.« Sie hob das T-Shirt an und wedelte sich damit Luft zu.

Dann verfielen wir in Schweigen. Sie schien es nicht zu stören, aber ich fühlte mich irgendwie unwohl dabei. Als das Ganze zu unbehaglich wurde, wandte ich den Blick ab und sah hinaus aufs Meer. Der Wind hatte weiße Schaumkronen auf die Wasseroberfläche gezaubert, und am Horizont konnte ich ein kleines Boot erkennen. So weit weg. Kaum mehr als ein Punkt. Ich musste an den Tag denken, an dem mein Vater starb. Wie schnell das Wetter umgeschlagen, wie schnell Sonnenschein und blauer Himmel zu strömendem Regen und tückischem Wellengang geworden waren. Das Echo eines Donners hallte in meinen Ohren wider, als ich mich daran erinnerte, wie ich vergeblich seine Beine umklammerte, als er im Begriff war, die Sicherheit unseres Hauses zu verlassen.

»Ich heiße übrigens Edie.« Erwartungsvoll sah sie mich an. Als ich nichts erwiderte, wurde ihre Miene gelangweilt.

*Du liebe Güte, sag was.* »Gefällt mir.«

»Was?«

»Dein Name. Er gefällt mir.«

Einen Moment lang starrte sie mich verblüfft an, dann brach sie in Gelächter aus. Es klang wie die Glöckchen an einem Winterschlitten. Sie legte den Kopf in den Nacken und entblößte damit ihre Kehle. Blass und elegant. Mir wurde bewusst, wie verletzlich dieser Teil von ihr in diesem Augenblick war. Rasch verbannte ich den Gedanken daran, meine Hände um ihren Hals zu legen und so lange zuzudrücken, bis sich die ach so weiße Haut rot färbte.

Ich hoffte, sie würde mir erklären, was so komisch war, doch vergeblich. »Meine Mutter hat ihn für mich ausgesucht«, sagte sie. »Ist die Kurzform von Edith. Nach Édith Piaf. Eleanor fand den Namen wohl glamourös. Alles und jedes *à la France est très glamoureux, chérie*, meint jedenfalls *maman*.«

Der Akzent, mit dem sie das sagte, erinnerte mich an meine Französischlehrerin. Madame Thomas stammte aus Widemouth Bay, wurde aber fuchsteufelswild, wenn man ihren Nachnamen nicht »Toh-*maah*« aussprach. Der Gedanke an die lächerliche Madame Toh-*maah* ließ mich mutiger werden, sodass ich ihr Lächeln erwiderte.

»Und du?« Edie Davenport hob die Flasche, schwenkte sie und beobachtete, wie die Cola darin von einer Seite zur anderen schwappte.

Ich zögerte. Sollte ich mir einen Namen ausdenken? Mir was *très glamoureux* einfallen lassen? So was wie Esmeralda. Oder Ruby. Oder Anastasia.

»Mein Gott.« Sie verdrehte die Augen. »Das ist doch nun wirklich nicht schwierig. Jemand nennt dir seinen Namen, fragt dich nach deinem, und du antwortest. Hat dir denn deine Mutter zwischen ihren Putzjobs keine Manieren beigebracht?«

Edie fegte sich etwas vom Knie, eine Fliege vielleicht. Ich bemerkte, wie makellos ihre Beine waren. Haarlose weiße Haut. So weiß wie die einer Porzellanpuppe. Bis auf die Fußsohlen. Die waren so zartrosa wie das Innere eines Katzenöhrchens. Ich dachte an meine eigenen Beine, die von den Fesseln bis zu den Oberschenkeln mit von der Sonne gebleichten Härchen überzogen waren. Die Haut hier und da aufgeritzt von Brombeerbüschen und gesprenkelt mit Blessuren unbekannter Herkunft. Die Fußnägel rau und viel zu lang.

Edie räusperte sich und hob die Augenbrauen, während sie an ihrer Coke nuckelte. Dabei ließ sie mich nicht aus dem Blick.

*Rede.* »Tamsyn.«

»Tamsyn.« Sie rollte meinen Namen in ihrem Mund herum wie die Cola. »Ja, der perfekte Name für eine Diebin.«

Mein Magen zog sich zusammen. »Nein! Ich bin keine Diebin. Ich war hier, um ...«

»Ja, ja«, winkte Edie ab. »Wegen des Schals der Putzfrau. Ich weiß.«

»Ich sollte jetzt gehen.« Meine Stimme bebte, und als ich den Blick senkte, sah ich, dass sogar der Saum meines Kleides erzitterte.

»Das geht nicht. Hab deine Flasche schon aufgemacht.« Sie deutete auf die zweite Cola auf dem Tisch. »Und schon wieder bist du unhöflich.«

»Unhöflich?«

»Ja, unhöflich. Ich hab dich eingeladen, dich mit mir hierherzusetzen, aber das hast du nicht getan. Das ist *unhöflich*.«

Ich ließ mich rasch wieder auf den Stuhl sinken, denn unhöflich wollte ich nun wirklich nicht sein. Sie schenkte mir ein halbherziges Lächeln und setzte wieder die Flasche an. Ich hätte alles gegeben, um nur einen Bruchteil ihres Selbstvertrauens und ihres Benehmens zu haben. Um zu besitzen, was sie besaß – einschließlich der Lässigkeit ihres Vaters und der Eleganz ihrer Mutter.

Auch wenn die Stille auf uns lastete wie ein tonnenschweres Gewicht, schien Edie das ganz und gar nicht zu stören. Mich schon. So gern hätte ich etwas gesagt, aber es war, als wären meine Lippen wie zugenäht. Ich stellte mir vor, wie ich versuchte, meinen Mund zu öffnen, und die Fäden meine Lippen blutig rissen.

Mit den Fingern strich ich über die Außenseite der Flasche, ertastete jede Erhebung und spürte das Kondenswasser unter meinen Fingerspitzen.

»Probier mal.«

Ich nahm einen Schluck. Blasen explodierten auf meiner Zunge, und die klebrige Süße ließ mich unwillkürlich grinsen.

Sie verlagerte ihr Gewicht auf dem Stuhl und stellte die Beine wieder auf den Boden. »Bist du schon mal hier geschwommen?«

»Nein.« Heiß durchflutete die Lüge meinen Körper. Ich musste an meinen Vater und mich in eben diesem Pool denken. Wie seine Arme mich umschlungen hielten. An die Tropfen in seinen Wimpern, die geglitzert hatten wie winzige Perlen. »Ich wusste nicht, dass sie eine Tochter haben«, sagte ich, um von meinem illegalen Eindringen abzulenken. Das Thema auf Edie zu bringen war sicherer. Fragen zu stellen war gut. Ich musste einfach nur Fragen stellen.

Die Feststellung schien sie zu amüsieren. »Also weißt du eine ganze Menge über sie?«

Ich schüttelte den Kopf. Wieder eine Lüge. Ich wusste viel. Wusste, welche Zeitung er las, welche Marken sie trugen, wie er sich hinsetzte, wenn er auf seiner Schreibmaschine tippte. Ich wusste, dass sie ihren Liegestuhl fortwährend nach der Sonne ausrichtete und dass er den Himmel absuchte, wann immer der Schrei eines Sperbers ertönte. Ich wusste, dass sie Lebensmittel vergammeln ließen. Dass schwarz gewordenes Gemüse neben sauer gewordener Milch im Kühlschrank zurückgelassen wurde. Und dass das Brot in dem glänzenden Brotkasten aus Stahl vor sich hin schimmelte. Ich wusste, dass sie nie das Bett machten, bevor sie nach London zurückkehrten, und ich wusste, wo die Laken lagen, die meine Mutter für sie wechselte. Ich wusste, welche Bücher auf seinem Nachttisch aufgetürmt waren, wie ihre Nachtcreme roch und wie weich sich ihr seidener Morgenmantel an meiner Wange anfühlte.

Edie trank den letzten Schluck aus ihrer Flasche. »Würde mich ehrlich gesagt wundern, wenn irgendwer wüsste, dass sie eine Tochter haben. Sie wissen's ja selbst kaum noch. Haben mich sogar ins Internat gesteckt, damit sie nicht darüber nachdenken müssen.«

»In ein Internat?«

Edie nickte.

Vor meinem geistigen Auge erschien ein riesiges Gebäude in gotischem Stil, wie man es aus den *Dolly*-Büchern kannte. Ein Institut mit Hockey-Turnieren und mitternächtlichen Festen, einem getäfelten Speisesaal, in dem hunderte identisch aussehende Mädchen um die Tische herumsaßen und Suppe von silbernen Löffeln schlürften.

»Das muss toll sein.«

»Es ist ätzend. Ich hasse es. Jedes, aber auch jedes Mädchen dort ist eine Zicke, und die Lehrer sind einfach Idioten. Praktisch jeder dort hasst mich, und ich hasse sie.« Sie verdrehte die Augen. »Die Rektorin meint, ich mache nur Ärger. Unerzogen und schwierig sei ich. Aber«, sie hielt inne und lehnte sich vor, »was zum Henker weiß diese Ziege denn schon über mich? Einen Scheiß!«

Ich musste lächeln, und endlich fiel die Anspannung von mir ab, die ich verspürt hatte, seit sie plötzlich aufgetaucht war.

Mit durchdringendem Blick sah sie mich an. »Aber du ... *Du* hasst mich doch nicht, oder?«

»Nein«, sagte ich schnell. »Überhaupt nicht.«

Sie lehnte sich wieder auf ihrem Stuhl zurück. »Egal«, sagte sie. »Wahrscheinlich ist's auch besser, dass mich die Alten ins Internat abgeschoben haben. Sonst könnte ich noch auf den Gedanken kommen, sie umzubringen. Ihn vielleicht nicht, aber sie auf jeden Fall.«

Sie lächelte mich an, und ich lächelte zurück, und in diesem Moment wurde das unsichtbare Band der Freundschaft zwischen uns geknüpft.

»Wo gehst du denn zur Schule?«

»In die Gesamtschule hier. Ein Saustall.«

»Ich gäbe was drum, auf so eine Schule zu gehen. Internat ist total uncool. Auf einer Gesamtschule ist es bestimmt geil. Schätze, da muss man sich nicht mal groß anstrengen, was? Unsere Lehrer sind besessen von Noten, und die Mädchen verbringen die meiste Zeit mit Komasaufen und Kotzen. Du hast echt Glück.«

Ich musste an meine Schule denken. An die Lehrer, die vom Lärm in den Klassen übertönt wurden, an die ständig kaputten Toiletten, an den Gestank in der Mensa ...

»Wie auch immer«, sagte Edie, »ich bin in den Ferien praktisch hier eingesperrt und langweile mich zu Tode. Bleibst du den Sommer über in Cornwall?«

Ich fragte mich, was sie wohl dachte, wo ich meine Ferien verbrächte. In Frankreich vielleicht? Oder in einem dieser Schüleraustausch-Programme? Oder in New York, Tokio oder Indien? Ich antwortete nicht sofort, genoss die kostbaren Sekunden, in denen Edie Davenport womöglich annahm, ich hätte ein spannendes Leben außerhalb von St Just.

Als die Stille unbehaglich wurde, nickte ich. »Ja, ich werde die ganze Zeit hier sein.«

»Und vermutlich hast du keine Freunde?«

Ihre Frage, vielmehr ihre Feststellung haute mich aus den Socken. Ich öffnete den Mund, um zu widersprechen, tat es jedoch nicht. Immerhin hatte sie ja recht.

»Gut«, erwiderte sie begeistert. »Dann sollten wir uns zusammentun, du und ich. Wir werden Ferien-Freundinnen. Das wird bestimmt lustig.«

*Ferien-Freundinnen?* Der Gedanke ließ meine Haut kribbeln.

»Ich meine, jetzt mal im Ernst«, rief sie. »Der Gedanke, hier sechs Wochen festzusitzen und niemanden zum Reden zu haben, ist doch unerträglich!«

Ich sah hinüber zum Haus und fragte mich, ob es auf diesem Planeten einen Ort geben könnte, an dem ich lieber festsitzen wollte.

Edie seufzte ungeduldig. »Also? Was sagst du? Bist du dabei?« Sie klang leicht verunsichert. Mir wurde bewusst, dass sie mein Schweigen als Desinteresse interpretieren könnte, also nickte ich rasch.

Wie aus dem Nichts blies uns plötzlich eine Bö ins Gesicht. Staub und ein wenig Laub aus dem Vorjahr wurden auf der Terrasse aufgewirbelt. Wieder fiel mein Blick auf den Schal von Eleanor Davenport, der flatternd in die Luft gehoben wurde. So schnell, wie er aufgekommen war, legte sich der Wind, und der Schal sank auf die Wasseroberfläche des Pools herab. Der Stoff wurde dunkel, als er sich vollsog, dann sank der Schal in die Tiefe, wo er so reglos hängen blieb, als wäre er in Aspik eingelegt.

Während ich noch den Schal betrachtete, zerriss ein Krächzen die Stille. Ich erkannte es sofort. Unwillkürlich fuhr ich zusammen, griff instinktiv nach der schmiedeeisernen Tischplatte und streifte dabei mit der Hand meine Colaflasche. Sie fiel um, und die braune Flüssigkeit tropfte durch das filigrane Lochmuster auf die Steinplatten.

»Oh, es ... Entschuldigung ...« Schnell stellte ich die Flasche wieder hin, während meine Augen nach dem Raben suchten, von dem ich wusste, dass er hier irgendwo ganz in der Nähe lauerte.

Mir brach der Schweiß aus, und meine Haut fing an zu

jucken. Mein Blick huschte über den Rasen, die Bäume, den Eisenzaun.

»Ich muss jetzt gehen.«

»Alles in Ordnung?«

»Ja. Mein Großvater. Ich muss zurück, um nach ihm zu sehen. Es geht ihm nicht besonders gut.« Ich hob den Kopf, suchte den Himmel und das Hausdach ab. Dann stieß ich erleichtert die Luft aus. Da war er. Der Rabe hockte auf der Regenrinne. Das schwarze Federkleid war zerzaust durch den Wind, der vom Meer herüberblies. Wieder krächzte er, und das Geräusch schnitt in mich hinein wie eine Glasscherbe.

Wie ein Blitz durchzuckte mich die Erinnerung an den Raben auf dem Pfad vor uns. Den Dad und ich gesehen hatten, als wir unter dem immer dunkler werdenden Himmel nach Hause hasteten, während uns schon die ersten Regentropfen ins Gesicht peitschten.

Es wurde eng in meiner Brust.

*Es ist doch nur ein Vogel.*

Ich konnte seinen brennenden Blick auf mir förmlich spüren. Augen wie polierte schwarze Murmeln. Der dunkel glänzende Schnabel.

»Wirst du deinen Eltern von mir erzählen?«, fragte ich, als ich mich zum Gehen wandte.

Sie antwortete nicht sofort.

»Bitte, tu's nicht.«

»Ich hab gesagt, dass ich es nicht tu«, sagte sie ein bisschen ärgerlich, »also tu ich's auch nicht.« Sie lächelte mir spöttisch zu. »Jedenfalls nicht heute.«

# FÜNF

**Edie – Juli 1986**

Edie streckte die Hand aus dem Fenster und entzündete ein Streichholz an der Hauswand. Zischend geriet der rote Zündkopf in Brand. Sie bewegte die Flamme ans Ende ihrer Zigarette, wo der Tabak mit einem Knistern zu glimmen begann. Sie inhalierte, hielt dann die Hand aus dem Fenster, damit sich der Rauch Richtung Himmel verflüchtigen konnte, anstatt sich in ihrem Zimmer auszubreiten. Nicht, dass es sie groß gekümmert hätte, wenn ihre Eltern mitbekämen, dass sie rauchte. Was wollten sie denn schon tun? Sie nach London zurückschicken? Wohl kaum eine Bestrafung.

Auf den Klippen in der Ferne konnte sie noch immer Tamsyn ausmachen. Sie lehnte sich an den Fensterrahmen, während sie rauchte, die Augen fest auf die sich entfernende Gestalt des Mädchens gerichtet, dessen zerzaustes rotes Haar im Wind flatterte wie das Banner eines Ritters.

Die gleißende Sonne hatte sich hinter hellgraue Wolken zurückgezogen, dann hatte es angefangen zu regnen. Eine willkommene Abkühlung, aber eher ein tröpfelndes Nichts, das Edie nur aus Cornwall kannte. Mehr Nebel als Regen. Cornwall hatte, soweit sie wusste, sein eigenes Wettersystem. Nichts daran war vorhersehbar. Sie bemerkte kleine feuchte Flecken auf ihrem Glimmstängel, winzige Punkte, die das weiße Papier in ein durchscheinendes Grau verwandelten. Es war dieselbe Farbe wie Tamsyns kindlicher Baumwoll-BH.

Noch nie hatte Edie einen unschuldigeren Menschen kennengelernt. Unschuldig und arglos. So bemerkenswert war dieses Verhalten, dass Edie sich fragte, ob das Ganze vielleicht nur eine Maske von ihr war. Ein von Tamsyn wohleinstudiertes Theater, um Mitleid zu erregen und so einer möglichen Bestrafung zu entgehen, nachdem sie beim Einbruch erwischt worden war. Das wäre allerdings ziemlich clever. Und auch unnötig. Edie scherte es einen Dreck, dass sich Tamsyn Zugang zu dem Haus verschafft hatte. Als sie aus dem Erdgeschoss Geräusche hörte, hatte sie zunächst vermutet, jemand wolle sie entführen, um ihrem Vater dann einen Erpresserbrief zu schicken. Einen, der aus den ausgeschnittenen Buchstaben einer Tageszeitung zusammengesetzt war und in dem tausende Pfund Lösegeld gefordert wurden. Deshalb war sie ziemlich erleichtert gewesen, ein Mädchen ihres Alters anzutreffen, das so erschrocken aussah wie ein Hase in der Schlinge. Und weil sie hier vor Langeweile schier umkam, schien Tamsyn so etwas wie die perfekte Ablenkung zu sein.

Als Tamsyn ganz aus ihrem Blickfeld verschwunden war, nahm Edie einen letzten Zug und drückte die Zigarette an der Mauer unter ihrem Fenster aus, wo sie unter einem kleinen Funkenregen eine weitere Rußspur auf dem Putz hinterließ. Dann schnippte sie den Stummel durch die Luft. Er landete unten auf der Terrasse und glomm noch ein wenig nach, bis er endgültig erlosch. Ein letzter dünner Rauchfaden stieg auf und verflüchtigte sich zu einem Nichts. Sie hob den Kopf und sah hinaus aufs Meer. Eine Handvoll Boote sprenkelte das Blau, und dahinter, in weiter Ferne, lag der lockende Horizont, hinter dem die aufregendsten Länder ihrer Entdeckung harrten. Jedes verhieß ein anderes köstliches Abenteuer wie Pralinen in einer Schachtel.

Edie schloss das Fenster, sperrte damit zugleich die Geräuschkulisse aus Meeresrauschen und Möwengeschrei aus und ließ ihren Blick verächtlich durch das Zimmer wandern. Den ganzen verdammten Sommer lang würde sie hier festsitzen. Jesus, diese Bude war kaum besser als eine Gefängniszelle! Mit gerade mal dem Notwendigsten möbliert – Bett, Schrank, Nachttisch, dazu trostlos gestreifte Vorhänge in Creme und Grau. Keine Bilder, keine Topfpflanzen. Das einzig halbwegs Interessante waren die vier weißen Wände, die ihre Schattierung änderten, je nachdem, wie die Sonne im Laufe des Tages durchs Zimmer wanderte. Edie dachte an Tamsyn hier im Haus, an ihre wilden ungebändigten Haare, ihren kornischen Akzent, der die hier vorherrschende Designer-Sterilität, die ihre Eltern für den Gipfel der Kultiviertheit hielten, irgendwie zu verunreinigen schien. Minimalismus nannten sie diesen Stil – *der letzte New Yorker Schrei, Darling* –, was, soweit Edie es beurteilen konnte, widerhallende Räume mit zu viel Weiß sowie sündhaft teure Statement-Möbel bedeutete, die man nicht benutzen sollte. Doch in diesem Raum, ihrem Raum, war der Minimalismus keine Design-Entscheidung gewesen. Es war nur ein Zimmer, das niemandem etwas bedeutete.

Edie legte sich aufs Bett. Das letzte Schuljahr war recht unerfreulich zu Ende gegangen. Alles hatte sich von schlimm zu schlimmer entwickelt, weshalb sie im Moment jeden Menschen, den sie kannte, gründlich satthatte. Wäre das Leben ein Pokerspiel, sie hätte ihr gesamtes Blatt eingewechselt. Ihr Vater wusste kaum, dass es sie gab. Ihre Mutter stand Tag und Nacht unter Medikamenten – Pillen zum Wachwerden, Pillen zur Beruhigung, Pillen zum Aufputschen, Pillen zum Schlafen –, die sie großzügig mit demjenigen alkoholischen Getränk herunterspülte, das sich gerade in Reichweite befand. Edie war erst vier Tage in Cornwall und schon total genervt. Die meiste Zeit über hegte sie Fluchtgedanken. Dann stellte sie sich vor, wie sie hastig ein paar Sachen in eine Tasche stopfte und das Haus im Schutz der Nacht verließ. Wie sie den nur vom Mond beschienenen Pfad entlanglief und sich dann per Anhalter *irgendwohin* bringen ließ. Aber natürlich würde sie so was niemals tun. Man wusste doch, dass Anhalterinnen wie sie entweder vergewaltigt oder gleich erwürgt wurden.

Vielleicht konnte Tamsyn dazu beitragen, sie durch diesen öden Sommer zu bringen. Auf jeden Fall war sie interessant. Ungewöhnlich. Anders als die Leute, die sie normalerweise traf. Angefangen damit, dass Tamsyn die Tochter einer Putzfrau war. Edie kannte ja nur die Sprösslinge von Ärzten oder Anwälten oder Oberlangweilern, die irgendeine Firma leiteten, in denen sie langweilige Dinge mit Zahlen anstellten. Da war ihr eigener Vater fast schon so was wie ein Exot: ein bekannter Restaurantkritiker, der es in die Bestsellerliste der *New York Times* geschafft hatte. Ihre Mutter dagegen repräsentierte ein tragisches Klischee: das gescheiterte Model, das zur braven Ehefrau mit einem Hang zum Rauschmittelmissbrauch mutiert war. Auch ließ sich in ihrem Freundeskreis weder eine Reinigungskraft noch ein Ladenbesitzer oder ein anderer halbwegs normaler Mensch finden. Diese Leute hatten sich in ihrer Blase eingeigelt und trieben in ihrer zurechtgezimmerten Welt aus schrillen Stimmen, widerlichen Ansichten und einem allumfassenden Mangel an Moral dahin. Ein Milieu, das Edie beinahe körperliche Übelkeit verursachte. Fast erschien es ihr besser, keine Freunde zu haben, als sich mit derlei unechten Freunden zu umgeben.

Sie griff nach ihrem Walkman und setzte sich die Kopfhörer auf. Ja. Mit Tamsyn rumzuhängen, der Tochter einer Putzfrau, mit ihren ungekämmten roten Haaren und ihrer unverhohlenen Bewunderung, würde dieses Fegefeuer hoffentlich ein wenig erträglicher gestalten.

Zumindest würde Eleanor diese Bekanntschaft ziemlich auf die Nerven gehen.

# SECHS

**Heute**

»Hast du immer noch Angst vor Raben?«

Instinktiv verkrampfen sich meine Hände. Wieso jetzt diese Frage?

Ich schaue in den Rückspiegel, setze den Blinker, schlage das Lenkrad ein. Auf dem Rücksitz des Autos stapeln sich die Einkaufstüten. Sie sitzt auf dem Beifahrersitz. Ihre Hände ruhen im Schoß, bewegungslos, die Fußknöchel sind verschränkt, der Rock ist ihr übers Knie gerutscht. Ihre Beine sind makellos – nichts, nicht mal Sommersprossen sind darauf zu sehen. Als wären sie wegretuschiert worden.

Wir passieren Hayle. Fahren am Watt entlang, das die Ebbe hinterlassen hat. Seevögel picken im freigelegten Schlick nach Muscheln und Würmern und den Überresten toter Fische.

»Ich erinnere mich, dass das damals auch so war. Eine Todesangst hattest du vor ihnen, oder nicht?«

Ich antworte nicht. Kann es nicht. Das wohlbekannte Entsetzen sammelt sich in meinem Magen. Er fühlt sich an wie ein Schwamm, der zähen schwarzen Teer aufsaugt. Ich werfe ihr einen Blick zu. Sie starrt mich an, fordert mich geradezu heraus. Sie wird das Thema nicht fallen lassen, wird immer weiter und weiter bohren. Ich habe keine andere Wahl, als zu antworten.

»Ja«, sage ich daher.

»Wegen dem, den du an dem Tag gesehen hast, als dein Vater gestorben ist?«

*Ich schweige.*
*»Sag's mir.«*
*»Das weißt du doch.«*
*»Erzähl's mir trotzdem noch mal.« Ihre Stimme ist zu einem verärgerten Knurren geworden, und wieder zieht sich mein Magen zusammen.*
*»Es war auf dem Pfad«, wispere ich. Tränen sammeln sich in meinen Augen. Ich will nicht daran denken. »Der Rabe war vollkommen schwarz. Und ganz ruhig. Mit Augen wie winzige lackierte Murmeln. Der Himmel über uns wurde immer dunkler, schien uns geradezu niederzudrücken. Und in seinem Schnabel ...« Ein Knoten von Gefühlen raubt mir die Stimme. Lange dünne ... Wie Spaghetti. Ich umfasste fest Dads Hand. ›Es ist nur ein Rabe‹, sagte er. ›Aber Grandpa meint, wenn Raben erscheinen, dann geschehen schlimme Dinge‹, flüsterte ich. ›Einmal hat er einen bei der Mine gesehen, und am nächsten Tag ist der Schacht eingestürzt, und zwei Männer wurden zerschmettert.‹«*

*Ich sehe das Gesicht meines Vaters vor mir. Er lacht. Sagt mir, ich soll nichts auf diesen abergläubischen Unsinn geben. Ich versuche, mich an den Klang seines Lachens zu erinnern, aber es ist schwer zu fassen. Hätte ich gewusst, dass es das letzte Mal ist, dass ich's hören würde, hätte ich es mir besser eingeprägt, hätte es in mir aufgenommen und für immer in meinem Kopf eingeschlossen.*

*»›Sei nicht albern, Tam‹, sagte er. ›Mein Vater ist ein alter Narr. Raben sind nur Vögel. Aus der Gattung Corvus. Er hat versucht, dir Angst einzujagen. Zu viel Hitchcock, wenn du mich fragst. Mach dir keine Sorgen.‹«*
*»Aber du hattest dir zu Recht Sorgen gemacht.«*
*»Ja.«*
*Wir biegen um eine Kurve, und ich halte an, um einen*

*Bauern und seine Kühe über die Straße zu lassen. Die Bäuche der Tiere schaukeln beim Gehen hin und her, und die Hüftknochen zeichnen sich deutlich unter dem schwarz-weißen Fell ab, mit den Schwänzen verscheuchen sie die Fliegen. Der Bauer hebt zum Dank eine Hand. Dann schaut er noch mal zu uns. Starrt direkt ins Auto. In vagem – vielleicht auch voreingenommenem – Wiedererkennen zieht er die Augenbrauen zusammen.*

*Ich lege den Gang ein und fahre weiter. Der Bauer lehnt seinen Stock gegen die Trockenmauer und hebt das Eisengatter an, um es zu öffnen. Sein flüchtiges Interesse an mir scheint verflogen zu sein.*

*»Was hatte der Rabe im Schnabel?«*

*Ich erinnere mich, wie ich mich ganz fest an meinen Vater presste, während ich den Raben nicht aus den Augen ließ. Und wie mein Körper bei seinem Anblick von wachsendem Grauen durchflutet wurde.*

*»Ein Küken«, sage ich leise. Meine Hände umklammern das Lenkrad, bis die Knöchel weiß hervortreten. »Ein totes Küken.«*

*Die Bilder des kleinen pinkfarbenen Körpers attackieren mich einmal mehr. Getüpfelt mit den ersten Federn hier und dort. Durchnässt und blutig. Der Magen herausgerissen. Gedärm, winzig und dünn, quoll aus dem zerfetzten Loch. Sein kleiner Kopf unnatürlich verdreht, die dürren Beine gebrochen, die Flügelchen weit gespreizt. Eines der Augen war unter einer durchsichtigen Membran hervorgetreten. Das andere war schon herausgehackt worden.*

*»›Eine Klippenmöwe. Erst wenige Tage alt‹, sagte Dad.«*

*Dann, ohne Vorankündigung, flog der Rabe auf. Ich erschreckte mich so sehr, dass ich meinen Vater noch fester umklammerte. Mit mächtigen Flügelschlägen hob sich der Vogel* in die Lüfte, das dunkle Federkleid gespreizt, stieg er wie ein Phönix auf in den Gewitterhimmel.

Ich hole tief Luft und rutsche auf dem Sitz hin und her, während ich den Gang wechsle. Ich schaue rechts aus dem Fenster. Das Meer glänzt heute silbrig. Dort, wo der Wind es aufwühlt, sind weiße Schaumkronen zu erkennen. Eine bange Ahnung erfasst mich. Ich fahre in eine Haltebucht. Ein Wohnwagen zieht an uns vorbei. Der rotgesichtige Fahrer wirkt gestresst von den schmalen kornischen Küstenstraßen und den gnadenlosen Einheimischen, die in einem Affenzahn um die Kurven biegen und den Touristen mit der Faust drohen.

»An dem Tag, an dem ich weggegangen bin, hast du auch einen Raben gesehen, oder?«

Ich sehe sie an. Sie blickt starr geradeaus. Mit fällt das Atmen schwer. Es ist, als ob sich meine Lungen mit Sand füllen. Eine Möwe schreit, und über uns zieht der Schatten einer Wolke hinweg.

»Ja«, sage ich. »Auch an diesem Tag habe ich einen Raben gesehen.«

# SIEBEN

**Tamsyn – Juli 1986**

Ich klopfte an die Tür, schob sie auf und trat ins Zimmer meines Großvaters. Mein ganzer Körper stand noch immer unter dem Einfluss der Ereignisse an diesem Morgen. Der Rabe auf dem Dach war vergessen. Ich hatte ihn ausgeblendet, um jeden Moment zu genießen, den ich im Haus verbracht hatte.

»Hi«, sagte ich. »Ich hab dir ein Sandwich gemacht.«

Mein Großvater hatte sich nicht von der Stelle gerührt und saß noch immer in seinem abgewetzten Lederstuhl, der ihn schon sein ganzes Leben begleitete. Ich habe nie verstanden, wie er so lange auf das immer gleiche Durcheinander von Puzzleteilchen starren konnte. Mich hätte das verrückt gemacht. Grandpa jedoch konnte stundenlang am Tisch sitzen, glücklich versunken in seiner eigenen Welt. Das Puzzle hatte Mum ihm vor einigen Jahren gekauft. Den Tisch hatte sie im Laden der Heilsarmee von Penzance aufgetrieben und stolz mit dem Bus nach Hause transportiert. Für mich sah er mit seiner abgewetzten Resopalplatte und den wurmstichigen Holzbeinen nach Sperrmüll aus. Und als sie ihn in der Küche aufstellte, erklärte sie strahlend, dass der Tisch tatsächlich nur ein Pfund gekostet hätte.

Sie brauchte drei Abende, ein Stück grünen Filz vom Kurzwarenhändler in Hayle und eine Klammerpistole, um aus dem Ding etwas zu machen, das sie großspurig Spieltisch nannte.

Geradezu perfekt, wie sie mit einem breiten Lächeln verkündete, um ein Puzzle darauf zusammenzusetzen.

Perfekt war er zwar nicht, aber mein Großvater liebte ihn. Er meinte, er erinnere ihn an den Tisch, den sie hatten, als Robbie noch klein gewesen war, und der immer für Gin Rommé und Snap zum Einsatz gekommen war.

Grandpa riss sich von seinem Puzzle los und sah mich an. Ich stellte das Sandwich auf den Tisch, küsste ihn aufs Haar, das dick und von einem gelbstichigen Weiß war und mal wieder hätte gewaschen werden müssen.

»Fischpastete auf Weizentoast.«

»Wunderbar«, meinte er. »Ich hab tatsächlich ... ein bisschen Hunger.«

»Und? Wie läuft's so?« Ich zeigte auf das Puzzle.

»Die Kanten hab ich ... und die Ecke da hinten auch. Aber ... verdammt ... ist schon verdammt knifflig.«

»Ich helfe dir.«

Ich setzte mich auf den kleinen Stuhl neben ihn und lehnte mich über den Tisch. Mit aufgestütztem Kinn starrte ich auf die Puzzleteilchen. Grandpas Atem drang laut an mein Ohr. Jedes Einatmen war ein Kampf, um etwas Sauerstoff in seine Lungen zu bringen, die er sich mit dem Staub aus den Minen ruiniert hatte. Auch sein schmerzvolles rasselndes Luftholen blendete ich aus, um mein Zusammentreffen mit Edie Davenport noch einmal zu durchleben. Ich genoss jedes Detail, von den warmen Steinplatten unter meinen Füßen über den bewundernden Blick, den sie meinem Kleid geschenkt hatte, bis hin zu jedem einzelnen lang gezogenen Vokal, der ihr über die Lippen gekommen war. Es war alles so unwirklich, zu unwirklich vielleicht. Wäre da nicht immer noch der sirupsüße Cola-Geschmack auf meiner Zunge gewesen, hätte ich fast befürchtet, ich hätte mir das Ganze nur eingebildet.

Ein triumphierender Ausruf von Grandpa durchbrach meine Gedanken. Aufgeregt tätschelte er mein Knie und griff nach vorn, um das gefundene Puzzlestück einzusetzen. Es war ein Teil des Himmels, blassblau, das er nun energisch an seinen Platz brachte.

»Gut ... einen Schritt ... weiter. Jetzt sind's nur noch ... zwei ... hundertsiebenfünfzig.« Er strahlte mich an, entblößte dabei seine schiefen, fleckigen Zähne und etwas Gold von einer uralten Füllung. »Das hab ich ... ratzfatz ... fertig.«

»Möchtest du 'ne Tasse Tee?«

»Ja, Liebes.« Sein Blick wanderte wieder zu dem Puzzle. »Mit zweieinhalb Löffelchen Zucker ... bitte.«

»Mum hat aber gesagt, nur eins.«

Er verzog das Gesicht. »Dann sag's ihr ... halt nicht, okay?«

Er zwinkerte mir zu und tippte sich an die Nase. In diesem Moment bekam er einen Hustenanfall. Und obwohl ich das schon hundert Mal miterlebt hatte – das Husten, das Schnaufen, die Finger, die sich um die Sessellehne krallten –, war ich immer wieder schockiert. Ich hatte jedes Mal Angst, er würde sich nicht mehr beruhigen können und wegen des Sauerstoffmangels tot umfallen.

Ich griff nach seiner Hand und streichelte sie hilflos. Seine Augen weiteten sich, und das Weiße darin war blutunterlaufen. In dem Versuch, Luft in seine verwüsteten Lungen zu saugen, platzten in winzigen Explosionen nach und nach die Kapillaren. Er hatte Mühe, sein Taschentuch aus dem Ärmel zu ziehen und es sich vor den Mund zu pressen.

Ich sprang auf und rannte zu seinem Bett. Zog das Sauerstoffgerät so weit an den Tisch heran, dass ich ihm die Maske aufsetzen konnte. Als ich dazu seine Hand beiseiteschob, versuchte ich, nicht auf das blutige Taschentuch zu schauen.

»Atme, Grandpa.« Sein Körper stand so unter Spannung, als hätte ihm jemand einen Stromschlag versetzt. »Atme!« Die Plastikmaske beschlug von innen und wurde mit jedem Luftholen, das er zustande brachte, wieder klar. Ich kaute auf der Lippe, fragte mich, ob ich ihn kurz allein lassen konnte, um Jago zu wecken. Doch als ich gerade aufstehen wollte, ebbten seine angestrengten Atemzüge allmählich wieder ab, und auch das Purpurrot wich aus seinem Gesicht. Unwillkürlich fiel mein Blick auf das dunkelrote Blut auf seinem Taschentuch. Er sah es und ballte rasch den Stoff zusammen.

Als ich jünger war, hatte ich mir oft vorgestellt, wie man seine schwarze, verschrumpelte Lunge gegen ein frisches pinkfarbenes Organ austauschen würde. Wie er nach der OP aufwachen und ganz ruhig und lautlos und ohne Schmerzen atmen könnte. Wie er dann bald mit mir und Jago am Sennen Beach Drachen steigen lassen oder mit uns aufs Meer hinausrudern würde, um Makrelen und Lengfische zu fangen. Die wir später dann für einen seesternförmigen Pie verwendeten, wo ihre kleinen Fischköpfe, deren Augen zu einem wolkigen Grau verschmort waren, aus der Teigkruste ragten.

»Ich hab 'ne neue Freundin«, erzählte ich ihm, als sein Körper sich allmählich wieder entspannt hatte. »Sie wohnt in dem weißen Haus auf der Klippe. Das kennst du doch? Das, was Dad so geliebt hat.«

Er bedeutete mir, die Maske abzunehmen. Das tat ich, schob sie ihm aber auf die Stirn wie ein keckes Weihnachtspartyhütchen.

»Ist sie so nett wie ... Penny?« Grandpa hatte Penny nur einmal getroffen. Vor ein paar Jahren, als sie mit dem Pullover meiner Schuluniform in der Hand an unsere Tür geklopft hatte.

*Der gehört Tamsyn.*

Mein Herz hatte fast ausgesetzt, als ich ihre Stimme wiedererkannte. Jemand aus meiner Schule in unserem Haus! Das fühlte sich gefährlich und unsicher an. Als hätten sich zwei Planeten aus ihrem Orbit entfernt und drohten nun gegeneinanderzukrachen.

*Sie ist zu Hause ... Möchtest du sie ... sehen?*
*Nein, schon okay.*
*Tamsyn!*

In diesem Moment hatte er wieder einen seiner Anfälle gehabt, und ich war aus meinem Versteck hinter der Tür im Wohnzimmer hervorgesprungen, um ihm zu helfen. Penny beobachtete ihn mit kaum verhohlener Abscheu. Ich sah, dass er etwas mit Blut vermischten Speichel auf seinem Sweater hatte. Ich wischte es mit meinem Ärmel weg, schob meine Hand in seine und drückte sie. Dann straffte ich mich, schob das Kinn vor und sah sie an. Sie reichte mir meinen Pullover.

*Hab ihn aus Versehen eingesteckt.*

Ich warf ihr einen bösen Blick zu, als ich ihn entgegennahm, aber das bekam sie nicht mit, weil sie wieder meinen Großvater anstarrte.

*Danke jedenfalls.*

Penny zwang sich ein knappes Lächeln ins Gesicht und trat, noch immer mir zugewandt, den Rückzug an.

*Meine Mum lässt deine Mum schön grüßen.*

Dann war sie weg. Wie ein Hund, der sich losgerissen hatte. Penny war die einzige Person aus meiner Schule, die je bei uns zu Hause gewesen war, und deshalb hatte Grandpa beschlossen, dass sie meine beste Freundin wäre.

»Sie ist netter als Penny«, sagte ich.

»Dann muss sie ja ... der Knaller sein.« Er lächelte, schob die Maske wieder vor sein Gesicht und wandte sich dem Puzzle zu. Leise zischte im Hintergrund die Sauerstoffzufuhr.

Ich verließ das Zimmer und blieb vor Jagos Tür stehen. Dann lauschte ich. Ich wollte ihn wecken, damit er mich beruhigte, was den Gesundheitszustand unseres Großvaters anging. Das schaffte er immer wieder. Aber ich wusste auch, dass er sauer auf mich sein würde, wenn ich ihn aus dem Schlaf riss, und dass er dann nicht mit mir reden würde. Also ging ich stattdessen zurück in *meine Box*. Ich nannte mein Zimmer so, weil es genau das war, ein Kasten. Ein Räumchen, in das gerade mal ein Bett und ein Nachttisch passten. Die Tür ließ sich nicht ganz öffnen, weil sie auf halbem Weg gegen das Bettgestell stieß. Darüber an der Wand gab es ein Regal, das Dad noch vor meiner Geburt angebracht hatte. Sie hatten beschlossen, mein Kinderbett in der Box aufzustellen, anstatt Jago zuzumuten, sein Zimmer mit einem Baby zu teilen. Auf dem Regal lagen meine Kleider. Und obwohl ich nur drankam, wenn ich mich aufs Bett stellte, war das okay für mich, solange die Sachen ordentlich darauf gestapelt waren. Meine Unterwäsche bewahrte ich unter meinem Bett auf. Sie lag in einer Kiste, die einmal spanische Orangen enthalten hatte. Daneben stand eine weitere Kiste mit meinem restlichen Kram, einschließlich meines Sammelalbums.

Ich zog die Kiste unter dem Bett hervor und holte das Album heraus. Dann setzte ich mich im Schneidersitz auf die Matratze und blätterte langsam durch die Seiten. Da gab es einen vergilbten Zeitungsausschnitt, der das Datum und die Uhrzeit bekannt gab, an dem Dads Gedenkplakette an der Seenotrettungsstation in Sennen Cove enthüllt werden würde. Dann die kleine rote Blume, die ich am Tag seiner Beisetzung im Kirchhof gepflückt hatte und die jetzt trocken und bröselig war. Auch Fotos fanden sich in dem Album. Auf einem davon saß ich auf seinen Schultern. Seine Hände umfassten meine Fußgelenke, und ich hatte Eiscremespuren im Gesicht. Mein

Lieblingsbild zeigte Jago und mich Arm in Arm, die Köpfe zusammengesteckt. Dad stand hinter uns. An diesem Tag hatten wir drei vor unserer Sandburg posiert und lächelten Mum zu, die das Foto geschossen hatte. Drei Paar glückliche Augen, die blinzelnd in die Sonne schauten.

Das Sammelalbum hatte ich mit zwölf Jahren angelegt. Neunzehn Monate und dreiundzwanzig Tage nach seinem Tod. Mum hatte mich ins Krankenhaus am Cape gebracht, weil sie verzweifelt Hilfe suchte, damit ich wieder durchschlief.

*»Sie hat Albträume und …«*

Mum stockte, rieb sich hart übers Gesicht, und in ihren erschöpften rotgeränderten Augen erschienen Tränen.

Der Arzt warf einen Blick auf die Uhr an der Wand und räusperte sich ungeduldig. Er lehnte sich vor, die Ellbogen auf den Knien, und kam mir dabei so nah, dass ich sein widerwärtiges Aftershave riechen konnte. Er schlug mir vor, ein Album mit all den Dingen anzulegen, die mich an Dad erinnerten. Schöne Dinge. Tolle Erlebnisse. Mum wirkte nicht überzeugt und schimpfte den ganzen Weg bis zu Teds Laden über diesen *Quacksalber*, während ich versuchte, mit ihr Schritt zu halten. Aber sie tat, wie ihr geheißen, und kaufte mir ein Skizzenbuch aus buntem Bastelpapier und einen Klebestift. Das beendete zwar nicht meine Albträume, aber ich liebte es, mich damit zu beschäftigen, denn es beruhigte mich tatsächlich, wenn ich angespannt war. Ich war froh, dass der Doktor es vorgeschlagen hatte.

Mit einem Quietschen öffnete sich die Tür meines Bruders, und ich hörte seine nackten Füße Richtung Badezimmer tapsen. Ich schlug das Album zu, schob es für später unter meine Bettdecke und ging zu seinem Zimmer. Ich setzte mich auf das ungemachte Bett – es war noch immer körperwarm und roch nach Zigaretten und ungewaschenen Laken – und wartete auf ihn.

»Morgen, Winzling«, sagte er, als er mit zerzaustem Haar und vom Schlaf verklebten Augen zurück in sein Zimmer kam.

»Du weißt schon, dass es nach Mittag ist, oder?«

Er ignorierte meine Bemerkung. »Erster Ferientag?«

Ich nickte.

»Und schon gelangweilt?«

»Nein.« Ich griff nach der Playboy-Ausgabe, die auf der Kommode neben seinem Bett lag, und blätterte durch das Magazin, während er sich anzog. Ich sah ein dunkelhaariges Mädchen, deren Lippen in der Farbe von rosa Bubblegum feucht glänzten und die mit gespreizten Beinen und ohne jede Scham ihre intimsten Stellen präsentierte.

»Mein lieber Schwan«, sagte ich. »Die überlässt aber auch nichts der Fantasie, was?«

»Lass die Finger davon«, schnappte Jago, als sein Kopf aus dem verwaschenen AC/DC-T-Shirt auftauchte. Er riss mir das Magazin aus der Hand und stopfte es in die Schublade mit der Unterwäsche und den Socken.

»Warum schaust du dir solche Bilder überhaupt an?«

»Ich schaue mir nicht die Bilder an, ich kaufe das Magazin wegen der Artikel und Reportagen.«

Ich lachte. »Ja, klar!«

Für einen kurzen Moment vergaß er seinen Ärger und lächelte. Er lächelte so selten in letzter Zeit, und das war eigentlich eine Schande, denn wenn er es tat, dann leuchteten seine Augen, was ihn noch attraktiver machte. Ja, seine Augen waren definitiv sein großes Plus. Sie waren haselnussbraun, in exakt der gleichen Schattierung wie seine Haare. Farblich aufeinander abgestimmt, wie Mum immer sagt. Aber sie waren fast immer von Traurigkeit getrübt, und das Lachen war einer tiefen Melancholie gewichen. Es war, als hätte seine Seele ihn verlassen, sodass nur noch eine schöne Hülle übrig geblieben war. Dads Tod war schon schlimm genug gewesen, aber dann hatte auch noch die Mine zugemacht, er hatte seinen Job verloren und in den Monaten danach keine neue Arbeit gefunden. Das schlechte Gewissen drückte ihn förmlich nieder. Dad war immer fleißig und pflichtbewusst gewesen und hatte fest daran geglaubt, dass jeder für seinen Erfolg im Leben selbst zuständig war.

*Maloche* hatte er die Arbeit immer genannt.

*Grundehrliche Maloche, das ist alles, was ich erwarte. Man kann nicht hocherhobenen Hauptes durchs Leben gehen, wenn man nicht bereit ist, anständig zu malochen.*

Mum hatte versucht, ihre Angst nicht zu zeigen, als Jago ihr erzählte, dass die Mine für immer dichtgemacht worden war. Leichenblass hatte sie sich an den Tisch gesetzt und war die Rechnungen und Mahnungen durchgegangen, die als Erstes bezahlt werden mussten.

*Wird schon werden, Schatz. Du findest bestimmt bald was anderes. Ich weiß, dass es so sein wird.*

Unter der Last der Verantwortung war Jagos Gesicht förmlich in sich zusammengefallen. Diesen Ausdruck hatte ich schon einmal bei ihm gesehen. Am Tag, als unser Vater starb. Ich war in die Küche gekommen und hatte ihn zusammengerollt am Boden liegen sehen, die Arme um die angezogenen Beine geschlungen, das Gesicht voll schmutziger Tränenspuren. Ich war zehn, hatte einen Bärenhunger, und auch als ich immer wieder an ihre Tür geklopft hatte, war Mum nicht aus ihrem Zimmer gekommen. Ich sagte Jago, dass ich am Verhungern wäre, aber er reagierte nicht. Er bewegte sich nicht mal, rührte keinen Muskel, und das machte mir große Angst. Es war, als hätten er und Mum aufgehört zu funktionieren. Als wären ihre Batterien leer.

*Jago?*

Ich kniete mich neben ihn und legte meine Hand auf sein Knie.

*Jago? Kannst du mich hören? Es fühlt sich an, als ob Ratten in meinen Bauch rumknabbern würden.*

Vielleicht lag es daran, dass ich Dads Worte benutzt hatte – das, was er immer sagte, wenn er richtig Kohldampf hatte –, denn jetzt schien wieder Leben in meinen Bruder zu kommen. Er drehte sich um, schaute mich an, und ich konnte förmlich sehen, wie es hinter seiner Stirn arbeitete. Dann nickte er und stand auf. Ich setzte mich mit knurrendem Magen auf den Fußboden und sah ihm zu, wie er zum Schrank ging und eine Pfanne hervorholte. Er nahm einen hölzernen Kochlöffel aus der Schublade sowie drei Eier aus dem Gestell und machte sich daran, sie in eine Schüssel zu schlagen und mit einer Gabel zu verrühren. Nachdem er das Rührei auf dem Gasherd zubereitet hatte, schob er die Masse auf eine Scheibe Toast und stellte den Teller zusammen mit einer Gabel auf den Tisch. Dann kam er zu mir, nahm meine Hand und führte mich zum Küchentisch. Ich starrte auf die Rühreier. Zwei winzige Schalenreste lagen obenauf.

Er bemerkte sie auch und pickte sie mit den Fingern heraus.

*Iss jetzt, Tam.*

Die Rühreier waren nicht schlecht, aber ich kriegte kaum mehr als einen Happen herunter. Ich schätze, mir hatte der Bauch vom Weinen wehgetan, nicht vor Hunger. Jedenfalls fiel es mir schwer, das Essen zu schlucken, und es blieb mir wie Kieselsteine im Hals stecken. Jago drückte meine Hand, setzte sich neben mich, und wir beide starrten auf das kalte Rührei.

*Jetzt bin ich der Vater hier im Haus, oder?*

Seine gedämpften Worte durchbrachen die Stille.

Oft denke ich an diesen Moment zurück und wünschte, ich hätte gesagt: *Nein, natürlich nicht! Du bist auch nur ein Kind, das seinen Vater verloren hat.* Aber das tat ich nicht. Ich hatte Angst, war traurig und vermisste meinen Dad so sehr, dass es mir die Luft zum Atmen nahm. Und da war die Aussicht, dass Jago die Vaterrolle übernahm, allemal besser, als gar keinen Dad zu haben. Ich sah zu ihm auf und nickte.

*Ja, das bist du. Jetzt bist du der Vater hier im Haus.*

Jago und ich hörten, wie sich die Eingangstür öffnete, dann wieder schloss. Mum rief durchs Haus, dass sie wieder da wäre.

»Gut, dann sehen wir uns später, Winzling. Falls sie fragt, sag ihr einfach, ich schiebe noch 'ne Schicht auf dem Schrottplatz, okay?« Er schnappte sich seine Jacke und das Tabakpäckchen von der Kommode.

»Wann willst du's ihr denn sagen?«

»Was sagen?«

»Dass du gar nicht auf dem Schrottplatz arbeitest.«

Er hielt mitten in der Bewegung inne, als hätte ich einen Aus-Schalter betätigt, und starrte mich an. »Soll das ein Witz sein?«

»Du solltest sie nicht anlügen.«

»Tu ich doch gar nicht.«

Ich hob die Augenbrauen.

»Hör mal, ich geb ihr Geld, oder nicht? Sie muss ja nicht wissen, wo es herkommt.«

Ich antwortete nicht, hoffte, mein Schweigen würde meine Missbilligung ausdrücken.

»Jesus, Tam. Was soll das? Bist du plötzlich von der Moral-Polizei, oder was?« Er warf mir einen schiefen Blick zu. »Zufällig weiß ich, dass du auch lügst, also komm mal wieder runter von deinem hohen Ross.«

Mir kam der Schlüssel mit dem grünen Anhänger in den Sinn, den ich zurück in die Keksdose gelegt hatte. Und das Regenbogenkleid, das, noch immer feucht vom Schwimmen, wieder in ihrem Kleiderschrank hing. Zögernd nickte ich und sagte: »Sicher, aber wenn sie mich danach fragt, sag ich's ihr.«

Mums Schritte näherten sich auf der Treppe, und er fluchte leise. Dann öffnete sich die Tür, und mein Bruder versuchte, sich an unserer Mutter vorbeizudrücken.

Sie trat ihm in den Weg. »Können wir uns kurz unterhalten?«

»Bin spät dran, Mum.«

»Jago ...«

Doch weg war er und polterte die Stufen hinunter, als hörte er sie nicht mehr. Dann wurde die Eingangstür so fest zugeknallt, dass die Wände um uns herum erzitterten.

»Nicht die Tür zuschmeißen!«, rief Mum. Mit einem gezwungenen Lächeln sah sie mich an. »Warum hat er's denn so eilig?« Sie versuchte, möglichst beiläufig zu klingen.

»Er muss zum Schrottplatz«, sagte ich und starrte zu Boden.

»Schon wieder? Das ist gut. Vielleicht bietet Rick ihm ja 'ne Vollzeitstelle an.«

Ich nickte, vergrub meine Finger in Jagos Bettdecke, dann hob ich den Kopf. Abwartend sah sie mich einige Sekunden an, aber als da nichts mehr kam, seufzte sie und nickte.

»Tasse Tee?« Sie sammelte einen leeren Becher und die Verpackung eines Würstchens im Schlafrock von der Kommode ein.

»Das wäre prima.« Ich war erleichtert, dass es nicht mehr um Jago und Rick ging. Tee war harmlos. »Ich wollte Grandpa auch einen bringen, hab's aber noch nicht geschafft.«

Ich folgte ihr hinaus. Am Treppenabsatz wandte sie sich mit einem fahrigen Blick zu mir um. »Gareth hat mich nach Hause gebracht«, sagte sie. »Er wird zum Tee bleiben.«

Mir wurde übel, und ich erstarrte. »Aber warum?«

»Wäre ziemlich unhöflich gewesen, ihn nicht reinzubitten, oder?« Ihre Augen flogen hin und her, vermieden es, mich anzusehen, während sich ihr Mund in offensichtlichem Unbehagen verzog.

Ich weiß auch nicht, warum ich so schockiert war. Immerhin hatte Gareth Jahre darauf verwendet, sich einen Weg in unser Haus zu schwatzen, und offensichtlich hatte er am Ende Erfolg damit.

»Ach, Süße, jetzt schau nicht so. Er bleibt ja nicht lange.«

»Weißt du, ich will jetzt eigentlich doch keinen Tee. Ich geh lieber ein bisschen spazieren. Tu bitte zwei Löffel Zucker in Grandpas Tasse, ja?« Ich war so aufgewühlt, dass ich Mühe hatte, nicht loszuheulen. »Ich weiß, es sollte nur einer sein, aber ich hab's ihm versprochen. Und vorhin, da hatte er einen … ziemlich schlimmen Anfall …«

»Tamsyn …«

»Alles gut. Ich brauch nur ein bisschen frische Luft.« Ich versuchte, mich an ihr vorbeizuquetschen, aber sie hielt meinen Arm fest. Schweigend sahen wir einander eine Weile an, dann zog sie die Brauen zusammen und rang sich ein Lächeln ab.

»Es ist doch nur eine Tasse Tee«, sagte sie leise.

Mühsam die Tränen zurückhaltend, befreite ich mich aus ihrem Griff und stürmte die Treppen hinunter. Als ich an der Küche vorbeikam, nahm ich aus den Augenwinkeln seine Gestalt wahr und richtete den Blick starr zu Boden. Im Vorbeigehen schnappte ich mir meine Tasche.

»Tamsyn!«, rief meine Mutter mir nach.

Nachdem ich das Haus halb umrundet hatte, lehnte ich mich gegen die Mauer und trat ein paarmal mit der Hacke dagegen.

*Es ist doch nur eine Tasse Tee.*

Ich war total durcheinander. Voller Freude war ich aus dem Haus auf der Klippe zurückgekehrt, und jetzt fühlte ich nichts als Wut in mir. Der gottverdammte Gareth Spence saß wieder einmal in unserer gottverdammten Küche und trank dort wieder einmal eine gottverdammte Tasse Tee.

Ich stieß mich von der Hauswand ab und ging zurück zur Straßenecke. Die Haustür war zu, also schien Mum nicht nach mir zu suchen. Allerdings stand Gareths schäbige Karre noch immer da draußen. Vermutlich saßen sie gerade am Küchentisch und amüsierten sich über die Teenager von heute, über Hormone und zugeknallte Türen.

»Raus aus unserem Haus, gottverdammter Gareth Spence«, zischte ich durch meine zusammengebissenen Zähne.

Auf keinen Fall würde ich wieder reingehen. Nicht, solange er noch da war. Nein, ich würde zum Haus auf der Klippe zurückkehren.

Der Besucherparkplatz war voller Autos, die in ordentlichen Reihen dastanden. Mit gesenktem Blick ging ich an den ganzen Leuten vorbei. Ich hatte weder Zeit noch Lust, Belanglosigkeiten mit idiotischen Touristen auszutauschen, deren einzige Sorge in der Frage bestand, ob sie im Pub zu Mittag essen oder am Strand picknicken sollten.

In dem Moment, als ich durch das Fernglas blickte, war der gottverdammte Gareth Spence vergessen. Weil sie da war. Eleanor. Auf der Terrasse des Hauses auf der Klippe.

»Hallo«, flüsterte ich. »Ich hab heute Morgen deine Tochter kennengelernt. Ist sie nicht wunderschön? Genau wie du.«

Eleanor lag auf der Sonnenliege. Neben ihr stand ein Glas,

und sie hielt ein Hochglanzmagazin in der Hand. Ich versuchte, den Ausschnitt ein wenig herauszuzoomen, konzentrierte meinen Blick auf ihre ausgestreckten Beine, auf denen Wassertropfen glitzerten. Sie hatte ihren Seidenschal umgelegt, und ich konnte das Material förmlich auf meiner Haut spüren. Ich stellte mir vor, wie ich neben ihr lag. Die Beine genauso angewinkelt wie sie, während mein Zeh in die glatte Wasseroberfläche des schwarzen Pools eintauchte.

Dann erregte eine Bewegung beim Haus meine Aufmerksamkeit. Es war er. Max Davenport. Mein Magen krampfte sich zusammen, als ich sah, wie er zu ihr ging. Er trug ein pinkfarbenes Hemd, beige Shorts und natürlich seine blauen Schuhe. Unter seinem Arm klemmte die Zeitung. Jetzt stand er direkt über ihr und sagte etwas, das ich nicht verstand. Sie drehte den Kopf, um ihn anzusehen, und schob sich die Sonnenbrille auf den Kopf.

»Du scheinst dich wohlzufühlen, Liebes«, flüsterte ich. »Oh, das tue ich auch, Darling. Ist es nicht herrlich hier?« – »Möchtest du, dass ich dir was bringe?« – »Nein danke, Liebling, ich bin vollauf zufrieden.« – »Ich liebe dich so sehr.« – »Oh, Schatz! Ich liebe dich auch. Wer auf dieser Welt könnte glücklicher sein als wir?«

Eleanor Davenport schob sich wieder die Sonnenbrille auf die Nase und widmete sich ihrem Magazin. Max überquerte die Terrasse, ließ sich am Tisch nieder und schlug die Zeitung auf.

Dann fiel mir Edie ein.

Ich nahm die Fenster im ersten Stock in den Blick. Überprüfte sie von links nach rechts. Welches war ihres? Ich wusste, dass hinter dem größten Fenster links außen das Schlafzimmer der Davenports lag. Aber welches der anderen drei Zimmer gehörte Edie?

Wieder checkte ich mit dem Feldstecher alle Fenster, dann sog ich scharf die Luft ein. Da war sie. Sie stand hinter dem vorletzten Fenster und hatte die Handflächen von innen gegen das Glas gepresst. Sah sie mich an? Ich ließ das Fernglas fallen, als sei das Metall heiß geschmolzen, und ließ mich flach ins Gras sinken. Ich hielt den Atem an und versuchte, mich vor ihrem Blick zu verstecken. Langsam hob ich den Kopf und nahm wieder das Fernglas zur Hand. Dann teilte ich das Gras vor mir so, dass ich durch das Grün hindurch und bis zu ihrem Fenster schauen konnte. Ich nahm ihr Gesicht in den Fokus. Und atmete erleichtert auf. Sie sah nicht mich an, sie beobachtete ihre Eltern auf der Terrasse. Ihr Blick war starr, ihre Miene ausdruckslos. Nach einer Weile trat sie vom Fenster zurück und verschmolz mit den Schatten im Raum hinter ihr.

Ich rollte mich auf den Rücken und schaute in den Himmel. Weiße Wolken rasten vor einem blauen Hintergrund dahin. Ich legte das Fernglas auf meinen Bauch und verschlang meine Finger im Gras. Dann schloss ich die Augen, und die Sonne tanzte hinter meinen Lidern, während ich den Möwen und Insekten, die im trockenen Gras umherhuschten, lauschte.

Ich zauberte mir Edie herbei und tauchte in einen Tagtraum ein. Ich sah sie vor mir, wie sie hinter dem Fenster stand, doch anstatt in die Dunkelheit zu entschwinden, entdeckte sie mich und winkte mir zu. Dann öffnete sie das Fenster, lehnte sich hinaus und rief meinen Namen. Mein Herz hüpfte vor Freude, als ich zurückwinkte. Sie bedeutete mir, zu ihr zu kommen. Ich hörte mich lachen, als ich den grasbedeckten Abhang hinunter und zum Pfad lief. Edie stürmte aus dem Haus und rannte auf mich zu, um mich zu begrüßen. Arm in Arm standen Mr und Mrs Davenport da. Sie mit ihrem Seidenschal und er in seinen weichen blauen Lederslippern. Sie forderten mich auf, mich zu beeilen. Ließen mich wissen, wie erfreut sie wären, mich zu sehen. Plötzlich entdeckte ich im Hintergrund meinen Vater. Er saß an dem schmiedeeisernen Tisch. In seinen Fingern hielt er eine Zigarette, und der gekräuselte Rauch stieg geisterhaft Richtung Himmel auf. Die Sonne hüllte ihn ein, sodass er aussah wie ein Engel.

Er lächelte mich an, und als ich näher kam, nickte er mir aufmunternd zu.

# ACHT

**Tamsyn – Juli 1986**

Ich konnte an nichts anderes denken, als zum Haus auf der Klippe zurückzukehren, um Edie wiederzusehen. Während ich im Bett lag und auf die Risse in der Zimmerdecke starrte, dachte ich die ganze Zeit über einen guten Vorwand nach.

Vielleicht könnte ich behaupten, ich hätte den Schlüssel mit dem grünen Anhänger verloren, und meine wütende Mutter hätte mir befohlen, den ganzen Weg zurück zum Haus danach abzusuchen. Oder ich könnte Edie erzählen, mir wäre unterwegs ein Ring, ein Armband oder ein Paar Socken abhandengekommen. Oder ich könnte ihr anbieten, sie ein bisschen herumzuführen. Als ihre Fremdenführerin sozusagen. Ich könnte sie nach Porthcurno oder Minack bringen, nach St Ives oder Logan's Rock, nach Land's End oder nach Penzance. Wir könnten uns Tüten voller Süßigkeiten kaufen und den Helikoptern zusehen, die zu den Scilly Inseln flogen. Ich stellte mir vor, wie ich mit Edie durch St Just schlenderte, unserem Postkarten-Städtchen. Ich konnte mich schon fast dozieren hören: *Viertausend Einwohner, westlichste Stadt auf dem britischen Festland, bis vor Kurzem das Zentrum einer blühenden Bergbauindustrie ...*

Doch selbst mit der perfektesten Ausrede konnte ich im Moment nicht dorthin zurück. Es war Freitagmorgen, und da putzte Mum im Haus auf der Klippe in Vorbereitung für die mögliche Ankunft seiner Bewohner. Natürlich wusste sie nicht, dass die schon längst da waren, noch dazu mit einer Tochter, von der sie ebenfalls nichts wusste.

Ich lag auf dem Bett und sah ihr durch meine geöffnete Tür dabei zu, wie sie sich auf dem Treppenabsatz fertig machte. Gerade nahm sie ihre Putzklamotten aus dem Schrank: die stonewashed Jeans, das weiße T-Shirt, ein graues Sweatshirt. Für die Arbeit band sie sich das Haar immer zu einem Pferdeschwanz zusammen, hoch genug, dass er beim Putzen nicht störte. Als Ohrschmuck trug sie schlichte goldene Kreolen. Sie hatte auf Make-up verzichtet und ihr Gesicht nur flüchtig mit Oil of Olaz eingecremt.

»Alles klar bei dir?«, fragte sie mich mit einem lieben Lächeln, als sie mich entdeckte.

Ich drehte mich auf dem Kopfkissen zur Seite und nickte.

»Das sieht aber gemütlich aus, wie du so daliegst«, meinte sie. »Ich wünschte, ich könnte zu dir ins Bett kommen. Aber ...«, sie seufzte, »die Putzfrau hat leider noch nicht Pause.«

Ich wollte ihr unbedingt sagen, dass sie eine Tochter hatten. Ein Mädchen mit blondem Haar, das Edie hieß, benannt nach der *très glamoureuse* Édith Piaf. Aber ich hielt meinen Mund. Hätte ich ihr davon erzählt, hätte sie Fragen gestellt, und dann hätte ich mich womöglich verplappert und die Sache mit dem Schlüssel ausgeplaudert, und dann wäre sie vermutlich ausgeflippt.

Ich hörte, wie sich die Haustür hinter ihr schloss, dann, wie sich ihre Schritte auf dem Weg entfernten. Mein erster Gedanke war, mit meinem Fernglas hinauf zum Felsen zu laufen und Mum mit ihnen zusammen im Haus zu beobachten. Aber das war mir einfach zu riskant. Meine Mutter kannte den Platz, an den Dad und ich so oft gegangen waren. Er hatte sie schließlich auch dorthin mitgenommen. Seit er ein kleiner

Junge war, hatte dieser Aussichtspunkt zu seinen Lieblingsplätzen gehört. Dort konnte er am besten die Sonnenuntergänge über dem Wasser oder die Möwen und Steindohlen beobachten.

Die Gefahr, dass Mum genau in meine Richtung schauen würde, war einfach zu groß, und wenn sie mich entdeckte, hätte ich ihr später erklären müssen, was ich dort oben gemacht hatte. Also ignorierte ich den quälenden Lockruf des Hauses, indem ich mich selbst beschäftigte. Ich putzte die Küche, machte den Abwasch, wechselte Grandpas Bettwäsche und setzte mich dann zu ihm. Und während er versuchte zu atmen, hörte ich mir an, wie er wieder einmal über die gottverdammte Regierung schimpfte, die die Zinnminen plattgemacht hatte, und dass das Puzzle auf seinem Tisch wohl das schwierigste war, das er je gehabt hatte. Dann brachte ich ihm eine Tasse Tee mit zweieinhalb Löffeln Zucker, worauf er mir zum Dank ein Zahnlücken-Lächeln schenkte.

Als ich schließlich hörte, wie die Haustür sich öffnete, rannte ich wieder hinauf und wartete ungeduldig auf dem oberen Treppenabsatz darauf, was Mum über das Haus, die Davenports und Edie zu berichten hatte.

Sie hängte ihren Mantel an die Garderobe neben dem Eingang.

»Hi«, rief ich hinunter. »Wie war's?«

»Na ja, ich hab geputzt.« Sie zog die Augenbrauen hoch und wischte sich mit dem Handrücken über die Stirn. »Heiß heute. Und ich hab fast den Bus verpasst und musste rennen.« Sie hielt inne, blickte mich mit gerunzelter Stirn an. »Die Davenports waren übrigens schon da.«

Erst jetzt sah ich, dass sie einen Umschlag in den Händen hielt.

»Was ist das?«, fragte ich.

Fast verwirrt betrachtete sie das Kuvert. »Ach so, ist für dich.«

»Für mich?«

Sie zögerte. »Ihre Tochter hat mich gebeten, ihn dir zu geben.«

»Was?«, quiekte ich und rannte die Treppe hinunter. Unten angekommen, streckte ich die Hand aus.

Aber sie gab mir den Umschlag nicht. Stattdessen hob sie ihn noch ein Stückchen näher an ihre Brust.

»Würdest du ihn mir bitte geben?«

Sie runzelte die Stirn. »Ich wusste nicht mal, dass sie eine ...«

Ich ließ sie nicht ausreden. »Ich kann nicht glauben, dass sie mir geschrieben hat!« Als ich mir den Brief geschnappt hatte, durchfuhr es mich wie ein elektrischer Schlag. Ich starrte auf den Umschlag. Mein Name stand darauf – in der schönsten Handschrift, die ich je gesehen hatte. Wunderbar geschwungene und perfekt miteinander verbundene Buchstaben. Ich strahlte meine Mutter an, doch das Lächeln erstarb auf meinem Gesicht, als ich ihre Miene sah.

»Woher kennt ihr beiden euch?«, fragte sie betont gleichgültig.

Ich hielt den Brief fest umklammert, während es in meinem Hirn arbeitete und arbeitete.

»Ach so, na ja. Also gestern ...« Ich geriet ins Stocken. »Weißt du, als du ... bei der Arbeit warst, bin ich ein bisschen spazieren gegangen. Oben auf den Klippen. Und, na ja, irgendwie bin ich da auch an ihrem Haus vorbeigekommen, und da war dieses Mädchen – ihre Tochter, wie sich herausstellte – auf der Terrasse. Ich hab sie freundlich angelächelt. So, wie du's immer von mir verlangst. Ich meine, du sagst doch immer, man soll nett lächeln, oder nicht? Jedenfalls hab ich ihr zugelächelt, und da hat sie irgendwas gesagt. Hallo, glaube ich. Dann hat sie übers Wetter gesprochen. Ist es nicht herrlich sonnig, oder so. Vielleicht auch, dass es regnen soll. Egal, wir haben uns jedenfalls unterhalten, und da hat sie mich auf ein Getränk eingeladen. Eine Cola. Diese teure amerikanische, die man immer in der Werbung sieht. Ich glaube, sie heißt Edie oder so.«

Mum nickte leicht, und aus ihrem Gesicht sprach eine gewisse Irritation.

»Sie ist den ganzen Sommer über hier«, erklärte ich.

»Ja, das hat mir Mrs Davenport heute auch mitgeteilt. Jesus, ich hab mich vielleicht erschrocken, als ich die Tür aufgemacht habe und sie da sitzen sah. Hätte ich das vorher gewusst, wäre ich nicht in dem Aufzug da erschienen. Du hättest mal sehen sollen, wie sie mich von oben bis unten gemustert hat. Hochnäsige Ziege. War furchtbar, da sauber zu machen, während sie im Haus war. Ist viel besser, wenn ich allein bin. Stell dir vor, die ist mir von Raum zu Raum gefolgt! Und ich schwöre, sie ist mit dem Finger über die Fensterbank gefahren, nachdem ich sauber gemacht hatte. Ich meine, obwohl ich wusste, dass ich da geputzt hatte, hatte ich Angst, dass noch ein bisschen Dreck am Finger sein würde.« Sie seufzte. »Sie hat gesagt, Mr Davenport arbeite an seinem Buch. Und dass er das in London nicht zu Ende schreiben könne, weil es da zu laut wäre oder zu voll, was weiß ich. Deshalb werden sie bis Ende August hierbleiben. Egal«, sie holte tief Luft und lächelte. »Warum auch immer, sie hat mir noch ein paar Stunden draufgelegt. Jetzt soll ich drei Mal die Woche kommen und am Wochenende auch, falls sie Gäste haben.«

»Das ist doch prima.« Ich war ziemlich erleichtert, dass sie mir die Kennenlerngeschichte mit Edie abgekauft hatte.

»Ja, das kommt gerade recht, um ehrlich zu sein. Ich glaube

nicht, dass wir irgendwann mal so wenig Geld hatten.« Sie rieb sich über das Gesicht. »Vielleicht gibt mir Gareth diesen Monat einen Vorschuss.«

Der Brief in meiner Hand wurde immer schwerer. Ich wollte ihn einfach nur aufreißen und lesen und hoffte inständig, sie würde mich endlich gehen lassen.

»Mrs Davenport meinte auch, dass sie ein bisschen Hilfe im Garten brauchen könnten. Der Zaun muss gestrichen werden. Sie hat mich gefragt, ob ich hier am Ort einen Handwerker kenne, der das übernehmen könnte. Da war ich so dreist und hab deinen Bruder vorgeschlagen. Natürlich muss er schauen, dass sich das mit seiner Arbeit auf dem Schrottplatz vereinbaren lässt, aber da ist er ja nur ab und zu, deshalb wäre das ideal. Sie will ihn allerdings erst mal kennenlernen, um zu sehen, ob er auch *geeignet* ist. Was immer das heißen mag. Schläft er noch?«

»Glaub nicht, ich hab ihn heute schon gesehen.« Das war eine glatte Lüge, denn er war mitnichten aufgetaucht. Aber Mum hasste es, wenn er nach elf noch im Bett lag, und ich wollte nicht, dass sie einfach in sein Zimmer stürmte, um ihn zu wecken, weil das nur wieder Krach nach sich ziehen würde.

Mit dem Daumen strich ich über den Briefumschlag.

»Was macht Grandpa?«, wollte Mum wissen.

»Den Himmel hat er fast fertig.«

»Na, das freut ihn sicher.«

Einen Moment lang standen wir schweigend da. Mit einem erwartungsvollen Blick sah sie auf den Umschlag in meiner Hand. Ich versteckte ihn hinter meinem Rücken. Sie nickte fast unmerklich und ging in die Küche.

Den Brief an die Brust gedrückt, schoss ich die Treppe hinauf wie ein geölter Blitz. Als die Tür meiner Box hinter mir ins Schloss fiel, ließ ich mich aufs Bett sinken, riss den Umschlag auf und faltete den einzelnen dicken cremefarbenen Briefbogen auseinander.

*Liebe Tamsyn,*
*kannst du später bei uns vorbeikommen? Max will zum Supper ein Barbecue machen. Ich habe ihn gefragt, ob ich eine Freundin dazu einladen darf, und er hat JA gesagt. Deine Mutter wusste nicht, ob du heute Zeit hast oder nicht.*
  *Ich hoffe WIRKLICH, du kannst kommen!!*
  *Bitte sag Ja. Die Langeweile macht mich BUCHSTÄBLICH irre. Wahrscheinlich bringt sie mich früher oder später um!*
  *Ruf mich an unter Penzance 3483.*
  *Edie x*

Um ganz sicherzugehen, dass ich nichts falsch verstanden hatte, las ich den Brief noch ganze drei Mal. Dann hielt ich das Papier an mein Gesicht und küsste es. Das war wirklich das Aufregendste, was mir je passiert war. Hatte sie mich wirklich als ihre *Freundin* bezeichnet? Ich las die Zeilen zur Sicherheit ein viertes Mal, während die Hitze in mir loderte wie ein Freudenfeuer. Eine Einladung zum Grillen? Ich konnte es kaum fassen. Ich war noch nie auf einem abendlichen Barbecue gewesen. Und jetzt das, sogar mit einer richtigen schriftlichen Einladung, geschrieben mit blauer Tinte auf Papier mit Wasserzeichen. Keine Heimlichkeiten mehr, keine Angst davor, erwischt zu werden. Ich würde ganz offiziell zum Haus auf der Klippe gehen, als geladener und willkommener Gast. Es war, wie Edie es ausdrücken würde, als wäre *buchstäblich* ein Traum in Erfüllung gegangen.

»Mum! *Mum!*«, brüllte ich, als ich die Treppe herunterrannte. »Kannst du mir zehn Pence leihen?«

Ich schnappte mir ihre Handtasche vom Haken, holte ihr Portemonnaie heraus und schoss durch die Tür nach draußen.

Meine Mutter rief mir noch etwas nach, doch ich verstand es nicht, also hob ich im Laufen eine Hand und schrie: »Bin gleich zurück!«

Als ich die Telefonzelle an der Ecke erreicht hatte, riss ich die Tür auf und wich wegen des darin herrschenden Gestanks unwillkürlich zurück. Jago hatte mir mal erzählt, dass die Betrunkenen dort pinkelten, wenn der Pub zugemacht hatte. Wie ekelhaft. Ich atmete nur durch den Mund, strich mir das Haar aus dem Gesicht und blies scharf die Luft Richtung meiner schweißnassen Augenbrauen aus. Dann holte ich eine Münze aus Mums Portemonnaie.

Meine Hand zitterte, als ich den Hörer von der Gabel nahm und ihn zwischen Schulter und Wange einklemmte. Ich hielt den Brief in die Höhe, um die Nummer abzulesen, dann drehte ich die Wählscheibe mit größter Sorgfalt. Als ich darauf wartete, dass die Verbindung hergestellt wurde, überkam mich mit einem Mal die Angst, dass es sich um einen raffiniert eingefädelten Witz handeln könnte, dass die Nummer vielleicht frei erfunden war und dass sie sich ganz in der Nähe versteckte und sich darüber kaputtlachte, wie ich mich gerade zum Narren machte. Mein Magen rumorte bei dem Gedanken so sehr, dass ich fast den Hörer wieder auf die Gabel geknallt hätte. Doch dann klingelte es plötzlich in der Leitung, das bekannte *Ring-Ring* in meinem Ohr, ein *Ring-Ring* im Haus auf der Klippe ...

Ich sah ihr Telefon auf dem Tisch im Flur deutlich vor mir. Schwarz und neumodisch, mit Tasten wie auf einem Taschenrechner. Ich stellte mir vor, wie das Gebimmel im Haus widerhallte, wie Edie mit ausgestrecktem Arm auf den Apparat zuging. Die Nerven in meinem Körper waren zum Zerreißen gespannt. Was um alles in der Welt sollte ich bloß sagen? Ich musste Ruhe bewahren. Ich war zum Abendessen eingeladen worden. Wenn ich da hinwollte – und weiß Gott, *wie* ich da hinwollte! –, dann musste ich jetzt da durch.

Am anderen Ende wurde der Hörer abgehoben. In diesem Moment piepte der Münzsprecher und verlangte mehr Geld. Ich fütterte den Apparat, und das Piepen verstummte.

»Penzance 3-4-8-3«, sagte die wohl nobelste Stimme, die ich je vernommen hatte. Das war nicht Edie. Das musste sie sein. Mrs Davenport mit ihrer sahnigen Haut und dem honigfarbenen Haar. Mein Magen krampfte sich zusammen.

»Ähm, hallo ...« Meine Stimmbänder streikten, machten aus meinen Worten ein ersticktes Quieken. »Hier ist ... Tamsyn.«

»Wer?«

»Kann ich bitte ... mit Edie sprechen?«

Aus dem Hintergrund waren undeutliche Worte zu vernehmen. Sie hatte den Hörer wohl mit der Hand abgedeckt, denn nun verebbten die Stimmen fast gänzlich. Dann näherten sich Schritte, und es folgte ein gedämpftes »Für dich.«.

Endlich hörte ich Edies Stimme. »Tamsyn?«

»Hi, ich hab ... deinen Brief bekommen.« Mein Finger wanderte zu meinem Mund, und ich fing an, an den Nägeln zu kauen. In diesem Moment war ich ganz sicher, dass das alles nur ein schlechter Scherz war und sie gleich vor Lachen explodieren würde.

Aber das tat sie nicht.

»Kannst du kommen?«, fragte sie stattdessen.

Ich schloss vor Erleichterung die Augen. »Ja«, hauchte ich.

»Das ist super!«

»Ich komme sehr gern. Wirklich. Und ich hab auch noch nichts anderes vor. Überhaupt nicht.« Mir wurde bewusst, dass ich zu schnell sprach, fast über meine eigenen Worte stolperte in dem verzweifelten Versuch, sie irgendwie rauszubekommen.

»Klasse. Max findet ja, er sei der Barbecue-König vor dem Herrn, also schon mal im Voraus Entschuldigung für etwaige Merkwürdigkeiten. Und bring einen Badeanzug mit. Ich denke mal, BH und Schlüpfer wären heute Abend nicht so angebracht.«

Sie lachte, und mir wurde heiß und kalt, als ich mich daran erinnerte, wie ich mit durchsichtiger, weil durchnässter Unterwäsche aus dem Pool gestiegen war. Während sie mich dabei beobachtete – angezogen und wunderschön.

»Komm, sobald du kannst, ja? Ich hab nämlich nicht gelogen, als ich sagte, dass ich vor Langeweile eingehe. Und ich hab auch keine Ahnung, wie ich hier unten weiterleben soll. Gott, wie ich London vermisse!«

Das Piepen signalisierte, dass meine zehn Pence sich dem Ende zuneigten. »Okay, ich komme zu Fuß, aber ich geh gleich los.«

»Ach so, wenn du hier an...«

Ein Klicken folgte, dann war die Leitung tot. Ich hatte das Ende ihres Satzes nicht mehr mitbekommen.

Obwohl ich vor Glückseligkeit wie auf Wolken schwebte, überfiel mich die bedrückende Atmosphäre in unserem dunklen, viel zu vollgestellten Haus, sobald ich es betrat. Ich hasste es. Es hatte einmal eine Zeit gegeben, da war dieses Haus der sicherste Ort auf Erden für mich gewesen. Als die Räume noch mit Lachen und nicht mit verzweifelter Stille erfüllt gewesen waren. Ein Ort der Gutenachtgeschichten und Spieleabende vor dem Kamin. Nun war es nicht mehr als ein kalter und abweisender Kasten, aus dem durch Verlust und Sorge jegliche Freude gewichen war.

Meine Mutter kam aus der Küche, als ich in den Flur trat.

Sie hielt eine Packung Jaffa Cakes in die Höhe. »Willst du einen?«

»Jaffa Cakes? Was gibt's denn zu feiern?«

»Die Aufstockung meiner Stundenzahl.«

»Vielleicht später«, sagte ich so gelassen wie möglich. »Ich gehe zu den Davenports. Sie haben mich zum Barbecue-Supper eingeladen.«

»Zum was?«

»Zum Supper.«

»Supper?« Aus ihrem Gesicht sprach die nackte Verwirrung.

Offensichtlich wusste sie mit diesem vornehmen Wort nichts anzufangen. Bei uns und bei allen Leuten, die wir kannten, hieß Abendessen *tea*. Ich klärte sie gerne auf.

»Abendbrot. Ein Abendessen, bei dem gegrillt wird. Edie hat mich eingeladen. Darum ging's in dem Brief. Ich hab zugesagt. Gerade eben, per Telefon.« Als ich das alles laut aussprach, erschien es mir gleich doppelt so aufregend, und ich strahlte. »Sie meinte, ich solle auch meinen Badeanzug mitnehmen.«

Auf dem Gesicht meiner Mutter erschien ein Ausdruck, den ich nicht deuten konnte. »Warum?«

»Um schwimmen zu gehen.«

»Nein, ich meine, warum hat sie dich zum Mittagessen eingeladen?«

»Zum Supper, nicht zum Mittagessen. Das hab ich dir doch schon erzählt. Wir haben uns gestern kennengelernt, und sie mag mich.«

Meine Mutter schüttelte den Kopf und zog die Brauen zusammen. »Sie *mag* dich?«

Wie sie alles wiederholte, was ich sagte, und dabei so misstrauisch dreinblickte, hätte ich am liebsten losgeschrien. Aber ich holte tief Luft und versuchte, ruhig zu bleiben. »Ja, es könnte durchaus Menschen geben, die mich mögen, weißt du.«

»Ich weiß. Ich wollte ja nicht sagen, dass ... Es ist nur ...«

Mein Unverständnis kochte über wie auf dem Herd vergessene Milch. »*Was?*«

»Na ja ... also, ich weiß nicht. Es ist ... Sie sind ...«

»Sie sind *was?*«

»Sie sind anders. Anders als wir.«

»Wovon redest du eigentlich? Die Davenports sind doch keine Mitglieder des Königshauses.«

»Wenn es um Leute wie dich und mich geht, könnten sie's aber geradeso gut sein.« Sie seufzte und legte eine Hand an die Stirn. »Sieh mal, er ist reich und berühmt, über ihn steht ständig was in der Zeitung, und sie haben sehr viel Geld.«

»Das heißt heutzutage gar nichts mehr. Es ist nicht mehr so wie früher, Mum. Die meisten Leute sehen das inzwischen weniger eng.«

»Aber ich bin ... ihre *Putzfrau*.« Meine Mutter schaute auf ihre Hände, als wünschte sie, sie gehörten jemand anderem. »Also, ich weiß nicht ...«

»Edie weiß, was du machst, und es ist ihr egal. Warum also sollte es *uns* dann nicht egal sein?« Ich verschränkte die Arme vor der Brust und schob eine Hüfte vor.

Sie seufzte. »Vermutlich hast du recht. Ist sicher langweilig so als Einzelkind in dem riesigen leeren Haus. Ich verstehe ja, dass sie Zeit mit jemandem in ihrem Alter verbringen will. Aber sei vorsichtig, okay? Mir ist diese Familie irgendwie nicht geheuer, um ehrlich zu sein. Besonders Mrs Davenport.« Sie stellte die Packung mit den Jaffa Cakes beiseite und lächelte mich an. »Ich heb dir ein paar auf. Grandpa und Jago werden da hinterher sein wie der Teufel hinter der armen Seele. Könntest du ihr – Mrs Davenport – dann vielleicht ausrichten, dass ich ihr in Kürze deinen Bruder ins Haus schicken werde? Sag ihr, dass es um den Malerjob geht. Und sprich nur gut von ihm, ja? Dass er ein guter Arbeiter und *geeignet* ist und so.«

Als sie das Wort *geeignet* aussprach, rümpfte sie die Nase. Mir war klar, dass sie etwas damit andeuten wollte, dass sie dem Wort noch eine andere Bedeutung beimaß, aber ich beschloss, nicht darauf einzugehen. Ich hatte auch keine Zeit dafür. Ich musste etwas Passendes zum Anziehen heraussuchen. Für das Barbecue im Haus auf der Klippe. Wie sehr ich mir in diesem Moment wünschte, ich hätte Mums Regenbogenkleid noch nicht ausgeführt. Das wäre für den Anlass perfekt gewesen. Aber wie ich im Arzt-Wartezimmer in der *Cosmopolitan* gelesen hatte, durfte man dasselbe Kleid niemals zwei Mal tragen. Also musste ich mir etwas anderes einfallen lassen.

# NEUN

**Edie – Juli 1986**

Edie ging durch die Doppeltür hinaus auf die Terrasse und holte ihre Zigaretten aus der Tasche. Sie fischte eine aus der Schachtel und hielt an, um sie anzuzünden, wobei sie die Flamme mit der Hand gegen den Wind abschirmte.

Der Rasen unter ihren Füßen fühlte sich weich an, und in den Blumenbeeten an seinen Rändern wimmelte es von Bienen und Schmetterlingen, die geschäftig von Blüte zu Blüte flogen. Der Wind war zu schwach, um die trockene Hitze abzumildern. Als Edie sich über den Zaun beugte, schien die Sonne gnadenlos auf sie herab. Sie wurde von der Meeresoberfläche zurückgeworfen, die dadurch aussah wie ein poliertes Silbertablett. Die Möwen flogen so hoch, dass sie nur noch als dunkle Punkte am wolkenlosen Himmel zu erkennen waren und ihr fortwährendes Gekreische so gut wie nicht mehr zu hören war. Kettenrauchend behielt Edie den Pfad im Auge, bis Tamsyn schließlich um die Ecke bog. Im gleichen Moment drückte sie die Zigarette am Zaun aus und warf die Kippe in den stacheligen Ginsterbusch, der jenseits des Grundstücks stand.

Tamsyn hatte sie nicht gesehen, und Edie fiel auf, dass sie mit einer gewissen Zielstrebigkeit auf das Haus zuhielt, wie ein Soldat, der an die Front marschierte. Auf dem Pfad über der Felsenklippe blies der Wind deutlich stärker, sodass sich aus dem zu einem Knoten geschlungenen Haar immer wieder rote Strähnen lösten und wild umherwirbelten, als wollten sie entfliehen. Edie wartete darauf, dass Tamsyn sie bemerkte, doch die war so sehr in ihren Aufstieg zum Haus versunken, als würde sie jeden ihrer Schritte zählen.

Als Tamsyn das Tor aufstieß, rief Edie von oben nach ihr.

Das Mädchen wirkte einen Moment lang überrascht, aber dann erschien auf ihrem Gesicht ein schüchternes Lächeln, und sie winkte. Dabei wedelte sie mit ihrem ganzen Arm hin und her, eine kindische Geste, die nur betonte, wie unreif sie noch wirkte in ihren kurzen Jeansshorts und dem in der Taille zusammengeknoteten Hemd. Das Outfit hätte sexy und erwachsen aussehen können, nur waren die Shorts zu weit, und das Hemd hatte sie irgendwie falsch gebunden. Zu unschuldig. Das Ganze erinnerte eher an ein Girlie-Magazin als an Daisy Duke. Edie nahm sich vor, ihr zu sagen, dass sie das Hemd etwas fester und höher knoten sollte, um den Bauch zu zeigen, und noch einen Knopf öffnen, damit man mehr vom Dekolleté sah. So würde das Ganze gleich hundert Mal besser aussehen.

»Mein Vater hat den Grill noch nicht mal angezündet, da dachte ich, wir könnten auf meinem Zimmer noch ein bisschen Musik hören«, sagte sie, als Tamsyn nah genug heran war.

Bevor Tamsyn etwas erwidern konnte, wandte sich Edie um, um hineinzugehen. Mit einem Blick über die Schulter stellte sie zufrieden fest, dass das Mädchen hinter ihr herkam wie ein braves Hündchen.

»Was für Musik magst du?«, fragte Edie, als sie die Stufen hinaufgingen.

»Ach, alles.«

Tamsyn folgte Edie nicht in ihr Zimmer, sondern blieb in der Tür stehen, knetete ihre Finger und starrte auf ihre Füße. Diese Zurückhaltung nervte Edie, und sie fragte sich allmählich, ob sie wohl einen Fehler gemacht hatte. Ob es eher langweilig als unterhaltsam sein würde, Zeit mit diesem Mädchen zu verbringen. Wo war die Kleine, die ins Haus eingebrochen und sich ausgezogen hatte, um im Pool zu schwimmen? *Das* Mädchen hatte Edie gefallen. Diese schaumgebremste Version dagegen interessierte sie nicht im Geringsten. Sie nahm ihren Walkman vom Nachttisch, setzte sich im Schneidersitz aufs Bett und schaute das Mädchen in der Tür absichtlich nicht an.

»Mir gefällt dein Zimmer«, sagte Tamsyn schließlich. »Meins ist winzig.«

Edie sah auf. »Noch kleiner als das hier?«

Tamsyn nickte. »Viel kleiner. Hat nur Platz für mein Bett. Ich kann nicht mal die Tür ganz aufmachen.«

Edie rückte auf ihrem Bett ein Stück beiseite. Tamsyn verstand den Wink, kam herüber und setzte sich neben sie. Edie drückte »Play« auf dem Walkman, hielt einen der schaumgummigepolsterten Kopfhörer an ihr Ohr und bot den anderen Tamsyn an.

»Kennst du *The Cure?*«

Tamsyn schüttelte den Kopf.

»Die wirst du lieben. Robert Smith ist der totale Sex-Gott auf eine Art, die nicht wirklich sexy ist, falls du verstehst, was ich meine. Dieser Song heißt ›*Killing an Arab*‹.«

Tamsyn presste den Kopfhörer ans Ohr.

»Und? Was meinst du?« Edie versuchte, in der Miene der anderen zu lesen.

»Gefällt mir«, erwiderte Tamsyn, und es klang so, als sagte sie die Wahrheit. »Ich hab so was zwar noch nie gehört, aber es ist klasse.«

Edie lehnte den Kopf gegen die Wand, zog die Beine an und schlang die Arme darum. Tamsyn nahm exakt die gleiche Position ein, nur dass ihr Kopf in Edies Richtung gewandt war. Die Augen des Mädchens bohrten sich förmlich in sie hinein. Edie versuchte, es zu ignorieren, nahm an, dass Tamsyn irgendwann wegschauen würde, aber das tat sie nicht, und so bekam das Ganze allmählich etwas Verstörendes.

Edie drückte die »Stopp«-Taste auf dem Walkman, und die Musik verstummte mit einem lauten Klick.

»Alles okay mit dir?« Sie wandte sich ihrem Gast zu.

»Bitte?« Nervös begannen Tamsyns Mundwinkel zu zucken.

»Du starrst mich die ganze Zeit an. Das macht mich ganz kirre. Und irgendwie seltsam ist's auch, wenn ich ehrlich bin.«

Tamsyns Gesicht wurde puterrot, was sich ganz fürchterlich mit ihrer Haarfarbe biss. Edie hoffte, sie würde lachen oder was Cooles erwidern, doch stattdessen murmelte sie eine Entschuldigung. Wie öde. Langweilig und öde.

Edie setzte sich brüsk auf, rutschte ans Ende ihres Bettes und stand auf. Sie wickelte das Kabel um ihren Walkman und drehte sich dann mit verschränkten Armen zu Tamsyn um. Sie würde das Mädchen auffordern zu gehen. Das hier machte keinen Spaß. Das war ja schlimmer, als allein zu sein. Sie würde ihr sagen, dass das Barbecue abgeblasen worden wäre und dass sich ihre Pläne für den Sommer geändert hätten, bei denen sie, Tamsyn, nun nicht mehr einbezogen wäre.

Doch als sie den Mund öffnete, schwang Tamsyn die Beine vom Bett und sah ruhig zu Edie auf. »Mein Vater ist gestorben.«

Edie hob die Augenbrauen. Ein toter Vater machte sie definitiv wieder interessant.

»Vermutlich komme ich deshalb ein bisschen seltsam rüber.«

Edie antwortete nicht.

»Sorry, hätte ich dir vielleicht früher sagen sollen. Ich ...«

»Wie alt warst du?«

»Zehn.«

Edie fühlte ein Zwicken in der Magengrube. Zehn Jahre alt. Etwas jünger als sie selbst, als sie ihre reglose, weil bewusstlose Mutter auf dem Fußboden vorgefunden hatte. Reglos und leichenblass. Eine ganze Weile war sie felsenfest davon überzeugt gewesen, ihre Mutter sei tot. Hatte sich neben sie gesetzt, ihre Hand gestreichelt und gebettelt, sie möge wieder aufwachen. Dann war ihr Vater erschienen und hatte sie aus dem Schlafzimmer geschickt. Als sie ging, hörte sie ihn verärgert murmeln, dass ihre Mutter, wenn sie so weitermachte, Weihnachten nicht mehr erleben würde. Kurz darauf war Edie ins Internat zurückgekehrt, aber jeden Abend, wenn sie zu Bett ging, rechnete sie damit, am nächsten Morgen erfahren zu müssen, dass ihre Mutter es dieses Mal nicht geschafft hatte.

»Was ist mit ihm passiert?«

»Er ist ertrunken.«

Edie legte eine Hand auf Tamsyns Knie.

»Er war Freiwilliger beim RNLI.« Sie hielt inne und warf Edie einen Blick zu. »Das ist die Seenotrettung. Er musste während eines Sturms raus, der total schnell aufgezogen war. Ein paar Touristen waren in ihrem Dinghy aufs Meer abgetrieben worden. Diese Idioten. Die sind auch dabei umgekommen. Sein Körper wurde am nächsten Morgen ein paar Meilen von hier an die Küste gespült.« Wieder verstummte sie, blinzelte schnell, dann sagte sie: »Manchmal tut es so weh, dass es mir die Luft abschnürt. Ich vermisse ihn jeden Tag.«

Als Tamsyn über den Tod ihres Vaters sprach, wurde sie lebhafter, und die Scheu schwand. Der nackte Kummer war mit Händen zu greifen, aber auch die innere Stärke, die Edie bei ihrem ersten Zusammentreffen kurz hatte aufflackern sehen.

»Wie entsetzlich. Das tut mir sehr leid«, sagte Edie. Und das war ehrlich gemeint. »Du armes Ding.«

Ohne groß darüber nachzudenken, legte sie einen Arm um Tamsyn, und so saßen sie eine Weile da, friedlich und schweigend. Kein Geräusch war zu hören, bis auf den Nachhall der Brandung, der durch das leicht geöffnete Fenster zu ihnen hereindrang.

# ZEHN

**Tamsyn – Juli 1986**

Es gab diesen Moment in Edies Zimmer, wo sie mich dabei erwischt hatte, wie ich sie anstarrte. Da dachte ich wirklich, ich hätte alles kaputt gemacht. Ich war total versunken gewesen in ihren Anblick. Fasziniert hatte ich den Schwung ihrer Nase studiert, den glitzernden Diamantstecker in ihrem Nasenflügel, den makellosen und in einer extravaganten Linie gezogenen Eyeliner auf ihren Lidern. Als ihr mein Starren auffiel, bemerkte ich, wie sie innerlich auf Distanz zu mir ging. Den Blick, den sie mir zuwarf, hatte ich schon viele Male gesehen, bei den Mädchen und Jungen an meiner Schule. Normalerweise ging er mit einem abschätzigen Schnauben einher und vermutlich dem stillen Stoßgebet, bitte nicht mal tot mit mir zusammen gesehen zu werden.

Und als ich genau diesen Ausdruck auf Edies Gesicht sah, geriet ich in Panik.

Den Tod meines Vaters als Entschuldigung vorzubringen, war riskant gewesen. Genauso gut hätte ich sie damit abschrecken können. Vielleicht hätte sie das gar nicht als Erklärung verstanden. Und möglicherweise hätte es sie gar nicht interessiert. Es war ein Deal: Informationen gegen eine zweite Chance. Aber es hatte sich gelohnt, das Risiko einzugehen. Innerhalb von Sekunden war ihre Miene weich geworden, und ihr Körper hatte sich geöffnet wie eine Blüte im Wasser. Die verschränkten Arme, die geballten Fäuste, die zusammengekniffenen Augen, das alles war plötzlich wie weggeblasen.

*Das tut mir sehr leid. Du armes Ding.*

Und dann hatte sie mich in den Arm genommen und es zugelassen, dass ich meinen Kopf an ihre Schulter legte. Natürlich war ich dabei zur Salzsäule erstarrt. Ich traute mich nicht, mich auch nur einen Millimeter zu rühren, aus Angst, den kostbaren Moment zu ruinieren. Noch nie hatte mir jemand so viel Mitgefühl entgegengebracht. Besonders nicht Leute meines Alters. In der Schule wurde Dads Tod möglichst nicht zur Sprache gebracht, für den Fall, dass ich dann zu heulen oder zu schreien anfangen oder auf die Wand einschlagen würde.

Schließlich stand sie auf. »Komm«, sagte sie, »ich hab Hunger.«

Als ich ihr die Treppe hinunter folgte, wurde mir ganz schwindlig, als ich daran dachte, wo ich mich befand und wie ich, nun als geladener Gast, überhaupt hier gelandet war. Ich hatte mich so sehr daran gewöhnt, mich illegal in diesem Haus aufzuhalten und die ganze Zeit Angst zu haben, erwischt zu werden. Erlaubterweise hier zu sein war ein wenig überwältigend für mich, sodass ich eine Sekunde stehen bleiben und mich am Geländer festhalten musste. Nach drei tiefen Atemzügen hatte ich mich aber wieder im Griff.

Wir gingen durchs Wohnzimmer zur Hintertür. Die Fenster standen offen, und die hauchdünnen Vorhänge tanzten im Durchzug wie Gespenster. Als wir nach draußen traten, traf mich die Hitze der Nachmittagssonne wie ein Schlag. Dann sah ich den gedeckten Tisch, und der Anblick verschlug mir kurz den Atem. Der war mir bei meinem Eintreffen gar nicht aufgefallen. Vermutlich war ich zu sehr versessen darauf gewesen, mit Edie in ihr Zimmer zu gehen und Musik zu hören. Wie auch immer, so etwas hatte ich noch nie gesehen. Der Eisentisch sah aus, als wäre er für ein Bankett hergerichtet worden. Auf einem weißen Tischtuch stand eine riesige Schale, in der sich exotische Früchte auftürmten, die ich noch nie gesehen hatte. Ich entdeckte auch eine kleine Platte mit Butter, die in der Sonne schon ein wenig weich geworden war, aufgerollte Servietten in Silberringen und einen silbernen, mit Eiswürfeln gefüllten Kübel, in dem zwei Flaschen steckten. Der Tisch war für vier Personen gedeckt, und mein Herz machte einen freudigen Satz, als mir bewusst wurde, dass ich eine davon war.

»Mal wieder typisch. Wein, aber kein Wasser«, meinte Edie. »Warte hier. Ich hole was.«

Als sie fort war, nahm ich aus den Augenwinkeln eine Bewegung wahr. Ich sah über die schimmernde Wasseroberfläche des Pools hinweg und entdeckte Max Davenport. Er stand mit dem Rücken zu mir vor dem gemauerten Grillofen, der sich am anderen Ende der Terrasse befand. Gerade stocherte er so heftig in einem Haufen qualmender Kohlestücke herum, dass die Funken stoben.

Ich beschloss, mein Glück zu versuchen und mit ihm zu sprechen. Mein Herz wummerte, als ich mich ihm näherte, und ich konzentrierte mich ganz auf die Stimme in meinem Kopf, die mir zurief: *Sei tapfer, sei tapfer, sei tapfer.*

Er hatte mich offenbar kommen hören, denn er drehte sich um, lächelte breit und hob zur Begrüßung die Grillzange. Ein Schweißfilm bedeckte seine Stirn, und das schneeweiße Hemd, das bis zum Bauch geöffnet war und leicht ergrautes Brusthaar offenbarte, zeigte zwei feuchte Stellen unter den Achseln. Er trug lange rote Shorts mit Bügelfalte und natürlich die weichen blauen Slipper. Hunderte Male hatte ich sie durch Dads Fernglas an seinen Füßen gesehen, aber noch nie waren mir die beiden goldenen Münzen aufgefallen, die in den Schlitzen oben auf den Schuhen steckten.

Er musste bemerkt haben, wie ich sie anstarrte. »Das sind Penny Loafers«, erklärte er, deutlich amüsiert. »Man soll einen Penny reinstecken, aber ich nehme lieber Ein-Pfund-Münzen.«

»Wie in ein Portemonnaie?«

Er lachte. »Nein, nur zur Verzierung.«

Mir war nicht klar gewesen, dass man Geld auch zu Dekorationszwecken einsetzen konnte. Als ich wieder auf die Münzen sah, blinkten sie mir entgegen wie das Licht in einem Leuchtturm.

»Meine Mutter kann sich noch nicht so recht mit den neuen Münzen anfreunden«, sagte ich. »Sie mag Geld, das man zusammenfalten kann, und hasst es, wenn die Taschen runterhängen, weil das Kleingeld so schwer ist.«

»Deine Mutter scheint mir eine sehr vernünftige Frau zu sein.«

Ich lächelte. Seine Stimme klang anders, als ich sie mir vorgestellt hatte. Vornehmer und rauer, als hätte er vor dem Sprechen eine Handvoll Sand geschluckt.

»Wie heißt du?«

»Tamsyn Tresize.« Ich hoffte, er sah nicht, wie ich rot wurde.

»Ein guter kornischer Name.« Wieder lächelte er. »Und ein schöner noch dazu.«

»Ich freue mich, Sie kennenzulernen, Mr Davenport«, erwiderte ich höflich.

»Max«, sagte er. »Nenn mich doch Max.«

Während wir uns unterhielten, erlebte ich etwas Außergewöhnliches: Ich sah mich auf meinem Felsen sitzen und Max Davenport dabei beobachten, wie er mit einem Mädchen mit langen roten Haaren sprach, das genauso aussah wie ich.

»Max? Bist du immer noch nicht fertig?«

Die Stimme holte mich auf die Terrasse zurück. Ich sah, wie Mrs Davenport durch die Tür nach draußen rauschte. Sie trug einen voluminösen Kaftan in Pfauengrün und -blau, der an den Rändern mit Gold eingefasst war und beim Gehen hinter ihr herwehte. Die übergroße weiß gerahmte Sonnenbrille verbarg den größten Teil ihres Gesichts, ihr Haar war auf dem Kopf zu einem Knoten aufgesteckt, und sie trug schwere in Gold gefasste Perlenohrringe.

»Du musst Tamsyn sein«, sagte sie.

Ihre Stimme war weich und ein wenig schleifend, als wären ihre Worte miteinander verschmolzen. Sie lächelte und entblößte perfekte weiße Zähne, und als sie mir ihre Hand entgegenstreckte, hätte ich sie fast nicht ergriffen aus Angst, sie schmutzig zu machen.

»Nett, dich kennenzulernen. Deine Mutter ist ein wahres *Gottesgeschenk*. Ich hab wirklich keine Ahnung, wie wir *sans elle* zurechtkommen würden.«

»Ihre Mutter?«, fragte Max.

Mrs Davenport lächelte. »Die Putzfrau, Liebling.«

Ich schluckte hart, als mir die Realität in die Hacken biss wie ein bösartiger Köter. Mein Blick huschte zu Max. Wie würde er reagieren? Ob er meinen Namen jetzt immer noch so schön fand?

»Großartige Frau«, sagte er, und ich strahlte.

Edie kam mit einer grünen Wasserflasche aus dem Haus und setzte sich. Sie winkte mich heran, also ging ich zu ihr, obwohl ich fast lieber bei Max geblieben wäre und mit ihm über seine Schuhe geplaudert hätte.

Kurz darauf saßen wir alle um den Tisch herum, und meine Wangen schmerzten vom angestrengten Lächeln. Mehr konnte ich nicht tun, um nicht laut loszulachen. Ich musste an all die

Male denken, wo ich mich auf der Klippe im sandfarbenen Gras versteckt gehalten und die Davenports beim Essen beobachtet hatte – entweder draußen auf der Terrasse oder im Haus an dem runden weißen Tisch im Wohnzimmer – und jeden Moment, jeden Bissen, jeden Schluck in mich aufgenommen hatte. Das alles war mir so vertraut, die sorgsame Art, in der sie Messer und Gabel ablegte, während sie kaute, wie er sich in seinem Stuhl zurücklehnte und aufs Meer hinausschaute, auf welche Weise er den Wein einschenkte und wie sie ihr Gesicht in die Sonne hielt. Es war, als dürfte ich plötzlich in meinem Lieblingsfilm mitspielen.

»Deine Mutter war so nett, heute Morgen den Tisch für uns zu decken. Natürlich nur für drei, nicht für vier Personen. Edie hat uns erst kurz bevor du kamst, von deinem Besuch erzählt, deshalb musste ich selbst ein zusätzliches Gedeck auflegen.«

Edie verdrehte die Augen. »So schwer ist das nun auch nicht, noch ein Messer und eine Gabel auf dem Tisch zu platzieren, Eleanor.«

»Es ist wirklich toll, hier zu sein, Mrs Davenport«, sagte ich schnell, weil ich merkte, dass sich da etwas zusammenzubrauen drohte.

Eleanor lächelte mir zu, als sie die Weinflasche aus dem Kühler nahm und sich nachschenkte. Ich spürte jedoch, dass sie verärgert war, und wünschte mir, Edie hätte die Sache mit dem Besteck nicht erwähnt.

Max Davenport erhob sich und entschuldigte sich mit gedämpfter Stimme, bevor er zurück zum Barbecue ging. Er schnappte sich die Grillzange, wirbelte sie herum wie ein Schwert und drehte dann die Steaks auf dem Rost, die so dick waren wie die Bibel.

»Nun, Tamsyn«, sagte Eleanor Davenport, und ich musste

meinen Blick von Max und dem Grillofen losreißen, »bist du froh, dass du jetzt Ferien hast?«

»Oh ja. Sehr. Ich hatte gerade Prüfungen, deshalb war das letzte Trimester ziemlich anstrengend.« Ich dachte zurück an all die Stunden, in denen ich geistesabwesend, weil in Tagträume versunken, in meine Bücher gestarrt hatte. Und erst die Prüfungen, in denen mir die Worte vor den Augen verschwammen, bis ich mich nicht mal mehr an meinen Namen, geschweige denn an Arithmetik erinnern konnte.

»Was für Bildungszertifikate? O-Level?«

»CSE-Level.«

»CSE?« Eleanor stellte ihr Glas auf den Tisch. »Die nimmt man doch nur, wenn man für die O-Level nicht gut genug ist, oder? Wie viele hast du denn erreicht?«

Ich schluckte, und eine Welle heißer Scham durchflutete meinen Körper. »Nur fünf.«

»Müssen wir jetzt unbedingt über die Schule reden, Eleanor?« Edie schnaubte. »Ich meine, das ist wirklich das Letzte, woran Tamsyn und ich derzeit denken möchten.«

»Entschuldigung«, sagte Eleanor. »Es hat mich nur interessiert, das ist alles. Sagst du nicht immer, ich soll mehr Interesse an den Dingen zeigen?«

Ich zermarterte mir den Kopf, um etwas, irgendetwas zu sagen. »Schöne Tischdecke. Gefällt mir.«

»Die Tischdecke?« Eleanor lachte. »Danke. Ist eine alte, die wir in London aussortiert haben.«

»Ich hab noch nie an einem Tisch mit Decke gegessen. Ich glaub, wir haben gar keine.«

»Wirklich?«

»Mum würde sich ständig Sorgen machen, dass so was Schönes Flecken bekommt.« Ich betastete den Stoff, feinste Baumwolle, die über und über mit Gänseblümchen bestickt war.

Ich stellte mir vor, wie Mum die Decke gegen das Licht hielt, damit die Sonne das Weiß beleuchten und der Wind sie aufblähen konnte wie ein Segel, bevor sie wieder auf den Tisch durfte. Ich sah, wie ihre Hand den Stoff glatt strich. Sah, wie sie sorgfältig darauf achtete, dass die Decke genau in der Mitte des Tischs lag, kurz: dass wirklich alles so perfekt war, dass Mrs Davenport zufrieden war. Und dann hörte ich ihre Stimme.

*Sie sind anders als wir.*

Und sie hatte recht, sie und Eleanor waren so verschieden, wie Menschen nur sein können. Eleanor griff nach der Salatschüssel, und ich betrachtete ihre Hände. Weich, makellos. Im Gegensatz zu denen meiner Mutter, die rotfleckig und rau waren mit unlackierten und aus praktischen Gründen kurz geschnittenen Nägeln. Vielleicht lag Mum richtig damit, dass sie anders waren, aber was mich betraf, hatte sie unrecht. Wie ich hier so am Tisch saß, fühlte ich mich alles andere als deplatziert oder unerwünscht. Ich fühlte mich zugehörig.

»Möchtest du Wasser, Tamsyn?«

Edie nahm die grüne Flasche vom Tisch und goss mir ein, ohne eine Antwort abzuwarten. Die Flüssigkeit sprudelte im Glas. Ich wusste nicht mal, dass man Wasser sprudelnd machen konnte, und fragte mich, ob es wohl schon so aus der Erde kam. Bevor Edie mein Glas ganz füllen konnte, griff Eleanor über den Tisch und hob den Hals der Flasche mit dem Finger an, sodass der Wasserstrahl abriss.

»Ihr wollt doch sicher ein bisschen Champagner, Mädels? Was meinst du, Tamsyn?« Eleanor holte die zweite Flasche aus dem Kühler und entfernte die goldfarbene Folie vom Verschluss. »Magst du Champagner?«

»Hab noch nie welchen getrunken.«

*»Noch nie?«*

Ich schüttelte den Kopf.

»Das musst du aber unbedingt nachholen.« Sie entkorkte die Flasche, und es knallte, als hätte man ein Luftgewehr abgefeuert.

Sie goss das sprudelnde blasse Zeug in ein hohes schlankes Glas und reichte es mir. Ich hob es gegen das Licht und betrachtete die unzähligen Bläschen, die rasch zur Oberfläche aufstiegen.

»Ich kann nicht glauben, dass deine Mutter dir nicht mal ein halbes Glas erlaubt hat. Das ist doch nicht in Ordnung, dass man so was in diesem Alter noch nicht probiert hat.«

»Ich glaub nicht, dass meine Mutter schon mal Champagner getrunken hat.«

Eleanor wirkte aufrichtig geschockt.

»Ekelhaftes Zeug«, ließ sich Edie vernehmen.

»Ach, meine liebe Tochter«, sagte Eleanor und nippte an ihrem Glas. »Wie immer ein Ausbund an Kultiviertheit.«

Edie verdrehte die Augen und schnitt eine Grimasse, und ich schaute schnell beiseite, um ihr nicht insgeheim Zustimmung signalisieren zu müssen. Dann schob sie so brüsk ihren Stuhl zurück, dass er laut über den Terrassenboden schrammte, und verschwand im Haus.

In einem Zug trank Eleanor ihren Champagner aus und füllte das Glas erneut. Schweigend saßen wir da, bis Edie mit einem Tetra Pak Orangensaft wieder am Tisch erschien. Sie goss sich ein Glas ein und bot mir ebenfalls etwas an. Ich schüttelte den Kopf und nahm stattdessen einen Schluck von meinem Champagner, der allerdings nicht so toll schmeckte, wie ich gehofft hatte. Er war viel zu sauer und löschte kein bisschen den Durst.

»Übrigens, Edie, wenn du schon rauchen musst, könntest du dann bitte deine Kippen in den Abfalleimer schmeißen? Ich habe heute Morgen drei Stück auf der Terrasse gefunden.«

Wie konnte Edie nur behaupten, Eleanor Davenport sei nicht cool? Wenn das keine coole Mutter war, was dann? Ich versuchte, mir vorzustellen, was meine gesagt hätte, wenn sie mich beim Rauchen erwischt hätte.

»Das Warten hat ein Ende!«, rief uns Max vom Grill aus zu. »Die Steaks sind fertig!«

Mit triumphierender Miene kehrte er an den Tisch zurück und stellte die weiße Servierplatte in die Mitte. Die vier Steaks bluteten rot und braun auf das Porzellan. Ich musste grinsen. Grandpa hätte das alles hier nicht geglaubt.

*Hatte denn jemand Geburtstag?*
*Nein.*
*Ein ganz stinknormales Abendessen?*
*Ja, ein ganz stinknormales Abendessen. Mit Steaks und Champagner. Kannst du dir das vorstellen?*

»Ich hoffe, ich hab es so hingekriegt, wie du es magst.« Max wuchtete eines der Fleischstücke auf meinen Teller.

»Danke, ja.«

Energisch säbelte Max an seinem Steak herum. »Ich muss schon sagen, es ist wirklich schön, dass du hier bist, Tamsyn. Ein wahres Glück, mal eine echte Einheimische zu Gast zu haben, besonders eine so nette.«

Er lächelte mich an, und ich lächelte zurück, weil das vermutlich das Netteste war, was er zu mir sagen konnte.

Eleanor griff nach ihrem Glas und leerte es.

»Sei vorsichtig, und trink nicht zu viel bei dieser Hitze, Darling«, sagte er.

Eleanor ignorierte die Bemerkung und nahm einen Bissen von ihrem Steak. Dann verzog sie das Gesicht. »Meine Güte, das kann ich nicht essen.« Sie öffnete den Mund, zog das Stück Fleisch wieder heraus und legte es an den Rand ihres Tellers. »Das ist ja zäh wie Leder.«

»Dann nimm meins«, erwiderte Max ruhig und nahm einen Schluck Wein. »Das ist unglaublich zart.«

»Ich hab keinen Hunger.«

Einen Moment lang dachte ich daran, sie zu fragen, ob ich ihr Steak in diesem Fall nicht meinem Großvater mitbringen könnte, aber ich entschied mich dagegen. Eleanor tippte mit ihren perfekt manikürten Fingernägeln auf die Tischplatte, als sende sie eine Morse-Nachricht. Dann griff sie nach einer Schachtel, die neben ihrem Teller lag und öffnete sie. Zum Vorschein kamen Zigaretten, wie ich sie noch nie gesehen hatte. Jede hatte eine andere Farbe und einen goldfarbenen Filter. Sie entschied sich für eine rote und zündete sie an. Eleanor nahm einen Zug, lehnte sich über den Tisch und tippte ein paarmal gegen meinen Oberarm.

»Wenn du dich gerade hinsetzt und die Schultern zurücknimmst, sieht das bedeutend eleganter aus.«

Edie zog scharf die Luft ein. »Um Himmels willen!«, murmelte sie.

»Sei nicht albern, ich versuche nur zu helfen, das ist alles«, meinte Eleanor und lächelte mich an. »Es macht dir doch nichts aus, Tamsyn, oder?«

Ich schüttelte den Kopf. Es machte mir ganz und gar nichts aus. Tatsächlich war ich ihr dankbar. Ja, sie hatte eine etwas harsche Art, aber ich war glücklich, dass sie mich auf Fehler aufmerksam machte. Ich warf einen Blick zu Edie, die starr aufs Meer hinausblickte, dann straffte ich mich, drückte den Rücken durch und bemerkte, wie sich meine Brust in vorteilhafter Weise hob.

Eleanor lächelte wieder und nippte an ihrem Glas. »Siehst du, Edie. Jetzt sieht deine Freundin nicht mehr aus wie *Le Bossu de Notre-Dame*.«

Max räusperte sich. »Sag mal, Edie, nun, da ich mein Magnum Opus fertigstelle und deine Mutter dieses himmlische Fleckchen Cornwall genießt, was hast du denn so geplant für die Zeit, die du hier sein wirst?«

»Nun, Max«, erwiderte sie gedehnt und lehnte sich vor. »Wie wäre es, wenn ich mich den ganzen Tag in meinem Zimmer einschließen würde, damit ich dieser Familie aus dem Weg gehen kann, wie du es immer machst, und mir einen dreifachen Wodka zum Frühstück gönne, wie sie es immer macht. Wäre das okay für dich?«

Ich schnappte nach Luft und starrte Edie entsetzt an. Wenn ich meiner Mutter gegenüber einen solchen Ton angeschlagen hätte, hätte sie mich auf mein Zimmer geschickt, noch bevor ich meinen Satz beendet hätte. Aber Eleanor Davenport ignorierte ihre Tochter, weshalb ich annahm, sie hätte ihr gar nicht zugehört.

Edie stand auf, nahm ein paar Teller vom Tisch und ging ins Haus.

Wie sich herausstellte, hatte Eleanor doch alles mitbekommen. »Sag mal, Tamsyn«, fragte sie, »sprichst du eigentlich auch so mit deiner Mutter?«

Ich wusste nicht, was ich antworten sollte. »Ich, na ja, ich ...«

»Natürlich tut sie das, Ellie«, sagte Max mit einem Grinsen in meine Richtung. »Sie ist ein Teenager, und die reden nun mal so mit ihren Eltern. Oder willst du etwa ein Mauerblümchen zur Tochter?«

Über den Rand ihres Glases hinweg starrte Eleanor ihren Mann böse an. »Und mit Teenagern kennst du dich ja bestens aus, stimmt's?«

Eleanors Bemerkung hatte etwas spitz geklungen, und ich sah, wie Max kurz verärgert die Brauen zusammenzog.

Eleanor wandte sich wieder an mich. »Tamsyn, verzeih

mir.« Als sie aufstand, wankte sie und musste sich an der Tischkante festhalten. »Ich habe Kopfschmerzen. Max hatte recht mit Wein bei Sonnenschein. Ich muss reingehen.«

Max und ich sahen ihr nach, als sie ins Haus ging. Ohne Eleanor und Edie wurde die Stimmung am Tisch ein wenig unbehaglich, und ich überlegte, ob ich mich ebenfalls zurückziehen und auf die Suche nach Edie machen sollte. Ich warf Max einen Blick zu und zwang mich zu einem Lächeln.

»Edie kommt bestimmt gleich wieder.« Er griff in die Obstschale, förderte einen riesigen roten Apfel zutage und legte ihn auf einen kleinen Teller neben sich. Dann wischte er sein Steakmesser an der Serviette ab, was einen fettigen braunen Fleck darauf hinterließ. Sorgfältig schnitt er den Apfel in Viertel, entfernte die Kerngehäuse und teilte jeden Schnitz noch mal der Länge nach in zwei Hälften.

»Hier, bitte«, sagte er und hielt mir den Teller hin. »Die sind köstlich. Hab ich gestern in einem Hofladen gekauft. Die süßesten Äpfel, die ich je gegessen habe.«

Ich zögerte, doch er nickte mir aufmunternd zu, also nahm ich ein Stück und biss hinein.

Max schaute mich erwartungsvoll an. »Und?«

Er hatte recht. Dieser Apfel war der wohl süßeste und saftigste, den ich je gegessen hatte. Lächelnd nahm ich noch ein weiteres Stück.

»Wovon handelt Ihr Buch?«, fragte ich, während ich das zweite Apfelstück durchbrach und mir einen Bissen in den Mund schob.

»Ich rede nie über meine Romane, bevor sie fertig sind. Ich bin nämlich davon überzeugt, dass ich sie nie zu Ende bringen werde, wenn ich's doch tue. Abergläubischer Quatsch, ich weiß.«

»Sie müssen das Schreiben wirklich mögen.«

Er lachte, obwohl ich nicht wusste, worüber. »Hemingway hat mal gesagt: ›Schreiben ist keine große Sache. Man tut nichts anderes, als sich vor eine Schreibmaschine zu setzen und zu bluten.‹ Es ist eine Obsession. Sonst würden wir es nicht tun. Andererseits kann ich mich glücklich schätzen, so viel Geld mit dem zu verdienen, was ich liebe, und nicht für einen Hungerlohn in irgendeinem Büro-Hamsterrad zu versauern. Dazu kommt«, er nahm einen Apfelschnitz und deutete damit in meine Richtung, »dass man als Schriftsteller immer einen fiktionalen Ort hat, an den man sich flüchten kann. Ich bin mir sicher, das bewahrt uns davor, völlig durchzudrehen.«

Ich wusste genau, was er meinte.

»Lass mich dir einen Rat geben: Denk immer daran, dass du der Autor deiner eigenen Geschichte bist.« Er lächelte. »Lass nicht zu, dass das Leben dir einfach so passiert. Schreibe es selbst.«

Diese Worte hätten genauso gut von meinem Vater stammen können. Edie konnte von Glück sagen, noch einen zu haben. Einen Vater, der lebte und Äpfel aß, und keinen, der ertrunken war und in einem Sarg unter der Erde lag.

Max tippte leicht auf den Tisch, dann stand er auf. »Egal, genug von diesem Unsinn. Mein Buch ruft.«

»Vielen Dank für das Supper«, sagte ich, froh, mich noch an das richtige Wort für das Abendessen erinnert zu haben.

»Aber gern. Bitte, bleib doch noch, und genieß den Pool.«

Das musste man mir nicht zweimal sagen. Der Gedanke, nach St Just und in unser feuchtes Häuschen zurückzukehren, erfüllte mich mit kaltem Grausen. Alles darin war grau und abweisend. Hier dagegen, im Haus auf der Klippe, waren die Farben leuchtender, das Licht strahlender, die Gerüche, Geschmäcker und Geräusche üppiger. Lag es daran, dass ich mit diesem Haus glückliche Erinnerungen an meinen Vater verband und mit dem in St Just nur negative? Oder war es mehr als das? Besaß dieser Ort womöglich einen ganz eigenen Zauber?

Ich sah ihm nach, wie er durch die Flügeltüre trat und in seinem Büro verschwand, dann legte ich den Kopf in den Nacken und genoss die Sonne auf meinem Gesicht.

»Verdammte Scheiße, gut, dass wir das hinter uns haben«, hörte ich Edie hinter mir sagen. Ich drehte mich auf meinem Platz um und sah sie aus dem Haus kommen.

»Deine Eltern sind doch sehr nett«, bemerkte ich.

»Haha, nett. Wie bist du denn drauf? Meine Güte«, rief sie lachend, »du bist wirklich witzig, Tamsyn!«

Ihr Lachen ging mir durch und durch, und ich wurde rot. Ich stand auf und murmelte, ich müsste mal zur Toilette.

»Sicher«, sagte sie, noch immer leicht belustigt. »Durchs Wohnzimmer und dann ...« Sie hielt inne. »Moment mal, was rede ich denn da. Das muss ich dir ja gar nicht erklären. Hab ja ganz vergessen, dass du schon mal hier warst.«

Ihr Kommentar machte mich sauer. Was, wenn Max oder Eleanor ihn mitbekommen hätten? Würde sie das Thema jemals fallen lassen?

Die Toilette im Erdgeschoss war klein und weiß gefliest, mit silbernen Armaturen und dem Gemälde einer nackten Frau an der Wand. Ich wusch mir die Hände und trocknete sie mir an dem flauschigen weißen Handtuch ab. Ich konnte nicht widerstehen und drückte mein Gesicht in den Frottee, um den Geruch des Weichspülers in mich aufzunehmen und den weichen Baumwollstoff an meiner Haut zu spüren. Auch war das Handtuch vollkommen trocken. Mir wurde bewusst, dass das einer der Unterschiede zwischen reichen und armen Leuten war. In unserem Haus hingen Handtücher nur am Haken im Bad und ohne Trockner, und weil es in allen Räumen so verdammt klamm war, wurden sie nie wirklich trocken. Eines Tages würde auch ich flauschige weiße Handtücher besitzen. Und trockene. Schränke voller flauschiger trockener Handtücher würde ich haben.

Als ich aus der Toilette kam, stieß ich fast mit Eleanor Davenport zusammen. Sie hatte einen Drink in der einen Hand und in der anderen eine kleine braune Flasche mit einem »Verschreibungspflichtig«-Aufkleber darauf, die vermutlich ihre Kopfschmerztabletten enthielt.

»Ich habe gerade Ihre Toilette benutzt«, sagte ich überflüssigerweise und fühlte mich gleich darauf unsagbar dumm.

Eleanor ignorierte mich. Sie ließ die Flasche in die Tasche ihres Kaftans gleiten und stieg die Treppe hinauf. Kurz darauf hörte ich, wie sich oben die Badezimmertür schloss.

Draußen lag Edie auf einer der Sonnenliegen. Sie trug eine Sonnenbrille mit runden Gläsern, in denen sich der Himmel spiegelte. Sie wirkte gelöst und entspannt. Als ich mich setzen wollte, bemerkte ich ein Gänseblümchen, das zwischen den Steinplatten hervorspross. Ich bückte mich und pflückte es. Es war perfekt, die Blütenblätter gleichmäßig gewachsen, ihr Weiß mit einem Hauch von Pink, die Mitte gelb leuchtend. Vorsichtig ließ ich das Blümchen in die Brusttasche meiner Hemdbluse gleiten, dann legte ich mich auf die Liege neben Edie und schloss die Augen. Hinter meinen Lidern flackerte die Sonne orange-schwarz, und mein Kopf war ganz leicht von dem leichten Champagner-Rausch.

»Ich hätte da mal eine Frage«, hörte ich Edie in diesem Moment sagen.

Ich schlug die Augen auf und wandte den Kopf in ihre Richtung.

»Wenn du müsstest – ich meine, wenn wirklich dein Leben davon abhängen würde –, könntest du dann jemanden töten?«

»Du meinst, im richtigen Leben?«
Sie nickte.
»Und wenn ich es nicht täte, dann müsste *ich* sterben?«
Sie lächelte. »Ja, einen schrecklichen Tod.«
Als ich darüber nachdachte, ob ich jemanden töten könnte, stellte ich mir vor, wie ich meine Hände um Edies Hals legen und dann immer fester zudrücken würde, bis sich ihr Gesicht blau verfärbte und die Augen hervorquollen. Ich stellte mir den Ausdruck des Grauens auf ihrem Gesicht vor bei der Erkenntnis, dass sie sterben musste, und hörte, wie ihre verspiegelte Sonnenbrille zu Boden fiel und zerbrach.

Ich verscheuchte das Bild aus meinen Gedanken.
»Nein, ich glaube nicht«, sagte ich. »Und was ist mit dir?«
Sie nickte. »Ja, wenn ich müsste. Wenn es darum ginge: sie oder ich. In so einer Situation hat man doch keine Wahl, oder?«
»Sie?«
»Sie oder er«, sagte sie gelangweilt. »Wer auch immer.«
Wieder schloss ich die Augen und driftete davon, während ich den einschläfernden Geräuschen um mich herum lauschte. Dem rhythmischen Schlagen der Wellen am Strand unter uns, den Möwen und Edies leisen Atemgeräuschen.

Eleanor Davenport kam mit wehendem Kaftan aus dem Haus. Am Pool angekommen, ließ sie das Kleidungsstück zu Boden fallen. Darunter war sie nackt. Ich versuchte, nicht auf das dunkle, haarige Dreieck zwischen ihren Beinen oder auf ihre Brüste zu starren, deren Nippel stolz gereckt abstanden. Wie eine Königin schritt sie die Stufen ins Wasser hinab. Im Licht, das von den Poolwänden zurückgeworfen wurde, hatte ihre Haut einen blassen gelbgrünen Ton angenommen. Sie sah aus wie tot. Wie ausgeblutet. Dann, als sie zu schwimmen begann, verdüsterte sich die Atmosphäre in diesem Garten. Jemand oder etwas beobachtete sie. Ich sah auf und entdeckte den Raben. Seine glänzenden Augen waren auf die Gestalt im Wasser gerichtet. Mein Herz fing an zu rasen. In diesem Moment wusste ich, dass etwas Böses unter der Oberfläche des Schwimmbeckens lauerte. Meine Nackenhaare stellten sich auf. Meine Haut begann zu kribbeln. Ich sollte sie warnen, aber ich konnte mich weder rühren noch sprechen. Und während ich sie beobachtete, griff das Ding, was immer es auch war, plötzlich nach ihr. Panisch verzog sich ihr Gesicht, als es versuchte, sie unter Wasser zu ziehen. Ihre Hände fuchtelten in der Luft herum in dem verzweifelten Versuch, oben zu bleiben. Aber all ihr Kämpfen war vergeblich. Sie wurde gnadenlos hinabgezogen. Und als das Wasser über ihr zusammenschlug, griffen ihre Finger ins Nichts.

»Tamsyn? Tamsyn?«

Ich riss die Augen auf, mein Kopf ruckte herum, und ich sah Edie an. Ich brauchte einen Moment, um zu begreifen, wo ich war. Ihre Hand lag auf meinem Arm.

Das Herz hämmerte in meiner Brust.

»Alles okay mit dir? Du hast aufgeschrien.«

»Mir geht's gut ...«

»Du siehst aus, als hättest du einen Geist gesehen.«

»Nein ... Ich ...« Ich blickte hinüber zum Pool. Das Licht der hereinbrechenden Dämmerung warf einen goldenen Schein auf die Wasseroberfläche. Kein Kaftan auf den Steinplatten. Keine Eleanor im Becken. Und auch kein Rabe auf der Regenrinne, der alles beobachtete.

# ELF

**Tamsyn – Juli 1986**

Ein Motorrad näherte sich auf dem Pfad zum Haus und bog dann in die Auffahrt ein. Edie setzte sich auf, und als die Klingel ertönte, richtete auch ich mich auf meinem Liegestuhl auf. Durch die Fensterfront im Wohnzimmer konnten wir sehen, wie Max aus seinem Büro kam und zur Eingangstür ging.

Kurz darauf betrat mein Bruder das Haus. Er wirkte unentschlossen, zögerlich, nickte ab und zu mit gesenktem Kopf. Die beiden redeten einige Minuten miteinander. Wenn ich doch nur gewusst hätte, was da gesprochen wurde! Jetzt fiel mir wieder ein, was ich Eleanor eigentlich hätte ausrichten sollen: dass Jago vorbeikommen würde, um über die Malerarbeiten zu sprechen, die sie erledigt haben wollte.

Max Davenport erschien mit Jago im Schlepptau auf der Terrasse. Mein Bruder entdeckte mich und schaute mich erwartungsvoll an, so als ob ich aufspringen und ihn begrüßen sollte. Was ich nicht tat. Ich wollte ihn nicht hierhaben. Wie er so dastand, leicht angespannt und unsicher in seinen zerrissenen Jeans und den abgewetzten Doc Martens, erinnerte er mich einfach zu sehr daran, wo ich herkam. Aus einem engen Reihenhaus mit schäbiger Tapete und einem Sofa, auf dem eine Decke lag, um Löcher und alte Flecken zu verbergen. In Anwesenheit meines Bruders war es schwer, mir selbst zu entkommen, denn ich selbst wollte ich auf keinen Fall sein. Ich wollte das Mädchen bleiben, das neben dem Pool ein Sonnenbad nahm, das Steak und Champagner genossen hatte, in Gesellschaft von Menschen, die glänzten wie poliert.

»Wer das wohl sein mag?« Edie hob ihre Sonnenbrille an und blinzelte in Jagos Richtung.

»Mein Bruder.«

»Dein *Bruder*?«

Ich nickte. »Er ist hier, weil deine Eltern ein paar Handwerkerarbeiten zu vergeben haben. Ich sollte es eigentlich deiner Mutter ausrichten, aber ich hab's vergessen.«

»Er sieht ziemlich gut aus.« Sie nahm die Sonnenbrille ab und schaute mich an.

Ich zuckte mit den Schultern. »Er ist mein Bruder. Keine Ahnung, ob er gut aussieht oder nicht.« Eine glatte Lüge.

Edie lachte. Sie winkelte ein Bein an, sodass ihr Rock hochrutschte und ein Stück Oberschenkel freilegte.

»Wie alt ist er überhaupt?«

»Neunzehn.«

»Zurück von der Uni?«

»Uni?« Niemand, den ich kannte, hatte je eine Universität von innen gesehen, geschweige denn mein Bruder, der von der Schule abgegangen war, nachdem er in drei CSE-Prüfungen durchgefallen war. »Nein, er geht nicht auf die Uni.«

»Was macht er dann?«

»Er ist arbeitslos. Hat mal in der Zinnmine gearbeitet, aber die wurde zugemacht. Seitdem ist hier Schluss mit lustig. Gibt keine Scheißjobs mehr.« Als ich die Worte meines Bruders wiederholte, hallte auch seine Stimme in meinem Kopf wider – angefüllt mit all der Wut und dem Frust, die immer zum Streit mit Mum führten, wenn sie ihm wieder mal die Kleinanzeigen aus der Zeitung über den Tisch zuschob. Jobangebote, die er nie und nimmer rot eingekreist hätte und die ihn vor Zorn die Fäuste ballen ließen. »Für uns gibt's hier keine Arbeit mehr.

Cornwall könnte genauso gut nicht existieren. Und London kümmert das einen Scheißdreck.«

»Vom Kohlebergbau wusste ich«, sagte Edie, »das haben wir in Geografie durchgenommen, aber von Zinnminen hab ich noch nie gehört.«

»Sie haben deswegen sogar vor dem Parlament demonstriert. Jago ist mit dem Bus nach London gefahren, die ganze Nacht war er unterwegs. Ich hab ihm geholfen, ein Schild mit der Aufschrift *Rettet Cornwalls Zinnminen* zu malen. Aber an dem Tag der Demo ist das Space Shuttle gestartet, deshalb stand darüber nichts in den Zeitungen. Mein Bruder meinte aber, das hätte auch nichts mehr geändert, weil der Bergbau sowieso schon tot wäre. Wenigstens hat er sich den Big Ben anschauen können, also war der Ausflug nicht ganz umsonst.«

»Tamsyn?« Das war Max. »Könntest du mal eine Minute herkommen?«

Ich ging zu den beiden hinüber und band auf dem Weg mein Hemd wieder fester zusammen, weil sich der Knoten gelockert hatte.

»Hey, Tam«, sagte mein Bruder.

»Hey«, erwiderte ich und beschirmte meine Augen vor der Sonne.

»Ich fürchte, ich weiß nichts über die Arbeit, die Eleanor deiner Mutter gegenüber erwähnt hat.« Max räusperte sich. »Und leider musste sie sich wegen ihrer Migräne hinlegen.«

Edie trat neben mich. Sie hatte sich die Sonnenbrille auf den Kopf geschoben und streckte ihre Hand aus, um meinen Bruder zu begrüßen. »Hallo, ich bin Edie.«

Jago sah hinab auf die Hand, unschlüssig, wie ich vermutete, was er tun sollte. Ich konnte sehen, wie es in ihm arbeitete. Schließlich wischte er seine Hand an der Jeans ab und schüttelte die ihre. »Jago«, sagte er leise.

»Cooler Name.«

Jago fuhr sich verlegen durchs Haar. »Na ja, die meisten Leute finden ihn eher komisch.«

Edie hob die Augenbrauen. »Ich bin aber nicht die meisten Leute.«

Plötzlich fühlte ich mich ausgeschlossen. Als säße ich wieder auf meinem Beobachtungsposten auf dem Felsen. Ich fasste mir an die Wange, weil ich den Druck des Fernglases an meinem Gesicht zu spüren glaubte. Am liebsten hätte ich Jago angeschrien. Ihm gesagt, dass er ein Eindringling sei und dass er sich, wenn er an einem Pool sonnenbaden wolle, bitte schön seinen eigenen suchen solle. Dieser hier gehörte jedenfalls mir.

»Ich muss zurück an die Arbeit«, sagte Max, »aber es ist wohl das Beste, Sie kommen noch mal wieder, wie wir es besprochen haben, Jago. Ich werde Eleanor sagen, dass Sie morgen mit Ihrer Mutter vorbeikommen. Ist Ihnen das recht?«

Jago nickte, dann sah er zu mir. »Mum hat gesagt, ich soll dich mit zurücknehmen.«

»Ich geh zu Fuß.«

»Aber du musst noch zu Ted.«

»Scheiße«, zischte ich. »Hab ich total vergessen. Okay, ich mache mich gleich auf den Weg.«

»Sie will aber, dass ich dich auf dem Motorrad mitnehme. Er ist nur bis sechs Uhr da, dann geht er in den Club.«

»Dein Motorrad?«, fragte Edie. »Ein richtiges Motorrad? Dachte ich mir doch, dass ich eins gehört hab.«

Edie folgte uns nach draußen. Als sie das Motorrad meines Bruders sah, pfiff sie anerkennend durch die Zähne. »Mann, wie cool! Meine Güte, die *Freiheit*. Du kannst einfach abhauen, wann immer es dir passt. Kannst überall hin. Gott, was bin ich *neidisch*.«

Jago sagte nichts dazu, sondern reichte mir seinen Helm. Ich setzte ihn auf und stieg auf den Sozius.

Edie legte eine Hand auf meinen Arm. »Kommst du morgen wieder, Tamsyn?«

Als wäre ein Schalter umgelegt worden, schwand meine Enttäuschung darüber, wieder nach Hause zu müssen, einer neuerlichen Vorfreude. Ich grinste sie an und nickte. Jago startete die Maschine und jagte den Motor unnötig auf Touren.

»Klasse!« Edie musste schreien, so laut lärmte das Motorrad. »Wir werden einen genialen Sommer zusammen haben!«

Ich schlang meine Arme um Jagos Taille, dann gab er Gas, und wir röhrten durch das Tor und hinaus auf den Küstenpfad. Ich lächelte und legte mein Kinn auf seine Schulter. Er hatte mich bisher nur selten auf dem Motorrad mitgenommen. Ein paar Wochen nach seinem siebzehnten Geburtstag hatte er den Führerschein gemacht.

*Willst du mal mitfahren?*

Da war Mum fast durchgedreht.

*Auf keinen Fall setzt sie sich auf dieses Ding! Sie ist doch gerade erst vierzehn!*

Dann hatte sie mit feuchten Augen das Motorrad betrachtet.

Später, als Mum zur Arbeit gegangen war, hatte er mich auf den Flur hinaus und nach draußen gezogen. Zum ersten Mal seit Dads Tod wirkte er beschwingt und aufgeregt. Es war, als hätte jemand ein Feuer hinter seinen Augen entzündet. Er stülpte mir seinen Helm über und zog den Kinngurt straff, dann tippte er mir auf die Nasenspitze.

*Auf geht's, Tam. Alles gut und sicher.*

Er fühlte sich fest und stark an, genau wie Dad. Der Fahrtwind trieb mir die Tränen in die Augen, und auch wenn ich ein bisschen Angst hatte, wünschte ich mir doch, dass dieser

Trip niemals enden würde. Wieder zu Hause angekommen, sah ich ihm dabei zu, wie er das Motorrad in unseren kleinen Garten schob und es fast zärtlich streichelte. Dann kam er zu mir zurück, die Wangen leicht gerötet und das Haar zerzaust. Ich gab ihm den Helm und dankte ihm für den Ausflug. Er legte einen Arm um mich und drückte mich fest an sich.

*Als ob ich die erste Fahrt mit Dads Motorrad ohne dich machen würde.*

# ZWÖLF

**Heute**

*Den Todestag meines Vaters verbringe ich wie immer auf unserem Felsen am Meer, von dem aus man das Haus sehen kann.*

*Obwohl der Schmerz mit den Jahrzehnten ein wenig nachgelassen hat, kann ich ihn immer noch fühlen. Die Trauer durchzieht meinen Körper wie eine Quarzader. Ich wandere über den Pfad und die Salzwiesen. Der Wind scheint sich heute nicht sicher zu sein, aus welcher Richtung er wehen soll. Ich habe einen Rucksack mit einer Thermoskanne Tee und ein paar Früchtekuchen dabei. Und Dads Vogelkundebuch, dessen Seiten mittlerweile so abgegriffen sind, dass man den Text kaum noch lesen kann. Auch der Abdruck der nassen Teetasse auf dem Einband ist nahezu verblasst.*

*Ich lege mich hin und schlinge meine Finger um das Gras. Der Himmel ist bedeckt und von undefinierbarer Farbe. Ich lausche der verhassten See. Der See, die seine Lungen gefüllt hatte, sodass er nicht mehr atmen konnte. Unter mir branden die Wellen so regelmäßig an die Küste wie ein Metronom. Ich stelle mir seinen Herzschlag vor und wie ich mein Ohr an seine Brust presse, um ihm zu lauschen.*

*An diesem Jahrestag kann ich den Raben nicht aus meinen Gedanken verbannen. Oder das Küken, das zerrissen und blutig in seinem Schnabel hing. Oder den Himmel, der sich zu einem kranken Purpurrot verdunkelt hatte und sich so tief über unsere Köpfe herabsenkte, als wolle er uns erdrücken, während sich bedrohliche Regenwände vom Meer her näherten. Oder den Wind, der die Wellen erzürnte und sie höher und höher werden ließ. Wellen, die krachend gegen die Felsen schlugen und dort unter ohrenbetäubendem Lärm explodierten.*

*Und später dann, als wir endlich zu Hause waren, der unbarmherzige Regen, der gegen die Fenster prasselte. Und die zitternden Wände, als ob ein Riese das Haus schüttelte wie eine Rassel.*

*Jahrzehnte sind seitdem vergangen, und doch sehe ich Dads Gesicht jetzt so klar vor mir, als wäre er hier. Die Sorge in seinem Blick, als er sich zu mir herunterbückte, um meine Tränen abzutupfen.*

Geh nicht, geh nicht, geh nicht!

*Wie ich hier so liege an diesem Jahrestag, stelle ich mir ein Paralleluniversum vor. Ein Universum, in dem er nicht noch einmal das Haus verlassen, mich stattdessen auf den Arm genommen hat, mit mir in die Küche gegangen ist und die Gardinen zugezogen hat. Um das Unwetter auszusperren. In dem er den Ofen angezündet und uns zwei Becher Ovomaltine zubereitet hat. In die wir dann Kekse eintunkten. Sicher und am Leben.*

*Doch dann höre ich wieder seine Stimme und das, was er tatsächlich gesagt hatte:* Hör zu, Tam, da draußen sind Leute in Seenot, und wenn ich hierbleibe, werden sie sterben. Verstehst du das?

*Ich verstand es nicht, aber ich sagte nichts. Ich blieb stumm. Sah zu, wie er seine schwere gelbe Regenjacke zuknöpfte und in die dicken Gummistiefel stieg. Er küsste meine Mutter. Flüsterte ihr etwas ins Ohr. Ihre Finger streiften flüchtig sein Gesicht. Und dann war er fort.*

*Ich rannte ihm nach. Natürlich. Riss die Vordertür weit auf und wurde von einer Sturmbö aus Wind und Regen erwischt, die meine Haut brennen ließ. Alles um mich herum – der Vorhang, die Buchumschläge, die Post auf dem kleinen Tisch – wirbelte in einem wütenden Malstrom umher.*

*Als ich nach ihm rief, wurden mir die Worte förmlich aus dem Mund gerissen und vom Sturm geraubt. Meine Mutter zog mich ins Haus zurück und schloss die Tür. Schlagartig wurde es still um uns. Es war, als sei der Tod durch unser Haus getanzt und folge nun meinem Vater auf dem Fuß.*

*Der Schrei meiner Mutter riss mich aus meinem Traum über den Raben und die Beute in seinen Krallen. Nur dass es eben kein Küken war, das er gepackt hatte, sondern mich. Mein Körper war verdreht und verkrümmt, die Augen herausgehackt, die Eingeweide quollen aus seinem glänzenden Schnabel...*

*Ich erinnere mich noch zu gut an mein hämmerndes Herz, als ich sie unten schreien hörte, wie auch an den Nachhall meines Albtraums. Die Nachttischlampe neben meinem Bett leuchtete schwach. Winzige Porzellanfiguren für immer erstarrt in ihrem Feen-Baumhäuschen.*

Nein!

*Ich bin wieder dort. In meinem Zimmer. Zehn Jahre alt. Ich steige aus dem Bett und streife meinen Morgenmantel über. Leise gehe ich hinaus und kauere mich auf dem Treppenabsatz zusammen. Schaue runter zu meiner Mutter, die an der Tür steht. Vor ihr ein Mann. Er trägt die gleiche gelbe Regenjacke wie mein Vater. Die Eingangstür hinter ihm ist geöffnet, und ich bin erstaunt, wie ruhig das Wetter da draußen ist. Ruhig und zufrieden, nachdem es meinen Vater gefressen hat und nun wie ein sattes Monster vor sich hin döst. Ich kann nicht hören, was der Mann sagt. Er hat riesige Hände. Eine liegt auf der Schulter meiner Mutter. Der Handrücken ist von dünnen schwarzen Haaren bedeckt. Ich denke mir, dass* sie sich bestimmt unglaublich schwer anfühlen muss und dass Mum deshalb jetzt auf dem Boden zusammenbricht.

Ich schlage die Augen auf und starre in den Himmel. Ein Vogel fliegt vorüber. Ich denke an meinen Bruder. Wie er oben auf der Treppe neben mir auftauchte. Schläfrig, gähnend und mit verwuscheltem Haar. Seine Stimme hallt noch immer in meinem Kopf wider.

Was ist denn los?

Daddy ist tot.

*Dann nehme ich eine Bewegung am Haus auf der Klippe wahr.*

*Sie ist es.*

*Sie geht über die Terrasse. Ich halte den Atem an und bewege mich nicht. Aber sie hält an. Sieht auf. Sie weiß, dass ich hier bin, und unsere Blicke treffen sich. Sie hebt die Hand und winkt, und in diesem Moment durchläuft mich ein Schauder, als hätte eine Klinge aus Eis mich durchbohrt. Der Wind fängt sich in ihrem Haar. Sie streicht es sich hinter die Ohren, dann wendet sie sich um und geht über den Rasen und die Terrasse zurück ins Haus.*

# DREIZEHN

**Tamsyn – Juli 1986**

»Hallo, kleine Tamsyn.«

Im Laden war es dunkel. Ted hielt nichts von elektrischer Beleuchtung am Tag, obwohl die Fenster zugepflastert waren mit Postern und Kleinanzeigen, die die Kunden um den Preis eines Schwätzchens dort anbringen durften. Meine Augen brauchten eine Weile, um sich an das Dämmerlicht zu gewöhnen, denn draußen schien eine strahlend helle Nachmittagssonne. Nach und nach kam Ted ins Blickfeld. Er wischte gerade die Kühltruhe mit einem blauen Putzlumpen ab, der so schmutzig war, dass er Schlieren auf der Glastür hinterließ.

»Du strahlst ja wie ein Honigkuchenpferd. Hattest wohl einen schönen Tag?«

»Die Ferien haben angefangen, deshalb.«

»Schon wieder Sommerferien? Unglaublich!«

Ich nickte und wartete auf das Unvermeidliche: *Ach, wie die Zeit vergeht. Himmel, wie die Zeit vergeht.*

»Ach, wie die Zeit vergeht, Tamsyn … Himmel, wie die Zeit vergeht.«

Teds vorhersehbare Phrasendrescherei hatte etwas ungemein Beruhigendes.

Er liebte seine Redewendungen und Bauernweisheiten, und fast immer hatten in seinem munteren Geplauder irgendwann regnende Bindfäden ihren Auftritt, zumindest aber das Rad der Zeit, das niemand aufzuhalten vermochte.

»Also gut, wie viele Stunden willst du denn?«
»Mum meint, so viele wie möglich.«
»Wir haben's alle nicht leicht dieser Tage, was?«

Ich nickte und strich mit dem Finger über die farbenfroh verpackten Schokoriegel. Seit zwei Jahren arbeitete ich samstagmorgens bei Ted, nur im letzten Trimester hatte ich pausiert, weil ich mir vorgenommen hatte, etwas mehr für die Schule zu tun. Beziehungsweise, wie sich herausstellte, aus dem Fenster meiner Box starren oder mit einem Feldstecher das Haus auf der Klippe beobachten wollte.

An meinem vierzehnten Geburtstag – ich hatte kaum den letzten Bissen meines Kuchens hinuntergeschluckt – hatte Grandpa verkündet, dass es nun auch für mich an der Zeit sei, ein bisschen Geld nach Hause zu bringen.

*Dein Dad hätte gewollt, dass auch du deinen Beitrag zum Haushaltseinkommen leistest.*

Während der Schulferien arbeitete ich noch ein paar Stunden mehr die Woche. Nicht, dass Ted meine Hilfe wirklich gebraucht hätte, aber wie so viele Männer in St Just hatte er eine Schwäche für meine Mutter. Ich hatte sehr wohl mitbekommen, wie sie sich in ihrer Gegenwart verhielten, an ihren Jacken herumnestelten, sich strafften, ihre Mützen abnahmen oder sie in der Warteschlange vorließen.

Die Arbeit war einfach, aber langweilig. Ich musste Kartons mit Schokolade oder Knabberzeug auspacken, Münzen in kleine Plastiksäckchen abzählen, die Ted dann zur Bank brachte, abgelaufene Sachen aus dem Kühlschrank holen, diese mit einem neuen Preis versehen und sie in das Fach für reduzierte Artikel einsortieren.

»Wie wär's mit Montag von zehn bis vier, und mittwochmorgens? Und dann kannst du ja auch wieder samstags kommen, jetzt, wo du die Prüfungen hinter dir hast?«

»Klingt gut.« Mehr wollte ich ohnehin nicht heraushandeln. Schließlich hatte ich jetzt Edie und die Davenports, und das Letzte, was ich wollte, war, in diesem Laden festzuhängen, um Tüten mit Chips verschiedener Geschmacksrichtungen zu sortieren, wenn ich stattdessen im Haus auf der Klippe Apfelschnitze naschen und am Pool liegen konnte.

»Gut, ich muss jetzt in den Club, dann sehen wir uns also morgen. Freu mich drauf. Ist schön, hier bald wieder ein bisschen Gesellschaft zu haben.«

»Morgen?« Eine leichte Panik überkam mich. Morgen sollte ich doch ins Haus auf der Klippe kommen. »Wäre es okay, wenn ich erst Montag anfange? Ich hab morgen schon was vor, was ich wirklich nicht absagen kann.«

»Was Aufregendes?«

Ich zuckte die Achseln.

Er ließ den schmuddeligen Lappen in den Putzeimer fallen. Das graue Wasser schwappte über den Rand und platschte auf den ausgebleichten Vinylboden. »Egal, ich hab gehört, dass deine Mutter jetzt noch ein paar Stunden mehr in dem weißen Haus arbeitet?«

Ich nickte.

»Londoner.« Er rümpfte die Nase, als hätte er einen üblen Geruch wahrgenommen. »Da, wo die herkommen, haben sie 'ne Lizenz zum Gelddrucken.«

»Kennen Sie die Familie?«

»Sie kauft hier manchmal Zigaretten und irgendeine Flasche Alkohol. Die Zigaretten muss ich extra für sie bestellen. Bunt wie Filzstifte sind die und in Gold eingepackt. Normale Kippen sind ja viel zu gewöhnlich für so eine. Manche Leute haben eben mehr Geld als Verstand. Er war auch mal hier. Wollte sich nicht unterhalten. Hält sich wohl für den Größten. Ich hab mir mal vor einer Weile eins seiner Bücher in der

Bibliothek ausgeliehen.« Ted nahm den Wischeimer und ging durch den Vorhang aus rot-weißen Plastikstreifen, der den Verkaufsraum vom Hinterzimmer abtrennte. »Ich wollte rausfinden«, rief er über die Schulter, »was das ganze Theater um ihn soll.«

Er leerte den Eimer in den Ausguss; gluckernd verschwand die Brühe im Abfluss. Ich stellte mir vor, wie sich der Dreck in dem fleckigen Porzellanbecken sammelte und den u-förmigen Siphon verstopfte.

»*Der Vogel sang zwei Mal im Winter* oder so ähnlich. Oder vielleicht hieß es auch ... *weinte zwei Mal im Sommer*. Jedenfalls irgendwelche Vogelgeräusche zu irgendeiner Jahreszeit.« Ted kam durch den Vorhang zurück. »Egal, wie der blöde Schmöker hieß, war jedenfalls 'ne Menge Quatsch auf 'ner Menge Seiten.«

Ted ging an mir vorbei und stellte sich hinter die Verkaufstheke. Geistesabwesend rückte ich die Schokoriegel im Regal neben mir zurecht, sodass die Kanten sauber übereinandergestapelt lagen.

»Ihr Herz weinte ob der gnadenlos verstreichenden Zeit«, trug er mit dem Pathos eines Dorfmimen vor. »Ein Wettlauf ins Nichts. Das beständige Verlangen, die winzigen Momente der erhaschten Perfektion für immer einzufangen. Trittsteine auf dem Weg zur endgültigen Nicht-Existenz.« Er sah mich mit zusammengezogenen Augenbrauen an. »Wer hat denn Zeit, sich hinzusetzen und so einen Schwachsinn zu lesen? Auf der zweiten Seite stand das. Und so geht das fast dreihundert Seiten lang weiter und von so was wie 'ner Geschichte keine Spur.« Er schüttelte den Kopf. »Gib mir einen Dick Francis oder Harold Robbins – jederzeit! Aber Bücher ohne Handlung sind das Papier nicht wert, auf dem sie gedruckt wurden.«

»Aber Sie haben sie sich trotzdem gemerkt.«

»Was?«

»Diese Sätze von der zweiten Seite. Die haben Sie doch behalten.« Ich wunderte mich, wie heftig ich plötzlich den Wunsch verspürte, Max zu verteidigen, nachdem er mir ja erzählt hatte, dass die Schriftstellerei wie Bluten wäre.

»Hat auch ewig gedauert, weil ich irgendwie nicht kapiert hab, worum es eigentlich ging.«

»Na ja, er hat Preise dafür bekommen und viel Geld damit verdient, also muss es einigen Leuten auch sehr gefallen haben. Die haben übrigens eine Tochter, wussten Sie das? Sie ist sehr nett. Also«, setzte ich hinzu, »können sie so schlecht nicht sein, wo sie eine so nette Tochter haben, oder?«

Ted wirkte nicht überzeugt. »Trau niemals 'nem Londoner. Hat dein Großvater auch immer gesagt. Und ich nehme mal an, dein Dad hätte ihm zugestimmt.«

Ted wandte sich um, und ich starrte auf seinen Rücken.

»Gut«, sagte er, »dann geh ich jetzt mal besser. Heute Abend veranstalten sie ein Quiz im Club, und ich hab so das Gefühl, dass ich Glück haben werde. Wir sehen uns dann Montag.« Er öffnete die Kasse und holte einen schweren Schlüsselbund hervor, der zu einem Gefängniswärter gepasst hätte. »Grüß mir deine Mutter, ja?«

Obwohl Ted versucht hatte, mir die Londoner madig zu machen, dauerte es nicht lange, bis ich wieder beschwingt durch die Gegend lief. Das Essen mit den Davenports war unglaublich gewesen: neue Drinks, köstliche Gerichte und das in Gesellschaft von tollen Menschen aus einer gänzlich anderen Welt. Dazu hatte Ted mir noch ein paar Stunden obendrauf gepackt, wodurch Mum wieder etwas mehr Geld in der Tasche haben würde. Vor allem aber schien die Abendsonne, und der ganze vor mir liegende Sommer verhieß noch viele weitere Stunden oben in dem Haus auf der Klippe.

»Ich bin wieder da!«, rief ich, als ich durch die Eingangstür stob. Ich platzte fast wegen all der Geschichten, die ich meiner Mutter erzählen wollte, aber als ich in die Küche kam, traf ich nicht sie an, sondern den gottverdammten Gareth Spence.

Von Mum war nichts zu sehen. Nur er war da. Und jetzt ich. Ich warf einen Blick auf die Wanduhr – es war fast sieben. Was zum Teufel hatte er an einem verdammten Freitagabend hier zu suchen?

»Hallo, Tamsyn.« Zumindest hatte Gareth so viel Anstand, unbehaglich auf dem Stuhl hin und her zu rutschen und an seinem Hemdsärmel zu zupfen. Erst da bemerkte ich, dass er den Becher mit der Seemöwe in der Hand hielt, und mein ganzer Körper verspannte sich.

»Das ist nicht Ihr Becher.«

»Was?« Verwirrt kniff er die Augen zu kleinen Schweineschlitzen zusammen.

»Stellen Sie ihn hin.«

»Aber deine Mutter …«

»Mir egal. Sie dürfen diesen Becher nicht anfassen. *Niemals*. Haben Sie das verstanden?« Tränen schossen in meine Augen, und ich musste mir fest auf die Lippen beißen, damit sie nicht flossen. »Haben Sie, oder nicht?«

Ich ging auf ihn zu und griff nach dem Becher. Er reichte ihn mir frag- und klaglos. Mit rotem Kopf verschränkte er die Arme hinter dem Rücken. Ich schüttete den Rest Tee in einen anderen Becher, dann wusch ich den Seemöwen-Becher gründlich mit Spülmittel aus.

Ich reichte ihm den neuen Becher, aber er nahm ihn nicht.

Ich hasste diesen Mann. Hasste es, wie er meiner Mutter nachstellte. Hasste es, wie seine lüsternen Augen ihr durch den Raum folgten. Wie er sie jagte wie ein hungriger Wolf, um sie am Ende zu verschlingen. Ich hatte seine Blicke gesehen, wenn sie nicht hinschaute. Verstohlene Blicke, während sie Fish and Chips verpackte. Blicke, die sein Verlangen kaum verhehlen konnten. Ich wusste, was er dachte, was für ekelhafte Dinge er mit ihr anstellen wollte, und das jagte mir einen Schauer über den Rücken.

»Warum sind Sie hier?«

»Wir – deine Mum und ich – wir gehen aus.« Er fuhr sich mit dem Handrücken über die Schläfe, um sein sandfarbenes Haar zu glätten. Dann starrte er mit seinen farblosen Augen zu Boden und begann, mit dem Fuß auf und ab zu tippen.

»Sind Sie sicher?«

»Bitte was?«

»Dass Sie mit ihr ausgehen. Ich meine, ich kann mir kaum vorstellen, dass sie das will. Wir wollten nämlich heute Abend zusammen fernsehen. *Dallas*. Haben uns den Termin sogar in der *Radio Times* angestrichen. Wir gucken das nämlich immer zusammen.«

»Na ja, deine Mutter und ich wollten in den Pub.« Sein Nacken und die Wangen hatten mittlerweile die Farbe von reifen Himbeeren angenommen. »Scampi essen.«

Meine Mutter kam in die Küche und küsste mich auf die Stirn, als wäre ich elf. »Hallo, Liebes.«

Einfach so. *Hallo, Liebes*. Kein peinlich berührtes Gemurmel oder ein Zeichen der Überraschung beim Anblick von Gareth. Nur ein fröhliches *Hallo, Liebes.*

Gareth lächelte erleichtert und lockerte seinen Hemdkragen ein bisschen.

»Gareth sagte gerade, du gehst Scampi essen.« Ich versuchte gar nicht erst, meinen Frust zu verbergen. »Ich dachte, wir wollten zusammen fernsehen?«

»Hatten wir das verabredet?«

»*Dallas*. Ist rot eingekreist. So wie jede Woche …«

Sie zögerte, und ein Ausdruck des Zweifels huschte über ihr Gesicht.

»Kein Problem, Ange. Wir können das ja ein anderes Mal nachholen.« Gareth seufzte, und es klang wie ein Strandball, aus dem die Luft herausgelassen wird.

»Ach ja, und es wäre mir lieber, wenn du ihn nicht den Becher benutzen lässt, den ich *Dad* geschenkt habe.«

»Tamsyn, es ist doch nur ...«

»Nein! Der ist was Besonderes, und ich will nicht, dass er kaputtgeht.«

Sie schüttelte den Kopf und seufzte. »Lass uns jetzt nicht darüber streiten.« In ihren Worten schwang ein warnender Unterton mit, der mich daran erinnern sollte, dass Gareth Gast in unserem Haus war und dass es sich nicht gehörte, in seiner Gegenwart die Fassung zu verlieren.

Ich verstand nicht, warum sie ihn nicht einfach zum Teufel jagte. Ich hatte ihr hundert Mal gesagt, dass sie genau das tun müsse. Sie schuldete ihm nichts, und es war nicht in Ordnung, dass er sie bei der Arbeit belästigte. Es sollte per Gesetz verboten sein, dass ein Boss sich so verhielt. Dass er seine Position in dieser Weise ausnutzte und es ihr so unmöglich machte, Nein zu sagen. Ich konnte nicht begreifen, warum sie nicht sah, was er wirklich war. Ein grässlicher Lustmolch. Warum dankte sie ihm für die Blumen, die er ihr schenkte, wo die doch billig und hässlich waren und vermutlich aus dem Eimer an der A30-Tankstelle stammten. Und wie dreist das überhaupt war. Es war ja nicht so, dass er meinen Vater nie kennengelernt hätte. Sie waren schließlich zusammen auf derselben Schule gewesen. Und Dad wusste, was für ein Typ das war. Wie konnte Gareth glauben, dass Mum sich jemals für einen mickrigen Imbissbudenbesitzer interessieren könnte, der einen glänzenden blauen Anzug mit hochgeschobenen Ärmeln trug, in dem er aussah wie ein verlotterter Don Johnson. Wie konnte er denken, dass sie sich jemals für einen wie ihn interessieren könnte, nachdem sie mit meinem Vater verheiratet gewesen war?

»Ich sollte gehen.« Gareth griff nach seiner Jacke, die über der Stuhllehne hing.

Ich entspannte mich etwas, triumphierte schon, dass ich ihn erfolgreich aus dem Haus geekelt hatte.

»Nein«, sagte meine Mutter und lächelte ihn an. »Ich habe mich schon so auf diesen Abend gefreut. Ich weiß nicht, wann ich das letzte Mal ausgegangen bin.«

Ich öffnete den Mund, um zu protestieren, doch da sprach sie auch schon an mich gewandt weiter: »Tamsyn, kann ich kurz mit dir reden?« Mit einem scharfen Nicken deutete sie Richtung Tür.

Ich folgte ihr aus der Küche, nicht ohne Gareth einen letzten Blick zuzuwerfen, der besagte: *Ich behalte dich im Auge, da kannst du sicher sein.*

»Tam«, flüsterte meine Mutter auf dem Flur ganz nah bei meinem Ohr. »Tut mir leid wegen des Bechers. Ich hab nicht drüber nachgedacht.«

Ich schlang die Arme um meinen Körper und starrte zu Boden.

»Vielleicht solltest du ihn mit auf dein Zimmer nehmen. Da ist er sicher. Du kannst Stifte reintun oder was auch immer.«

Ich nickte, während ich mühsam die Tränen zurückhielt.

Sie legte eine Hand auf meinen Unterarm. »Hör mal, ich würde heute Abend wirklich gern ausgehen. Ich weiß, er ist nicht dein liebster ...«

Ich schnaubte leise.

»Aber wir gehen doch nur was trinken.«

»Hör auf, das ständig zu sagen«, erwiderte ich heftig. »Immer sagst du ›es ist doch *nur*‹. Es ist doch *nur* eine Tasse Tee, es ist doch *nur* ein Becher, es ist doch *nur* ein Drink. Außerdem geht ihr nicht *nur* was trinken, es gibt auch noch Scampi dazu. Er hat nämlich gesagt, ihr habt vor, *Scampi* zu essen!«

Plötzlich sah sie so enttäuscht aus, dass ich ein schlechtes Gewissen bekam. Ich wollte sie nicht traurig machen.

»Bitte«, sagte sie. »Es sind doch nur ein, zwei Stunden. Du schaust dir *Dallas* eben mit Grandpa an. Wie geplant. Dazu brauchst du mich doch nicht. Ich würde dabei sowieso nur die Bügelwäsche erledigen, und darauf hab ich heute echt keine Lust. Ich hatte mich so auf einen Abend außer Haus gefreut. Ist das okay?«

Tränen schwammen in meinen Augen, und ich nickte mühsam.

»Er ist ein guter Freund ...« Es war, als wollte sie noch etwas hinzufügen, aber dann tat sie es doch nicht. Sie drückte meinen Arm und lächelte so dankbar, dass mir die Knie weich wurden. In diesem Moment wünschte ich, ich könnte die Zeit zurückdrehen und das ungeschehen machen, was ich gesagt hatte.

»Ich hoffe, die Scampi schmecken dir.«

Sie ging zurück in die Küche, und ich blieb im Flur zurück. Ich hörte, wie sie übertrieben überschwänglich rief: »Also los, Gareth Spence. Dann wollen wir mal diese verschlafene kleine Stadt unsicher machen.«

Ich wollte nicht mehr im Hausflur sein, wenn er aus der Küche käme. Also rannte ich nach oben und kniete auf dem Treppenabsatz, um sie durchs Geländer zu beobachten. Er nahm ihren Mantel vom Haken und half ihr hinein. Dann öffnete er die Haustür und ließ ihr beim Hinausgehen den Vortritt. Als er dabei seine Hand leicht auf ihren unteren Rücken legte, zuckte ich zusammen, als hätte er mich berührt.

Mein Großvater musste schon unten im Wohnzimmer sein, denn ich hörte, wie der Fernseher zum Leben erwachte. Die Titelmelodie von *Dallas* drang an mein Ohr, doch das lockte mich nicht hinunter, sondern trieb mich geradewegs in meine Box. Als ich die Tür hinter mir geschlossen hatte, wurde die Musik gedämpfter.

Ich nahm die *Encyclopaedia Britannica* und *Das Vollständige Kompendium der britischen Vogelwelt* aus der Kiste unter meinem Bett und zog das Gänseblümchen, das ich auf der Terrasse beim Haus auf der Klippe gepflückt hatte, aus meiner Tasche. Ich drehte es zwischen den Fingern, sodass es herumwirbelte wie eine winzige Ballerina. Obwohl es schon welkte und die Blätter hängen ließ, strahlte die Blütennabe noch immer leuchtend gelb.

Ich öffnete das Lexikon und nahm die beiden Bogen mit Löschpapier heraus, die zwischen der letzten Seite und dem Einbanddeckel steckten. Ich arrangierte das Gänseblümchen zwischen den Löschblättern, presste das Ganze vorsichtig zusammen und legte es in das Lexikon. Dann platzierte ich das zweite schwere Buch obendrauf und schob den Stapel in die Lücke zwischen den Kisten unter meinem Bett. Hier konnte das Blümchen nun in aller Ruhe trocknen. Schließlich legte ich mich hin und wartete darauf, dass meine Mutter nach Hause kam.

Es war schon spät, als ich von draußen endlich ihre Stimmen hörte. Der Himmel war pechschwarz, der Vollmond stand hoch, und mein Zimmer war in blaues Licht getaucht. Ich kniete mich rasch aufs Bett und linste so aus dem Fenster, dass man mich von unten nicht sehen konnte. Die beiden standen einander zugewandt vor unserer niedrigen Vorgartenmauer aus Granit. Ich ballte die Hände zu Fäusten und hielt den Atem an, während sich meine Fingernägel ins Fleisch gruben.

»Küss sie nicht«, flüsterte ich. »Küss sie jetzt nicht.«

*Küss sie nicht!*

Als sie ihre Hand auf seinen Arm legte, krampfte sich mein Magen zusammen. Er strich ihr eine lose Haarsträhne aus dem Gesicht und hinters Ohr. Hilflos sah ich zu, wie sie lächelte und nickte. Einen Moment lang rührten sie sich nicht, und ich hielt wieder den Atem an.

Als sie die Hand fallen ließ und sich von ihm abwandte, atmete ich erleichtert auf. Ich legte meinen Kopf an die kühle Fensterscheibe und sprach ein stummes Dankgebet. Dann sah ich, wie sie durch unser Tor aufs Haus zuging. Sie hielt inne, schaute sich über die Schulter und hob zum Abschied eine Hand, bevor sie in ihrer Tasche nach dem Schlüssel suchte. Mit den Händen in den Hosentaschen stand er da und beobachtete sie. Erst als die Eingangstür sanft ins Schloss fiel, drehte er sich um und ging auf der Straße davon.

»Ja, das war's, du Arsch«, flüsterte ich. »Lass uns verdammt noch mal in Ruhe.«

Ich löste mich vom Fenster, bedeckte das Gesicht mit beiden Händen und zitterte am ganzen Körper.

# VIERZEHN

**Tamsyn – Juli 1986**

Jago nahm Mum auf seinem Motorrad mit zum Haus auf der Klippe. Sie bestand darauf, dass sie gemeinsam dort eintrafen, damit sie den Davenports ihren Sohn vorstellen konnte. Jago witzelte, sie traue ihm wohl nicht zu, das allein hinzubekommen, worüber Mum nicht sonderlich überzeugend lachte.

Mir machte es nichts aus, zu Fuß zu gehen. Es war ein wunderschöner Tag, und ich hatte damit gleichzeitig eine Entschuldigung dafür, das Haus möglichst früh zu verlassen. Ich schmierte mir zum Frühstück ein Butterbrot, dann brach ich auf.

Als Erstes ging ich hinauf zum Felsen. Der Tag war klar und das Meer ruhig. Ich blickte hinüber nach Sennen Cove, das in der Ferne lag. Zu den kleinen Häuschen, die sich an die Hänge des Hügels schmiegten, auf die Deiche und die Fischer, die dort werkelten, und schließlich auf den Parkplatz über der Bucht, auf dem die Autos in ordentlicher Reihe stehend in der Sonne glitzerten.

Ich hoffte, die Davenports dabei beobachten zu können, wie sie auf der Terrasse frühstückten. Ein friedvolles Paar, das nur die Kaffeekanne mit dem goldenen Deckel zwischen sich hatte. Dazu eine Schale mit Früchten, aus der sich Eleanor bediente, während Max einen perfekt goldbraunen Toast aß, der wie immer mit Marmelade bestrichen war. Aber die Terrasse war verwaist. Vielleicht hatten sie ja schon gefrühstückt, oder sie schliefen noch. Erregung erfasste mich, als ich sie mir im warmen Bett vorstellte, ihr Kopf auf seiner Brust, die Körper nur teilweise in weiße Laken gehüllt, während die Sonne durch die Lamellen der Jalousie fiel und schwarze und goldene Schatten auf ihre seidigen Körper zauberte. Ich drehte mich ein wenig, um durch das Gras hindurch einen besseren Blick auf ihr Schlafzimmer zu erhaschen, doch die Morgensonne ließ das Fenster so gleißen, dass mir jegliche Sicht in den Raum verwehrt war, selbst wenn sie dort gewesen wären.

Ein Blick auf meine Uhr sagte mir, dass es Viertel vor zehn war. Jago und Mum würden schon bald kommen, also verstaute ich das Fernglas in meiner Tasche und ging den Abhang hinunter. Als ich das Tor erreicht hatte, stieß ich es weit auf. Ob die Scharniere quietschten oder nicht, konnte mir heute ja ganz egal sein.

»Was soll das heißen, du musst arbeiten? Es sind doch Ferien. Wird das denn wirklich von dir verlangt?« Edie saß auf der Fensterbank ihres Zimmers und sah aus dem Fenster.

»Ich muss meine Mutter unterstützen, finanziell und überhaupt.«

»Aber du hast gesagt, du hättest in den Ferien Zeit, was zu unternehmen.«

»Ich jobbe ja nur montags und mittwoch- und samstagabends.« Ich versuchte, so zuversichtlich wie möglich zu klingen.

Edie reckte den Hals, um nach unten zu schauen. Ihre Hand wanderte zu ihrem Kopf, dann fummelte sie gedankenverloren an ihrem Ohrring herum. »Dein Bruder ist da.«

»Ja, deine Mutter wollte sich mit ihm unterhalten.«

Edie lachte. »Mein Gott, er soll nur einen Zaun streichen, es geht nicht um eine Festanstellung. Sie will bestimmt nur sichergehen, dass er sich nicht an ihrem Schmuck vergreift. Ganz schön paranoid, als wolle alle Welt sie bestehlen. Diese Frau hat sie nicht mehr alle, wenn du mich fragst.«

Wieder sah Edie hinunter auf die Terrasse, dann hüpfte sie von der Fensterbank und verließ das Zimmer.

Ich folgte ihr nicht sofort, ging stattdessen zum Fenster und sah hinaus. Eleanor und mein Bruder standen auf der Terrasse. Sie zeigte auf den Eisenzaun, und er nickte mit verschränkten Armen und leicht gesenktem Kopf. Ich musste ihn gar nicht hören, um zu wissen, dass er nur einsilbige grunzende Laute zur Antwort gab. Hoffentlich stieß er Eleanor mit seiner Art nicht vor den Kopf.

Edie war in der Küche und goss Johannisbeersirup in eine Kanne. Die Flüssigkeit war dunkelrot und cremig, echtes Ribena, das wir zu Hause nie hatten. Sie füllte die Kanne mit Leitungswasser auf und nahm einen Eiswürfelbehälter aus dem Gefrierfach. Aus dem Hauswirtschaftsraum hörte ich Stimmen. Eine davon gehörte Mum. Die andere war eine männliche, also musste es Max sein. Mir wurde ein wenig übel. Ich wollte nicht, dass sie heute im Haus auf der Klippe sauber machte. Dieser Ort fühlte sich anders an, solange sie und mein Bruder hier waren. Nicht mehr so entspannt. Ich wollte das alles hier ganz für mich allein.

»Weißt du, wir sollten heute mal zum Strand gehen«, sagte ich. »Nach Sennen. Das wird dir gefallen.«

Edie goss Saft in ein Glas und reichte es mir. »Ich dachte, wir könnten am Pool rumhängen.«

Mit der Kanne und einem leeren Glas verschwand sie aus der Küche.

»Aber ich würde dir wirklich gern den Strand zeigen ...«, rief ich ihr nach, obwohl sie es wahrscheinlich nicht mehr hörte.

Ich folgte ihr, als sie auf Jago zuschlenderte. »Ich dachte, du würdest vielleicht gern was trinken«, sagte sie. »Ist ja ziemlich heiß heute.«

Er murmelte »Nein, danke«, ohne sie anzusehen, und konzentrierte sich wieder auf Eleanor, die ihm erklärte, wie er bei dem Zaun vorgehen sollte.

»Abschleifen sollte für heute erst mal reichen«, sagte sie gerade. »Der ganze Rost muss runter. Aber mach keine scharfen Kanten rein, sonst kann es nach dem Anstrich zu Ausblühungen kommen.« Plötzlich schien sie eine Eingebung zu haben und sah ihre Tochter an. »Edie, wo ist dein Vater?«

Edie warf ihr einen vernichtenden Blick zu. »Woher zum Teufel soll ich das wissen?«

Eleanor sah zum Haus. Sie kniff die Augen zusammen und verzog ärgerlich den Mund. »Jago, gehen Sie doch schon mal runter zum Zaun und sehen ihn sich an. Und stellen Sie sicher, dass Sie wirklich verstanden haben, was wir von Ihnen erwarten. Ich muss mal eine Minute ins Haus.« Sie wandte sich um und ging rasch auf die Terrassentür zu. »Ach ja, Mädels«, rief sie uns über die Schulter zu, »dass ihr ihn mir nicht von der Arbeit abhaltet!«

Edie verschränkte die Arme und sah ihrer Mutter wütend nach. »Warum nennt sie uns bloß immer Mädels?«, knurrte sie, ging zu dem Tisch und stellte Krug und Glas darauf ab. »Was glaubt die eigentlich, wie alt wir sind? Zehn?« Sie verdrehte die Augen, setzte sich hin und legte die Beine auf die Tischplatte. »Und, Jesus! Dein Bruder ist ja vielleicht unfreundlich.«

Ihr Tonfall zündete eine Lunte, und ich sprang auf. Ohne nachzudenken, fing ich an, meinen Bruder zu verteidigen. »Er ist nervös, das ist alles. Macht sich wahrscheinlich Sorgen, dass er als *ungeeignet* rüberkommen könnte.« Ich merkte, dass ich patziger geantwortet hatte als gewollt, also schaltete ich einen Gang herunter. »Er ist wirklich sehr nett, das kannst du mir glauben.«

Edie zuckte mit den Schultern und trat mit der Hacke gegen die Tischplatte. »Scheiß drauf. Dann können wir auch an den Strand gehen. Irgendwohin, nur weg von diesem beschissenen Ort.«

Doch sie rührte sich nicht von der Stelle. Ich stand da, wartete und wusste nicht, ob ich mich nun setzen sollte oder nicht. Schließlich seufzte sie schwer, trat noch einmal nach dem Tisch und stand auf. Nach einem letzten Blick in Jagos Richtung schnaubte sie missvergnügt und ging ins Haus. Sie hatte mich nicht gebeten, ihr zu folgen, aber ich tat es trotzdem. Wir durchquerten das Wohnzimmer und wichen dort Eleanor aus, die mit wütender Miene die Treppe heruntergestapft kam. Edie ging durch die Küche in den Hauswirtschaftsraum. Glücklicherweise war meine Mutter nicht mehr dort. Ich wollte nicht, dass Edie sie mit dem Putzwägelchen im Schlepptau und in Arbeitsklamotten mit Schlappen sah.

Edie bückte sich und öffnete den Wäschetrockner. Der warme Duft von Weichspüler erfüllte den Raum. In der Trommel lag ein Durcheinander an Kleidungsstücken. Sie zog das Knäuel heraus, durchwühlte es und warf Teile, die sie nicht interessierten, einfach auf den Boden. Als sie gefunden hatte, wonach sie suchte, zog sie sich den Pulli über den Kopf und warf ihn auf den Stapel mit der sauberen Wäsche. Sie trug einen schwarzen BH mit schlichter Spitze. Ich hatte bis dahin nicht gewusst, dass es normale Unterwäsche auch in Schwarz gab. Ich sah zur Decke, um sie nicht anzustarren.

Sie zog sich ein T-Shirt über – eher ein Hemdchen mit dünnen schwarzen Trägern –, auf dem ein weißer Marihuanablatt-Aufdruck prangte. Es war weit ausgeschnitten und offenbarte damit die Vielzahl an silbernen und schwarzen Ketten, die in unterschiedlichen Längen um ihren Hals hingen. Sie stieg aus ihrem Rock und ließ ihn einfach am Boden liegen. Dann schlüpfte sie in Shorts, abgeschnittene Jeans wie meine, nur knalleng und so kurz, dass man den Ansatz ihrer Pobacken sehen konnte. Sie griff sich in den BH und rückte ihre Brüste so zurecht, dass sie jetzt mehr in der Mitte saßen und ein ordentliches Dekolleté formten.

»Strand-Outfit«, beantwortete sie die Frage, die ich nicht gestellt hatte.

# FÜNFZEHN

**Angie – Juli 1986**

Angie klingelte und zupfte an Jagos Klamotten herum, während sie warteten. Sie seufzte. Verwaschene Jeans mit Rissen an den Knien, abgewetzte Doc Martens und schwarze Ledermanschetten um jedes Handgelenk – das war kaum das Outfit, das sie sich für ihn gewünscht hätte.

»Hättest du dir nicht was Anständiges anziehen können?«, flüsterte sie.

»Was denn?«

»Keine Ahnung, irgendwas ... anderes?«

»Die wollen, dass ich ihren Gartenzaun streiche. Soll ich das im Nadelstreifenanzug machen?«

»Noch hast du den Auftrag nicht. Sie will erst mal sehen, ob du dafür geeignet bist, schon vergessen?«

Die Tür öffnete sich, und Eleanor erschien. Sie trug weiße Dreiviertelhosen, ein gestreiftes Top und einen tief sitzenden Pferdeschwanz. »Ich dachte, Sie hätten einen Schlüssel?«

»Ja, das stimmt.« Angies Wangen brannten. »Aber ich mochte ihn nicht benutzen, solange Sie daheim sind.«

Eleanor sah an Angie vorbei und lächelte Jago an. »Kommen Sie doch rein. Ich zeige Ihnen, was gemacht werden muss. Da auf dem Schrank liegt Schmirgelpapier.«

»Sie meinen, er hat den Job?« Angie konnte ihre Überraschung nicht verbergen.

»Ich wüsste nicht, wo ich jemand anderen herbekommen

sollte«, entgegnete Eleanor. »Meine Güte, solange er einfache Anweisungen befolgen kann, ist alles in Ordnung. Es ist ja wirklich nicht besonders schwierig.« Sie lächelte, aber es war nicht das, was Grandpa als ein aufrichtiges Lächeln bezeichnet hätte.

»Angie, könnten Sie oben anfangen und sich dann nach unten vorarbeiten? Ich möchte mich einen Moment mit einer Zeitschrift hinsetzen, sobald ich Jago das mit dem Zaun erklärt habe, und es wäre wunderbar, wenn ich dabei meine Ruhe hätte.«

»Kein Problem. Ich zieh mir rasch andere Schuhe an, hole mein Zeug, und dann geh ich nach oben.«

Eleanor hatte sich schon abgewandt, bevor Angie den Satz zu Ende gesprochen hatte. »Kommen Sie, Jago«, sagte sie im Davongehen. »An die Arbeit.«

»Hast du das *gerochen?*«, flüsterte Jago. »Meine Fresse, die hat sich letzte Nacht wohl die Kante gegeben.«

»*Pst.*« Angie riss die Augen auf und unterdrückte ein Lachen. »Sie hört dich doch.«

»Hört was?« Die Stimme kam wie aus dem Nichts hinter ihnen.

Angies Herz setzte einen Schlag aus, und sie drehte sich um. Im Durchgang zur Küche stand Max Davenport.

»Nichts, sorry.« Sie schaute zu ihrem Sohn, dem es nicht das Geringste auszumachen schien, dass der Hausherr etwas mitbekommen haben könnte. »Jago, Lieber«, sie schnappte sich den Packen Schmirgelpapier und drückte ihn ihm in die Hand, »geh raus zu Mrs Davenport, ja?«

Angie lächelte Max Davenport zu, schlängelte sich an ihm vorbei in die Küche und eilte in den Hauswirtschaftsraum. Sie bückte sich, öffnete den Putzschrank und fragte sich, wie wahrscheinlich es wohl war, dass Max Davenport Jagos Worte mitgehört hatte. Sie langte nach der Tasche, die sie hinten im Schrank aufbewahrte, und holte die Plastikbox mit den Putzmitteln hervor. Hoffentlich verschwand dieser Mann jetzt endlich aus der Küche.

»Wir sind uns noch gar nicht richtig vorgestellt worden. Sie müssen Angie sein.« Sie wandte sich um und sah, wie er mit ausgestreckter Hand auf sie zukam. »Ich bin Max Davenport. Sie sind also der Engel, der immer hereinschwebt und unser Haus auf Hochglanz bringt, bevor wir übers Wochenende herkommen.«

Angie richtete sich auf, stellte ihre Tasche auf die Arbeitsplatte und holte ihre Schlappen heraus.

»Ob ich ein Engel bin, weiß ich nicht, aber ja, ich bin diejenige, die Ihr Haus sauber macht, Mr Davenport.«

»Max.«

Angie öffnete die Reißverschlüsse an ihren Pixie-Boots, graues Wildleder mit spitz zulaufender Kappe und kleinem Absatz, streifte sie ab und verstaute sie in ihrer Tasche.

Er lächelte und ließ seinen Blick über sie wandern. Das kümmerte sie nicht, das war sie gewohnt. Ja, sie hatte zwei fast erwachsene Kinder, aber sie war noch immer gut in Schuss. Davon abgesehen: Männer waren nun mal Männer, oder nicht? Es war nicht schwer, ihre Aufmerksamkeit zu erregen. Mit Absicht oder auch nicht.

»Mrs Davenport sagte, dass Sie Ihr Buch hier fertig schreiben wollen?« Sie holte ihre Gummihandschuhe hervor und legte sie oben auf die Kiste mit den Putzmitteln. Sie verstaute die Handschuhe immer zusammen mit den Schlappen in der Tasche, weil sie nicht gerne solche benutzte, die schon jemand anderes vor ihr getragen hatte. Obwohl sie sicher war, dass Eleanor Davenport sich noch nie Gummihandschuhe übergestreift hatte.

»Ja, aber schon, seit wir das Haus gekauft haben, wollte ich gern mal eine längere Zeit hier verbringen. Es ist anstrengend, an einem Wochenende hin- und herzufahren, und ich habe nie das Gefühl, das hier wirklich genießen zu können. Sie leben wirklich auf einem wunderschönen Fleckchen Erde, Angie. Das Meer ist einfach atemberaubend.«

Er lächelte sie an, und Angie wusste sofort, dass er dieses Lächeln schon tausende Male bei anderen Frauen zum Einsatz gebracht hatte. Sie kannte die Männer. Dieser hier mochte vielleicht gestelzt daherreden und Bügelfalten in den Jeans haben, aber er war auch nicht besser als all die anderen.

Sie stützte sich an der Arbeitsplatte ab, um in ihre Schlappen zu schlüpfen.

»Gut«, sagte sie. »Dann werd ich mal loslegen. Heute fange ich oben an.« Sie zögerte. »Das heißt, wenn es Sie nicht stört.«

»Nein«, erwiderte er. »Ich ziehe mich ohnehin in mein Arbeitszimmer zurück und nehme den Kampf mit dem leeren Blatt Papier wieder auf. Obwohl Sie eine angenehme Ablenkung wären, da bin ich sicher.«

»Kampf? Klingt chaotisch. Hoffentlich erwarten Sie nicht, dass ich danach hinter Ihnen aufräume?« Im selben Moment verfluchte sie sich für ihren lockeren Ton. Es war ein Eiertanz, einen Arbeitgeber, der ihr nachstellte, nicht auch noch zu ermutigen.

»Na ja, Blut und Eingeweide spielen dabei glücklicherweise keine Rolle.« Er beugte sich näher zu ihr. »Es sei denn, ich ermorde die Hausherrin, dann bräuchte ich natürlich Sie und Ihre Chlorbleiche.«

Angie lächelte, obwohl sie wusste, dass sie das nicht tun sollte. Sie befand, dass sie ihn mochte, trotz seiner Flirterei und seiner komischen Art zu reden. Er hatte freundliche Augen, und freundliche Augen waren schon viel wert.

»Angie?«

Angie fuhr zusammen und drehte sich um. Im Türdurchgang stand Eleanor.

»Wenn Sie gleich das Badezimmer machen«, sagte sie, »könnten Sie dann bitte auch den Boden ordentlich wischen? Ich weiß nicht, wann Sie das zum letzten Mal getan haben, aber der hat es dringend nötig.«

Angies Magen hob und senkte sich. »Oh ... Aber ... den hab ich doch erst letzte Woche geputzt. Ist da was nicht in Ordnung?«

»Das müssen wir jetzt wirklich nicht ausdiskutieren, aber ich möchte, dass Sie es heute noch mal machen. Der Boden sieht wirklich sehr unappetitlich aus.« Sie drehte sich auf dem Absatz um und marschierte davon.

»Dann lasse ich Sie mal arbeiten«, sagte Max.

»Ich hab den Boden letzte Woche gründlich gewischt, das schwöre ich.«

»Da bin ich mir sicher.« Wieder lächelte er. »Falls Sie den Toiletten mit ihrer Zahnbürste zu Leibe rücken wollen – es ist die grüne, nicht die orangefarbene.«

Angie wollte lachen, hatte aber den Verdacht, dass Eleanor in der Küche stand und sie belauschte. Sie schnappte sich die Kiste mit den Putzsachen und ging eilig zur Treppe.

Wie gewünscht, fing sie im Badezimmer an. Beim Eintreten inspizierte sie den Boden – er war makellos sauber. Nichts außer einer kaum sichtbaren Staubschicht, die man nach einer Woche auch erwarten konnte. Als sie ihre Box auf der Fensterbank abstellte, sah sie die beiden Mädchen, die über den Rasen und Richtung Küstenweg gingen. Obwohl sie nicht genau sagen konnte, warum, machte sie diese neue Freundschaft nervös. Sie verspürte den überwältigenden Drang, eine Mauer um ihre Tochter herum zu errichten, um sie vor diesen Leuten zu beschützen. Aber vielleicht übertrieb sie es ja auch mit ihrer Fürsorge. Anders bedeutete ja nicht automatisch schlecht. Ja, die Davenports kamen von einem anderen Planeten, aber das hieß nicht, dass sie schlechte Menschen waren. Wäre da nicht die Art gewesen, wie Tamsyn über sie gesprochen hatte. Diese Bewunderung in ihrem Blick und in ihrer Stimme. Und dann natürlich, dass ihre Tochter vermutlich dachte, das Haus stelle irgendwie eine Verbindung zu Rob dar. Sie fühlte sich nicht wohl dabei. Er hätte ihr nie sagen dürfen, dass sie eines Tages dort wohnen würden. So ein Blödsinn. Als ob sie sich mit Robs Verdienst je ein solches Haus hätten leisten können. Aber so war er nun mal gewesen – ein hoffnungsloser Träumer.

Seit sie Kinder waren, hatte Rob diesen Ort geliebt. Wie oft hatte er ihre Clique hierhergelockt, damit sie heimlich im Garten spielen konnten. Damals, als das Haus noch der abwesenden Enkelin eines amerikanischen Tabakhändlers gehörte, der hier gebaut hatte, lange bevor irgendwelche Verantwortlichen darüber bestimmt hatten, wer oder was die natürliche Schönheit einer Landschaft zerstören durfte. Sie hatte einmal den Fehler gemacht, ihm zu sagen, dass das Haus ihr Furcht einflößte. Also hatte er sie aufgefordert, über den Rasen zu laufen und die Wasseroberfläche des Pools zu berühren. Und gerade, als sie sich durch das Tor schleichen wollte, hatte er gesagt, dass der Pool schwarz wäre von den Geistern ertrunkener Seeleute.

*Sei nicht so feige, Ange. Du musst ja nur kurz den Finger reinhalten.*

Die anderen hatten sich hinter den Farnen und Ginsterbüschen versteckt, als sie mit wild klopfendem Herzen das quietschende Tor aufschob, während das Haus drohend vor ihr aufragte. Sie war auf den Pool, der mit den Geistern der

Ertrunkenen angefüllt war, zugerast, und natürlich hatte einer aus der Gruppe einen gruseligen Schrei ausgestoßen, um ihr Angst einzujagen. Mit Erfolg, denn sie wäre vor Schreck fast umgefallen. So schnell wie möglich war sie zurückgerannt. Als sie wieder bei den anderen ankam, lachten die sich halb tot und hörten auch nicht auf, als sie auf dem Küstenpfad nach St Just zurückkehrten. Zu sehen, wie Tamsyn nun durch dasselbe Tor ging, wie sich die Geschichte wiederholte, wie sie denselben Weg entlangging, den Rob und sie vor zwanzig Jahren genommen hatten, weckte eine schmerzhafte Wehmut in ihr.

Sie schaute den Mädchen nach, bis sie außer Sicht waren, und holte den Putzlappen und die Flasche mit dem Reiniger aus der Kiste. Ihr Sohn arbeitete auf der anderen Seite des Gartens und schmirgelte den Zaun ab. Es wurde ihr eng ums Herz, als sie ihn beobachtete. Er war so niedergedrückt, so … verändert, und mit jedem Tag, der verstrich, schien er ein wenig mehr von seiner Seele einzubüßen. Robs Tod hatte bei ihnen allen eine riesige Lücke hinterlassen, aber bei Jago war es, als wäre sein Licht erloschen. Er war nicht stark genug, um mit dem Stress wegen der Schließung der Mine und dem Mangel an Arbeitsplätzen zurechtzukommen. Tamsyn war anders. In ihr brannte ein Feuer. Grandpa behauptete, es läge an ihren roten Haaren – hitzig und willensstark. Aber Jago? Zu sensibel, zu weich. Angie befürchtete, er würde schon bald zu einem Schatten seiner selbst werden, wenn er weiterging auf dem Weg, den er eingeschlagen hatte. Sie wusste, dass er Marihuana rauchte und Gott weiß was noch alles. So viele Kids nahmen dieser Tage harte Drogen. Er hatte ihr zwar geschworen, dass er dieses Zeug nie anrühren würde, aber sie glaubte ihm nicht. Aber wer konnte es den Jugendlichen verdenken? Was hatten sie hier denn schon? Alles war so trostlos. Und obwohl es ihr das Herz brechen würde, wünschte sie sich oft, Jago würde mit gepacktem Rucksack aus seinem Zimmer kommen und verkünden, er wolle sein Glück in London versuchen. Nein, in diesem vergessenen Winkel Englands mit seinen aufgegebenen Minenschächten und mit Brettern vernagelten Läden in den Hauptstraßen gab es nichts für die jungen Leute. Und doch wusste sie, dass er niemals gehen würde, denn wie sie selbst war er ein Stubenhocker. Als er noch klein war, wollte er immerzu nur kuscheln, und wenn seine Schwester und Rob auf die Felsen in der Umgebung kletterten und vor Lagerfeuern saßen, hatte er zusammengerollt mit ihr auf dem Sofa gelegen und glücklich und zufrieden in seinen Automagazinen gelesen, während sie ihm übers Haar strich und einfach nur seine Anwesenheit genoss.

Vier Stunden später war sie fertig mit ihrer Arbeit. Eleanor hatte sich, wie Angie vermutete, einen Gin Tonic eingeschenkt und saß auf dem weißen Ledersofa im Wohnzimmer. Angie räusperte sich beim Näherkommen, und Edies Mutter sah zu ihr auf.

»Ich bin fertig«, sagte Angie. »Ich hab den Boden im Bad besonders gründlich geschrubbt.«

Eleanor nickte.

Angie sah hinaus zum Gartenzaun. Jago hatte sein Shirt ausgezogen und es sich in den Bund seiner Jeans gestopft. Gerade ging er in die Hocke und schliff die eisernen Pfosten ab. Die hart arbeitenden Muskeln zeichneten sich unter seiner gebräunten Haut ab.

»Soll er noch ein bisschen hierbleiben?«

»Ja, bis er fertig ist.«

»Eigentlich sollte er mich wieder mit nach Hause nehmen. Macht es Ihnen was aus, wenn ich einen Freund anrufe, damit er mich abholt?«

Eleanor machte eine gleichgültige Geste Richtung Telefon.

Angie rief Gareth im Imbiss an und sprach so leise wie möglich. »Könntest du rasch herkommen? Ich warte unten am Weg.«

Angie war froh, das Haus zu verlassen. Eleanor Davenport schüchterte sie ein. Sie war unberechenbar – eine dieser Frauen, die vollkommen von sich eingenommen waren.

Draußen lehnte sich Angie an den Torpfosten und atmete tief durch. Nichts war besser als die kornische Luft. Sie hatte Cornwall erst einmal im Leben verlassen, und zwar, als sie und Rob in die Flitterwochen gefahren waren. Sie hatten den Zug von Penzance nach Blackpool genommen. Fast neun Stunden hatte die Fahrt gedauert, und gleich, als sie auf den Bahnsteig hinausgetreten war, hatte sie die frische Luft von West Penwith vermisst. Sie waren jung und verliebt gewesen und hatten natürlich die meiste Zeit auf ihrem Zimmer verbracht. Hatten ihr Liebesnest nur verlassen, um die nächtlichen Lichter am Pier zu beobachten oder sich eine Portion Fritten zu holen, wenn sie Hunger bekamen. Sie musste lächeln, als sie daran dachte, wie Rob sie auf den Bauch geküsst und sich dann zwei Pommes aus der Tüte geangelt hatte. Eins für sie und eins für ihn. Der Rest war dann kalt geworden, weil sie einmal mehr die Lust übermannt hatte.

»Was sind das für Leute, diese Davenports?«, fragte Gareth, als er den Blinker setzte und von der Auffahrt auf die Hauptstraße abbog.

»Ach, ich kenne sie ja kaum. Die sind ja für gewöhnlich nicht hier, wenn ich im Haus sauber mache. Mit ihr hab ich ein paarmal gesprochen. Ziemlich zickig und ...«, Angie machte eine Pause, um das richtige Wort zu finden, »vornehm.«

Gareth nickte mit ernster Miene. Angie versuchte erfolglos, nicht an Rob zu denken. Wie er hinter dem Lenkrad gesessen hatte, die starken Hände leicht darumgelegt. Wie die

Sonne auf seine Wimpern und die Seite seines Gesichts fiel. Er hätte ihr einen Blick zugeworfen und über ihren Kommentar gelacht. Sie stellte sich vor, was er erwidert hätte – wahrscheinlich, dass ihnen beiden ein bisschen mehr Schliff auch nicht schaden könnte.

*Ohne den letzten Schliff, aber dafür glücklich, was, Ange?*

Auch nach all den Jahren war er in jedem Moment gegenwärtig. Und wie es schien, erinnerte sie sich nur noch an die guten Momente mit ihm. An sein Lachen, an das Grübchen auf seiner linken Wange, wenn er lächelte, an seinen muskulösen Oberkörper, der von einem weichen erdbeerblonden Flaum bedeckt war, den sie so gern geküsst hatte. An den Geschmack von frischem Schweiß auf seiner Haut. Sie sah aus dem Autofenster. Konzentrierte sich auf das Meer in der Ferne und den leichten Nebel am Horizont, der Regen ankündigte. Die Dinge an ihm, die sie in den Wahnsinn getrieben hatten, die sie vor Wut und Frust hatten schreien lassen, waren in ihrer Erinnerung verblasst. Waren völlig unwichtig geworden. Wie sehr sie all die Zankereien um absolute Nichtigkeiten bereute! Wen kümmerte es schon, wer dran war, den Müll rauszubringen, wo es auf dieser Welt doch nichts Wertvolleres gab, als ihre Lippen auf seine flaumige Brust zu drücken?

Sie lehnte den Kopf gegen das Beifahrerfenster und sah, wie das Haus auf der Klippe im Seitenspiegel immer kleiner wurde. Was für ein lächerliches Gebäude! Aufdringlich und strahlend weiß und mit seinen absolut geraden Linien und riesigen Fenstern so auffällig wie ein Kalksteinmonument auf einem grasbedeckten Hügel. Ihr eigenes Haus hätte fünf Mal dort hineingepasst, und dabei war das nicht mal der Hauptwohnsitz der Davenports. Beim Vorstellungsgespräch hatte Eleanor Davenport Angie mitgeteilt, dass sich der »Hauptwohnsitz« der Familie an einem Ort namens Holland Park befände. Das sagte sie so, als müsse man wissen, wo das war. Angie wusste es nicht, nickte aber trotzdem, weil sie sonst womöglich den Job nicht bekommen hätte.

»War schön gestern«, unterbrach Gareths Stimme ihre Gedanken. Sie straffte sich und sah ihn an. Er schenkte ihr ein scheues Lächeln.

»Ach, ja?«

»Darf ich dich heute Abend wieder ausführen?«

»Na ja, eigentlich wollte ich ... heute mal zu Hause bleiben.«

»Wegen der Kinder?«

Sie erinnerte sich an Tamsyns Protest, an den Schmerz in ihrem Blick. In diesem Moment hatte ihre Tochter sie mehr denn je an Rob erinnert.

»Nein«, log sie. »Ich bin nur müde, das ist alles. Ich wollte einfach im Schlafanzug ein bisschen fernsehen.«

Gareth ließ den Kopf hängen wie ein Kind, das erfahren hat, dass Weihnachten dieses Jahr ausfällt. Er wusste wahrscheinlich, dass sie ihm nicht die Wahrheit gesagt hatte. Dass es genauso war, wie er vermutete – wegen der Kinder. Er würde nie verstehen können, wie schwer das alles für sie war. Und Tamsyn und Jago sahen nur ihren eigenen Kummer. Für sie konnte Rob niemals ersetzt werden. Das war alles, was für sie zählte. Sie hatten Scheuklappen auf. Sie würden nie verstehen können, wie einsam sie sich fühlte. Wie es sie auffraß, allein auf ihrem Klappbett im Wohnzimmer zu liegen, während Nacht für Nacht die Stille in ihrem Kopf widerhallte wie ein Totenglöckchen. Während sie immer weiter hinausgetrieben wurde wie eine Überlebende auf einem abgetriebenen Stück von einem Wrack.

Sie hielten vor ihrem Haus, und Gareth stellte den Motor ab.

»Danke, dass du mich abgeholt hast.«
»Keine Ursache.«

Ihre Hände lagen in ihrem Schoß. Er beugte sich zu ihr und legte seine Hände auf ihre. Einen Moment lang sahen sie sich in die Augen, dann wandte sie sich zur Seite und öffnete die Tür des Wagens.

»Falls du's dir wegen heute Abend anders überlegst, melde dich«, sagte er.

Als sie ihm nachschaute, wie er mit kleine schwarze Wölkchen ausstoßendem Auspuff davonfuhr, wünschte sie sich, er hätte sich für eine schnelle Tasse Tee bei ihr eingeladen.

# SECHZEHN

**Tamsyn – Juli 1986**

Hintereinander gingen wir den Pfad entlang. Und obwohl eigentlich ich Edie hätte den Weg zeigen müssen, stapfte sie voran. Ich bemerkte ein kleines Kreuz auf ihrer linken Schulter, schwarz und unregelmäßig, als wäre es mit zittriger Hand und mit Filzstift aufgemalt worden.

»Ist das ein Tattoo?«

»Jep, hab ich, seit ich vierzehn bin.« Sie warf mir einen Blick über die Schulter zu. »Selbst gestochen.«

»Du hast es selber gemacht?«

Sie nickte.

»Und was hat deine Mutter dazu gesagt?«

»Ein Vorteil des Internats ist, dass dir die Eltern nicht auf die Finger gucken können. Und es gibt eine Menge Möglichkeiten, die Regeln zu brechen.«

»Gott, meine Mum würde ausrasten.«

Edie blieb stehen und drehte sich mit einem verschwörerischen Glitzern in den Augen zu mir um. »Dann solltest du dir erst recht eins stechen lassen. Ich kann das machen.«

»Wirklich?«

Sie nickte eifrig. »Ja, wirklich. Würde ich gern für dich tun.«

Die Vorstellung, dass Edie Tinte unter meine Haut spritzte, hatte etwas, aber es ging trotzdem nicht. Das mit meiner Mutter hatte ich ernst gemeint. Sie fand Tattoos abstoßend und konnte nicht verstehen, wie jemand seinen Körper dauerhaft verschandeln lassen konnte. »Ich kann nicht. Sie würde mir den Kopf abreißen.«

»Was bist du doch für ein braves Mädchen!« Edies Augen verengten sich leicht, und ihre Stimme klang plötzlich unfreundlich, so als wäre es das Schlimmste auf der Welt, ein *braves Mädchen* zu sein.

Sie setzte sich wieder in Bewegung. Ich fixierte ihr Tattoo und stellte es mir auf meiner eigenen Schulter vor.

Wir gingen die Treppe hinunter, ein relativ stabiles Konstrukt aus Holz, Draht und in den Hang getriebenen Pfosten. Die Dünen hier waren vor dem rauen auflandigen Wind geschützt. Orangefarbene Lilien und zarte Nelken wuchsen zwischen dichten Farnen und bildeten einen farbenfrohen Teppich, der sich bis hinunter zum Strand erstreckte. Als wir unten waren, zog ich mir die Schuhe aus und bohrte meine Zehen in den heißen trockenen Sand, bis ich die kühle feuchte Schicht darunter ertastete. Wir schlenderten zum Wasser, wo wir Seite an Seite dastanden, während die Gischt unsere Füße umspülte.

Ich hockte mich hin und suchte im Sand nach ein paar Steinen. In hohem Bogen warf ich einen ins Meer. Mit einem dumpfen Platschen fiel er ins aufgewühlte Wasser und sank auf den Meeresgrund. Als wir noch klein waren, hatten Jago und ich Stunden damit zugebracht. Währenddessen war mein Vater mit seinem Fernglas auf die Kuppe eines Felsens gestiegen, um die Umgebung nach Vögeln abzusuchen. Wir Kinder hatten uns mit einem Haufen Steine zwischen uns im Sand niedergelassen. Wir zählten bis drei und warfen dann gleichzeitig, um zu sehen, wer es am weitesten schaffte. Manchmal gewann ich, und dann schlug mir Jago mit einem »Guter Wurf!« anerkennend auf die Schulter. Rückblickend wurde mir klar, dass er mich ab und zu gewinnen ließ, und mich durchflutete ein warmes Gefühl für ihn.

Ich drehte mich um und starrte hinauf zum Haus auf der Klippe, das wie ein Monument, nein, fast wie ein Tempel auf dem Felsvorsprung thronte. Die Sonne hüllte es genau in diesem Moment in eine schimmernde Aureole und spiegelte sich gleißend in den großen Fenstern.

»Du hast so ein Glück, dass du da wohnen darfst«, sagte ich zu Edie und warf einen Stein ins Wasser.

Sie zog die Nase kraus. »Ich *hasse* es. Ich komme nie da raus, nicht mal für einen Tag. Ich bin *praktisch* gefangen.«

»Du solltest mal sehen, wo wir wohnen.«

»Wie ist es da?«

»Klein. Dunkel. Grauenvoll.« Ich warf einen weiteren Stein, sah zu, wie er ins Wasser plumpste und verschwand. »Seit mein Vater gestorben ist, fühlt es sich nicht mehr wie ein Zuhause an. Und jetzt hat meine Mutter auch noch diesen Typen. Jedes Mal, wenn er bei uns auftaucht, ist das wie ein Überfall.«

»Glaubst du, dass sie ihn heiraten wird?«

Ihre Frage traf mich wie ein Schlag in die Magengrube, sodass mir im ersten Moment den Atem wegblieb. »Nein!«, stieß ich scharf hervor. »Natürlich nicht. Sie kennt ihn ja kaum. Und außerdem hat sie meinen Vater zu sehr geliebt.«

»Aber er ist doch tot. Und sie ist so jung und hübsch. Muss schlimm für sie gewesen sein, die Liebe ihres Lebens zu verlieren. Was soll's, wir alle sterben sowieso bald, kriegen Aids, oder diese verrückten Sowjets lassen Atombomben auf uns fallen, oder die Aliens kommen. Da sollten wir aus diesem beschissenen Leben doch so viel Liebe wie möglich rausquetschen, findest du nicht?«

Ich ballte die Fäuste. Am liebsten hätte ich sie angeschrien. Hätte ihr Gesicht zu gern so lange in den Sand gedrückt, bis sie schwor, nie wieder von einer Heirat zwischen meiner Mutter und diesem gottverdammten Gareth Spence anzufangen. Lieber wäre ich bei einem Atomschlag der Russen zu Tode geröstet worden, als das für möglich zu halten. Aber Edie konnte das nicht verstehen. Ihr Vater war ja noch am Leben und nicht im Meer ertrunken. Er verrottete nicht in der Erde eines überfüllten Friedhofs. Edie stand auf der Sonnenseite des Lebens. Natürlich konnte sie das alles nicht mal ansatzweise nachempfinden. Also verdrängte ich den Gedanken an den gottverdammten Gareth Spence und ihr Gesicht im Sand und ging weiter Richtung Sennen.

Die beiden Strände – Gwenver, auf dem wir uns befanden, und Sennen Cove, auf den wir nun zusteuerten – waren breit und sandig. Beide Buchten waren bei Flut durch einen kleinen Meeresarm und eine schmale Landspitze voneinander getrennt.

»Die Flut kommt«, sagte ich, als Edie wieder zu mir aufgeschlossen hatte. »Der Weg wird bald überflutet sein.«

Sie spielte mit einer Handvoll Sand, ließ ihn wie bei einer Sanduhr durch die Finger rieseln. »Auf was für Mädchen steht dein Bruder eigentlich?«

»Keine Ahnung«, erwiderte ich überrascht. »Er hat nie eine mit nach Hause gebracht. Ich weiß nicht mal, ob er im Moment 'ne Freundin hat.«

»Wirklich?«, fragte sie. »Aber er hatte doch schon mal Sex, oder?«

»Meine Güte, Edie! Ich will nicht darüber nachdenken, ob mein Bruder Sex hat oder nicht, also schönen Dank auch.« Ich schüttelte mich, und sie lachte. Ich warf ihr einen Seitenblick zu. »Und was ist mit dir?«

»Was soll mit mir sein? Du meinst, ob ich schon mal Sex hatte?«

Ich nickte.

»Natürlich. Du nicht?«

Ich wurde rot vor Scham, sowohl wegen meiner Frage als auch wegen meiner Naivität. »Nein. Nicht wirklich. Ich meine, da war dieser Junge. Wir …«, ich zögerte, »haben ein bisschen rumgemacht. Aber es war nicht gut.«

»Ich bin nicht sicher, ob es das jemals ist. Was ist denn passiert?«

Ich beschloss, ihr nicht zu erzählen, was passiert war. Es war mir immer noch extrem peinlich. »Nicht viel.«

»Wie heißt er denn? Dein Freund, meine ich?«

»Er ist nicht mein Freund«, erwiderte ich.

Sie lachte. »Den hast du dir ausgedacht, gib's zu!«

»Nein, natürlich nicht.«

»Und wie heißt er dann?«

Wieder wurde ich rot, und mein Gesicht fühlte sich heiß an. »Kevin«, sagte ich schließlich widerwillig. »Kevin Chambers.«

»Kevin?« Sie explodierte förmlich vor Lachen. »Mein Gott, Tamsyn. Du hast's tatsächlich mit einem Typen namens *Kevin* getrieben?«

Ich verschränkte die Arme und versuchte, die Erinnerung an die Knutscherei mit Kevin Chambers zu vertreiben. Eine widerlich nasse Angelegenheit, bei der seine Zunge in meinem Mund rotierte wie eine Wäschetrommel, während seine feisten Finger sich einen Weg in meine Hose gesucht hatten. So geschehen in einer dunklen Ecke während der Schul-Disco.

»Ich hatte mein erstes Mal vor zwei Jahren. Mit einem vom Strandpersonal im Four Seasons in Florida. Keine Ahnung, warum ich über den Namen Kevin gelacht hab, denn meiner hieß allen Ernstes Chuck junior. Ist das zu fassen? Egal, ich kann nicht behaupten, dass die Erde unter mir gebebt hat, aber er sah aus wie Rob Lowe und hat mich danach zu Tacos eingeladen.«

Ich mochte nicht fragen, was Tacos waren.

Plötzlich hielt sie an und bückte sich. Ihre schlanken Finger griffen nach etwas im Sand. Sie richtete sich wieder auf und streckte ihren Arm aus. Zwischen Daumen und Zeigefinger hielt sie ein Stückchen Glas. Es war aquamarinblau, glatt und makellos durchscheinend. Zudem hatte die Natur es in eine perfekt ovale Form geschliffen. Mit einem zugekniffenen Auge hielt sie es gegen die Sonne und betrachtete es. Das Licht ließ das Glas leuchten. Dann, ohne ein Wort, drückte sie mir ihren Fund in die Hand und ging weiter.

Das kleine Stück Glas lag in meiner Handfläche wie eine hellblaue Austernperle. Ich rieb das Oval über meine Lippen, schloss die Augen, um die seidenweiche Oberfläche zu genießen. Dann ließ ich es in meine Tasche gleiten und rannte los, um Edie einzuholen.

Je näher wir Sennen kamen, desto voller wurde der Strand, und als wir die Betonrampe erreichten, die zum Parkplatz hochführte, war der Sand mit rosafarbenen und weißen Touristen gesprenkelt. So eng saßen sie beieinander, dass man kaum einen Weg durch sie hindurch fand. Die Luft um uns herum summte. Man hörte Freudenschreie, Mütter, die ihren Kindern befahlen, nicht mit Sand zu werfen, fluchende Väter, die mit widerspenstigen Liegestühlen und Luftmatratzen kämpften, aufgeregtes Gelächter und wütendes Geschrei in Richtung der diebischen Möwen, die das Urlaubschaos nutzten, um sich Futter zu stehlen.

»Ist es in Florida so ähnlich wie hier?«

Edie lachte. »Nicht wirklich. Ich meine, es gibt da auch Ecken, die so sind, nur heißer. Aber wir fahren immer zu einem Privatstrand, da sind weniger Leute. Und da stehen hölzerne weiße Sonnenliegen mit weißen Handtüchern am Wasser, und ein Kellner mit dem Namen des Hotels auf dem Hemd serviert den Gästen Drinks. Und natürlich, weil es ja Amerika ist, wünscht dir jeder, wo du gehst und stehst, *einen schönen Tag*.«

Der amerikanische Akzent, mit dem sie das sagte, war perfekt, und als ich zur Rampe ging, wiederholte ich ihre Worte im Stillen immer wieder, um sie mir einzuprägen.

»Aber es ist auch langweilig. Max schreibt die ganze Zeit, und Eleanor röstet tagsüber mit ihrem Gin so lange in der Sonne, bis sie einer angesäuselten Trockenpflaume gleicht. Als wir das letzte Mal da waren, hab ich einem Vater zugeschaut, wie er mit seinen Kindern spielte. Du weißt schon, Ball werfen, im Wasser rumtoben, Geschichten vorlesen und so weiter, und ich sah mir meine Eltern an und dachte die ganze Zeit nur, wie scheiße die sind.«

Als sie mir diese Geschichte erzählte, sah ich meinen Dad vor mir. Er war genau wie der Vater gewesen, den Edie so eifersüchtig beobachtet hatte. Ein Mann, der nur zu gern mit seinen Kindern spielte. Hätte er jemals die Chance gehabt, mit uns nach Florida zu fliegen, hätte er bestimmt den ganzen Tag mit uns verbracht.

»Komm schon, guck nicht so deprimiert. Wir holen uns ein Eis.« Edie packte meinen Arm. »Das essen wir dann auf dem Heimweg.«

Wir stellten uns in die Reihe mit den Kindern, die Schwimmreifen unter dem Arm trugen, und Vätern, über deren Bäuchen sich die T-Shirts spannten. Als wir dran waren, orderte Edie ein Vanille-Eis mit Streuseln, dann drehte sie sich zu mir um: »Und was willst du?«

»Oh«, sagte ich. »Nichts, danke.«

»Sicher?«

»Ich hab kein Geld dabei.«

»Ich bezahle.«

»Wirklich?«

»Klar.« Sie wandte sich wieder zu der Verkäuferin. »Wir nehmen zwei, bitte.«

»Ich krieg nächste Woche meinen Lohn. Dann geb ich's dir zurück, das versprech ich ...«

»Hey! Tamsyn Tresize!«, rief jemand irgendwo hinter uns. »Wer ist denn deine Lesben-Freundin?«

Wir drehten uns um. Die Stimme kam von einer Gruppe Jungs, die an der Mauer zum Parkplatz lehnten. Ihre Chopper und BMX-Räder standen und lagen um sie herum. Ich stöhnte auf, als ich die Clique erkannte.

»Idioten aus meiner Schule«, flüsterte ich Edie zu. »Ignorier sie am besten.«

Einige von den Jungs, die alle rauchten, hielten eine Dose Bier in der Hand. Sie stießen sich gegenseitig an und grinsten dem Typen zu, der in unsere Richtung gerufen hatte. Ein stiernackiger Skinhead mit zertrümmerter Nase und pockennarbiger Haut namens Billy Granger.

Edie bezahlte bei der Dame hinter dem Tresen, dann gab sie mir mein Eis. Wir leckten beide an unserer Portion und grinsten. Es war köstlich, cremig und süß. Ich konnte mich nicht erinnern, wann ich zum letzten Mal ein Eis gegessen hatte.

»Ob deine Freundin mich mal lecken lässt?«, rief Billy Granger, woraufhin sich die anderen Jungs krümmten vor Lachen.

»Ignorier sie einfach«, sagte ich leise. »Denen wird schon bald langweilig.«

Edie warf der Gruppe einen verächtlichen Blick zu, dann packte sie mich am Handgelenk und zog mich hinter sich her zur Rampe.

»Hey! Ja, genau, dich hab ich gemeint!«

Ich warf einen Blick über meine Schulter und sah, wie Billy seine Zigarette in den Sand hinter sich schnippte und sich von der Mauer abstieß. Dann folgte er uns. Er hatte die Hände tief in die Taschen geschoben und schwankte beim Gehen hin und her wie ein krängendes Schiff. Der Rest seiner Clique schlenderte hinter ihm her. Mein Herz schlug wild. Das waren keine netten Jungs. Das waren die Burschen, die den anderen am Schultor das Geld fürs Mittagessen abnahmen und Erstklässler auf dem Spielplatz herumschubsten. Ich starrte stur geradeaus und konzentrierte mich auf das Haus auf der Klippe über uns.

Die Jungs holten auf und gingen neben uns her.

»Hey, Blondie«, sagte Billy, »ich weiß zwar, dass du 'ne Lesbe bist, aber ich schätze, ich könnte dich umdrehen.«

Wieder höhnisches Gekicher.

»Du willst mich, gib's zu, du Schlampe!«

Ich überlegte, ob ich einfach losrennen sollte, aber ich wusste, dass das nicht funktionieren würde. Sie waren schneller als wir, würden uns spielend einholen, und dann wäre alles nur noch schlimmer geworden.

Plötzlich blieb Edie stehen und drehte sich zu der Bande um. Sie straffte sich und hob trotzig das Kinn.

»Lass es, Edie«, wisperte ich. »Lass uns einfach zurückgehen.«

»Nein.« Das sagte sie laut genug, dass es die anderen hören konnten. »Diese Bürschlein sind unhöflich und nervig und verderben uns den ganzen Ausflug.«

»Wir machen ihn besser, wolltest du wohl sagen«, sagte Billy. »Wir bieten dir genau das an, worauf du scharf bist.«

Auch die Jungs hatten angehalten. Sie stupsten sich gegenseitig an, tuschelten und warteten darauf, was das neue Mädchen tun würde. Mein Blick ging zu einer Familie neben uns am Strand. Der Mann lag in einem farbenfrohen Liegestuhl und las Zeitung, während die Frau ein Baby auf dem Schoß schaukelte. Die Patschhändchen und das Kinn des Kleinen waren mit Sand bedeckt, den er offenbar zu essen versucht hatte. Da war auch noch ein zweites Kind. Das Mädchen trug einen Badeanzug mit Rüschen und schlug mit einer kleinen blauen Schaufel auf einen umgedrehten Eimer ein. Die Frau starrte in unsere Richtung.

»Richtig, genau das meinte ich«, erwiderte Edie. »Gerade eben haben wir noch darüber gesprochen, dass wir inständig hoffen, einen Typen am Strand aufzureißen, der einen richtig großen Schwanz hat. Stimmt doch, Tamsyn?«

Ich keuchte unmerklich auf, und Billy grinste seine Kumpels an, als hätte er einen Preis gewonnen.

»Aber«, fuhr Edie im Plauderton fort, »wie ich hörte, ist deiner nur so groß.« Sie hielt ihren kleinen Finger in die Luft und gab ein bedauerndes Seufzen von sich. »Was *wirklich* jammerschade ist.«

Eine Hand in die Hüfte gestemmt, stand sie da, das Eis in der anderen, und ihre Augen blitzten unerschrocken. Die Frau neben uns murmelte etwas und wechselte einen indignierten Blick mit ihrem Gatten, der nur kurz von seiner Zeitung aufsah.

Billy Grangers Grinsen erlosch, während man förmlich zusehen konnte, wie sein Hirn Edies Beleidigung zu verarbeiten versuchte. Seine Freunde unterdrückten ein Lachen, aber zwei von ihnen schafften es nicht und mussten ihr Prusten durch gekünsteltes Husten und gesenkte Köpfe kaschieren.

Billys Mund verzog sich zu einer hässlichen Fratze, während er gegen die Demütigung ankämpfte. »*Was* hast du gerade gesagt?«

Mein Magen rumorte, und ich schluckte hart. Mein Mund

war staubtrocken, sodass mir der Geschmack des Vanilleeises nun widerlich süß und klebrig auf der Zunge lag.

»Komm, Tamsyn«, sie zog an meinem Arm, während sie sich umdrehte. »Diese Babys langweilen mich.«

Wir machten ein paar Schritte, bevor Edie durch einen Stoß in den Rücken leicht zu taumeln begann. »Ich hab dich gefragt, du hässliches Luder, was du gesagt hast!«

Edie blieb stehen. Drehte sich wieder um. Trat nun ganz nah an ihn heran.

»Und ich sagte, dein Schwanz ist so verdammt winzig, dass man ein Mikroskop braucht, um ihn überhaupt zu finden.« Sie sprach kühl und klar, gab jedem Wort Zeit, um zu wirken. »Deshalb werde ich *keinen* Sex mit dir haben.« Sie brachte ihr Gesicht so nah an seins, dass er gezwungen war, vor ihr zurückzuweichen. »Hast du das jetzt endlich verstanden, du Schwachkopf?«

Billys Oberlippe zuckte, und er ballte und öffnete die Fäuste, sodass sie wie zwei pumpende Herzen wirkten.

Edie machte einen Schritt zurück, hob das Eishörnchen an ihren Mund, dann leckte sie provozierend daran, den Blick starr auf ihn gerichtet. »Wenn du uns jetzt entschuldigen würdest«, sagte sie honigsüß. »Meine Freundin und ich würden gern unseren netten Spaziergang fortsetzen.«

Ich hielt den Atem an, als wir weitergingen und absichtlich einen Weg durch die vielen Menschen nahmen, die uns anstarrten, miteinander tuschelten oder vielsagende Blicke tauschten. Edie kümmerte das kein bisschen. Sie war einfach großartig.

»Eingebildete Kuh!«, rief uns Billy nach.

Edie fuhr herum und zeigte ihm den Mittelfinger. Dabei rempelte sie mich versehentlich an, und wir brachen in unkontrolliertes Gelächter aus.

»Meine Güte, hast du sein Gesicht gesehen?« Ich konnte vor Lachen kaum sprechen. »Seine Clique wird ihm das Leben zur Hölle machen, das kann ich dir sagen. Die werden ihm noch wochenlang mit dem kleinen Finger vor der Nase rumwedeln.«

Sie lachte und leckte an ihrem Eis. »Was für Idioten. Ich meine, das Eis hier ist einfach köstlich, da lass ich ihn doch nicht dran lecken.«

Sie hakte sich bei mir ein, und wir gingen durch das Gewühl am Strand zurück zum Haus, als wären wir seit Jahren die dicksten Freundinnen. Ich hätte in diesem Moment kaum glücklicher sein können, selbst wenn ich die Queen gewesen wäre.

Da zerriss ein Schrei die Luft, der das Blut in den Adern gefrieren ließ.

Wir hörten auf zu kichern, fuhren herum, sahen, wie eine Frau Richtung Wasser lief. Und sie schrie und schrie und schrie. Die perfekte Urlaubskulisse, die hier noch vor wenigen Sekunden existiert hatte, löste sich vor unseren Augen auf. Andere Menschen setzten sich ebenfalls in Bewegung, rannten hinter der Frau her. Rufe wurden laut. Man sah verwirrte Menschen, die aufs Meer hinausblickten, um zu sehen, was los war. Langsam, wie ein herannahender Sturm, steigerte sich die Bestürzung. Edie packte mich am Handgelenk und zog mich in Richtung des Tumults. Gerade rechtzeitig erreichten wir die Menge, um zu sehen, wie ein Rettungsschwimmer sein Megafon in den Sand warf und ins Wasser lief. Die heranrollenden Wellen waren riesig und brachen sich fast senkrecht in Strandnähe. Nicht weit vor der Küste gab es ein steiles Riff, weshalb das Wasser bei Flut an bestimmten Stellen einen mächtigen Sog erzeugte.

Die Menge schwatzte, tauschte Informationen aus, und

schon bald wurde klar, dass ein Kind aufs Meer hinausgetrieben worden und unter Wasser geraten war. Mir wurde übel, und ich merkte, wie mir die Galle hochkam.

»Er hat ihn«, sagte Edie. Wir sahen, wie der Rettungsschwimmer einen Arm unter den Nacken des Jungen schob und mit ihm zurück an den Strand schwamm, wobei sich sein freier Arm durch die Wellen wühlte. »Ich glaube, er bewegt sich nicht mehr.« Die Erregung in ihrer Stimme war unüberhörbar. Ihre Augen leuchteten, und sie griff aufgeregt nach meiner Hand.

Der Rettungsschwimmer wurde hin und her geworfen, als er den Jungen durch die Brandung an Land trug. Das Kind war vielleicht neun oder zehn Jahre alt. Sein Kopf kippte in den Nacken, seine Arme hingen schlaff herunter. Sand klebte an seinem Körper, der weiß und vor Kälte leicht bläulich verfärbt war.

»Zur Seite!«, schrie ein Mann. »Macht Platz, um Gottes willen!«

Edie zog mich weiter, zwängte sich durch die Menge, bis wir ganz vorn im Halbkreis der Schaulustigen standen. Männer und Frauen, die einander festhielten, vor den Mund geschlagene Hände, Augen, starr auf den Jungen gerichtet, der nun in den Sand gelegt wurde. Der Rettungsschwimmer sah sehr besorgt aus und versuchte vergeblich, die gaffende Menge ein Stück zurückzuscheuchen. Stattdessen schien es, als rückten alle noch ein Stück näher an den Ort des Geschehens. Hinter mir fragte jemand, was das denn für Eltern seien, die einen so kleinen Jungen auch nur eine Sekunde aus den Augen ließen.

»Ach, seien Sie still«, meinte eine andere Stimme. »Das könnte jedem passieren.«

»Er ist tot.« Edie bemühte sich kein bisschen, ihre Stimme

zu senken, und ich wünschte mir in diesem Moment, ich stünde nicht neben ihr. »Das sieht man doch. Schau nur. Der ist definitiv tot. Seine Lippen sind ganz blau, und dann hat er auch noch Seetang im Mund.«

Der kleine Junge lag reglos da. Das nasse Haar klebte an seinen Wangen und über den Augen. Ich stellte mir vor, wie seine Lungen mit beißendem Salzwasser gefüllt waren, sodass kein Platz mehr da war für Luft, während winzige Sandpartikel darin trieben wie Astronauten im Weltraum. Ich riss meinen Blick von ihm los, schaute hinaus auf die Wellen, suchte das Meer nach meinem Vater ab. Wir waren kaum mehr als eine Meile von dem Ort entfernt, an dem er ertrunken war. Ich stellte mir vor, wie er gekämpft haben musste, um über Wasser zu bleiben. Wie er um Hilfe gerufen hatte. Wie sein Kopf unterging, bevor die Wellen über ihm zusammenschlugen. Ich brach innerlich zusammen. Das Grauen, das sich gerade an diesem Strand abspielte, holte jede Erinnerung hervor, die mit dem Verlust meines Vaters an die See zusammenhing. Ich wollte mich abwenden, war aber vor Furcht und Bestürzung wie versteinert, während ich mit aufgerissenen Augen den leblosen Körper des Kindes anstarrte.

*Lebe. Bitte, bitte, lebe!*

Der Rettungsschwimmer beugte sich über den Jungen, zog mit der einen Hand sein Kinn herunter, um den Mund zu öffnen. Mit der anderen drückte er ihm die Nase zu, dann presste er seine Lippen auf die des Kindes. Zwei Atemzüge zwang er in ihn hinein. Dann noch mal zwei. Kurz und stark. Die Frau, die schreiend zum Wasser gerannt war, kniete neben ihnen. Tränen rannten ihr übers Gesicht. Hinter ihr stand ein Mann, der seine Hand auf ihre Schulter gelegt hatte. Auf dem Arm trug er ein kleines Mädchen, das seinen Kopf in seiner Schulter vergraben hatte.

»Warum macht er das überhaupt noch?«, sagte Edie. »Man sieht doch, dass das Kind tot ist.«

*Sei still.*

»Gott, Tamsyn, ist das zu glauben, dass wir hier dabei sind? Ich hab noch nie zuvor einen toten Körper gesehen. Das ist der Wahnsinn.«

*Sei still. Sei still. Sei still.*

Der Lebensretter begann mit beiden Händen eine Herzdruckmassage, die so kräftig war, dass die noch zarten Rippen des Jungen zu brechen drohten wie trockene Zweige. Meine Nägel gruben sich in meine Handflächen. Ich sah das Gesicht meines Vaters vor mir, die glasigen Augen, den mit Wasser und Sand gefüllten Mund. Wäre er mit uns am Strand gewesen, hätte er den Jungen gerettet. Das wusste ich mit Gewissheit, und einmal mehr wünschte ich mir, dass er nicht gestorben wäre. Dass er uns heute das Eis gekauft hätte und damit dem Geschehen so nah gewesen wäre, dass er diesen verzweifelten Menschen hätte helfen können.

Das Grauen sickerte in jede Pore meines Körpers, als ich beobachtete, wie der Rettungsschwimmer dem leblosen Jungen zwei weitere Atemstöße spendete. Weitere Kompressionen auf den Brustkorb. Eine erwartungsvolle Stille hatte sich über die Menge gelegt, nur unterbrochen durch ein gelegentliches Schluchzen oder besorgtes Flüstern. Ein Kopf nach dem anderen senkte sich in Trauer. Einige wandten sich um und schlugen die Hände vors Gesicht.

Da begann der Junge zu husten.

Wasser spritzte aus seinem Mund. Dann ein weiteres Husten und ein Atemzug. Sein Kopf rollte zur Seite, dann sprudelte das Wasser aus seinem Mund heraus, als würde er sich übergeben. Wie ein Mann atmeten die Schaulustigen auf. Jemand lachte, andere stießen erleichterte Schreie aus. Irgendwo klatschte jemand. Der Lebensretter ließ sich auf seine Hacken zurückfallen und platzierte die Hände auf seinen Oberschenkeln. Dann legte er den Kopf in den Nacken, schloss die Augen, und sein Körper erbebte vor Erleichterung. Die Mutter beugte sich über ihren Sohn, zog ihn eng an sich und begann unkontrolliert zu schluchzen. Der Mann hinter ihr ließ sich in den Sand sinken und hielt sein anderes Kind an sich gedrückt, während er lautlos weinte.

»Komm, wir verschwinden von hier.« Edie klang enttäuscht. Sie ging an mir vorbei und schob sich durch die Menschenmenge.

Ich hatte so weiche Knie, dass ich nicht sicher war, ob ich es zurückschaffen würde.

»Jesus«, entfuhr es Edie. »Stell dir vor, er wäre gestorben. Und wir hätten es gesehen!«

Sie klang geradezu heiter, völlig unbeeindruckt von dem, was wir gerade erlebt hatten. Noch immer hallten in meinem Kopf die Schreie der Mutter wider. Ich sah das Bild des weinenden Vaters vor mir, den erschöpften Rettungsschwimmer, der verzweifelt versucht hatte, das Wasser aus den Lungen des Kindes zu pumpen und sie mit Luft zu füllen. Ich konnte nicht sprechen. Mein ganzer Körper stand unter dem Eindruck der Furcht und aller möglichen Gefühle, und ich zitterte unkontrolliert. Bei jedem Schritt hatte ich Angst zusammenzubrechen. Ich konnte keinen klaren Gedanken fassen. Der Anblick des im Sand liegenden Jungen ließ mich nicht los. Seine schlaffen Glieder. Der mit Wasser und Tang gefüllte Mund. Und dazwischen immer wieder der Anblick des leblosen Körpers meines Vaters, der sich unter das Erlebte mischte. Ich versuchte, die Bilder auszublenden, holte tief Luft, konzentrierte mich auf das, was jemand – Gott weiß wer – bei Dads Beisetzung zu mir gesagt hatte: dass der Tod durch Ertrinken die beste Art zu sterben sei.

*Als träume man. Schmerzlos und friedlich. Man entschwebt ganz einfach.*

Das war eine Lüge. Der Junge hatte alles andere als friedlich auf mich gewirkt. Er hatte schwach und gebrochen ausgesehen, hatte die falsche Farbe gehabt und war beim Kampf in den Fluten übel zugerichtet worden.

»Alles klar mit dir?«

Ich hielt meine Tränen zurück und nickte.

»Wäre schön, noch ein bisschen zu schwimmen«, sagte sie. »Es ist so verdammt heiß.«

Schweigend machten wir uns auf dem Weg zum Haus auf der Klippe. Edie ging auch jetzt wieder voran, und ich schleppte mich hinter ihr her. Ich konnte nicht begreifen, warum das alles sie so gar nicht berührte. Lernte man das im Internat? Tough und emotionslos zu sein? Armeeoffiziere, Politiker, Firmenbosse und Edie Davenport – waren sie alle gesegnet mit der Gabe, so ziemlich jede Situation zu meistern, ohne mit der Wimper zu zucken?

Der Weg vom Strand zurück auf den Pfad war steil, es war heiß und stickig, und ich konnte nicht aufhören zu zittern. Immer wieder musste ich mich daran erinnern, dass es dem Jungen gut ging. Dass er nicht ertrunken war. Er war sicher und geborgen bei seinen Eltern, lag warm eingepackt im Arm seiner Mutter, mit Leuten, die um ihn herumschwirrrten und Gott für seine Rettung dankten. Erst als wir den Rasen des Hauses betraten, beruhigte sich mein Zittern. Das Tor fiel hinter uns ins Schloss, und sofort fühlte ich mich besser, der Klumpen in meinem Magen löste sich auf, und ich konnte wieder normal atmen.

Jago arbeitete noch immer am Zaun. Er hatte sein T-Shirt ausgezogen und es in den Hosenbund geklemmt. Sein sonnengebräunter Körper war von einer glänzenden dünnen

Schweißschicht bedeckt, die seine Muskeln noch mehr betonte, während er das Geländer abschliff.

»Hallo«, sagte Edie, als wir näher kamen. »Das sieht aber nach 'ner schweißtreibenden Arbeit aus.«

»Ist okay.« Kurz sah er sie an, dann wandte er sich mir zu. »Mum ist schon nach Hause gegangen. Ich kann dich aber mitnehmen, wenn ich hier fertig bin.« Er sah mich besorgt an. »Hey …« Er kam auf mich zu und berührte meinen Arm. »Was ist denn los? Du bist ja weiß wie eine Wand.«

»Ihr geht's gut«, meinte Edie. »Eben wurde ein Junge aus dem Wasser gezogen und musste von Mund zu Mund beatmet werden, aber es gab ein Happy End. Er hat's überlebt.«

Jago ignorierte Edie und nahm mich in den Arm. »Jesus«, flüsterte er. »Was für eine Scheiße.«

»Ich bin okay«, sagte ich leise.

»Ehrlich, nichts, worüber man sich Sorgen machen müsste«, plapperte Edie weiter. »Der Bursche rennt wahrscheinlich schon wieder durch die Gegend und verlangt Fish and Chips.«

Jago drückte mich. »Soll ich dich jetzt gleich nach Hause bringen? Ich kann hier auch Schluss machen.«

»Nein!«, rief Edie. »Geh nicht, Tamsyn! Nicht, bevor du schwimmen warst, und du kannst auch mitkommen, Jago. Mein Vater hat bestimmt noch 'ne Badehose für dich, falls du dich vor der Heimfahrt noch ein bisschen abkühlen willst.«

Ich schüttelte den Kopf und zwang mir für ihn ein Lächeln ins Gesicht. Ich wollte bleiben. Wollte mich nicht der brutalen Welt jenseits dieses Zauns stellen müssen.

Er sah mich einen Moment lang an, dann wandte er sich an Edie. »Sie kann hierbleiben und schwimmen gehen. Ich mach noch ein bisschen weiter.« Damit widmete er sich wieder dem Zaun.

Edie sagte, ich solle im Wohnzimmer warten, während sie oben in ihren Badeanzug schlüpfte. Und sie wollte mir einen von ihren Badeanzügen heraussuchen, weil ich blöderweise meinen in der Eile heute früh vergessen hatte.

Ich hockte mich auf die Kante des Sofas und stellte fest, wie sauber es war. Mum war wirklich gut in ihrem Job. Vergaß nicht eine Ecke und hatte ein Auge fürs Detail. Die Kissen waren aufgeschüttelt, das weiße Leder war mit Spezialspray behandelt worden, die Chromfüße auf Hochglanz poliert. Ich beugte mich vor und hauchte die Glasplatte des Couchtischs an. Dann malte ich mit meinem Finger ein Kreuz darauf, das genauso aussah wie das, was Edie auf der Schulter hatte. Schließlich presste ich meinen Unterarm gegen die Unterseite der Tischplatte, sodass es aussah, als befände sich das Kreuz direkt auf meiner Haut. Es verblasste schnell, und so lehnte ich mich zurück und wartete auf Edie.

Mit einem Handtuch um die Hüften kam sie wieder herunter und warf mir einen schwarzen Badeanzug zu. »Ist mein Schulbadeanzug und in diesem Stil vorgeschrieben, tut mir leid. Ich hab mir einen von Eleanor ausgeliehen, deshalb kannst du meinen haben.«

»Danke«, sagte ich.

»Kein Ding.« Sie lächelte und ging hinaus auf die Terrasse. »Du kannst dich im Badezimmer hier unten umziehen.«

Das tat ich schnell, legte meine zusammengefalteten Sachen auf den Tisch im Flur und ging nach draußen. Edie stand auf den Stufen des Pools. Als ich sie sah, sog ich scharf die Luft ein. Sie trug einen heißen pinken Bikini mit Stringtanga. Von den Lederbändern und dem anderen Modeschmuck fehlte jede Spur. Die Halskette mit dem Herzanhänger war ihr einziger Schmuck. Das bisschen Stoff, aus dem ihr Bikini bestand, lenkte den Blick auf ihre kleinen, aber perfekten Brüste. Ich wand mich innerlich, fühlte mich hoffnungslos gehemmt in dem unmodischen, kratzigen und nach Chlor riechenden Einteiler, den ich trug. Ich widerstand dem Drang, ins Haus zu gehen und mich wieder anzuziehen.

Unten am Zaun stand Jago und starrte Edie an. Als er sah, dass ich ihn dabei ertappt hatte, senkte er den Blick und wandte sich um. Edie kreischte und tauchte mit einem perfekten Kopfsprung ins Wasser ein. Es war kaum ein Plätschern zu hören. Einen Moment lang drohte mich die Panik zu übermannen. Alles, was ich denken konnte, war, wie womöglich das Wasser in ihre Lungen kroch. Dass sie nie wieder auftauchte. Dass sie bereits leblos im Wasser trieb, wenn ich über den Beckenrand schaute. Mein Herzschlag beschleunigte sich. Sie war schon viel zu lange untergetaucht. Ich warf einen Blick zu meinem Bruder hinüber. Wollte ihn rufen, aber ich konnte es nicht.

Dann erschien sie endlich, und ihr Kopf stieß durch die Wasseroberfläche. Sie schwamm bis zum Ende des Pools, hievte sich halb aus dem Becken und stützte sich mit den Armen am Rand auf.

»Es ist herrlich!«, rief sie meinem Bruder zu. »Bist du sicher, dass du nicht reinkommen willst?«

Er schaute sie an, schien zu zögern, doch dann schüttelte er den Kopf und wandte sich wieder seiner Arbeit zu.

Sie drehte sich um und winkte mich zu sich. Wie ferngesteuert setzte ich mich in Bewegung, bis ich die Stufen erreicht hatte. Es fühlte sich komisch an, nicht allein in diesem Pool zu schwimmen. Falsch. Fast widernatürlich. Aber das Wasser war kühl und erfrischend, und als ich auf sie zuschwamm, lächelte sie. Ihre Mascara war verschmiert, sodass es aussah, als weine sie schwarze Tränen.

»Macht es deiner Mutter nichts aus, wenn du dir ihren Bikini ausborgst?«

Edie lachte, stieß sich am Beckenrand ab und trieb rücklings im Wasser. Dabei wurden ihre perfekten Brüste und ihr straffer cremefarbener Bauch besonders gut in Szene gesetzt.

»Solange sie sich nicht mit mir abgeben muss, ist ihr das scheißegal.«

»Mit dir abgeben?«

»Du weißt schon, sich wie eine richtige Mutter verhalten und so.« Sie streckte die Arme über Kopf und vollführte auf dem Rücken liegend ein paar Schwimmbewegungen, bis sie die andere Seite des Pools erreicht hatte. Sie richtete sich auf und strich sich mit beiden Händen das Haar aus dem Gesicht. »Sie ist sauer, weil ich nicht mehr zurück ins Internat darf. *Aufgrund inakzeptablen Verhaltens von der Schule verwiesen.* Da haben sie tausende von Pfund hingeblättert, und ich darf meine Abschlussprüfung nicht machen.« Sie schien etwas hinter mir zu beobachten, und als ich mich umwandte, sah ich, dass mein Bruder gerade wieder sein T-Shirt anzog.

»Und was wirst du jetzt machen?«, fragte ich, als ich näher schwamm, um ihre Aufmerksamkeit wieder auf mich zu lenken.

Es funktionierte, denn sie sah mich an und zuckte übertrieben mit den Schultern. »Wer weiß? Im Grunde bin ich jetzt ein Problem. Wie Maria. Wie löst man ein Problem wie Maria?« Sie lachte trällernd und tauchte rücklings ins Wasser ein, drehte sich und schwamm ganz dicht unter der Oberfläche davon. Ein pinkfarbener Fisch in tintenschwarzer Tiefe.

Als sie nach oben schoss, um Luft zu holen, streifte ihr Bein meine Hand, was mir einen elektrischen Schlag durch den Körper jagte. Sie lächelte mir zu. Jago ging gerade am Pool vorbei. Sie schenkte ihm nur einen flüchtigen Blick. Dann schlang sie die Arme um meinen Hals und flüsterte mir ins

Ohr: »Ich bin froh, dass wir Freundinnen sind.« Ihr Atem war heiß auf meiner wassergekühlten Haut.

Sie drehte sich wie ein Seehund und schwamm wieder zum anderen Ende des Beckens.

Es war, als habe jemand ein Feuer in mir entfacht. Jede Zelle meines Körpers sang, als ich tief Luft holte und eintauchte. Das Wasser verschloss meine Ohren, schirmte alle Geräusche ab. Ich öffnete die Augen, sah, wie die Sonnenstrahlen die Oberfläche durchschnitten, sah die sich kräuselnden Reflektionen, die aussahen wie tanzende Wassernymphen. Und zum ersten Mal seit dem schrecklichen Erlebnis am Strand fühlte ich mich sicher.

In der Ferne erhaschte ich etwas Pinkfarbenes. Ich tauchte weiter voran und glitt unter Wasser auf sie zu. Direkt neben ihr stieß ich durch die Wasseroberfläche und lächelte.

»Ich bin auch froh, dass wir Freundinnen sind.«

## SIEBZEHN

**Jago – Juli 1986**

Er setzt sich zu seinem Großvater und zieht eine ziemliche Show ab, während er versucht, den richtigen Platz für eines der Teile seines lächerlichen Puzzles zu finden. Das Bild, mit dem er gerade beschäftigt ist, zeigt ein grasbewachsenes Feld mit Schafen und Kühen, eine idyllische Szene mit Schmetterlingen vor blauem Himmel und einem weißen Lattenzaun. Im Vordergrund ist ein Lamm zu sehen mit einem Marienkäfer auf dem Rücken.

Er kann nur noch an sie denken. An den Moment, in dem sie gemerkt hatte, dass er sie anstarrte und den Kopf senkte, um ihrem Blick auszuweichen.

*Sei nicht albern*, sagt die Stimme in seinem Kopf. *Warum sollte ein Mädchen wie Edie Davenport sich für dich interessieren? Du bist ein Nichts. Gerade mal zum Abschleifen eines Zauns zu gebrauchen.*

Sie stammen aus verschiedenen Welten.

Und doch …

Hat er sich ihr schwaches Lächeln nur eingebildet? Oder die Art, wie sie ihn angesehen hatte? Er hatte versucht, sie beim Schwimmen nicht anzugaffen. Hatte sich von ihrem Anblick losgerissen, als ihr Körper durchs schwarze Wasser trieb. Wollte kein widerlicher Spanner sein.

Aber was für eine Wucht sie war. Nicht seine Liga. Die verbotene Frucht aus der Welt der roten Hosenträger, gestreiften Anzüge und Schweizer Bankkonten. Er hat sie in den Nachrichten gesehen, diese gebildeten Typen, die in dunklen Räumen voller Monitore saßen, über die Zahlenkolonnen rollten. Während vor den Londoner Apartmentblocks ihre roten Sportwagen parkten und sie mit Mobiltelefonen, die so groß wie Backsteine waren, durch die Straßen liefen.

Nicht seine Welt.

Seine Welt war die der gebrochenen Männer mit geschwärzten Lungen. Männer, die vor Schmerzen schrien und blutige Taschentücher bei sich trugen. Eine Welt der gebeugten Rücken. Und der Finger, in die sich Dreck und Ruß so fest eingegraben hatten, dass sie immer ungewaschen aussahen. Seine Welt bestand aus verrosteten Booten und verstummten Maschinenräumen und Männern, die ihre Tage in Wettbüros, im Pub oder zu Hause verbrachten. Wo sie an die Wand starrten und auf eine neue Arbeit hofften.

Irgendeine neue Arbeit.

Er denkt an seinen Vater. Stellt sich vor, dass er auf ihn herabschaut, wo auch immer er sein mag. Sein Vater. Das Löwenherz. *Der Held.* Geehrt mit einer Messingmedaille. Eine Stadt in Trauer. Das betrübliche Gesprächsthema in den Kneipen und Läden und am Abendbrottisch. Robert Tresize. Der Mutigste unter den Mutigen. Mit dem Herz eines Engels.

Und sein Sohn? Der war ein Nichts.

*Du? Du bist Robs Sohn? Sicher?*

Die ungläubigen Fremden hatten ganz recht. Wie konnten sie Vater und Sohn sein? Wo sie doch so gegensätzlich waren. Immer das Getuschel hinter seinem Rücken. Immer. Und doch sprachen sie ja nur die Wahrheit aus.

Warum also sollte ein Mädchen wie Edie einen wie ihn auch nur eines Blickes würdigen?

Sein Großvater gibt ein trockenes Husten von sich, als er

eines der Puzzleteile in die Hand nimmt. Er versucht, es einzusetzen, aber es passt nicht, also wählt er ein anderes aus.

»Was gibt's denn ... zum Abendessen?«, fragt er. »Hat sie das schon ... gesagt?«

»Fisch«, erwidert Jago, der versucht, das Keuchen seines Großvaters zu ignorieren. »Gareth hat ihr ein paar Schellfischfilets eingepackt.«

Gareth. Der Arsch. Der versucht, sie mit Fischfilets um den Finger zu wickeln.

Grandpa grinst. »Ich liebe ... Schellfisch.«

*Hust, hust, röchel.*

Jago rührt sich nicht, bis der kleine Anfall wieder vorüber ist. Sitzt einfach da und starrt auf das Puzzle.

»Wie war es ...« *Hust, röchel.* »... den Zaun anzustreichen?«

»Ziemlich leicht.«

»Wird ... deine Mutter freuen.«

Jago nickt.

»Eine Schande, dass dein Vater nicht ... hier ist.«

Wieder nickt er.

»War ein guter Mann, dein Vater. Und auch klug. Anders als Kerle wie ich ... und du.«

Er sieht, wie sich die Augen seines Großvaters mit Tränen für seinen toten Sohn füllen.

Seine Mutter ruft sie.

»Abendessen ist fertig.« Jago legt das heimatlose Puzzlestück zurück auf den Tisch.

»Wunderbar«, freut sich der alte Mann und leckt sich die Lippen. »Schellfisch.«

Als er in die Küche kommt, lächelt seine Mutter. »Hallo, Lieber.«

»Grandpa ist auf dem Weg nach unten.« Jago öffnet den Kühlschrank.

»Iss jetzt nichts, sonst hast du gleich keinen Hunger mehr.« Sie klingt erschöpft heute. »Wir essen doch jetzt.«

»Den Fisch von Gareth, dem Arsch«, raunt Jago unhörbar und knallt die Kühlschranktür zu.

»Alles gut gelaufen heute? Bist du klargekommen mit den Davenports?«

Er nickt. »Obwohl ich es nicht mag, wie Tam sich in deren Gegenwart aufführt. Wenn sie bei denen ist, ist sie nicht mehr sie selbst. Benimmt sich irgendwie seltsam.«

»Ach, sei still«, sagt seine Mutter. »Hauptsache, sie hat eine Freundin gefunden. Piss ihr also nicht ans Bein, mein Lieber.«

Er muss an seinen Vater denken und daran, wie er diese Ausdrucksweise missbilligt hätte.

*Sag doch nicht ans Bein pissen, Ange. Jedenfalls nicht vor den Kindern.*

Und dann hätte seine Mutter gelacht und hinter seinem Rücken die Augen verdreht, und er und seine Schwester hätten innerlich gejubelt, weil sie *pissen* gesagt hatte.

»Ich geh raus.«

»Aber das Abendessen ist …«

»Ich hab keinen Hunger. Grandpa kann meine Portion haben. Er liebt Schellfisch.«

»Wo gehst du denn hin?«

Er versucht, sie nicht anzuschauen, hat aber trotzdem gesehen, dass sie vor Enttäuschung die Lippen zusammenpresst und sich ihr Blick verdüstert.

»Einfach raus.«

»Ich dachte, wir essen zusammen zu Abend.«

Ihre Stimme klingt so traurig, dass er sich abwenden muss.

Bevor er geht, greift er in seine Jackentasche. Er holt ein paar Geldscheine hervor und legt sie auf den Küchentisch.

»Rick hat mich gestern bezahlt«, sagt er. »Sorry, viel ist es nicht.«

Seine Mutter lächelt ihn wieder an. Nimmt das Geld. Gibt ihm einen Kuss auf die Wange. »Danke, Liebling. Bist ein guter Junge. Ich weiß, es war nicht leicht in den letzten Monaten. Dein Vater wäre stolz auf dich.«

Ohne eine Antwort verlässt er das Haus.

# ACHTZEHN

**Tamsyn – Juli 1986**

Mum meinte, ich könne nicht an einem Sonntag zum Haus auf der Klippe gehen, aber ich erklärte ihr, dass das kein Problem sei.

»Es macht ihnen nichts aus. Eleanor hat gesagt, ich wäre jederzeit willkommen.«

»Ja, Liebes, aber doch nicht sonntags. Am Sonntag stört man die Leute einfach nicht. Ruf wenigstens vorher an.«

Ich wartete bis elf Uhr, weil Mum der Ansicht war, dass man sonntags auf keinen Fall vor elf irgendwo anrufen dürfe, dann schnappte ich mir zehn Pence aus ihrer Geldbörse und lief zur Telefonzelle.

Edie nahm ab.

»Hi«, sagte ich atemlos. »Hier ist Tamsyn.«

»Oh, hallo.« Sie klang, als wäre sie gerade erst aufgestanden, und ich war froh, dass ich nicht früher angerufen hatte. »Alles okay?«

»Alles bestens.« Ich zögerte, war mir plötzlich nicht mehr so sicher, ob ich mich einfach so bei ihnen einladen sollte. »Hast du heute schon was vor? Ich hab mich gefragt ...« Ich konnte nicht mehr weitersprechen.

»Magst du rüberkommen?«

Ich grinste. »Ja«, erwiderte ich schnell. »Wenn das okay ist.«

»Sicher.«

»Willst du nicht lieber erst deine Eltern fragen?«
Edie lachte nur.

Eleanor saß am Tisch auf der Terrasse, als ich über den Rasen näher kam. Ich winkte. Sie hob ihre Sonnenbrille an, blinzelte in meine Richtung, dann lächelte sie.

»Hallo, Tamsyn«, sagte sie. Sie feilte sich die Fingernägel. Vor ihr stand eine goldfarbene Kulturtasche mit Nagelscheren und Nagellack. »Was für eine Überraschung, dich zu sehen.«

Ich sagte »Hallo« und blieb stehen, um nach dem strammen Marsch über den Küstenpfad zu verschnaufen. »Danke, dass ich herkommen durfte.«

Eleanor lächelte. »Eee-dith!«, rief sie. »Tamsyn ist hier!«

Edie brüllte aus dem Haus zurück, sie wäre gleich da. Ich sah sie hinter ihrem Fenster stehen und auf ihre Armbanduhr zeigen. Dann bedeutete sie mir, sie sei in fünf Minuten unten.

Ich trat von einem Bein aufs andere und wusste nicht, was ich bis dahin tun sollte. Eleanor tätschelte die Sitzfläche des anderen Stuhls. »Setz dich doch.«

»Ihre Nägel sind toll«, sagte ich nach einer kleinen Weile.

Sie lachte, als hätte ich ihr einen köstlichen Witz erzählt. »Soll ich dir deine machen?«

Ich spreizte meine Hände und sah auf sie hinab. »Die sehen fürchterlich aus. Glaub nicht, dass da noch viel zu retten ist.«

Sie wedelte mit der Hand durch die Luft. »Zeig mal. Lieber Himmel, Kind!« Sie schüttelte den Kopf und schnitt eine Grimasse. »Gib mal her.«

Es kitzelte, als sie mit dem Feilen begann, und ich musste mich zusammenreißen, um die Hände nicht wegzuziehen. Sie arbeitete schnell, hielt hier und da inne, um an ihrer Zigarette mit goldenem Filter zu ziehen, die in einem Aschenbecher neben ihr lag.

Kurz darauf waren meine Nägel schön rund gefeilt und allesamt von gleicher Länge.

»Besser«, sagte sie. »Du solltest mehr auf dich achtgeben. Du bist doch ein hübsches Mädchen. Es wundert mich sehr, dass deine Mutter dir nicht die Nägel macht, wo du es offensichtlich selbst nicht schaffst.«

»Sie hat mir noch nie die Nägel gemacht.«

»Wirklich? Wie alt bist du?«

»Sechzehn.«

»Meine Güte, mit sechzehn sollte man wenigstens alle sechs Wochen eine Maniküre machen lassen.« Sie wühlte in ihrer Kosmetiktasche und förderte einen korallenroten Nagellack zutage. »Wenn ich fertig bin, wird das ganz anders aussehen.«

Mein Herz tat vor Freude einen Satz, als sie wieder meine Hand ergriff. Wie verzaubert beobachtete ich, wie sie jeden einzelnen Nagel lackierte, mit rhythmisch ausgeführten Pinselstrichen, erst einen in der Mitte, dann je einen links und rechts. Das geschah absolut routiniert, ohne Kleckse oder Schlieren. Nicht eine Spur Farbe landete auf meiner Haut.

»Danke schön«, sagte ich, als sie fertig war. »Das sieht klasse aus.«

»War mir ein Vergnügen, *chérie*.« Sie schraubte das Nagellackfläschchen wieder zu und packte es in ihre Tasche.

Ich hielt meine Hände vor mich, drehte und wendete sie, um das Werk zu bewundern. Sie sahen aus, als gehörten sie einer anderen. Als hätte man einer anderen die Hände abgeschnitten und an meine Arme angenäht.

»Es ist perfekt hier, nicht wahr?«, sagte ich, ohne nachzudenken. »Wie der Himmel auf Erden.«

»Perfekt?«

»Ja, einfach alles. Sie. Mr Davenport. Edie.« Ich hielt inne. »Das Haus. Sie haben so ein Glück.«

Sie nahm einen langen Zug an ihrer Zigarette, bevor sie den Stummel fast gewaltsam im Aschenbecher ausdrückte. »Du brauchst einen Überlack auf den Nägeln, sonst ruinierst du die ganze Arbeit. Gib mir noch mal deine Hände.« Sie nahm ein anderes Fläschchen aus der Tasche und hielt meine Hand ganz fest, als sie jeden meiner korallenroten Nägel mit einem transparenten Überzug versah.

»Gott, lass doch das arme Mädchen zufrieden, Eleanor.«

Ich wandte den Kopf und sah, dass Edie sich uns näherte.

»Warum denn? Wir sind beide ganz glücklich dabei, oder, Tamsyn? Und es ist wirklich nett, mal jemandem die Nägel machen zu können.« Sie lächelte mich an, und ich hatte das Gefühl, jeden Moment vor Aufregung zu platzen. »Egal, jedenfalls ist es tragisch, dass jemand, der so schön ist, nicht das Beste aus sich macht.« Eleanor sah Edie herausfordernd an, und die verdrehte die Augen. »Wenn Tamsyn ein wenig Zeit auf sich verwenden würde, könnte sie ein echter Hingucker werden. Wir könnten sie sogar mit nach London nehmen und ein bisschen mit ihr angeben.«

London? Mit den Davenports? Der Gedanke daran war aufregend und erschreckend zugleich. Ich hatte es nie weiter geschafft als bis nach Truro. London war für mich wie Ausland mit seinen goldenen Bürgersteigen, den riesigen Bürohochhäusern und Punks in Sid-Vicious-T-Shirts, die an jeder Ecke herumlungerten.

»Ich bin mir ziemlich sicher«, sagte Edie mit beißendem Spott, »dass sie es jetzt, wo du ihr die Nägel gemacht hast, auch mit Kevin Chambers zu Ende bringen kann.«

Meine Innereien verwandelten sich zu Eis. Mit einem fast

boshaften Grinsen sah Edie in meine Richtung, während die Scham mir einen Schlag in die Magengrube versetzte. Warum hatte sie das gesagt? Warum hatte sie ihrer Mutter von der Sache mit Kevin erzählt? Ich senkte den Blick und konnte mein Entsetzen kaum verbergen.

»Kevin Chambers?« Eleanor lachte glockenhaft auf. »Nun, was für ein *très* lucky *garçon* dieser junge Mann doch ist.«

Mir wurde fast übel, als ich daran dachte, wie Kevin mich hatte stehen lassen, um zu seinen schmierig grinsenden Kumpels zurückzukehren. Als ich vor Schreck erstarrt mit ansehen musste, wie er ihnen seine Finger unter die Nase hielt. Wie sie unisono Grimassen zogen und sich dann kaputtlachten. Das Gefühl, am liebsten sterben zu wollen, war heute genauso mächtig wie damals. Nie hätte ich ihm erlauben dürfen, mich auf diese Weise zu berühren. Nie hätte ich so dumm sein dürfen zu glauben, dass er mich tatsächlich gernhatte. Wie erbärmlich, derart verzweifelt um Anerkennung und Sympathie zu buhlen.

»Wir sind nicht zusammen. Es ist nicht so, dass ...«

Edie knurrte. »Wen interessiert's? Komm schon, lass uns auf mein Zimmer gehen.«

Ich folgte ihr nicht. Ich war unglaublich verletzt, dass sie Kevin vor ihrer Mutter erwähnt hatte. Ich hatte ihr die Geschichte anvertraut. Ihr Verrat hatte mich tief getroffen, und ich wünschte mir mehr als alles, ich hätte es ihr nie gesagt.

»Ähm, Tamsyn? Kommst du nun?« Endlich schien sie zu begreifen. »Gott, jetzt sei doch nicht beleidigt. Eleanor interessiert das überhaupt nicht. Ehrlich.«

Ich sah zu Eleanor, die offensichtlich das Interesse an uns verloren hatte und in ihrer Kulturtasche herumwühlte.

»Komm schon, ich hab was für dich. Ein Geschenk.«

Edie drehte sich um und ging zurück ins Haus.

Ich erhob mich. »Danke noch mal, dass Sie mir die Nägel lackiert haben«, sagte ich.

Eleanor griff nach ihren Zigaretten. »Die nächsten fünfzehn Minuten nichts anfassen, sonst verschmiert der Lack.«

Ich war schon fast an der Terrassentür, da rief sich mich noch einmal zu sich.

»Ja?«, fragte ich, als ich wieder vor ihr stand.

»Ich wollte dich fragen ... Nun, wir geben am übernächsten Wochenende eine Party«, sagte sie mit einem Lächeln, »und da wollte ich dich fragen, ob du Zeit hättest?«

»Eine Party? Hier?« Meine Knie drohten nachzugeben. »Ja, hab ich. Ganz bestimmt.«

Eleanor strahlte. »Wunderbar!« Dann wandte sie sich wieder ihren Fingernägeln zu.

Eine Party im Haus auf der Klippe? Mein Gott! Überglücklich rannte ich die Treppe nach oben, Kevin Chambers war vergessen. Es gab ja so viel Wichtigeres, worüber ich mir Gedanken machen musste. Und außerdem hatte Edie es bestimmt nicht böse gemeint. Ich war einfach zu empfindlich gewesen. Und im Ernst, wen interessierte das alles? Ich war zu einer Party im Haus auf der Klippe eingeladen worden!

Edie stand am Fenster und schaute nach draußen.

»Deine Mutter hat mir gerade von der Party erzählt und gefragt, ob ich auch kommen kann!«, rief ich. »Das ist so aufregend!«

Edie drehte sich um und hob die Augenbrauen. »Ja, sie hat mir gesagt, dass sie dich darauf ansprechen will. Die beiden schmeißen echt gute Partys. Sie wird froh sein, dich dabeizuhaben.« Edie setzte sich aufs Bett. »Tut mir leid, dass ich diesen Typen erwähnt hab.«

»Schon gut ...«

»Nein, ist es nicht. Das war nicht nett. War mir nicht bewusst, bis ich gesehen hab, wie sauer es dich gemacht hat. Es ist nur ... Eleanor, sie und ich ... ich hätte es nicht sagen sollen.«

»Ist schon okay, wirklich.«

»Sieh mal«, sagte sie dann. »Das hab ich für dich zusammengestellt. Heute Nacht.« Sie nahm eine Musikkassette von der Fensterbank und hielt sie mir entgegen. Als ich nicht sofort danach griff, wedelte sie damit in der Luft herum. »Jetzt nimm schon.«

Die Plastikhülle war warm, als hätte sie länger in der Sonne gelegen. Auf der Rückseite waren eine Reihe Songs und Bands notiert. Und zwar in der schönsten Handschrift, in winzigen wohlgeformten Großbuchstaben, und nichts war aufgrund eines Verschreibers durchgestrichen.

*The Cure, Depeche Mode, Siouxsie and the Banshees, The Jesus and Mary Chain ...*

Aber es war der Titel der Sammlung, der meinen Atem stocken ließ.

*Für Tamsyn.*

»Ist ein Mixtape«, bemerkte sie.

»Ja«, hauchte ich atemlos.

»Du hast gesagt, dass dir *The Cure* gefallen, also hab ich mich drangesetzt und dir eine Kassette mit all meinen Lieblingssongs zusammengestellt.«

Ich wusste nicht, was ich sagen sollte, starrte nur auf die Kassette. Überflog wieder und wieder die Trackliste auf der Rückseite. Die Buchstaben verschwammen, als sich meine Augen mit Tränen füllten. Niemals zuvor hatte jemand so etwas für mich gemacht. Ich drehte die Kassette herum, und auf der Rückseite stand wieder *Für Tamsyn*. Diesmal jedoch größer, und um jeden Buchstaben hatte Edie Schnörkel, Blümchen, Paisley-Ornamente und Totenköpfe gemalt.

»Du kannst aber toll zeichnen.«

Mixtapes wurden nicht einfach nur gemacht. Mixtapes zu erstellen, das kostete Zeit. Erforderte Sorgfalt. Ein Mixtape für jemanden aufzunehmen, das bedeutete etwas. Die einzigen Mixtapes, die ich kannte, waren die, die von Schultasche zu Schultasche wanderten, weitergereicht von den attraktivsten Jungen an diejenigen Mädchen, die den tiefsten Ausschnitt trugen.

»Danke«, sagte ich leise. Ich schluckte, damit man mir meine Rührung nicht anmerkte. »Das ist das Beste, was mir jemals einer geschenkt hat.«

Edie lachte. »Jesus, dann musst du bisher aber ziemlich beschissene Geschenke gekriegt haben.«

Als ich die Kassette in Händen hielt, wurde mir klar, wie isoliert ich geworden war. Eine Einzelgängerin ohne Freunde. Doch es war schwierig, daran etwas zu ändern. Man musste hart um Freunde kämpfen, wenn man mit dem Tod infiziert war. Das war alles, was sie sahen. Genauso gut hätte ich am ganzen Körper eiternde Geschwüre haben können. Niemand wollte mich in seiner Nähe haben. Alle fürchteten einen überraschenden Tränenausbruch oder unkontrollierte Ausraster, die mich geradewegs ins Büro des Rektors brachten. Mein Kummer hatte mich unberechenbar gemacht, und dem wollte sich niemand mehr aussetzen. So starrten die anderen lieber auf ihre Füße oder drehten sich von mir weg, wenn ich näher kam. Ich hatte mir eingeredet, dass mir das nichts ausmachte. Dass ich mittags ohnehin lieber allein essen würde. Dass ich in den Pausen kein Interesse an Gesellschaft hätte. Dass das hirnlose Geplapper meiner Mitschüler mir auf die Nerven ginge. Immerhin hatte ich andere Sorgen als die Frage, ob *Smash Hits* cooler war als *Just Seventeen* oder ob ich lieber mit George Michael oder Billy Idol ins Bett gehen würde. Ich hatte um mich herum einen Schutzwall aufgebaut. Keine Freunde bedeutete auch keine Zurückweisungen. Aber der Preis dafür war Einsamkeit. Oder gar Freude darüber, dass ein Kevin Chambers mit mir tanzen wollte. Nur um später festzustellen, dass er sich für seine Fummel-Mutprobe *das schrägste Mädchen weit und breit* ausgesucht hatte.

## NEUNZEHN

**Tamsyn – Juli 1986**

Fast den ganzen Morgen brachte ich damit zu, in Teds Laden Schokolade und Süßigkeiten auszupacken und mich im Stillen darüber zu ärgern, dass ich nicht im Haus auf der Klippe sein konnte.

Teds Stimme war zu einem dunklen Hintergrundbrummen geworden wie ein schlecht eingestellter Radiosender, an den man sich mit der Zeit gewöhnte. Ab und zu nickte oder murmelte ich ein Ja oder Nein oder irgendwas, das beides bedeuten konnte.

Ein stetiger Strom Menschen pilgerte durch den Laden. Hauptsächlich Touristen, die Muscheln, Karamellbonbons, Postkarten und kleine Krüge mit Met als obligatorische Mitbringsel für die Daheimgebliebenen kauften.

»Kekse«, sagte eine Frau zu ihrem Mann, der vor Ungeduld ächzte und schnaufte. »Audrey ist ganz wild auf Ingwerplätzchen, also wird sie kornisches Gebäck lieben.«

»Müssen wir Audrey wirklich was mitbringen? Wir sind doch nur drei Tage weg gewesen.«

»Immerhin hat sie gestern unsere Blumen gegossen und bestimmt auch die Post von der Fußmatte geklaubt, da ist ein bisschen Gebäck ja wohl mehr als angemessen.«

Die Frau sichtete die Ansichtskarten im Drehständer. Ein paar hätten schon längst aussortiert werden sollen, so verbogen und vergilbt, wie sie waren. Bei manchen hatte eine dünne

Staubschicht die ehemals glänzende Oberfläche stumpf gemacht. Die Frau wählte eine Karte vom Cape Cornwall, zwei von Botallack und zwei vom Uhrenturm im Zentrum von St Just – ein Foto, das schon in den Sechzigern aufgenommen worden war. Sie sah von den Karten auf und stellte fest, dass ich sie anstarrte.

»Was für ein idyllisches Städtchen, nicht wahr?«

Ich antwortete nicht.

»Wohnst du hier?«

Ich nickte.

»Schon lange?«

»Ja.« Zu mehr Konversation konnte ich mich nicht durchringen, also wandte ich mich ab, nahm eine weitere Handvoll Marathon-Riegel aus dem Karton und stapelte sie so im Regal auf, dass die Buchstaben »M« genau übereinander zu liegen kamen.

»Bisschen unfreundlich«, flüsterte die Frau ihrem Mann zu. »Es gibt schon ein paar richtig unhöfliche Leute hier unten, obwohl man das kaum erwarten würde an so einem schönen Ort, oder?«

Sie marschierte an mir vorbei und knallte ihre Muscheln, die Postkarten und die Dose mit den Plätzchen so heftig auf die Theke, dass ich um die Muscheln fürchtete. »Jim, bring die Schachtel mit den Sahnebonbons her, und dann bezahlen wir. Falls jemand die Güte hat zu kassieren, versteht sich.«

»Tamsyn, kannst du das machen?« Ted deutete auf die Kasse, während er einen Stapel leerer Kisten in den Lagerraum trug.

Ich trat hinter den Tresen und lächelte die Frau an, aber sie sah mir nicht die Augen.

»Vorsicht«, sagte ich mit gedämpfter Stimme. »Die meisten von uns sind Hexen, und die wollen Sie ganz sicher nicht gegen sich aufbringen.« Dann zwinkerte ich ihr zu und begann, die Einkäufe in die Kasse einzutippen.

Sie riss die Augen auf und griff sich an die Brust, wobei ihr Mund ein perfektes O formte.

»John«, sagte sie in pikiertem Ton, »wir gehen.«

Sie packte ihren Mann am Arm und eilte aus dem Laden, wobei sie immer wieder einen Blick über die Schulter und in meine Richtung warf.

Ich streckte ihnen die Zunge heraus.

»Was ist denn mit denen los?« Ted kam mit einem Karton Knabberzeug durch den Plastikstreifenvorhang in den Verkaufsraum. »Haben sie sich's anders überlegt?«

»Londoner«, sagte ich, obwohl ich das nicht mit Bestimmtheit sagen konnte. Allerdings wusste ich, dass Ted sich über den entgangenen Umsatz nicht ärgern würde, wenn es so wäre.

Wie erwartet verdrehte er die Augen und mokierte sich über diese Leute.

Der Tag zog sich hin wie Kaugummi. Die ganze Zeit musste ich an Jago denken, der heute wieder bei den Davenports arbeitete. Ich wollte auch dort sein. Wollte auf der Terrasse liegen. Das Wasser im Pool würde sacht gegen die tiefschwarzen Beckenwände schwappen, während Eleanor Champagner trank und Max am Grill stand. Ich stellte mir vor, wie mein Bruder gerade den Zaun strich. Mit freiem Oberkörper und der Sonne auf seiner Haut. Wie Edie ihm ein Glas mit Saft brachte, in dem die Eiswürfel klirrten. Leicht trat ich gegen die Warenauslage, um meinem Frust Luft zu machen. Warum durfte er da oben sein, und ich musste hier Regale auffüllen und hatte ansonsten nichts zu tun, als aus Langeweile Touristen zu ärgern.

Ich lehnte mich gegen den Tresen und hielt die Hände vor mich, um meine lackierten Nägel zu bewundern. Die Farbe war wunderschön, genau derselbe Ton wie das Innere einer Trompetenschnecke. Ich hoffte, der Lack würde bis zur Party halten, und wenn nicht, dass Eleanor mir eben noch einmal eine Maniküre machen würde. Ich war entschlossen, meine Fingernägel ebenso lang wachsen zu lassen wie ihre. Lange Krallen, die ich leuchtend rot lackieren würde. In der gleichen Farbe wie die Briefkästen. Ich hatte es genossen, wie mir Eleanor die Nägel gemacht und wie ihre Hand meine gehalten hatte. Auch den konzentrierten Ausdruck in ihrem Gesicht, als sie mir ihre ganze Aufmerksamkeit geschenkt hatte. Ich fragte mich, welche Dinge sie und ich außerdem gemeinsam tun konnten. Viele, da war ich mir sicher. Mum arbeitete den ganzen Tag, und wenn sie nicht bei ihren Jobs war, musste sie Hausarbeit erledigen, bügeln oder den Rasen hinterm Haus sprengen. Und wenn sie nichts dergleichen tat, schlief sie – meist noch in ihren Kleidern – auf der Couch ein. Ihr Klappbett war unbenutzt, im Hintergrund liefen die Nachrichten im Fernsehen, und neben ihr stand eine unberührte Tasse Tee. Auch wenn ich es nicht gern zugab: Hätte ich wählen müssen, mit welcher von beiden ich lieber mehr Zeit verbringen würde, ich hätte mich, glaube ich, für Eleanor entschieden. Obwohl ich Mum das natürlich niemals gesagt hätte. Und Edie schon gar nicht.

# ZWANZIG

**Tamsyn – Juli 1986**

Sobald sie zu streiten anfingen, hatte Edie den Raum verlassen, doch die Tür zum Arbeitszimmer war nur angelehnt, und so bekam sie trotzdem jedes Wort mit. Sie setzte sich auf der Terrasse in einen der Stühle und sah hinunter zu Jago. Ob er die beiden wohl auch hören konnte? Zum Glück hatte es nicht den Anschein, denn er war ganz darin vertieft, die letzten Pfeiler abzuschleifen.

»Warum zum Teufel lügst du?«, schrie ihre Mutter gerade, sodass sich Edie wieder auf das Wortgefecht ihrer Eltern konzentrieren musste.

»Ich lüge nicht.« Max klang eher müde als sauer. »Ich hatte dir gesagt, es war eine Verlagsveranstaltung.«

»Ja, allerdings, eine *Verlags*veranstaltung. Zu der du beschlossen hattest, mit einer namenlosen Brünetten aufzutauchen anstatt mit deiner Frau.«

»Aber du wolltest nicht mitkommen. Ich hatte dich gefragt. Und du hast gesagt – und jetzt zitiere ich dich wörtlich –, ›dass solche Partys stinklangweilig wären und außerdem bevölkert mit aufgeblasenen Idioten, die nur über Bücher und ihre eigene Großartigkeit palavern‹. Was zufälligerweise der Wahrheit entspricht.«

»Aber darum geht's doch gar nicht. Ich meine, verdammt, schau sie dir mal an! Wie alt ist sie? Zwanzig, einundzwanzig?«

»Ich hab keine Ahnung. Sie arbeitet im Verlag.«

»Gott!«, rief sie verbittert aus. »Das ist so demütigend. Wie du in der Stadt herumgockelst mit Mädchen, die deine Töchter sein könnten, während deine Frau allein zu Hause sitzt. Du machst mich zum Gespött der Leute!«

»Sei nicht albern.«

»Ach, jetzt bin ich albern? Max Davenport, du bist ein erstklassiges Arschloch. Warum gehst du denn nicht mehr mit mir aus?«

»Ich gehe nicht mehr mit dir aus, weil …« Er brach ab. Edie wusste, was er hatte sagen wollen. Natürlich. Mit Eleanor auszugehen endete nie gut.

»Weil?«

Wieder zögerte er. »Ist doch egal.«

»Was? Weil ich dich blamiere? Beschäme? Weil ich dir eine Szene machen könnte?«

»Hör auf, Eleanor …«

»Nein, ich höre nicht auf. Du hast ja keine Ahnung, wie ich mich dabei fühle. Du und deine scheinbar endlose Parade an jungen Frauen, die kaum mehr als Titten und Beine sind. Wie mies das alles ist! Wenn es nicht irgendeine Tussi aus dem Verlag ist, dann eben deine Sekretärin, das Au-pair oder diese scheiß *Etienne!*«

Die Stimme ihrer Mutter überschlug sich fast vor Frustration. Edie zog die Beine an und umschlang sie mit den Armen.

»Und ich muss hier in diesem grässlichen Haus ausharren, das mit den entsetzlichen Ausgeburten ihrer sogenannten Kunst angefüllt ist, die mich jeden Tag daran erinnern, was du getan hast.«

»Wie oft muss ich dir eigentlich noch versichern, dass zwischen mir und Etienne nichts gelaufen ist?«

»Ha! Und du erwartest, dass ich dir das glaube? Sag nur, du

hast gleich sechs von diesen abscheulichen Gemälden gekauft, weil du sie magst?«

»Ja, genau so ist es. Ich habe dir gesagt ...«

»Ja, ich weiß, ich weiß. Du hast sie in Cannes getroffen und dich irgendwie genötigt gesehen, tausende von Pfund in ihre Arbeit zu investieren. Weil du ja ein so gutes Herz hast und gern einer aufstrebenden Künstlerin unter die Arme greifen wolltest.« Eleanor lachte bitter auf. »Und natürlich hatte die Tatsache, dass sie erst achtundzwanzig war sowie langes dunkles Haar und einen Riesenbusen hatte, rein gar nichts damit zu tun.«

»Du bist ja hysterisch, Eleanor. Reiß dich bitte mal zusammen.«

Es folgte eine Pause. Edie stellte sich das grimmige Gesicht ihrer Mutter vor, in der sich die Wut aufbaute wie Dampf in einem Schnellkochtopf, während sie vielleicht vor sich hin murmelte, dass sie ihm am liebsten ein Messer in sein treuloses Herz stoßen würde.

Edie wusste nicht, was an Eleanors ständigen Vorwürfen stimmte und was nicht. Aber sie wusste, dass ihre Mutter mit zunehmendem Alter immer unsicherer, eifersüchtiger und unberechenbarer geworden war und dass ihre irrationalen Wutausbrüche immer heftiger wurden. Ihr Vater musste eine andere Frau nur ansehen, und ihr schwelender Zorn brach hervor.

Die Tür des Arbeitszimmers flog auf, und ihre Mutter stürmte aus dem Raum. Eleanor ging zum Sideboard und bückte sich, um es zu öffnen. Als sie sich wieder aufrichtete, hatte sie eine volle Flasche Alkohol in der Hand. Irgendein braunes Zeug. Sie schlug die Türen des Schranks wieder zu, dann bemerkte sie Edie, die ihr vom Terrassentisch aus zusah. Eine Weile starrten sie einander wortlos an, dann drehte sich Eleanor um und stapfte hinauf ins Obergeschoss.

Edie stand auf und ging ins Haus. Vor der Tür zum Arbeitszimmer ihres Vaters blieb sie stehen. Er saß am Schreibtisch, einem teuren Designermöbel aus Glas, auf dem nur seine antike Schreibmaschine stand, für die er bei einer Versteigerung ein Vermögen bezahlt hatte. Ohne die Anwesenheit seiner Tochter zu bemerken, starrte er auf das weiße Blatt, das eingespannt in der Maschine steckte, und murmelte leise vor sich hin. Einen Moment später fluchte er. Er riss das Blatt aus der Schreibmaschine, zerknüllte es und warf es wütend in die Ecke des Raums, wo es nicht im Papierkorb landete.

Edie ging hinein, bückte sich und warf den Papierball in den Abfallkorb.

»Edith. Ich hab dich gar nicht gesehen.« Er schwieg einen Moment. »Tut mir leid, dass du das mitbekommen hast.«

Sie zuckte die Achseln. »Bin ja dran gewöhnt.«

Edie trat an seinen Schreibtisch. Darauf lag eine Ausgabe des *Tatler*, der auf der Klatsch-und-Tratsch-Seite aufgeschlagen war, einer Doppelseite mit einer Collage von Fotos von Promis bei repräsentativen Veranstaltungen. Sie griff nach der Zeitschrift und sah sich die Bilder an, um das zu finden, über das sich ihre Mutter derart aufgeregt hatte. Es dauerte nicht lange. Es war ein Foto von Max inmitten einer kleinen Gruppe von Leuten. Er lächelte in die Kamera. Das Hemd war am Kragen offen, in der Brusttasche seines Jacketts steckte ein seidenes Taschentuch. Er hatte die Hand um die Taille eines Mädchens gelegt, das einen roten Jumpsuit und schwindelerregend hohe weiße Schuhe trug. Die junge Frau hatte eindeutig Modelqualitäten. Zudem sah sie bewundernd zu ihm auf und lachte über etwas, das er offenbar gerade gesagt hatte, wobei sie ihre perfekten weißen Zähne entblößte. Die Bildunterschrift lautete: *Der New-York-Times-Bestsellerautor Max Davenport und eine unbekannte Brünette im Promi-Treff-*

*punkt San Lorenzo in Knightsbridge bei einem Preisverleihungsdinner für den Gewinner Kingsley Amis.*

»Sie arbeitet für meinen Verleger.« Er spannte ein weiteres Blatt Papier in die Walze seiner Schreibmaschine ein. »Meine Güte, es war eine Party! Ich kann mich nicht mal an ihren Namen erinnern.«

Edie legte die Zeitschrift beiseite und schickte sich an, das Büro wieder zu verlassen. An der Tür hielt sie inne, sah über die Schulter und sagte: »Eleanor hat sich mit 'ner Flasche Whisky nach oben verzogen.«

Er antwortete nicht. Nickte nur. Dann seufzte er und stand auf. An ihr vorbei ging er aus dem Büro. Sie folgte ihm, sah, wie er im Flur seine Autoschlüssel an sich nahm und zur Haustür ging. Kurz darauf hörte sie seinen Wagen anspringen. Edie warf sich bäuchlings aufs Sofa. Mit auf den Händen aufgestütztem Kopf beobachtete sie durchs Fenster, wie der junge Mann am Zaun arbeitete.

Sie musste eingenickt sein, denn das Nächste, woran sie sich erinnerte, war ein Klopfen an der Tür, woraufhin sie sich erschrocken aufsetzte. Es war Tamsyn.

»Hatte ganz vergessen, dass du vorbeikommen wolltest«, sagte sie ein wenig unwirsch, woraufhin Tamsyn zurückwich und niedergeschlagen aussah. Deshalb fügte sie rasch hinzu: »Aber ich bin froh, dass du da bist. Wie war's auf der Arbeit?«

Tamsyn verdrehte die Augen. »Ich bin vor Langeweile fast *gestorben*.«

Sie legten sich auf den Rasen und redeten. Edie musste sich sehr zusammenreißen, um Jago nicht die ganze Zeit anzustarren. Er sah wirklich unverschämt gut aus, und Tamsyns Geplapper verkam zu einem Hintergrundrauschen, während sie ihn aus den Augenwinkeln beobachtete: den Schwung seiner Schultern, die Art, wie das Haar seinen Nacken streifte, seine schmalen Handgelenke mit den abgetragenen schwarzen Lederbändern. Er trug ausgewaschene Jeans, die ihm von den schmalen Hüften hingen und abgewetzte klobige Doc Martens. Immer, wenn er sich nach etwas bückte, hob sich sein T-Shirt und entblößte einen Streifen sonnengebräunter Haut über dem Hosenbund. Sie musste sich in Erinnerung rufen, dass er kein wie auch immer geartetes Interesse an ihr gezeigt hatte und dass sie nicht vorhatte, jemanden anzuschmachten, dem sie hinterherlaufen musste.

»Edie. Hörst du mich?«

Edie wurde klar, dass Tamsyn sie etwas gefragt hatte. »Bitte, was?«

Tamsyn lachte. »Du hast ja gar nicht zugehört.«

Edie nickte. »Doch hab ich. Nur nicht bei dem, was du zuletzt gesagt hast.«

»Ich hab gesagt, dass ich eines Tages gern mal hier übernachten würde. Vielleicht können wir uns dann 'nen Horrorfilm anschauen, denn ich hab noch nie einen gesehen. Jago hat ein paar in seinem Zimmer, aber das sind Betamax-Kassetten, nicht VHS. Aber vielleicht habt ihr ja irgendwo noch ein Betamax-Gerät rumstehen? Sind wohl ziemlich krasse Filme, was ich so gehört hab. Was meinst du?«

Ihr Gesicht leuchtete, ihre Augen strahlten. Sie war wie ein Labrador-Hündchen, jetzt, da sie sich entspannt und an Selbstvertrauen gewonnen hatte. Edie dachte an den bevorstehenden Abend. An ihre Eltern, die wieder mal nicht miteinander sprachen, wobei sich ihre Mutter in den Schlaf trinken würde. An die Stunden, die sie allein auf ihrem Zimmer verbringen und aus dem Fenster starren und sich wünschen würde, sie könnte im Licht des Mondes am Strand spazieren gehen.

»Gut«, sagte sie. »Klingt cool.«

»Heute Abend? Morgen muss ich nicht arbeiten, weißt du,

also ist es egal, wann ich aufstehe. Ich könnte sogar bis zum Mittagessen bleiben.«

»Ja, okay. Aber ich muss nur rasch mit Eleanor abklären, ob wir nicht vielleicht irgendwo auswärts zu Abend essen oder so.«

Edie rappelte sich auf und ging ins Haus, um ihre Mutter zu fragen, ob Tamsyn über Nacht bleiben könne, bevor sie zu betrunken war, um sich noch dafür zu interessieren. Sie ging nach oben, drückte die Tür auf und blieb wie erstarrt auf der Schwelle stehen.

»Scheiße«, flüsterte sie. »Verdammte Scheiße.«

Sie rannte die Stufen hinunter, nahm dabei immer zwei auf einmal und stürmte hinaus in den Garten.

»Sorry, aber du musst jetzt gehen.«

Tamsyns Gesicht fiel in sich zusammen. »Aber ich ...«

»Es tut mir leid. Ich hatte da was vergessen ... Du musst jetzt wirklich gehen.«

»Aber ...«

»Du sollst jetzt verdammt noch mal *gehen!*«

Edie sah, wie Tamsyns Unterlippe zu beben begann und sich ihre Augen mit Tränen füllten.

»Entschuldige, ich wollte nicht fluchen. Aber«, Edie rang um Fassung, »du musst jetzt *bitte* gehen. Wir holen den Filmabend und die Übernachtung später nach, okay?«

Als Tamsyn noch einmal Protest einlegen wollte, verlor sie fast die Beherrschung, doch unter Aufbietung ihres letzten Fünkchens Geduld sagte sie: »Hör mal, warum kommst du nicht morgen wieder? Wir könnten noch mal an den Strand gehen. Oder Musik hören. Aber bitte, *jetzt* musst du wirklich gehen!«

# EINUNDZWANZIG

### Jago – Juli 1986

Als er Edie aus dem Haus rennen sieht, weiß er sofort, dass etwas nicht stimmt. Sie hat die Arme fest um ihren Oberkörper geschlungen, als sei ihr kalt. Er tut so, als würde er auch weiterhin den Zaun abschleifen, aber er beobachtet sie und Tamsyn. Sieht, wie sich die Miene seiner Schwester verdüstert. Edie schaut ihr nicht in die Augen. Sie ist nervös. Dann wird ihre Stimme lauter, und er hört, wie sie Tamsyn auffordert, nach Hause zu gehen.

Was Tamsyn natürlich nicht will. Sie klammert sich an diesen Ort und diese Leute. Und er weiß, dass es wegen ihres Vaters ist. Sie hat es ihm mal erzählt, zwei Jahre nach dem Sturm. Dass sie beide am Tag seines Todes hier gewesen waren. Dass sie an der Landspitze gepicknickt und sich dann aufs Grundstück geschlichen hatten, wo sie ohne Erlaubnis im Pool geschwommen waren. Was typisch war für seinen Vater. Er war immer rebellisch und furchtlos gewesen, Hindernisse hatte es für ihn nie gegeben, und auf so was wie *Regeln* hatte er nur gepfiffen.

Tamsyn nickt stumm, dann wendet sie sich um. Geht durch den Garten zum Tor, und da sieht er, dass sie weint. Er fragt sich, ob er ihr nachgehen soll, doch dann bemerkt er Edies Miene: angespannt vor Angst. Sobald das Tor ins Schloss gefallen ist, wirbelt Edie herum und rennt zurück ins Haus.

Irgendetwas stimmt nicht.

Er zögert, legt das Schleifpapier ins Gras, zögert noch einmal und läuft dann zum Haus.

Bei der Terrassentür hält er inne und lauscht.

»Hallo?«, ruft er.

Keine Antwort. Er geht hinein, macht einige zögernde Schritte Richtung Treppe. Bevor er noch einmal rufen kann, hört er einen erstickten Aufschrei von Edie. Er rennt die Stufen hinauf und folgt dem Geräusch, wendet sich oben nach rechts und geht bis ans Ende des Flurs.

Edie hockt im Elternschlafzimmer am Boden.

»Ist alles okay?«

Ihr Kopf fährt herum, Tränen strömen ihr übers Gesicht. Er sieht, dass ihre Mutter auf dem Boden liegt, halb verdeckt von Edie. »Hau ab«, schnappt sie in seine Richtung und wischt sich verärgert die Tränen ab. »Lass uns allein.«

Aber er tritt näher. Schaut hinunter auf Eleanor Davenport. Ihr Kopf ist zur Seite gerollt, die Augen sind geöffnet, starren aber ins Leere. Ihr Kinn ist nass von Erbrochenem. Auch auf dem Boden neben ihr ist eine Lache zu sehen. Der Gestank lässt ihn würgen. Als er sich umsieht, sieht er die Whisky-Flasche auf dem Nachttisch, daneben eine umgefallene braune Medizinflasche ohne Deckel, ringsum einige verstreute Pillen.

Er kniet sich neben Edie und legt einen Finger an Eleanor Davenports Hals. Sie lebt. Atmet ohne Anstrengung. Jetzt sind ihre Augen auf ihn gerichtet, und sie lallt etwas Unverständliches.

Edie schluchzt.

»Was hat sie getrunken?«, fragt er.

Edie senkt den Kopf. »Whisky«, sagt sie leise. »Fast die halbe Flasche. Das da drüben ist Valium. Viele Pillen fehlen aber nicht. Ich hab sie gezählt. Vielleicht eine oder zwei. Das Xanas hat sie nicht angerührt, das steht immer noch im Badschrank. Sie ist einfach nur betrunken.« Sie hebt hilflos die Schultern. »Ist nicht das erste Mal. Sie weiß nicht, wann sie aufhören muss.«

»Wir sollten den Notarzt rufen.«

»Nein!«, ruft Edie. »Nein, das würde sie nicht wollen. Bitte. Ich bleibe einfach hier neben ihr sitzen. Das hat sie schon öfter getan. Sehr viel öfter. Sie schläft irgendwann ein. Das ist alles.«

Er zögert, aber dann nickt er. »Wir sollten sie sauber machen.«

»Nein«, sagt sie fast lautlos. »Das erledige ich schon. Du musst nicht helfen.«

Er steht auf, nimmt das Glas vom Nachttisch und geht ins Bad. Dort füllt er es mit Leitungswasser. Er greift sich ein Handtuch von der Stange und macht es im Waschbecken nass. Schließlich trägt er beides zurück ins Schlafzimmer.

»Zieh ihr das Oberteil aus«, sagt er leise. »Es ist schmutzig.«

Edie nickt, schaut ihm aber nicht in die Augen. Während sie ihrer Mutter das Top über den Kopf zieht, kaut sie unentwegt an der Unterlippe. Eleanor protestiert. Versucht, ihre Tochter wegzustoßen. Nennt sie Miststück und übergibt sich wieder. Jago reicht Edie das feuchte Handtuch, und sie wischt das meiste ab. Er kehrt ins Bad zurück, um ein frisches zu holen. Zurück bei Edie reicht er ihr auch dieses.

Er ist erstaunt, wie zärtlich sie das Gesicht ihrer Mutter abtupft. Eleanor krümmt sich, versucht wieder, ihre Tochter wegzustoßen.

Als sie schließlich sauber ist, versucht Edie, ihre Mutter aufzuheben, doch nach einigen vergeblichen Versuchen sinkt sie ernüchtert auf die Fersen zurück.

Jago legt ihr eine Hand auf die Schulter. »Lass mich das machen.«

Noch immer sieht sie ihn nicht an, aber sie nickt schwach. Er beugt sich hinunter, hebt Eleanors Oberkörper an und schiebt einen Arm unter sie, den anderen unter ihre Knie. Sie riecht nach Alkohol und Erbrochenem. Ihre Stirn ist nass von Schweiß, Augen und Wangen sind mit Make-up verschmiert. Edie zieht die Zudecke beiseite, sodass er Eleanor auf dem Bett ablegen kann. Als ihr Kopf das Kissen berührt, scheint sie sich zu entspannen. Leise stöhnt sie. Er tritt zurück, damit Edie ihre Mutter zudecken kann. Kurz darauf schnarcht Eleanor leise vor sich hin.

»Wir sollten sie auf die Seite drehen«, sagt er. »Das hat mein Vater mir gesagt. So kann sie nicht ersticken, wenn ihr wieder schlecht wird, oder gar ihre Zunge verschlucken.«

Edie reißt die Augen auf, dann macht sie sich daran, ihre Mutter umzudrehen. Er hilft ihr, sie in eine stabile Seitenlage zu bringen.

»Lass sie keine Sekunde aus den Augen. Selbst jetzt kann sie immer noch im Schlaf ersticken.«

Edie sagt nichts darauf. Mit dem Rücken an den Kleiderschrank gelehnt und das Kinn auf den angezogenen Knien sitzt sie da wie ein kleines Mädchen.

Er geht nach unten und setzt den Wasserkessel auf. Findet Teebeutel. Einen Becher. Er gibt drei Teelöffel Zucker in die Tasse.

»Er ist süß«, sagt er, als er mit dem Tee zurück ins Schlafzimmer kommt und ihn ihr reicht. »Mein Großvater meint, Zucker wäre gut gegen den Schock.«

Erst zögert sie, doch dann sieht sie zu ihm hoch und lächelt schwach. »Danke für die Hilfe«, sagt sie.

Er setzt sich auf den Boden. Aber nicht zu nah neben sie. Er verschränkt die Hände zwischen seinen Knien.

»Es hat mal richtig Spaß gemacht mit ihr, weißt du. War

toll, sie zur Mutter zu haben, weil sie nicht so langweilig war wie die Mütter der anderen Kids«, sagt Edie. »Ich erinnere mich, dass sie immer die Erste war, die zu tanzen anfing. Wenn sie Partys gefeiert haben, lag ich oben im Bett und lauschte ihrem Lachen. Immer lachte sie lauter als die anderen. Sie hat wirklich jeden Raum zum Leuchten gebracht, den sie betrat. Das weiß ich noch, obwohl ich sehr klein war. Ich dachte damals wirklich, sie wäre eine Prinzessin.«

Jago schweigt, und lässt sie einfach mal durchatmen, lässt ihr Raum, um frei zu sprechen.

»Aber irgendwann hat sich das geändert, und seitdem ist es alles andere als lustig. An einem Weihnachtstag hatte sie einen so schlimmen Kater, dass sie den ganzen Tag bei geschlossenen Vorhängen im Bett zubrachte. Sie stand nur auf, um sich im Bad zu übergeben. Mein Vater erklärte mir, sie hätte sich den Magen verdorben.« Edie sah ihn an und lächelte bitter. »Ich hab die Flaschen in der Bar markiert, also wusste ich, wie viel sie getrunken hat. Nicht, dass ich viel mit dieser Information hätte anfangen können. Also hab ich mal 'nen Flyer von den Anonymen Alkoholikern auf den Küchentisch gelegt.«

Edie schlürft ihren Tee und beugt sich nach vorn, um den Becher auf den Boden neben sich zu stellen. Sie streckt die Beine aus und legt den Kopf zurück.

»Dann, letztes Jahr, erschien sie völlig derangiert auf einer Schulveranstaltung. Sie torkelte rum und stritt sich mit einer anderen Mutter. Warf ihr vor, sie hätte Max angemacht. Und dann hat sie ihr eine Ohrfeige verpasst.« Sie schüttelt den Kopf, lacht leise. »Tatsächlich hat sie die andere Mutter vor der ganzen Schule geohrfeigt. Kannst du dir das vorstellen?« Edie holt tief Luft, und ihr Lächeln verschwindet. »Danach war die Schule für mich ein einziger Albtraum. Die wenigen Freunde, die ich hatte, sprachen nicht mehr mit mir. Die Lehrer tuschelten hinter meinem Rücken, einige kicherten sogar, wenn ich vorbeiging. Ich hab das so gehasst, also hab ich alles Mögliche angestellt, damit sie mich endlich rausschmeißen. Ich hab immer wieder den Unterricht geschwänzt, hab das Schulpersonal beleidigt, war gehässig zu den anderen Schülerinnen, hab keine Hausaufgaben mehr gemacht und auch an keinen Tests mehr teilgenommen. Und schließlich hatten sie keine andere Wahl, als mich rauszuwerfen. Irgendwann ist das Maß eben voll, selbst wenn dein Vater ein scheiß *New-York-Times*-Bestsellerautor ist.« Sie verzieht das Gesicht. »Gott, tut mir leid. Ich rede zu viel.«

»Kein Problem.«

Edie steht auf und geht zum Bett ihrer Mutter. Schaut einen Moment lang auf sie hinunter. Dann nimmt sie das Medizinfläschchen und befördert die Pillen, die auf dem Nachttisch verstreut liegen, wieder hinein und schraubt es zu. Sie dreht sich um und sieht ihn an. Ihre Augen sind nass von frischen Tränen, und er muss sich beherrschen, um nicht aufzuspringen und sie einfach in den Arm zu nehmen.

»Danke noch mal, dass du geholfen hast. Bitte, erzähle niemandem davon, ja? Besonders nicht Tamsyn oder deiner Mutter. Ich will nicht, dass sie schlecht über sie denken.«

Edies Wunsch, ihre Mutter zu beschützen, rührt ihn. Das kann er sehr gut nachfühlen. Er empfindet genauso.

Er nickt und steht auf. »Sicher, dass es dir wieder besser geht?«

Sie lächelt, nimmt die Schultern zurück und schiebt das Kinn vor. Dann setzt sie wieder ihre ironisch-trotzige Maske auf und nickt.

»Ja«, sagt sie mit fester Stimme. »Mir geht's wieder bestens.«

## ZWEIUNDZWANZIG

**Tamsyn – Juli 1986**

Den ganzen Weg nach Hause hatte ich Magenschmerzen.

Warum war Edie derartig ausgeflippt? Was hatte ich denn bloß getan? Ich ging noch einmal alles durch, was ich gesagt hatte, und versuchte verzweifelt herauszufinden, wofür ich mich gegebenenfalls entschuldigen müsste. Sie war so wütend gewesen, hatte mir aber keine Chance gelassen, sie nach dem Grund dafür zu fragen.

Als ich neben Grandpa auf der Couch saß, der auf die *Coronation Street* im Fernsehen wartete, biss ich mir so stark auf die Lippe, dass es wehtat. Um mich von diesem Schmerz abzulenken, bohrte ich meine Fingernägel so tief in meine Oberschenkel, wie ich nur konnte.

Als der Vorspann über die Mattscheibe flimmerte, erschien meine Mutter im Wohnzimmer. Die beiden verpassten nie eine Folge. Da hätte schon die Welt untergehen müssen, bevor das geschah. Sie zog den Wäschekorb hinter der Couch hervor und fing an, Shirts zusammenzufalten und Sockenpaare zusammenzulegen. Grandpa grummelte irgendwas über blödsinnige Soap-Operas. Seine wie immer rasselnden Atemzüge wurden unregelmäßig.

Ich versuchte, mich auf das Kommen und Gehen in Weatherfield zu konzentrieren, doch ich bekam die Sache mit Edie nicht aus dem Kopf. Die Angst ballte sich in meinem Bauch zusammen, bis ich nicht mehr still sitzen konnte und nach oben in meine Box lief. Ich schloss die Tür, griff unter mein Kopfkissen und holte das Mixtape hervor. Ich starrte die Kassette an. Fuhr mit dem Finger über die Titelliste. Mixtapes zusammenzustellen dauerte unheimlich lange. Sie hätte bestimmt keins für mich gemacht, wenn sie sich nicht für mich interessierte. Vielleicht war ihr plötzlich schlecht geworden. Ja, das musste es sein. Oder nicht? Vielleicht hatte ich ja doch etwas falsch gemacht? War ich zu aufdringlich gewesen, als ich mich selbst für eine Übernachtung eingeladen hatte?

Es klopfte an der Tür. Ich öffnete. Mums Gesicht erschien vor meinem. »Ich wollte nur mal nach dir sehen. Keine Lust auf *Corrie* heute Abend?«

»Ich bin müde.«

Sie nickte. »Ich muss noch ein bisschen Bügelwäsche erledigen, dann war's das auch für mich heute.« Sie zögerte, dann fragte sie betont beiläufig. »Und? Schon was von deinem Bruder gehört?«

»Ich glaube, er ist in den Pub gegangen.«

»Weißt du, wie es oben im Haus heute gelaufen ist?«

Ich zuckte mit den Schultern. »Hab noch nicht mit ihm gesprochen, aber er hat sich wie gewünscht um den Zaun gekümmert.«

Sie sagte Gute Nacht und schloss die Tür. Ich hörte, wie sie und Grandpa sich auf dem Treppenabsatz noch kurz über sein Puzzle unterhielten, dann ihre Schritte auf dem Weg nach unten.

Ich legte mich aufs Bett und starrte vor mich hin. Ich wollte, dass es schon morgen wäre, damit ich zurück zu Edie konnte. Mit sturer Gelassenheit verstrich Minute um Minute. Mein Zimmer war feucht und kälter, als es mitten im Sommer hätte sein dürfen. Als die Dämmerung in Nacht überging, formten sich Schatten an der Decke, und die Bodendielen knarrten, als das Holz sich abkühlte. Schwach konnte ich das Meer hören, das Krachen der Wellen gegen die Felsen verkam aus dieser Entfernung zu einem Schnurren. Ich konnte das Bild einfach nicht aus dem Kopf bekommen, wie Edie aus dem Haus gestürzt war und mich weggeschickt hatte.

Als ich immer noch nicht einschlafen konnte, drückte ich den Knopf an meinem Wecker, um das Ziffernblatt zu erleuchten. Sieben Minuten nach drei. Wieder griff ich unters Kopfkissen und strich mit dem Daumen über die glatte Oberfläche der Musikkassette. Dann kletterte ich aus dem Bett, verließ meine Box und schlich über den Flur zu Jagos Zimmer. Vorsichtig rollte ich beim Gehen die Füße ab, um das Gewicht gleichmäßig zu verteilen und keinen Lärm zu verursachen.

Die Wände im Zimmer meines Bruders waren mit Graffiti verziert, die er mit einem schwarzen Marker darauf gemalt hatte. Meine Mutter hatte ein Auge zugedrückt, als er mit fünfzehn unbedingt seinen Raum »verschönern« wollte. Vor der Tür blieb ich stehen und lauschte auf Geräusche von drinnen. Nichts. So leise wie möglich drückte ich die Klinke herunter. Die Tür quietschte, als ich sie aufschob. Ich hielt den Atem an, darauf gefasst, dass er aufwachte, doch er rührte sich nicht. Ich betrat sein Zimmer, und der altbekannte Mief hüllte mich ein. Eine Mischung aus abgestandenem Rauch und ungewaschenen Klamotten, Deo und Lederstiefeln, Schweiß und dem süßlichen Geruch von Räucherstäbchen. Er schlief tief und fest, halb zugedeckt, wobei die Brust frei lag und vom hereinfallenden Mondlicht beschienen wurde. Ich fragte mich, welche Bilder wohl gerade durch seinen Kopf flimmerten. Half er Dad mit dem Motorrad? Oder träumte er von Dads aufgedunsenem ertrunkenen Körper?

Ich schlich zu seiner Kommode. Darauf lagen Jagos Tabak und das Zippo, ein paar Münzen, ein Päckchen Kaugummi und ein Motorrad-Magazin. Daneben standen zwei überquellende Aschenbecher. Meine Finger schlossen sich um seinen Walkman. Lautlos nahm ich ihn an mich und trat auf Zehenspitzen den Rückzug an. Behutsam schloss ich die Tür.

Zurück in meiner Box schob ich Edies Mixtape in den Walkman und legte mich wieder ins Bett. Ich schloss die Augen, und während ihre Musik spielte, stellte ich mir vor, wie ich den Weg zum Haus hinaufging. Wie ich das Tor aufstieß und über den Rasen lief. Links und rechts von mir wiegten sich die Pflanzen in einer sanften salzigen Brise, leuchtend grüne Blätter und ein Kaleidoskop von bunten Blüten, die über mir aufragten. Das Haus schien im Rhythmus der Musik zu pulsieren, und ich beobachtete, wie es sich nach und nach verflüssigte. Die Wände strömten auf mich zu und umfingen mich, bis ich ganz und gar eingeschlossen war. Erst jetzt, da ich mich warm und geborgen fühlte, schlief ich endlich ein.

# DREIUNDZWANZIG

### Angie – Juli 1986

»Angie, könnte ich Sie einen Moment sprechen?«

Eleanor Davenports Gesicht war rötlich und verquollen. Sie trug eine Sonnenbrille, und ihr Haar war zu einem festen Knoten aufgesteckt. Sie war nicht geschminkt und knetete nervös ihre Hände.

Angie nickte und legte den Putzlappen und die Flasche mit der Scheuermilch beiseite. Sie hatte das unangenehme Gefühl, dass ihr gleich gekündigt würde. Während sie sich noch das Hirn zermarterte, was sie falsch gemacht haben könnte, durchzuckte sie ein angstvoller Gedanke. Vielleicht ging es gar nicht um sie, sondern um eines der Kinder. Gott, sie würde Jago den Hals umdrehen, wenn er die Sache hier verbockt hatte.

»Ist etwas nicht in Ordnung?«, fragte sie zögernd.

Eleanor straffte sich, schob das Kinn vor und schien sich zu rüsten für ihre wie auch immer geartete Ansprache. »Ich wollte mich dafür entschuldigen, was ich zuletzt zu Ihnen gesagt habe. Max meinte, es sei vielleicht falsch rübergekommen, als ich …«, sie holte tief Luft und schloss die Augen, »als ich die Sache mit dem Badezimmerboden angesprochen habe.«

Angie nahm den Putzlappen wieder zur Hand und quetschte etwas von der weißen Scheuermilch aus der Flasche. »Daran kann ich mich gar nicht mehr erinnern, Mrs Davenport«, log sie. »Aber egal, es ist Ihr gutes Recht, mir zu sagen, wenn was nicht zu Ihrer Zufriedenheit erledigt wurde. Sie bezahlen mich schließlich dafür. Es ist ja wichtig, dass ich alles so mache, wie Sie es wünschen.«

»Ja. Aber ...« Eleanor stockte, ihre Mundwinkel zuckten nervös. »Der Boden war einwandfrei sauber. Ich war an diesem Tag nur etwas verärgert und ... Nun ja, ich hätte es nicht an Ihnen auslassen sollen.« Eleanor holte Luft, als wolle sie noch etwas hinzufügen, doch dann drehte sie sich um und verließ die Küche.

Angie sah, wie sie die Stufen hinaufging, und hörte sie über den Treppenabsatz laufen. Dann folgte ein ersticktes Schluchzen, und eine Tür wurde geschlossen. Kurz überlegte Angie, ob sie hinaufgehen und nachsehen sollte, ob alles okay war. Aber sie entschied sich dagegen. Diese Frau war launisch und schnell gekränkt. Hätte sie noch weiterreden wollen, sagte sich Angie, hätte sie soeben die Gelegenheit dazu gehabt.

Am Spülbecken wusch sie das milchige Scheuermittel aus dem Putzlappen und wrang ihn aus. Sie fuhr zusammen, als sie bemerkte, dass Max Davenport im Türdurchgang stand und sie beobachtete.

»Sorry«, sagte er. »Das mache ich immer, stimmt's? Aber ich wollte mich wirklich nicht anschleichen, das schwöre ich.« Er lächelte sie an.

Über seine Schulter hinweg warf Angie einen Blick Richtung Treppe. »Mr Davenport ...«

»Max, bitte. Sie klingen ja wie mein verdammter Buchhalter, wenn Sie mich Mr Davenport nennen.«

»Tut mir leid. Max, ich denke ...« Sie zögerte. »Mrs Davenport – Eleanor – geht es wohl nicht so gut. Sie ist oben, und ich bin nicht sicher, aber ich glaube, sie weint. Ich hab mich gefragt, ob ich nach ihr sehen soll, aber ich wollte nicht aufdringlich erscheinen.«

Ohne erkennbare Reaktion ging Max an ihr vorbei, öffnete

den Kühlschrank und nahm eine Flasche Wein heraus. Das Etikett wirkte edel mit seinem goldfarbenen Rand, den geschwungenen Ecken und der kunstvoll ausgeführten Beschriftung in einer fremden Sprache. Er holte einen Korkenzieher aus der Schublade. Die Flasche öffnete sich mit einem weichen *Plopp*.

»Möchten Sie vielleicht ein Gläschen?«

Sie stutzte. Mit der Frage hatte er sie irgendwie auf dem falschen Fuß erwischt. Hatte er nicht mitbekommen, dass sie sich Sorgen um seine Frau machte? Und überhaupt, Wein am Vormittag?

Sie schüttelte den Kopf. »Nein danke. Nicht während der Arbeit.«

Er lachte. »Ja, natürlich, tut mir leid. Nur Schriftsteller dürfen trinken, obwohl sie auf einer Gehaltsliste stehen.«

Er beugte sich vor, um ein Glas aus dem Schrank zu holen. Hatte sie sich nur eingebildet, dass dabei seine Hand ihre berührt hatte? Er schenkte sich ein und stellte die Flasche ab. Angie sah, wie ein Tropfen am Glas herunter und auf die Arbeitsplatte lief.

»Machen Sie sich um Eleanor keinen Kopf. Ihr geht's gut«, sagte er. »Trotzdem werde ich gleich mal nach ihr sehen. Nett von Ihnen, sich um sie zu sorgen, aber Sie sollten sich nicht damit belasten. Meine Frau kann manchmal sehr ...«, er zögerte, »schwierig sein. In London kümmert sich jemand Professionelles darum. Keine Ahnung, ob es ihr hilft. Ich hab den heimlichen Verdacht, dass diese Sitzungen nur dazu dienen, mein Konto zu leeren.« Er nahm einen Schluck Wein. »Sie fühlt sich hier unten isoliert. Besonders, wenn ich schreibe und mich dazu oft in Klausur begebe. Eine Schande, weil ich es wirklich sehr liebe, hier zu sein. Ich würde am liebsten herziehen. London ist ...«, er machte eine Pause, »im Moment sehr anstrengend für mich. Ich bin der Stadt entwachsen. Oder vielleicht ist sie auch mir entwachsen. Aber hier, nun ja, das ist ein irgendwie magischer Ort, finden Sie nicht? Ich hatte gehofft, Eleanor würde sich genauso in diese Gegend verlieben, wenn wir den ganzen Sommer hier verbringen würden. Dass er ihr eine Verschnaufpause verschaffen würde von all den Versuchungen in London.« Er hielt das Weinglas gegen das Licht, bevor er Angie wieder anblickte. »Meine Frau ist die Verkörperung eines warnenden Beispiels. Sie verfolgte mich gnadenlos, aber vielleicht ist es tatsächlich nicht so lustig, die glamouröse, partyliebende Frau eines Bestsellerautors zu sein, wie man gemeinhin annimmt.« Wieder nahm er einen Schluck, während auf seinem Gesicht ein Ausdruck unverhohlenen Bedauerns erschien. »Seien Sie vorsichtig mit dem, was Sie sich wünschen«, meinte er. »So heißt es doch, oder?«

Die Hitze stieg ihr ins Gesicht. Er sollte ihr gegenüber nicht so offen über seine Eheprobleme sprechen. Das war einfach nicht richtig. Wenn Eleanor wüsste, dass er darüber mit ihrer Putzfrau sprach, wäre sie außer sich.

Angie lächelte dünn. »Ich sollte jetzt weitermachen.« Sie bückte sich, um ihre Putzsachen vom Boden aufzuheben. »Soll ich rasch Ihr Büro sauber machen?«

Max starrte sie leicht amüsiert an. »Warum nicht? Der Raum neigt dazu, mit der Zeit doch etwas unappetitlich zu werden.« Er bewegte sich nicht von der Stelle, sondern lehnte auch weiterhin mit seinem Glas Wein in der Hand an der Arbeitsplatte. Und er betrachtete sie nach wie vor eindringlich.

Sie schaute zu Boden, um seinem Blick zu entgehen.

»Ich denke, ich werde diese Arbeitspause nutzen und mir in St Just eine Zeitung besorgen. Brauchen Sie irgendwas?«

Sie war sich nicht sicher, woran er bei dieser Frage dachte. Aber sie dankte ihm trotzdem für das Angebot, eilte aus der

Küche und betete, dass sie sich seine zunehmenden Flirtversuche nur eingebildet hatte. In seinem Büro ging sie hinüber zum Schreibtisch. Mit einem Glasreiniger wienerte sie kraftvoll über die Platte. Dann hörte sie, wie sich sein Wagen vom Haus entfernte.

Sie strich die karierte Decke glatt, die über dem Sessel lag, und zog die Vorhänge auf. Das Sonnenlicht strömte durch die bodentiefen Fenster herein. Der Ausblick war atemberaubend. Die Flügeltüren öffneten sich direkt zur Terrasse hin, lagen dem Swimmingpool genau gegenüber. Sein Schreibtisch stand in der Mitte des Raums, sodass er bei der Arbeit nur den Kopf heben musste, um zu sehen, wie der Pool vor ihm mit dem Ozean und dem dahinterliegenden Horizont verschmolz. Sie öffnete die Türen, um frische Luft hereinzulassen, und der Raum füllte sich mit all den Geräuschen, mit denen sie aufgewachsen war: den heranrollenden Wellen unten an der Küste, dem Geschrei der Möwen, Brachvögel und Krähen, dem Wind über den Klippen.

Als sie mit dem Büro fertig war, trug sie drei benutzte Teetassen in die Küche. Sie ging durchs Wohnzimmer und fand es schwierig, das gedämpfte Schluchzen aus Eleanors Zimmer zu ignorieren. Das schlechte Gewissen nagte an ihr, als sie die Tassen im Spülbecken abwusch. Sie wünschte, sie hätte mitfühlender reagiert. Vielleicht hatte Eleanor ja nur eine Weile mit ihr reden wollen?

Angie stellte die letzte Tasse umgekehrt auf das Abtropfgestell, ging zur Treppe und lugte hinauf. Zögernd machte sie auf Zehenspitzen einen Schritt nach dem anderen, bis sie oben auf dem Absatz stand. So leise wie möglich schlich sie zum Schlafzimmer. Mit angehaltenem Atem blieb sie stehen und hielt das Ohr an die geschlossene Tür.

Ja, da war ganz sicher ein Schluchzen zu hören, raue, gutturale Laute, die Angie davon überzeugten, dass Eleanor mehr als nur ein bisschen gestresst war. Sie griff nach dem Knauf, dann zögerte sie. Das Schluchzen war verstummt. Sie ließ die Hand sinken, hatte plötzlich die Befürchtung, dass Eleanor jeden Moment aus dem Zimmer kommen könnte. Angie wirbelte herum und huschte zur Treppe zurück, doch da hörte sie ein erschütterndes Krachen und das Geräusch von berstendem Glas.

Sie ging zum Schlafzimmer zurück und klopfte leise.
Nichts.
»Mrs Davenport?« Sie klopfte noch einmal. Drehte den Türknauf. Durch den Spalt sah sie, dass Eleanor auf dem Boden kauerte. Angie wusste nicht, ob sie hineingehen sollte oder nicht. Eleanor schaute zu ihr hoch. Die Augen waren wund vom Weinen, die Haut aufgequollen. Als sie Angie entdeckte, wandte sie sich ab und bedeckte ihr Gesicht mit den Händen. Ein paarmal rieb sie sich über die Wangen, dann band sie sich rasch das Haar wieder zusammen und stand auf.

»Ich hab ein Geräusch gehört.« Angie sah, dass das Scheppern und Klirren vom Spiegel über der Frisierkommode herrührte. Er war von der Wand gefallen. Die Scherben lagen über dem ganzen Holzfußboden verstreut.

»Ja«, sagte Eleanor. »Ich hab aus Versehen den Spiegel von der Wand gestoßen.«

»Ich hole rasch das Kehrblech.«

Sie kehrte mit Handfeger und Schaufel zurück und legte ein paar alte Zeitungsseiten auf dem Boden aus.

»Sind Sie …«, Angie stockte, »okay?«

Eleanor nickte. »Ja, ja, natürlich. Warum denn nicht?«

Einige Sekunden lang starrten sie einander an. Eleanors Blick schien weicher zu werden, und ihr Mund zuckte, als sei sie im Begriff, etwas zu sagen. Aber sie blieb stumm.

Angie ging in die Hocke und legte die größeren Scherben vorsichtig auf die Kehrschaufel. Eleanor tat es ihr gleich, und so arbeiteten die beiden Frauen schweigend Seite an Seite, bis das Chaos beseitigt war. Angie zuckte jedes Mal erschrocken zusammen, wenn sie Eleanors Spiegelbild in den Scherben erblickte, die blutunterlaufenen Augen, die fleckige Haut, die zusammengepressten Lippen. Angie wickelte die größeren Scherben in das Zeitungspapier ein, dann fegte sie den Raum sorgfältig aus, um ihn von winzigen Splittern und Glasstaub zu befreien.

Als sie fertig war, richtete sie sich auf und schaute Eleanor an. »Kann ich Ihnen irgendwas bringen oder sonst etwas für Sie tun?«, fragte sie.

Eleanor wandte sich zu Angie um. Jede positive Regung, die sie noch zuvor ausgestrahlt haben mochte, war erloschen, und die altbekannte Härte war in ihren Blick zurückgekehrt. »Wie gesagt, es war ein Versehen.« Sie stand auf. »Bitte, saugen Sie den Raum noch gründlich aus. Wir gehen hier oft barfuß und wollen uns nicht verletzen.«

## VIERUNDZWANZIG

**Tamsyn – Juli 1986**

Wie üblich ließ ich die Uhr den ganzen Morgen über nicht aus den Augen. Und wie üblich bewegten sich die Zeiger so schleppend voran wie verwundete Soldaten. »Beeil dich«, flüsterte ich, doch das machte das Ganze auch nicht schneller, und ich hatte den Verdacht, dass irgendetwas die Uhr zusätzlich verlangsamte, um mich zu quälen.

Ich musste Edie sehen. Gestern hatte ich sie angerufen und gefragt, wann ich vorbeikommen könnte, aber sie wollte mit ihrer Mutter shoppen gehen. Max musste sich offenbar mit seinem Lektor in Exeter treffen, und Eleanor und sie begleiteten ihn in der Hoffnung, dort ein paar halbwegs anständige Läden zu finden. Ich hatte vorgeschlagen, zum Abendessen zu kommen, aber Edie sagte, dass sie vielleicht in einem Hotel übernachten würden, weil der Verleger es bezahlte. Sie musste die Ängstlichkeit in meiner Stimme wahrgenommen haben, denn sie versicherte mir, dass wir uns ganz bestimmt am Mittwoch nach der Arbeit sehen würden. Als ich aufgelegt hatte, verschwamm mein Blick vor Unruhe und Sorge. Ich ging nach Hause, schnappte mir die Tasche mit dem Fernglas und verbrachte den Rest des Dienstags damit, das Haus auf der Klippe zu beobachten. Und darum zu beten, dass sie nicht in Exeter übernachteten, damit ich nicht noch einen weiteren Tag warten musste.

Bei der Arbeit vertrieb ich mir die Zeit damit, lustlos die

Dosen und Flaschen abzustauben und den *Cornishman* durchzublättern. Gleichgültig überflog ich einen Artikel, in dem ein Freizeitzentrum für St Ives vorgeschlagen wurde, und einen anderen, der erklärte, dass der Tourismus in Cornwall unter der Sonne an der Costa Brava zu leiden hatte. Was ich nicht verstand, weil es hier ja gefühlt wochenlang nicht geregnet hatte – zumindest nicht so viel, um Besucher abzuschrecken. Ich blätterte weiter und entdeckte auf der nächsten Seite einen Mann, den ich kannte.

Es war der Rettungsschwimmer, der den Jungen aus dem Meer bei Sennen geholt hatte. Das Schwarz-Weiß-Foto zeigte ihn, wie er breit grinsend am Strand stand. Neben ihm der Junge. Sie hielten sich an den Händen, die sie hoch über ihre Köpfe erhoben hatten wie siegreiche Boxer. Natürlich. Das war das Kind, das fast ertrunken wäre. Ich erinnerte mich an sein Gesicht, blutleer und mit Sand zwischen seinen blauen Lippen. Der Körper schlaff wie eine Lumpenpuppe. Wäre der Mann neben ihm nicht gewesen, hätte er nicht gegen Erschöpfung, Angst und die schaulustige Menge angekämpft, während er ihm buchstäblich neues Leben einhauchte, läge der Junge jetzt in einer Schublade in der Leichenhalle. Ich berührte mit meinen Fingern das Gesicht des Mannes. Ein Held. Genau wie mein Vater. Nur dass mein Vater nicht mehr für den Zeitungsfotografen posieren konnte.

Ich legte die Zeitung beiseite und sah wieder auf die Uhr. Mittag. Jedenfalls fast. Ich zog die blau-weiß-gestreifte Schürze aus und hängte sie an den Holzhaken im Lagerraum.

»Tschüss, Ted.«

»Bis Samstag!«, rief er mir nach, als ich durch die Tür nach draußen stürmte und die kleine Glocke bimmelte. »Grüß mir ...«

Ich hörte das Ende seines Satzes nicht mehr.

Der Wind hatte aufgefrischt. Es war stürmisch, aber sonnig, und der Geruch des Meeres hing schwer in der Luft. Fast rannte ich über den Pfad, während mein Herz wummerte. Hätte ich den ganzen Weg rennend zurücklegen können, ich hätte es getan. So verzweifelt wollte ich dort sein und Edie sehen, um sicherzugehen, dass zwischen uns alles okay war. Ich war wieder etwas optimistischer. Vielleicht lag es an dem Artikel mit dem Jungen, der glücklich lächelnd in die Kamera blickte und stolz wie Oskar war, dass er eine tolle Geschichte zu erzählen hatte. Ich war sicher, alles würde sich zum Guten wenden. Je näher ich dem Haus kam, desto mehr glaubte ich daran, bis ich – und das ist keine Übertreibung – in geradezu ekstatischer Laune war.

Ich sah Edie, gleich nachdem ich den Herzstein hinter mir gelassen hatte und um die erste Kurve gebogen war. Sie stand auf dem Rasen unterhalb der Terrasse, in der Nähe des Zauns. Sie trug einen langen schwarzen Rock und ein schwarzes Top, Armreifen und eine verspiegelte Sonnenbrille. Ich winkte, aber sie sah mich nicht. Also rief ich, doch der Wind musste meine Worte davongetragen haben, denn sie sah nicht in meine Richtung. Ich ging weiter und verlor sie einen Moment lang aus den Augen, weil der Pfad abfiel. Als sie wieder in Sicht kam, erkannte ich, dass sie mit meinem Bruder sprach, der einen Pinsel in der Hand hielt und den Zaun weiß anstrich.

Ich hockte mich hin, bevor sie mich entdecken konnten. Meine Innereien verhärteten sich, als wäre mein Magen mit Zement gefüllt. Geduckt schlich ich weiter und kroch zu einer Stelle, von der aus ich sie, verborgen hinter Dornen- und Ginsterbüschen, beobachten konnte. Warum hatte ich nicht mein Fernglas mitgenommen?

Edie redete lebhaft auf Jago ein. Er nickte. Wandte ab und zu den Kopf in ihre Richtung, bevor er seinen Pinsel wieder in den Farbtopf tauchte. Worüber sprachen sie? Lud sie ihn zum Grillen ein? Redeten sie über Dad und die Nacht, in der er gestorben war? Schlug sie ihm womöglich vor, den Sommer über mit ihr im Haus auf der Klippe zu verbringen?

Ich war so eifersüchtig, dass ich aufschrie. »Edie! Ich bin da, Edie!«

Endlich hörte sie mich, denn sie drehte ihren Kopf in meine Richtung. Ich winkte, und sie winkte zurück, dann wandte sie sich wieder zu Jago und sagte etwas zu ihm. Mein Bruder warf mir einen Blick zu, dann widmete er sich wieder dem Zaun.

Ich ging weiter den Pfad entlang und schob mir das Haar hinter die Ohren, weil der Wind es mir ständig ins Gesicht wehte. Gleichzeitig versuchte ich, die Angst zu ignorieren, Edie könnte mich wieder wegschicken, die mich erneut mit aller Macht überkommen hatte.

Aber meine Sorge war umsonst.

Sie wartete am Tor, um mich zu begrüßen. Als ich näher kam, lächelte sie und gab mir einen Kuss auf die Wange. Untergehakt gingen wir über den Rasen.

»Wie war's in Exeter?«

»Ach, das kannst du dir ja denken«, meinte sie. Aber das konnte ich nicht, und ich wünschte, sie würde es mir erzählen.

»Komm, setz dich.«

Auf dem Tisch stand ein Aschenbecher mit einer Menge Zigarettenstummeln. Einige – jedoch nicht alle – zeigten Spuren von Lippenstift am Filter. Es war das gleiche Weinrot, das immer ihre Lippen zierte. Einige Kippen sahen verräterisch nach Selbstgedrehten aus, woraus ich schloss, dass sie »Stoff« geraucht hatten, wie Jago das Zeug immer nannte. Ich konnte mir vorstellen, dass Max und Eleanor nicht gerade erfreut gewesen wären, wenn sie gewusst hätten, dass Jago in ihrem Haus Marihuana konsumierte, geschweige denn, wenn er es gemeinsam mit ihrer Tochter tat. Kurz überlegte ich, es Eleanor zu erzählen, und stellte mir vor, wie mein Bruder aus dem Haus komplimentiert wurde, sodass ich es nicht länger mit ihm teilen musste. Doch ich erlaubte diesem hässlichen Gedanken nicht, sich in meinem Kopf einzunisten.

Edie setzte sich und legte beide Füße auf den Tisch. Sie fuhr sich durchs Haar, dann blickte sie zu meinem Bruder, der intensiv damit beschäftigt war, den abgeschmirgelten Zaun weiß anzustreichen.

»Stell dir vor, dein Bruder und ich haben genau denselben Musikgeschmack«, verkündete sie. »Und – oh, mein Gott – er spielt sogar Gitarre.«

Ich zog die Augenbrauen zusammen und sah zu ihm. »Nein, tust du nicht. Nicht wirklich. Ich meine, du hast ja keinen Unterricht gehabt oder so.«

»So schwer ist das auch nicht«, meinte er und vermied dabei meinen Blick. »Hab mir im Secondhandladen ein Notenheft gekauft.«

»Ich würde auch gern ein Instrument spielen«, sagte Edie. »Eleanor dachte an Harfe, aber im Ernst, wozu soll das gut sein? Und es sich selbst beizubringen ist viel cooler, als Unterricht zu nehmen. Hendrix und Bowie haben das auch so gelernt.«

Hendrix und Bowie? Ich unterdrückte ein Lachen und warf Jago einen amüsierten Blick zu. Er hatte zumindest die Größe, belämmert dreinzublicken.

»Jay hat mir von den stillgelegten Minen erzählt. Die in Botallack, meine ich.«

»Jay?«

»Ja, so nenne ich ihn. Passt zu ihm, findest du nicht? Egal, er hat gesagt, ich würde die Minen mögen, also habe ich gedacht, wir könnten ja mal dort hingehen. Ich weiß, das ist ein längerer Marsch, aber das wäre bestimmt lustig. Und wir könnten uns auf dem Weg ein paar Bierchen genehmigen. Was meinst du?«

Mein Herz sank. Ich wollte nirgendwohin gehen. Wollte im Haus bleiben. Ich wollte schwimmen, süße Apfelschnitze essen und in der Sonne liegen, während mein Fuß ins tintenschwarze Wasser eintauchte und in der Luft der Duft von Kokosnuss-Sonnenöl hing.

»Können wir nicht hierbleiben?«

»Nein«, erwiderte sie. »Ich will weg von diesem verdammten Ort. Ist so verflucht deprimierend hier.«

Warum sah sie mich nicht an, während sie mit mir sprach? Was war so faszinierend daran, Jago beim Zaunstreichen zuzusehen?

»Weißt du, was? Ich mache einen Spaziergang nach Botallack«, sagte sie plötzlich entschlossen. »Das stelle ich mir einfach super vor. Immer oben auf der Steilklippe entlang zu balancieren, während unter mir das Meer gegen die Felsen donnert. Er hat mir von den *Knockers* erzählt, die in den Stollen hausen.« Sie lachte. »Ihr habt wirklich komische Namen für die Geister hier. Kommst du mit, Jay?«

»Kobolde, nicht Geister«, sagte ich, aber sie ignorierte mich.

»Klar.« Mein Bruder hatte uns den Rücken zugewandt. Sein Arm ging vor und zurück, und auf seiner Haut waren weiße Farbsprenkel zu sehen, die von Schweiß überzogen schimmerten. »Bin hier gleich fertig, schätze ich.«

»Wirklich? Das ist ja toll. Ich meine, allein wäre es schon prima gewesen, aber in Gesellschaft wird es noch viel schöner.« Edies Augen funkelten.

Eine Wolke zog über uns hinweg, ihr Schatten bewegte sich rasend schnell und verfinsterte für einen Moment die Sonne.

»Also gut«, sagte ich. »Dann komm ich auch mit.«

»Nein, das musst du wirklich nicht. Nicht, wenn du keine Lust dazu hast.«

»Doch, ich will mit.«

Aber Edie hörte nicht mehr zu. Sie war schon auf dem Weg ins Haus. »Ich hole rasch ein paar Dosen Bier, dann können wir los.«

Ich wartete, bis sie drinnen war, dann sah ich argwöhnisch zu meinem Bruder, der den Deckel auf den Farbeimer gelegt hatte und ihn mit dem Fuß festdrückte.

»Musst du Eleanor nicht sagen, dass du für heute Schluss machst?«

»Ich hab ihr heute Morgen schon gesagt, dass ich nur bis zwei arbeite.«

Ich sah auf meine Uhr. »Aber es ist erst Viertel vor.«

»Sie ist nicht da, also wird sie's nie erfahren.«

»*Ich* könnte es ihr sagen.«

Er grinste mich an, aber ich lächelte nicht zurück.

Seine Miene verdüsterte sich. »Jesus, Tam, jetzt komm mal runter. Ich arbeite beim nächsten Mal einfach 'ne Viertelstunde länger, okay? Was ist eigentlich los mit dir?«

Ich seufzte und knibbelte einen Tropfen halb getrockneter Farbe von dem Eisentisch. »Nichts, ich hab nur schlecht geschlafen letzte Nacht. Du weißt genau, dass ich dich niemals bei Eleanor anschwärzen würde.« Ich fuhr mit dem Finger über das Gittermuster in der Tischplatte. »Ich dachte immer, du hasst es, spazieren zu gehen.«

»Warum sagst du das?«

»Ich kann mich nicht erinnern, wann du das letzte Mal auf den Klippen warst.«

»So lange ist das gar nicht her. Manchmal mache ich was, ohne dir davon zu erzählen, weißt du.« Er hob den Farbeimer hoch. »Egal, heute hab ich jedenfalls Lust drauf. Allerdings, was dich betrifft ... Ich meine, wenn du so müde bist, solltest du vielleicht nicht so lange durch die Gegend wandern.«

»Mir geht's gut.«

Edie kam mit einer Plastiktüte aus dem Haus. Durch das durchscheinende weiße Material konnte man Bierdosen erkennen. Sie grinste über beide Ohren.

Ich lächelte zurück.

Erst als sie näher kam, merkte ich, dass sie Jago ansah und nicht mich.

# FÜNFUNDZWANZIG

**Jago – Juli 1986**

Die Mädchen gehen voraus, jedes mit einer Dose Bier in der Hand. Edie raucht. Er hört die beiden plaudern und beobachtet Edie.

Das Weiß ihrer Haut wird noch durch die schwarzen Klamotten unterstrichen, die sie heute trägt. Ihr Rock bläht sich im Wind auf, und sie muss ihn ab und zu im Zaum halten, um nicht zu viel von sich zu entblößen. Dennoch erhascht er gelegentlich einen Blick auf ihre nackten Beine. Weiche Oberschenkel. Schmale Waden und schlanke Fesseln. Die klotzigen Boots betonen dies alles noch, sodass ihre Beine aussehen wie zarte Setzlinge, die in groben Erdklumpen stecken, wie er findet.

Sie bleibt kurz stehen und pflückt einen Stängel lila Heidekraut. Im Weitergehen zerkrümelt sie ihn zwischen ihren Fingern, sodass die winzigen Blütenblätter vom Wind davongetragen werden. Dieses Bild verzaubert ihn fast noch mehr als ihr Anblick in dem pinkfarbenen Bikini, der in den letzten Tagen sein Denken beherrscht hat. Und seit er ihr mit ihrer Mutter geholfen hat, kann er sie gar nicht mehr aus seinem Kopf bekommen. Die verzweifelte Verletzlichkeit in ihrem Blick, als sie auf dem Boden kauernd zu ihm aufgesehen und wie sie so offen mit ihm geredet hatte. Der Schmerz in ihrer Stimme. All das hat ihn stark berührt.

»Wie weit noch, Jay?« Sie wirft den nackten Pflanzenstängel fort und schaut ihn über die Schulter hinweg an.

Hätte ihn irgendjemand anderes Jay genannt, er hätte es gehasst, doch aus ihrem Mund klingt es irgendwie richtig. Es ist ihr ganz eigener Name, nur für ihn. Sie ist faszinierend, und er fühlt sich unglaublich von ihr angezogen.

Als sie heute Morgen auf die Terrasse kam, hat er sich so in Position gebracht, dass er sie während der Arbeit beobachten konnte. Es dauerte eine Weile, bis er den Mut gefasst hat, sie zu fragen, was sie las.

Sie hat das Buch hochgehoben, um ihm das Cover zu zeigen.

L'Étranger *von Camus.*

Davon hat er noch nie gehört, und sofort fühlte er sich dumm und ungebildet.

*Das ist Französisch und bedeutet der Fremde.*

Und dann hat sie ihm erklärt, dass das Buch *L'Étranger* – wie sie es aussprach, klang es sehr exotisch – die Inspiration für den Song *Killing an Arab* gewesen sei.

*Magst du* The Cure?

Er log. *Ja.*

Jetzt, auf der Steilklippe, schaut er zu Boden, wenn sie ihn ansieht. Er will nicht beim Anglotzen ertappt werden, obwohl er schon den ganzen Tag nichts anderes getan hat. In jedem sich bietenden Moment hat er versucht, einen Blick auf sie zu erhaschen, während sein Körper selbst auf winzige Kleinigkeiten reagiert: eine entblößte Schulter, ihre Hand, die eine Fliege vom Knie verscheucht, jede ihrer Bewegungen auf dem Stuhl.

»Nicht mehr weit«, sagt er, um ihre Frage zu beantworten.

»Unser Vater hat diese Route geliebt«, sagt Tamsyn, aber Edie erwidert nichts darauf.

Sie erreichen Cape Cornwall. Das Wasser ist wild heute, fast zornig kracht es gegen die Felsen und schleudert Fontänen aus Sprühnebel hoch in die Luft. Eine Weile schauen sie aufs Meer hinaus und schließen die Augen, während ihnen der Wind die Wasserspritzer ins Gesicht fegt.

»Siehst du die beiden Felsen da hinten?« Seine Schwester tippt Edie an die Schulter und zeigt auf die zerklüfteten Zwillingsinseln, die sich eine Meile von der Küste entfernt aus der Brandung erheben.

Edie blinzelt, folgt der Richtung, in die Tamsyns Arm zeigt. Dann nickt sie. »Ja, ich sehe sie.«

»Das sind die Brisons. Die Leute veranstalten Rennen dorthin.«

»Bootsrennen?«

»Nein, sie schwimmen.«

»Aber das ist doch ziemlich weit.«

»Mein Vater ist auch mal da hingeschwommen.«

Jago verbessert sie nicht. Sagt nicht, *du meinst wohl unser Vater. Du magst vielleicht sein Liebling gewesen sein, aber mir gehört er genauso.*

»Einer von euch auch?«

Sie schaut beide Geschwister an. Er sagt nichts, aber Tamsyn schüttelt den Kopf. »Nein«, erwidert sie, »ich schwimme nicht im Meer.«

*Nicht mehr.*

Er sieht, wie Edies Ausdruck von Verwirrung zu Begreifen wechselt, als ihr einfällt, wie ihr Vater zu Tode gekommen ist.

»Erinnerst du dich an den Jungen?«, fragt Tamsyn. »Über ihn stand was in der Zeitung.«

»Welcher Junge?«

»Der, der fast ertrunken ist.«

»Und warum schreiben sie über ihn in der Zeitung?«

Tamsyn sieht sie irritiert an. »Was meinst du?«

»Ich finde, das ist doch keine Meldung wert: Junge

schwimmt im Meer und stirbt nicht.« Edie lächelt, aber Tamsyn nicht, stattdessen entfernt sie sich ein Stück von ihr. Sie geht zur Ufermauer, stützt sich darauf und starrt hinaus aufs Meer, oder vielleicht beobachtet sie auch die Seevögel, die wie Steine vom Himmel fallen, um sich auf der Suche nach Fisch in die Fluten zu stürzen.

Auch er blickt hinaus auf die Irische See. Heute ist sie von grünlich-grauer Farbe. Das kornische Wort für diese Tönung ist *glas*. Allerdings kann *glas* grün oder blau oder grau und jede Färbung dazwischen sein. Kurz: Wie auch immer das Meer gerade aussieht, es ist *glas*. Ein alter Kalauer der örtlichen Fischer. Jedenfalls ist das Wasser auch heute *glas* mit weißen Schaumkronen.

Gerade will er sich zu seiner Schwester gesellen, als er Edies Stimme hört.

»Jay?«

Er dreht den Kopf, sieht, dass sie neben ihn getreten ist. Der Wind spielt mit ihrem Haar und weht es ihr ins Gesicht. Sie streicht es sich aus der Stirn, und er bemerkt, dass der schwarze Lack auf ihren abgekauten Nägeln abgeblättert ist.

»Kann ich mal dein Feuerzeug haben?«

Er sucht in seiner Jacke nach dem Zippo.

Sie nimmt es, und für den Bruchteil einer Sekunde berühren sich ihre Finger.

»Wusstest du, dass das US-Militär diese Feuerzeuge an seine Soldaten austeilt?«, sagt sie. »Weil die Flamme selbst bei Wind und Wetter nicht ausgehen kann.«

Er nickt. Natürlich weiß er das. Jedes Kind weiß das.

Sie lehnen sich gegen einen Felsen, und er dreht sich eine Zigarette. Edie zündet sich eine Camel Light an. Er steckt sich die Zigarette zwischen die Lippen und lässt sich von ihr sein Feuerzeug zurückgeben. Lässt den Deckel des Zippos mit einem Stüber gegen das Handgelenk zuschnappen. Es klackt laut, dann lässt er es wieder in seine Tasche gleiten.

Nach der Rauchpause setzen sie ihren Weg fort. Plötzlich durchzuckt ihn eine lebhafte Erinnerung. An das letzte Mal, als er hierhergegangen ist. Mit seinem Vater und Tamsyn. Er hört den Widerhall ihres Weinens. Sie war hingefallen, als sie auf dem Pfad entlangrannte, und hatte sich an einem Stein das Knie angeschlagen. Es ging ihr gut, bis sie feststellte, dass es blutete. Ihr Geheule war nervtötend, aber ihr Vater blieb ganz ruhig und schimpfte nicht. Er hielt inne und bückte sich. Erzählte ihr, dass sie drei auf Entdeckungstour durch magische Gefilde wären, die noch kartografiert werden müssten. Ihr Weinen verebbte, und zwischen den letzten Schluchzern wollte sie wissen, ob es denn auch Tiger gäbe. Er lachte. Sagte Ja. Dann nahm er sie auf seine Schultern, um sie vor den wilden Raubtieren in Sicherheit zu bringen. Und da quietschte sie vor Vergnügen.

Jago drängt die Erinnerung beiseite und geht weiter. Der Küstenpfad wird steiler. Wie auf einer Pilgerreise gehen sie voran, er im Schlepptau von Edie und Tamsyn. Ihre Schritte verfallen in einen regelmäßigen Rhythmus. Er fragt sich, wo seine Freunde gerade sind. Vermutet sie unten bei den Docks, wo sie Maulaffen feilhalten, über die Minen jammern, über die Wichser in London und den Preis von Marihuana schimpfen. Tamsyn hat recht. Er geht viel zu selten an der Steilküste spazieren. Ein Fehler. Die Luft hier oben ist Balsam für die Seele.

Sie erreichen einen besonders abschüssigen Teil des Pfades. Tamsyn sucht Halt an einem Felsen und geht vorsichtig weiter. Edie schaut sich hilfesuchend nach ihm um. Er kommt näher, bietet ihr seine Hand an, damit sie das Gleichgewicht halten kann. Unten angekommen, dreht sie sich um und bedankt sich bei ihm, was ihm durch und durch geht. Sie lächelt und lässt seine Hand wieder los. Er muss kurz stehen bleiben und erst mal tief durchatmen.

Die Ruine von Botallack ragt weithin sichtbar aus dem Moorland. Eingefallene Minenschornsteine. Mauern, die nur mehr Steinhaufen sind. Torbogen, die wie Skulpturen in der Landschaft stehen. Der Küstenpfad hier ist unwegsam. Loser Schotter liegt auf dem Weg. Felsengestein ragt aus dem buckligen Grund aus Erde und Heidekraut.

Sie gehen auf die ehemaligen Maschinenhäuser zu, die auf den unteren Ausläufern der Klippen erbaut wurden. Die Überreste der Zinn- und Arsenwerke. Es erstaunt ihn, wie viel er noch darüber weiß. Sein Vater war ein guter Lehrer.

Der Weg wird schmaler und führt immer weiter abwärts in Richtung Meer. Unglaublich steil fallen die Klippen zu ihrer Linken ab, während tief unter ihnen die Wellen zornig an die Steilküste donnern.

Edie schnappt hörbar nach Luft. Instinktiv geht ihre Hand zu dem Felsen zu ihrer Rechten.

»Nicht ausrutschen«, ruft Tamsyn ihr zu.

Tamsyn hält vor den Resten eines Maschinenhauses an und zieht sich an der Außenmauer hinauf.

Edie wirkt verunsichert. »Ist das sicher?«

»Nein«, sagt er. Er erklimmt die Mauer und folgt seiner Schwester.

Auch Edie klettert hinauf. Vorsichtig gehen sie auf die Ruine zu und ziehen sich hinauf zu dem breiten Sims unter dem glaslosen Fenster in der zerfallenen Mauer, das aufs Meer hinausgeht. Ein Dach gibt es nicht. Die Balken sind schon vor Jahrzehnten verrottet. Wenn man hochschaut, schafft die Öffnung, wo einst das Dach war, einen Rahmen für den Himmel. Der Boden im Innern ist von Gras überwuchert und bildet einen weichen Teppich. Sie lehnen sich aus der Fensteröffnung. Unter ihnen fällt die Klippe vierzig, vielleicht fünfzig Fuß ab. Die See schäumt wie ein Hexenkessel, sammelt sich wirbelnd und donnernd aus allen Richtungen mit einem tiefen Grollen, in dem er die Stimme seines Vaters zu hören glaubt.

»Achtung, jetzt kommt eine große«, sagt Jago.

Im nächsten Moment rollt eine schaumgekrönte Monsterwelle heran, die sich mit mächtigem Tosen an den Felsen bricht.

»Woher wusstest du das?« Edies Stimme ist voll der Bewunderung, und ihm wird richtig flau.

»Er hat gezählt«, sagt seine Schwester. »Jede siebte ist eine Riesenwelle.«

Mit dem Rücken zur Wand lassen sie sich auf dem grasüberwucherten Boden der Ruine nieder. Edie sitzt zwischen ihm und Tamsyn, und er kann sie mit jeder Faser seines Körpers spüren, nicht nur, weil ihre Leiber sich berühren. Wie er so nah bei ihr sitzt, wird ihm wieder einmal bewusst, wie zart sie ist, wie eine makellose Porzellanpuppe, deren Gliedmaßen unter einem allzu festen Griff zerbrechen könnten.

Jago fischt in seiner Tasche nach dem Tabakpäckchen. Edie holt ihre eigenen Zigaretten hervor und bietet Tamsyn eine an, doch die schüttelt den Kopf. Dann verteilt Edie Dosenbier an alle. Das Bier schäumt, als sie den Verschluss aufknacken. Sie rauchen und trinken. Edie zieht die Knie an und legt ihr Kinn darauf.

Verstohlen sieht er sie an. Ihr Profil hebt sich perfekt von der dunklen Steinmauer ab. Die Art, wie sie ihre Bierdose hält, lässt das Blut durch seine Adern rasen. Er bemerkt, dass ihr Haar hier und dort ein wenig zusammenklebt, wo es am Cape vom Sprühnebel der Wellen benetzt worden ist.

Er stellt sich vor, wie er sich über sie beugt und Strähne für Strähne in seinen Mund nimmt, um das Salz herauszusaugen.

# SECHSUNDZWANZIG

**Edie – Juli 1986**

»Ich kann dir gar nicht sagen, wie gut es sich anfühlt, mal aus diesem Haus rauszukommen.« Edie zog an ihrer Zigarette und sog gierig den Rauch ein.

»Ich verstehe nicht, warum du es nicht magst.« Tamsyn sprach so leise, als wolle sie gar nicht gehört werden. »Wenn das mein Haus wäre, hätte ich nie das Bedürfnis, es zu verlassen.«

»Ich hasse es. Es ist wie ein Käfig. Beengend und totenstill, und, o Gott, so verdammt weiß!« Edie bohrte ihre Kippe in das weiche Gras zu ihren Füßen und schnippte sie dann in die Mitte des Bodens im Maschinenhaus.

»Wie kannst du nur so was sagen?« Tamsyn schien irgendwie gekränkt. Ihr Mund war verkniffen, ihre Worte kamen abgehackt. »Ich finde es bezaubernd. Ehrlich, wenn ich du wäre, wüsste ich, was für ein perfektes Leben ich hätte.«

»Perfekt?« Aus zusammengekniffenen Augen sah sie Tamsyn an. »Du hast wirklich keine Ahnung, kann das sein?«

Sie wusste, sie klang leicht aggressiv, aber die Leute kapierten es einfach nicht, und das machte sie sauer. Alle dachten, Geld mache Menschen glücklich. Sie wussten ja nicht, wovon sie sprachen. Es war egal, wie reich eine Familie war – wenn alles kaputt war, war es kaputt und ganz sicher nicht mit einem schicken Wochenendhaus in Cornwall zu reparieren.

Tamsyn sagte nichts, was Edie nervte, denn ihr Schweigen war eine unausgesprochene Missbilligung.

»Im Ernst, mein Leben ist alles andere als perfekt. Du weißt doch gar nichts über mich.«

Edie lehnte ihren Kopf an die Wand und schlug ihn ein paarmal sacht dagegen. Privilegien zu haben war ein vergiftetes Geschenk. Die Leute sahen nur die goldene Verpackung. Alles wirkt schön, wenn es glänzt, aber man musste nicht tief graben, um auf den verrotteten Kern zu stoßen. »Weißt du«, sagte sie, »am liebsten wäre mir, wir hätten überhaupt kein Geld. Wären ganz normale Menschen. Und würden *leben* wie ganz normale Menschen.« Sie streckte ihr Bein aus, trat mit der Hacke ein paarmal ins Gras. »Ich kann's kaum erwarten, wegzukommen von all dem Scheiß.«

»Aber du hast doch so viel, weswegen du glücklich sein müsstest. Ein schönes Zuhause, Mutter *und* Vater, die dich beide lieben …«

Edie schnaubte und lachte bitter auf. »Klar, und wie die mich lieben! So sehr, dass sie mich ins Internat abgeschoben haben, als ich acht war. Kannst du dich noch daran erinnern, wie du dich mit acht gefühlt hast? Jetzt stell dir vor, du wirst in ein Auto gesetzt und bei völlig Fremden abgeliefert, die dir mit dem Lineal auf die Finger hauen, wenn du es auch nur wagst zu sagen, dass du traurig bist. Meine sogenannte Mutter ist lieber einkaufen oder zum Friseur gegangen, als sich um mich zu kümmern. Von den beschissenen Pillen und Drinks ganz zu schweigen. Und er ist nicht viel besser. Ständig hockt er vor dieser blöden Schreibmaschine oder jettet nach New York oder L. A. Jeden zweiten Abend hängt er auf irgendwelchen Partys rum und flirtet mit allem, was einen Rock anhat. Sie sind einfach erbärmlich. Weder meine Mutter noch mein Vater könnten das Wort *Eltern* auch nur buchstabieren, und ich weiß, dass sie sich wünschen, ich wäre nie geboren.« Edie trocknete eine einsame Träne mit dem Ärmel ihres Tops, dann rieb sie sich mit dem Finger unter den Augen, um eventuell verschmierte Mascara wegzuwischen.

»Aber wenigstens erhältst du diese tolle Schulbil...«

»Tam.« Das war Jago. »Lass es gut sein.«

Der leicht warnende Unterton und die Anteilnahme in seiner Stimme berührten Edie und erfüllten sie mit einem fast irrationalen Gefühl der Dankbarkeit.

»Ich versuche nur zu helfen. Damit sie erkennt, wie gut sie es hat.« Tamsyns Stimme klang eigenartig brüchig. »Dass sie ein schönes Leben ...«

»Aber so funktioniert das nicht«, unterbrach er sie. »Du kannst den Menschen nicht sagen, was sie fühlen *sollten*. Sie fühlen nun mal, was sie fühlen.«

Edie schluckte. Zum ersten Mal im Leben hatte sich jemand auf ihre Seite gestellt, und sie musste sich zusammenreißen, um nicht Rotz und Wasser zu heulen.

»Als Dad starb«, sagte Jago, »wie viele Leute haben da versucht, dir weiszumachen, dass du irgendwann drüber wegkommst?«

Edie biss sich hart auf die Unterlippe. Ihr wurde bewusst, wie nah er bei ihr saß und dass die Stellen, an denen sich ihre Körper berührten, Hitze ausstrahlten.

»Oder dass er ein scheiß Engel war, den Gott unbedingt zurückhaben wollte? Oder dass man nicht traurig, sondern dankbar dafür sein soll, ihn in seinem Leben gehabt zu haben?«

»Ich ... ich wollte nicht ...« Tamsyns Wangen waren rot angelaufen.

»Die Dinge sind nicht immer so, wie sie nach außen hin erscheinen«, sagte Edie. »Das ist alles.«

»Aber ich wollte doch nur ...«

»Hör auf damit, okay?«, schnappte Edie. Sie hatte es nicht so barsch sagen wollen.

Jago stand auf, und sofort wurde ihr kälter. Sie sah zu ihm auf. Sein Gesicht wurde von der Nachmittagssonne beschienen, die durch eine der Fensteröffnungen fiel. Sie hoffte, er würde sie anschauen, damit sie ihm ein wortloses Danke übermitteln konnte, aber das tat er nicht. Stattdessen starrte er seine Schwester einige Sekunden lang an, ging zum Ende des Vorsprungs und sprang hinunter.

Auch Edie stand auf. Sie folgte ihm und kletterte vorsichtig aus dem Loch in der zerstörten Mauer nach draußen. Sie warf einen Blick zurück zu Tamsyn, die sich nicht rührte, sondern nur dasaß und auf ihre Hände starrte.

Vor dem Maschinenraum lehnte Jago an einem Felsen und drehte sich eine Zigarette.

»Danke, dass du ...«

Er unterbrach sie. »Sie wollte nur nett sein.«

»Bitte?«

»Tamsyn.« Mit dem Kopf deutete er in Richtung der Ruine. »Vorhin.« Er sprach leise, damit seine Schwester, die noch immer nicht aus dem verfallenen Gebäude gekommen war, ihn nicht hören konnte. »Ich weiß, sie hat das Falsche gesagt, aber sie versteht es nun mal nicht. Sie sieht dein Leben, und das will sie auch. Ich weiß nicht, ob sie's dir erzählt hat, aber unser Vater hat euer Haus geliebt. Schon deshalb bedeutet es ihr etwas.«

Edie sah zu Boden.

»Sie mag dich. Sehr sogar.« Er leckte über das Zigarettenpapier. »Also verletze sie nicht. Sie kann ja nichts für deine Eltern.« Er schob sich die Zigarette zwischen die Lippen, steckte sie an und zog tief den Rauch in seine Lungen. »Sie braucht eine Freundin.«

Auch wenn er es nicht so direkt ausgesprochen hatte, wusste Edie doch genau, worum er sie bat. Sie nickte.

Tamsyn kam aus der Ruine. Ihre Schultern waren gebeugt, sie ließ die Mundwinkel hängen und hatte schützend die Arme um sich geschlungen. Jago warf Edie einen kurzen Blick zu, bevor er sich umdrehte und sich auf den Heimweg machte.

Sie ging auf Tamsyn zu und tätschelte freundschaftlich ihren Arm. »Sorry, dass ich dich eben so angeblafft habe. Ich weiß, dass du nur nett sein wolltest.«

Tamsyn schaute sie an, und die Erleichterung war ihr förmlich anzusehen. »Tut mir leid.«

Edie lächelte. »Schwamm drüber.«

Tamsyns Augen leuchteten, sie strahlte übers ganze Gesicht und begann sogleich, munter draufloszuplappern.

Edie sah Jago auf einer kleinen Felsnase stehen. Er blickte aufs Meer hinaus. Die Muskeln seiner Arme zeichneten sich deutlich ab, als er mit der einen Hand die Zigarette in der anderen gegen den Wind abschirmte. Sie fand, er sah aus wie eine griechische Statue. Und sie stellte sich vor, wie sie zu ihm ging, sein Gesicht in ihre Hände nahm und ihre Lippen auf die seinen drückte.

Wäre Tamsyn nicht hier gewesen, hätte sie genau das sicher auch getan.

# SIEBENUNDZWANZIG

**Tamsyn – Juli 1986**

Edie Davenport hatte ja keine Ahnung, wie viel Glück sie hatte. Hatte sie etwa ihren Vater zu Grabe tragen müssen? Musste sie mitansehen, wie sich ihre Mutter zu Tode schuftete? Oder wie ihr Großvater zweimal täglich Blut hustete? Musste sie sich das Gerede der Leute über Florida anhören, während sie selbst es nie weiter geschafft hatte als bis zur Tamar Bridge? An ihrer Stelle würde mir niemals in den Sinn kommen, mich zu beschweren. Ich wäre dankbar für jeden einzelnen Tag.

Mein winziges Zimmer fühlte sich erdrückender an denn je, als ich in die Dunkelheit hinausstarrte und überlegte, ob ich mit ihr hätte befreundet sein wollen, wenn sie nicht in diesem Haus leben würde. Ich war mir da nicht ganz sicher. Aber dann erinnerte ich mich an das Mixtape, griff unter mein Kopfkissen und strich mit dem Daumen über die Hülle. Dabei dachte ich daran, wie sie auf dem Rückweg von Botallack meine Hand gehalten hatte, und schmeckte die Phantomsüße einer echten Coca-Cola.

Ich musste klug vorgehen. Wenn ich Teil des Lebens der Davenports werden wollte – und das wollte ich –, durfte ich von Edie nicht erwarten, perfekt zu sein. Es war nicht fair, das von ihr zu verlangen. Jeden Freund und jede Freundin hatte ich von mir gestoßen, weil er oder sie irgendetwas Falsches gesagt oder getan hatte. Doch diesmal hatte ich so viel mehr zu verlieren. Ich war nun ein gern gesehener Gast im Haus, da konnte ich wohl nicht mehr den Schlüssel aus der Blechdose nehmen und mich einschleichen, wenn niemand dort war.

Es dauerte ewig, bis ich an diesem Abend einschlief, und als es endlich so weit war, wurde es eine unruhige Nacht. In meinem Zimmer stand die heiße Luft, und ich wurde von Albträumen heimgesucht, von denen ich mich einfach nicht befreien konnte ...

Ich bin im Haus auf der Klippe. Eleanor Davenport hockt auf dem Dach, ihre Zehen schließen sich um die Regenrinne. Ich höre einen Schrei wie von einer Möwe, doch als ich aufsehe, fällt mein Blick auf Edie und Jago, die in einem Käfig auf dem Tisch gefangen sind. Warum sind sie gemeinsam darin? Sie sollten in getrennten Käfigen sitzen. Dieser Käfig ist viel zu klein für sie beide. Erst jetzt bemerke ich das Wasser im Pool. Es steigt und steigt, blubbert, tritt über den Beckenrand und läuft über die Terrasse wie schwarze Lava. Jago schreit. Edie rüttelt an den Stäben des Käfigs. Ich muss sie befreien. Meine Finger suchen nach einem Riegel, nach irgendetwas, um ihn zu öffnen, aber ich finde nichts. Sie fangen an zu brüllen, und das Geräusch geht mir durch Mark und Bein. Ich presse die Hände auf meine Ohren und senke den Blick. Da ist ein Vorhängeschloss am Käfig. *Wo ist der Schlüssel?*, schreie ich. Dann ein anderes Geräusch. Ein Kreischen. Es kommt von Eleanor auf dem Dach. Sie ist umgeben von sechs oder sieben Raben. Entsetzt blicke ich auf ihre Füße. Die keine Füße mehr sind, sondern schwarze Krallen. Und in einer steckt ein altmodisch aussehender Schlüssel.

*Das ist er!*, schreit Edie.
*Hol ihn dir!*, schreit Jago.
Als ich danach greifen will, zieht Eleanor ihn weg.

*Ich will etwas dafür haben.*

Was denn? Was verlangt sie dafür? Ich habe doch nichts zu geben.

Aber dann wird mir klar, was es ist. Nein, ich weiß es. Ich gehe zurück zum Käfig und sehe Edie an. Stecke meine Hand durch die Gitterstäbe. Dann schraubt sich meine Hand in ihren Brustkorb hinein, bis ich ihr Herz ertasten kann. Edies Miene verzerrt sich vor Grauen. Ihre Augen treten hervor. Ihr Mund ist aufgerissen.

*Keine Angst. Es ist okay. Deine Mutter will es.*

Meine Finger schließen sich um ihr Herz, dann ziehe ich daran. Ihre Brust platzt auf. Ich wende mich zu Eleanor um und präsentiere ihr das Herz, hellrot und pulsierend, das auf meiner ausgestreckten Hand liegt. Einer der Raben fliegt vom Dach zu mir herunter und packt das Herz mit seinen Klauen. Trägt es hinauf zu Eleanor, die es sich sogleich schnappt. Gleichzeitig lässt sie den Schlüssel fallen. Ich fange ihn auf, aber in diesem Moment beginnt sich das Herz zu verändern. Es wird immer dunkler und dunkler und schrumpft, als ob alles Leben aus ihm herausgesogen wird. Eleanors Gesicht verzerrt sich vor Wut. Ich wirbele herum und versuche verzweifelt, den Schlüssel ins Schloss zu bekommen, bevor sie mich erwischt.

*Ich hole euch da raus. Das verspreche ich.*

Aber der Schlüssel löst sich auf in nichts. Eleanor ist verschwunden. Auch die Raben sind fort. Alles, was zurückbleibt, ist das ausgetrocknete Herz, das zuckend auf dem Boden der Terrasse liegt.

Ich schreckte aus dem Schlaf hoch. Die Furcht kroch durch meinen Körper wie tausend wühlende Würmer. Ich war nass geschwitzt und erhitzt. Verschlungen in meine Laken, lag ich da. Ein Klumpen in meiner Brust hatte die Luft ausgestoßen wie ein ausgewrungener Putzlappen.

Ich setzte mich auf, umklammerte mein Kopfkissen und versuchte, meinen Herzschlag zu beruhigen. Ich versuchte nicht, die Bedeutung meines Traums zu erkunden. Das hatte ich schon vor einer ganzen Weile aufgegeben. Ich konnte mich nicht an eine Zeit erinnern, in der mich diese erschreckenden, surrealen Albträume, die so lebhaft und einfach nicht abzuschütteln waren, nicht gequält hätten. Ich war eben eins von diesen Kindern. Kinder, die Monster in den Schatten und Gespenster auf dem Friedhof sahen und die Stimmen hörten, die aus dem Auge des Sturms nach ihnen riefen.

Als kleines Kind war ich oft schreiend aufgewacht und hatte nach meinem Vater gerufen. Sofort war er an meinem Bett und drückte meinen Kopf an seine Brust. Er streichelte mir über die Wange und flüsterte mir zu, dass ich nicht weinen müsste, weil er doch bei mir und ich in Sicherheit wäre.

Ich beförderte das Kopfkissen wieder an seinen Platz, legte mich hin und zog die Bettdecke fest um mich. Ich vermisste diese Momente, in denen er meine Furcht einfach weggestreichelt hatte, so sehr, dass es wehtat.

# ACHTUNDZWANZIG

**Heute**

*Ich reiße die Augen auf und kann spüren, dass sie mich beobachtet. Während ich langsam wach werde, sage ich mir, dass das unmöglich ist. Dass sie nicht da ist. Nicht da sein kann. Trotzdem schalte ich das Licht an, um es zu überprüfen. Neben mir murmelt er im Schlaf, dreht sich um und zieht sich die Decke über den Kopf.*

*Das Schlafzimmer sieht aus wie immer.*

*Meine schweißnasse Haut juckt, und meine Kehle ist wie ausgedörrt. Wieder mal ein Albtraum. Ich versuche, mich an ihn zu erinnern, aber durch mein Hirn geistert nur noch ein konturloser Schatten des Traums, der sich mir entzieht.*

*Ich stehe auf und streife mir den Morgenmantel über. Dann lösche ich das Licht und verlasse leise den Raum. Plötzlich meine ich, sie atmen zu hören. Ich fahre herum, erwarte, sie hinter mir stehen zu sehen, doch da ist nichts. Meine Schritte auf der Treppe sind lautlos, bis auf das seltsame Knarzen des Holzes. Ich gehe in die Küche. Der Wasserhahn tropft, und der Widerhall hört sich an wie ein Totenglöckchen. Ich mache mir etwas Milch warm, gebe einen Löffel Zucker in die Tasse und beobachte den kleinen Strudel, als ich das Ganze umrühre. Ich warte, bis die Oberfläche der Milch wieder spiegelglatt ist. Als ich ausgetrunken habe, wasche ich die Tasse ab und stelle sie auf das alte Abtropfgestell aus Edelstahl, das schon ganz fleckig und schlierig ist.*

*Ich schließe die Hintertür auf und trete hinaus. Die Wolken sind dicht und schwarz und verhüllen den Mond. Meer und Himmel sind zu einer dunklen Masse verschmolzen.*

*»Wo bist du?« Mein Flüstern durchbricht die Stille.*

*Ich warte und lausche. Starre angestrengt in die Nacht. Erkenne die Umrisse der verwilderten Büsche, die schon auf den Rasen übergegriffen haben. Etwas huscht durch die Hecke neben mir. Weiter unten am Weg schreit eine Eule.*

*»Ich weiß, dass du da bist!« Diesmal rufe ich laut.*

*Immer noch nichts.*

*Ich will nicht wieder ins Haus zurück, also lege ich mich ins ungemähte Gras und winkele die Beine an. Ich weiß, dass ich nicht schlafen kann. Und das will ich auch gar nicht. Ich habe Angst.*

*Als es dämmert, setze ich mich auf. Mir ist kalt, und meine Knochen sind steif. Ich stöhne, als ich mich strecke, und meine Gelenke knacken. Der Himmel wird durch ein schwaches hellblaues Licht erleuchtet, und auf dem Gras liegt Tau. Es ist windstill, und auch die Wellen sind noch nicht zu hören. Die erste Möwe begrüßt klagend den Tag.*

*Erst jetzt bemerke ich, dass sie da ist. Sie sitzt direkt neben mir im Gras. Es liegt ein strenger Geruch in der Luft, wie sauer gewordene Milch. Ich weiß, dass ihre Haut fahl ist und ihr Haar ungewaschen und strähnig. Ich schaue sie nicht an. Ich hasse es, sie so zu sehen. Es erfüllt mich mit Schuld, und dem kann ich mich einfach nicht aussetzen. Nicht heute.*

*Also starre ich unverwandt geradeaus und wünsche mir, sie würde das als Hinweis verstehen und mich wieder verlassen.*

*»Was machst du hier draußen?« Ihre Stimme klingt dünn und erstickt.*

*»Hier zu sein ist mein gutes Recht, oder nicht?«*

*Sie antwortet nicht.*

*»Ich brauchte frische Luft«*, setze ich zögernd hinzu.
*»Aber du warst die ganze Nacht hier draußen. Du hättest dir den Tod holen können.«*
*»Ich konnte nicht schlafen, das ist alles.«*
*»Hoffentlich lag das nicht an mir.«*
*Tränen treten mir in die Augen und rollen mir über die Wangen. Ich wische sie weg, aber sie hat es schon bemerkt.*
*»Bist du nicht glücklich?«*
*Ich antworte nicht.*
*»Das solltest du aber. Dein Leben ist doch perfekt.«*
*»Kannst du mich nicht einfach in Ruhe lassen?«, flüstere ich. »Kannst du nicht woanders hingehen?«*
*Sie reagiert nicht auf meine Frage, und ich bin mir plötzlich nicht mehr sicher, ob ich überhaupt laut gesprochen habe.*

# NEUNUNDZWANZIG

**Tamsyn – Juli 1986**

Edie lag auf einem farbenfrohen Strandtuch im Gras. Sie trug wieder den Bikini ihrer Mutter und ihre verspiegelte Sonnenbrille. Ihre Haut glänzte von Sonnenöl, schwer hing der Kokosnussgeruch in der Luft. Sie hatte die Kopfhörer ihres Walkmans in den Ohren und bemerkte mich nicht, bis mein Schatten über sie fiel.

Sie hob die Sonnenbrille an und stützte sich auf die Ellbogen auf.

»Hi«, sagte ich.

»Hey«, erwiderte sie und legte sich zurück, nachdem sie sich die Sonnenbrille wieder auf die Nase geschoben hatte.

Ich setzte mich neben sie ins Gras. Es war nun länger, und Gänseblümchen sprenkelten das saftige Grün. Ich musste an das Gänseblümchen denken, das in meiner Box zwischen den Büchern trocknete, und nahm mir vor, später nach ihm zu sehen.

Ich schaute zum Zaun hinunter. Mein Bruder war mit dem Anstreichen fast fertig. Er hatte gute Arbeit geleistet, zumindest sah es für mich so aus. Der Rost war weg, und die frisch lackierten schmiedeeisernen Stäbe schimmerten. Mir fiel auf, dass im Garten jemand Unkraut gejätet und den Terrassenboden gewischt hatte. Der Pool glitzerte, als wäre er mit Diamanten bestreut. Das Ganze hätte gut und gern ein Foto aus einem Reiseprospekt sein können.

Jago sah in unsere Richtung und nickte mir zur Begrüßung zu. Ich hob die Hand und lächelte.

»Der Zaun ist ja fast fertig«, sagte ich.

Edie setzte sich auf und sah hinunter zu Jago. »Ich hab meinem Vater gesagt, dass wir noch mehr Hilfe mit dem Garten bräuchten, dass Jay vielleicht bleiben und uns zur Hand gehen könnte. Aber er meinte, dass es dafür schon jemanden gibt.« Sie schniefte und sah sich im Garten um. »Ich finde ihn aber nicht so gut, oder was meinst du? Schau dir doch nur mal das Gras an.«

»Sieht aus, als hätte er erst mal die Terrasse sauber gemacht. Vielleicht mäht er den Rasen ja nächste Woche. Mein Bruder hat sowieso keine Ahnung von Gartenarbeit.«

Edie beugte sich vor und pflückte ein Gänseblümchen. Sie zwirbelte es zwischen Daumen und Zeigefinger, sodass es wie eine winzige Drehplatte aussah.

Max kam aus dem Haus und winkte mir zu. Ich winkte zurück.

»Schön, dich zu sehen, Tamsyn«, rief er. »Geh ruhig schwimmen, wenn du magst. Es ist so ein schöner Tag heute.«

»Danke«, rief ich zurück.

Er lächelte mich an, und in meinem Bauch wurde es wohlig warm.

»Igitt«, sagte Edie und warf das Gänseblümchen weg. »Was für ein Lustmolch! Schau ihn dir nur an. Wie er dich anglotzt! Und was zieht er überhaupt für eine Grimasse. Er sieht vollkommen bescheuert aus. Er will ja nur, dass du schwimmst, damit er dich im Badeanzug angaffen kann.«

»Das stimmt doch nicht. Er ist einfach nur freundlich.« Ich sah hinüber zu Max und fragte mich, ob Edie vielleicht recht hatte.

Sie gab ein würgendes Geräusch von sich, während sie sich

andeutungsweise zwei Finger in den Hals steckte. »Der ist so peinlich, *lieber Himmel!*« Sie legte sich wieder flach auf den Rücken und steckte sich die Kopfhörer in die Ohren.

Ich sah, wie Max sich an den Tisch setzte und seinen Drink sanft schüttelte. Ich erwiderte sein Lächeln, bevor ich mich ins Gras legte, die Augen schloss und mich sowohl von der Sonne als auch von innen erwärmen ließ.

Ich merkte, dass Edie sich neben mir rührte. Halb öffnete ich die Augen und sah, dass sie sich wieder aufgesetzt hatte. Sie hatte noch ein Gänseblümchen gepflückt und zupfte die einzelnen Blütenblätter ab, wobei sich ihr Mund lautlos bewegte. Ich versuchte, ihre Lippen zu lesen, aber es war unmöglich.

»Weißt du, wie man Blumenketten macht?«, fragte ich sie und beschattete meine Augen vor der Mittagssonne.

Sie warf das nun blattlose Gänseblümchen weg und pflückte ein weiteres. »Natürlich, das weiß doch jeder, oder?«

Ich grinste und setzte mich auf. Dann begannen wir, Gänseblümchen zu sammeln, und legten sie zwischen uns auf einen kleinen Haufen. Eins nach dem anderen hoben wir auf und flochten unsere Blumenketten. Die Sonne war warm in meinem Rücken, und die Luft war erfüllt vom Geschrei der Möwen und dem Gesang der Sommervögel. Max las, blätterte die Seiten seiner Zeitung um und räusperte sich gelegentlich. Jago strich den Farbüberschuss an seinem Pinsel am Farbeimer ab.

Edie und ich sprachen nicht. Das war auch nicht nötig. Unser Schweigen war angenehm, während wir mit unseren Fingernägeln in die Stiele stachen und einen weiteren Blütenstängel durch das Loch schoben, ihn so vorsichtig wie möglich durchzogen, um das zarte Pflänzchen nicht zu zerdrücken.

Nach einer Weile seufzte sie tief und ließ ihre Kette fallen.

»Ich will nicht mehr.« Wieder sah sie zum Zaun. »Ich mach sie ständig kaputt.«

»Oh.« Ich versuchte, mir meine Enttäuschung nicht anmerken zu lassen. »Schon okay, du kannst meine haben.«

Ich fädelte die letzte Blume ein und schloss den Kreis. Dann kniete ich mich vor sie, beugte mich nach vorn und setzte ihr die Blumenkette auf den Kopf wie eine Krone. Sie warf einen Blick über meine Schulter. Ich drehte mich um und sah, dass Jago in unsere Richtung schaute und lächelte.

»Danke«, sagte sie. »Jetzt fühle ich mich wie eine Prinzessin.«

Ich ließ mich auf die Hacken zurücksinken. »Wie ein Blumenmädchen siehst du aus, wie ein Hippie in Woodstock oder so.«

Sie lächelte und machte mit beiden Händen das Peace-Zeichen neben ihrem Gesicht. »Schätze, ich wäre eine tolle Hippie-Braut gewesen, was?« Sie wedelte mit der Hand neben ihrem Gesicht herum, um eine Fliege zu verscheuchen. »Ich liebe es, an exotische Orte zu reisen, und gehe auch immer barfuß, wenn ich kann.«

Wir ließen uns wieder ins Gras sinken und suchten nach Gesichtern in den Wolken, die über uns hinwegzogen.

»Wenn du in diesem Moment in ein Flugzeug steigen könntest, wo würdest du hinwollen?«, fragte ich sie.

Sie dachte nicht lange nach. »Nach Indien. Und dann würde ich mir diesen roten Farbklecks auf die Stirn machen lassen und einen smaragdgrünen Sari tragen. Oder vielleicht einen schwarzen, falls es die gibt.« Sie wandte mir den Kopf zu. »Und du?«

»Ich würde genau hier bleiben.« Ich tätschelte den Boden neben mir.

»Hier?« Sie schnaubte. »Bist du verrückt? Du hast die

ganze Welt zur Auswahl und entscheidest dich für einen Ort, von dem du noch nie weg warst?«

Vermutlich dachte sie, ich hätte von Cornwall gesprochen, aber das stimmte nicht. Ich hatte das Haus auf der Klippe gemeint. Mir wurde bewusst, dass Edie etwas Fantasievolleres von mir hören wollte, ein unerreichbares Reiseziel, das auf ewig ein Traum für mich bleiben würde. Also log ich und sagte lachend: »Nein, ich mach nur Spaß. Ich würde nach Amerika fliegen. Nach Florida.«

Sie lachte. »Gott sei Dank. Ich dachte schon, du hättest überhaupt keine Träume!«

Wir wurden von Eleanor unterbrochen, die von der Hintertür aus nach meinem Bruder rief. Gleichzeitig sahen wir in ihre Richtung. Ihr Haar wurde von einem königsblauen Schal zurückgehalten, der im Nacken verknotet war, während die Enden über einer der Schultern lagen. Sie trug ein schulterfreies weißes T-Shirt und eine enge weiße Caprihose. An den Füßen saßen zierliche goldfarbene Sandalen. Ich wollte ihr schon zuwinken, aber sie schien uns nicht zu sehen.

»Jago«, rief sie wieder. »Sind Sie fertig?«

Mein Bruder packte gerade seine Pinsel und das Abstreifgitter zusammen, blickte kurz auf und nickte. Er bückte sich nach dem Farbeimer und ging über die Terrasse auf sie zu. Kurz sah er dabei in unsere Richtung. Edie fuhr sich mit den Fingern durchs Haar.

Wir sahen, wie sie redeten, konnten aber nicht wirklich etwas verstehen. Ein paarmal sah Jago zu uns herüber, ansonsten hatte er den Blick gesenkt. Nickte. Trat mit der Hacke gegen die Randsteine. An seiner angespannten Körperhaltung, der zur Faust geballten freien Hand und seinem Gesichtsausdruck konnte ich erkennen, dass das, was sie zu ihm sagte, ihn verärgerte.

»Ob sie wohl findet, dass er schlecht gearbeitet hat?«, sagte ich.

Edie sprang auf und ging zu den beiden hinüber. Dabei ließ sie ihre Hüften kreisen und wackelte kess mit dem Hintern, der nur unzureichend von dem pinken Bikinihöschen bedeckt war.

Jago sah nicht auf, als sie näher kam. Mit versteinerter Miene sagte Eleanor nur einige wenige Worte zu ihr, dann wandte sie sich wieder Jago zu und reichte ihm einen braunen Briefumschlag. Er faltete ihn zusammen, schob ihn in die Gesäßtasche seiner Jeans und wandte sich zum Gehen. Die Hände in die Hüften gestemmt und mit finsterem Blick sagte Edie etwas zu ihrer Mutter, und Eleanor schüttelte den Kopf. Wieder sagte Edie etwas, aber ihre Mutter wandte ihr den Rücken zu und ging zurück ins Haus.

»Was war denn los?«, fragte ich, als Edie zu mir zurückkam.

»Keine Arbeit mehr für ihn.«

»Und deshalb bist du sauer?«

»Sauer nicht, aber, mein Gott, was für eine blöde Kuh! Ich hab gesagt, er könnte doch noch eine Runde schwimmen, bevor er geht, aber sie ist mir ins Wort gefallen und hat gesagt, das wäre ja wohl kaum angemessen.«

»So wild ist er gar nicht aufs Schwimmen, schon vergessen?«

Sie ignorierte meine Bemerkung. »Ihr zwei, ihr steht euch sehr nahe, oder?«

»Jago und ich?«

Sie nickte.

»Klar. Manchmal nervt er, aber das tut jeder Bruder, schätze ich. Trotzdem sind wir sehr vertraut miteinander. Ich kann ihm alles erzählen.«

Als ich das sagte, bekam ich ein schlechtes Gewissen. Ich hätte in Botallack nicht so böse auf ihn sein sollen, weil er sich in das Gespräch zwischen Edie und mir eingemischt hatte. Und auch, dass ich ihn nicht hatte hierhaben wollen, war irgendwie falsch gewesen. Es war ja nicht seine Schuld. Er war hier, um zu arbeiten, nicht um Edie zu sehen oder an Barbecues teilzunehmen.

»Ich hab mich gefragt, ob wir drei nicht vielleicht noch mal zusammen rumhängen können«, sagte Edie. »Ich fand den Spaziergang zur Mine richtig schön.«

»Warum nicht?«, erwiderte ich. »Allerdings hat er natürlich auch Freunde in seinem Alter.«

Wieder ignorierte sie das, was ich gesagt hatte, und ich fand das allmählich irritierend.

»Ich hab mir auch gedacht, dass wir dir das Tattoo machen.«

»Danke, aber das geht nicht. Ich hab dir ja gesagt, dass meine Mutter das nicht erlauben würde.«

»Du bist sechzehn, Tamsyn. Du musst nicht mehr tun, was deine Mutter will. Aber egal, wir machen es sowieso an eine Stelle, die immer bedeckt ist, also wird sie es nicht zu Gesicht bekommen.«

»Edith!«, rief Eleanor von der Terrassentür aus. »Hast du Tamsyn an die Party erinnert?«

»Sie sitzt direkt neben mir, Eleanor. Sie kann dich hören.«

Eleanor war schon wieder im Haus verschwunden.

»Ich soll dich an die Party erinnern. Du kannst doch kommen, oder?«

»Ja, ganz bestimmt! Ich kann's kaum erwarten.«

»Versprich dir lieber nicht zu viel davon. Die Freunde meiner Eltern sind furchtbar. Du solltest was Nettes anziehen, einen Rock oder so.«

Jedes Mal, wenn ich an die Party dachte, brodelte es in mir vor Vorfreude. Meine Mutter schien meine Aufregung nicht zu teilen, als ich ihr davon erzählte, und hatte einmal mehr argwöhnisch reagiert, anstatt sich mit mir zu freuen.
*Aber warum?*
*Warum was?*
*Warum hat sie dich eingeladen?*
Ich sah sie finster an und fragte zurück, warum sie mich denn *nicht* hätte einladen sollen. Mum hatte vage mit den Schultern gezuckt und ein Lächeln versucht, was mich noch wütender machte. Ich verschränkte die Arme vor der Brust und kniff die Augen zusammen.
*Ich hasse es, dass du dich nicht für mich freuen kannst.*
Sie wollte ihre Hand an meine Wange legen, doch ich schlug sie weg und rannte hinauf in meine Box.
Ich hatte keine Ahnung, was mit ihr los war. Die Einladung der Davenports war das wohl Aufregendste, das mir je widerfahren war, und ich war sicher, ich würde einen tollen Abend haben, egal, was Mum sagte.

# DREISSIG

### Angie – August 1986

Sie saßen an einem Tisch in der Ecke des Moon and Stars. Neben ihnen spielten ein paar Männer Darts. Konzentrierte Mienen, Ale-Gläser auf dem Kaminsims, Bäuche, die fast die Hosenbünde sprengten. Vor dem Fenster eine grau gewordene Gardine mit einem hübschen Sternenmuster. Am oberen rechten Rand waren einige kleine Löcher zu sehen, die Angie als Mottenfraß erkannte. Ab und zu flatterte der Stoff, wenn der Wind durch einen Spalt im Fensterrahmen pfiff. An der Wand mit der beigefarbenen Textiltapete hingen Bilder: der Pub im Laufe der Jahre, Straßenmotive in Schwarz-Weiß, Fischerboote, die bei Ebbe auf dem Trockenen lagen, Fischer in dicken Pullovern, die mit zerzauster Frisur und zahnlosem Grinsen in die Kamera blickten.

Draußen war es ungemütlich; der Regen prasselte auf die Stadt nieder, und der Wind bescherte der Küste einen wütenden Wellengang. Der Himmel war dunkler als an einem frühen Sommerabend üblich. Angie hasste solche Unwetter seit jenem Tag, als eines ihr Rob genommen hatte. Insofern war es tröstlich, umgeben von plaudernden Menschen im Pub zu sitzen und den Sturm jenseits der geschlossenen Türen zu wissen. Es schützte sie vor den unvermeidlichen Erinnerungen an die Nacht seines Todes.

Dennoch war Angie nicht ganz bei der Sache. Immer wieder musste sie an Tamsyn denken, machte sich Sorgen um sie und die Davenports. Sie verstand nicht, warum die Familie sie unbedingt in ihrer Nähe haben wollte. Und jetzt auch noch diese Party. Tamsyn war aus der Haut gefahren, als Angie sie danach gefragt hatte, deshalb war sie inzwischen sicher, dass das Ganze mit Tränen für ihre Tochter enden würde.

Tamsyn hatte es schwer gehabt seit dem Tod ihres Vaters. Sie hatte nie wieder ihren Platz im Leben gefunden. Und auch wenn es hart war, hatte Angie sich damit abfinden müssen, dass ihre Tochter eine Einzelgängerin war. Diese Fixierung auf die Davenports war unnatürlich, und Angie befürchtete, dass Tamsyn sich ihnen zu sehr öffnen und am Ende heftig verletzt werden würde. Sie wünschte, diese Leute würden endlich aufhören mit all dem Champagner, der Maniküre und den verdammten Partyeinladungen.

Die Welt der Davenports war nicht ihre Welt. Menschen wie sie und ihre Familie konnten allenfalls vorübergehende Besucher in ihrem Leben sein, und irgendwann würden die Davenports die Zugbrücke wieder einholen und Tamsyn ausschließen. Im Moment schien ihre Tochter glücklich zu sein, doch mehr als alles wünschte sich Angie, diese Leute hätten sie gleich zu Beginn zurückgewiesen. Denn wenn sie es schließlich tun würden – und dieser Tag würde zweifellos kommen –, dann wäre der Absturz umso tiefer.

»Es ist schön«, sagte Gareth.

»Entschuldige?«

»Hier im Pub zu sein. Mit dir. So wie jetzt.«

»Ja, ist es«, sagte sie, dann zögerte sie. »Schmeckt dir das Bier?«

»Und wie!«

Sie nahm einen Schluck von ihrem Radler.

»Möchtest du was zu knabbern?«

»Ja, bitte«, erwiderte sie übertrieben erfreut.

Er lächelte und erhob sich. Wischte sich die Hände an der Hose ab und holte seine Brieftasche hervor. Er durchquerte die Bar und ging zum Tresen.

Angie kannte Gareth schon so lange, dass er wie ein Bruder für sie war. Er war mit ihr und Rob in dieselbe Klasse der Cape Cornwall School gegangen. Rob und er waren Freunde gewesen, bis sie in die Mittelschule kamen und Rob Kapitän der Fußballmannschaft wurde. Gareth hatte damals angefangen, abends und am Wochenende im Fish-and-Chips-Imbiss seines Vaters zu arbeiten.

Sie lächelte unsicher, als er sich wieder hinsetzte und zwei Tüten Salt 'n' Shake-Chips auf den Tisch legte.

»Danke«, sagte sie.

»Angie ...« Er stockte.

Sie griff nach einer der Chipstüten und öffnete sie, fischte das kleine blaue Salztütchen heraus und riss eine Ecke ab.

»Ich muss dir etwas Wichtiges sagen.«

Ihr Herz stolperte. *Nein, alles ist gut so, wie es ist. Sag jetzt nichts Wichtiges.*

Aber Gareth konnte keine Gedanken lesen. »Du liegst mir am Herzen, Angie.«

Unverwandt war ihr Blick auf die Chips in der Tüte gerichtet, über die sie nun eine Prise Salz streute.

Er griff über den Tisch und hielt ihre Hand fest. »Ich bin ich dich verliebt, seit wir neun Jahre alt waren.«

»Nicht, Gareth ...«

»Nein«, sagte er bestimmt und hob die Hände wie ein Verkehrspolizist. »Lass es mich zu Ende bringen. Die ganze Zeit über warst du in meinen Gedanken. Es hat mir damals auf der Schule ziemlich das Herz gebrochen, als ich gesehen hab, wie du mit Robbie Tresize getanzt und wie du dabei geschaut hast.«

Sie erinnerte sich so lebhaft an diesen Abend im Juni 1963, als ob es gestern gewesen wäre. Sie waren fünfzehn. Es lief *From a Jack to a King* von Ned Miller. Sie tanzte mit Rob Tresize, dem bestaussehenden Jungen in Cornwall, wenn nicht im ganzen Land. Sein Kinn ruhte sanft auf ihrem Scheitel, seine Hände an ihrem Rücken, sein Körper schmiegte sich leicht an ihren, und ihr Herz schlug so heftig, dass es jeden Moment aus ihrer Brust in seine zu hüpfen drohte.

»Und es macht mir nichts aus, es dir zu erzählen: Ich hab geweint an dem Tag, als ich eure Hochzeitseinladung bekam. Hab euch abgesagt. Hab dir erzählt, dass ich 'ne kranke Tante in Plymouth besuchen müsste.« Er lächelte. »Ich hatte nie 'ne Tante in Plymouth, geschweige denn 'ne kranke. Aber ich konnte mir das einfach nicht antun, zuzusehen, wie du ihn heiratest, verstehst du? Ich hab ihn dafür gehasst, und das Gefühl brannte in mir wie Feuer.«

Angie öffnete den Mund, aber Gareth redete einfach weiter.

»Ich hab nie jemandem den Tod gewünscht. Ich kann nicht sagen, dass ich so am Boden zerstört war wie all die anderen, aber ich gebe zu, dass es mich erschüttert hat.«

Angie erinnerte sich an den Sturm des Kummers, der durch die Grafschaft gefegt war – von Redruth bis Land's End. An all die Menschen, vereint in der Trauer um ihren Mann. In den Zeitungen, Gottesdiensten, Schulen, überall sprach man von dem Tag, an dem Rob Tresize mit der *Bess Sellen* untergegangen war. Über seinen Mut, sein aufopferungsvolles Handeln, ihren Verlust.

Gareth war die meiste Zeit über für sie da gewesen. Hatte mit einem selbst gekochten Gulasch oder Fischauflauf vor ihrer Tür gestanden, sogar mit Blumen oder Pralinen. Aber sie hatte ihn nicht hereingelassen. Sie wollte damals mit niemandem sprechen. Wollte nichts hören, das nur deshalb gesagt wurde, damit sie sich besser fühlte. Als könnte sie sich jemals »besser« fühlen.

»Alles, was ich wollte, war, mich um dich zu kümmern, Angie.«

»Ich weiß«, flüsterte sie. »Du bist so gut zu uns gewesen.«

Sie erinnerte sich, dass sie im Wohnzimmer gesessen hatte, als Grandpa ihm eines Tages die Tür öffnete.

*Ich dachte, ein bisschen Gesellschaft könnte ihr guttun.*

*Glaub ich nicht, Kumpel. Ich bezweifle sehr, dass irgendwas sie aufmuntern könnte, es sei denn, du bringst uns unseren Jungen zurück.*

*Würden Sie ihr trotzdem diese Pfingstrosen von mir geben? Und ihr ausrichten, dass ich da bin, wenn sie mich braucht.*

Und dann ging ihnen das Geld aus. Es wurde zum offenen Geheimnis, dass sie zu kämpfen hatten. Ted stellte eine Spendenbox auf die Theke – *Für die Familie unseres Lokalhelden Robert Tresize* war mit Filzstift darauf geschrieben. Daraufhin hatte Gareth wieder auf der Matte gestanden.

*Ich möchte helfen, Angie.*

*Aber ich will dein Geld nicht. Schlimm genug, dass die ganze Stadt über uns spricht, geschweige denn, auf Almosen von anderen angewiesen zu sein. Das wäre das Letzte gewesen, das Rob gewollt hätte. Danke schön ... aber ... ich kann ... dein Geld nicht annehmen.*

*Ich bin nicht hier, um dir Geld anzubieten. Es geht um einen Job. Ist zwar nur Teilzeit, aber ich würde dich einstellen, wenn du willst.*

Seitdem arbeitete sie drei Mal die Woche in Gareths Imbiss. Das Geld war noch immer knapp, doch es reichte, um Essen auf den Tisch zu bringen, die Stromrechnung zu bezahlen und sicherzustellen, dass die Kids an Schulausflügen teilnehmen konnten. In all den Jahren hatte sie, wenn er – wer weiß, wie oft – gefragt hatte, ob sie nicht mal miteinander ausgehen könnten, abgelehnt.

Eines Tages dann, als der Gedanke an einen weiteren *Coronation-Street*-Abend mit Grandpa und den Korb mit Bügelwäsche ihr Herz sinken ließ, willigte sie ein. Er hatte gestrahlt und gesagt, das wäre für ihn, als ob Weihnachten und Ostern auf einen Tag gefallen wären.

»Ich erwarte nicht viel, Angie. Ich muss dich nicht heiraten. Oder auch nur das Bett mit dir teilen.«

Angie senkte den Blick, rutschte unbehaglich auf ihrem Stuhl hin und her und sah sich verstohlen um, ob jemand sie belauschte.

»Ich möchte nur ab und zu mal mit dir essen gehen«, fuhr er fort. »Und danach vielleicht ein bisschen fernsehen, wenn nötig, irgendwas für dich im Haus reparieren ...« Er nahm ihre Hand und drückte sie. »Was meinst du dazu? Glaubst du, das wäre möglich? Dass wir außerhalb der Arbeit etwas mehr Zeit miteinander verbringen?«

Sie sah ihn an. Seine Haut changierte irgendwo zwischen leichenblass und rötlich. Er hatte sandfarbenes Haar, und die Augenbrauen waren so hell, dass man sie kaum wahrnahm, und er hatte ein hageres Gesicht mit eingefallenen Wangen. Es wäre leicht gewesen, zum x-ten Male Nein zu sagen, aber ein Teil von ihr mochte es, wie er die Dinge sagte, mochte die Vorstellung, dass jemand Zeit mit ihr verbringen wollte, dass sich jemand für sie interessierte, dass jemand sie so ansah, wie er es tat. Der sie als Frau und nicht als Mutter wahrnahm oder als Schwiegertochter oder Dienstmädchen.

»Danke, Gareth, ich werde darüber nachdenken.«

»Nun gut, das soll mir erst mal reichen.« Er tätschelte ihre Hand.

Nach ihrem zweiten Drink schob Gareth die Gardine beiseite und sah aus dem Fenster. »Der Sturm ist vorbei. Wir können nach Hause gehen.«

Der Regen hatte aufgehört, nur sein leicht süßlicher Duft kündete noch davon sowie die Tropfen, die von der Regenrinne des Pubs zu Boden fielen. In den Vertiefungen des Bürgersteigs und den Schlaglöchern auf der Fahrbahn hatten sich Pfützen gebildet. Und in der Ferne tanzten weiße Schaumkronen auf dem Meer. Von der Traufe der Kirche flogen Fledermäuse über die Straße, und das Mondlicht überzog alles mit einem Firnis aus feucht glänzendem Zinn.

Schweigend gingen sie zurück. Hielten sich nicht an den Händen. Sie hatte die Arme vor der Brust verschränkt. Sie bogen in ihre Straße ein und gingen auf das Haus zu. Dort angekommen, blieben sie stehen und sahen einander an.

»Darf ich dir einen Gutenachtkuss geben?« Er senkte den Blick, und sie war froh, dass er so ihr Zögern nicht bemerkte.

»Ja.«

Er hob den Kopf und lächelte sie an, bevor er sich vorbeugte und seinen Mund auf ihren presste. Seine Lippen waren trocken, sein Kinn rau von den Stoppeln des Tages. Als seine Zungenspitze ihre Lippen berührte, wurde ihr klar, wie sehr er unter Strom stand. Ein wenig alarmiert zog sie sich von ihm zurück, und in diesem Moment nahm sie eine Bewegung am oberen Fenster wahr. Sie sah hinauf.

Da war niemand.

»Danke für den schönen Abend«, sagte sie. Sie wandte sich um und ging den Weg zur Eingangstür hinauf.

»Gute Nacht, Angie.«

Sobald die Tür hinter ihr ins Schloss gefallen war, schlug sie die Hände vors Gesicht und atmete tief die abgestandene Luft ein. Sie fing an zu zittern. Hörte, wie sich seine Schritte auf dem Fußweg entfernten. Lederschuhe, seine besten, die er nur für den Kirchgang und zu besonderen Anlässen trug.

Ein kleiner Kuss. Mehr nicht. Sie konnte ihn an sich riechen. Sein Aftershave. Durchdringend. Sie dachte an seine Lippen auf ihrem Mund, und auf dem Weg nach oben überlief sie ein Schauder.

Sie ging geradewegs zu dem Schrank auf dem Treppenabsatz und hob den Karton heraus, den sie dort aufbewahrte. Darin lagen ein paar Sachen, die Rob gehört hatten. Ein kleiner Stapel ordentlich zusammengefalteter Kleidungsstücke. Sein Gürtel. Ein Flachmann, hier und da eingedellt, auf dem der Name seines Vaters eingraviert war. Seine Armbanduhr, eingeschlagen in ein Baumwolltaschentuch. Und das Allerwertvollste: ein paar T-Shirts, die sie seit seinem Tod nicht gewaschen hatte. Sein Geruch haftete noch immer an ihnen, schwach zwar, aber nach wie vor präsent. Liebevoll sichtete sie all diese Dinge, ließ es nicht zu, dass auch nur eine Träne auf die Schätze in der Schachtel fiel. Nichts durfte das wenige verunreinigen, das ihr von ihm geblieben war.

Als er noch lebte, bevor die See ihn ihr weggenommen hatte, hatte sie oft, in seine Armbeuge gekuschelt, neben ihm gelegen und die Wange an seine Brust geschmiegt. Sie hatte seinen Geruch geliebt. Hatte immer gesagt, dass es sein Duft war, der sie angezogen hatte, als hätte von Anfang an die Chemie zwischen ihnen gestimmt. Zwei Stoffe, die perfekt miteinander reagierten und dabei etwas ganz Wunderbares erschufen.

Sie entschied sich für das graue T-Shirt und zog es vorsichtig aus dem Stapel heraus. Hielt es an ihr Gesicht, schloss die Augen und sog tief seinen Duft ein. Und da war er. Auf dem weiten gelben Sand bei Sennen Cove, seinem Lieblingsstrand. Er ging vor ihr, mit Tamsyn an der Hand. Jago rannte vor ihnen her und hinterließ mit seinen nackten Füßen Abdrücke im

Sand, die in der tief stehenden Herbstsonne silbern schimmerten. In der anderen Hand hielt Rob den roten Eimer und das Fischernetz.

Angie sah die Szene genau vor sich, während sie den schwachen Duft ihres Mannes von jenem Tag genoss, seine gebräunten Arme, stark und glatt, vor sich sah, die Hände, die sacht ihre Tochter hielten, die bis unters Knie aufgerollten Jeans, die braunen Beine mit dem goldfarbenen Flaum, die strammen Waden. Wieder atmete sie tief ein und stellte sich vor, wie sie ihren Mund auf eben diese Waden drückte, erst auf die eine, dann auf die andere. Wie sie sich küssend nach oben vorarbeitete, über seine Jeans, dann das graue T-Shirt anhob und ihre Lippen auf den festen Bauch presste.

*Ich vermisse dich.*

Sie ging ins Bad und putzte sich die Zähne, schlüpfte in ihr Nachthemd und ging wieder nach unten. Sie zog das Klappbett von der Wand und machte es für die Nacht zurecht, bevor sie die Vorhänge schloss und wie in Trance unter die Bettdecke schlüpfte.

Mit dem T-Shirt in der Hand lag sie da, nicht in der Lage, Gareth aus ihren Gedanken zu verbannen, daran, wie sein Gesicht näher gekommen war und er ihr seine Zunge zwischen die Lippen hatte schieben wollen.

Sein Geruch, so fremd, so unvertraut.

Und doch war die Empfindung, dass eine andere Person sie liebkoste, sie begehrte, irgendwie erregend.

Ein Gefühl von Schuld überkam sie. Sie schloss die Augen und hielt sich Robs T-Shirt ans Gesicht.

*Wo immer ich auch bin.*

Wie warm sich seine Worte auf ihrer Haut anfühlten.

*Wo immer ich auch bin. Egal, wie weit entfernt ich auch sein mag. Ich werde dich immer lieben.*

»Auch auf diese Entfernung?«, flüsterte sie in den Stoff des T-Shirts. »Hast du das wirklich so gemeint?«

Sie zog die Bettdecke fest um sich. Es war ihre gemeinsame Decke gewesen, zu groß für das Einzelbett, in dem sie nun schlief, aber sie hatte sie nie gegen eine andere ausgetauscht. Diese Decke war eines der ersten Dinge gewesen, die sie als Paar angeschafft hatten. Sie hatten sie in einem Warenhaus in Truro gekauft. Wie sie miteinander gekichert hatten. Sich berührt hatten. Gelacht hatten über die missbilligenden Blicke zweier alter Damen, die so taten, als sähen sie sich Teetassen an, während sie über die beiden Turteltäubchen tuschelten und die Nase rümpften.

Dieses Haus, jeder Gegenstand darin, jedes Möbelstück, die Teppiche, die Stühle und Tischlampen. Ihre beiden Kinder. Sein alter Vater. All dies verband sie mit ihrem Ehemann.

*Darf ich dich küssen?*

Gareths Worte hallten in ihrem Kopf wider. Sie versuchte, nicht mehr an Rob zu denken, konzentrierte sich stattdessen auf Gareth. Erwartete seinen Kuss. Und als der dann tatsächlich erfolgte, hatte er sie überrascht. Er war so anders gewesen. Nicht unbedingt unangenehm, nur ...

*Anders.*

Rob erschien wieder, sein Blick bohrte sich förmlich in sie hinein, seine Hände umfassten ihr Gesicht, um sie zu küssen.

Angie schlug die Augen auf und warf das T-Shirt ans Fußende des Bettes. Dann schlug sie mit der Faust ins Kopfkissen.

*Lass mich allein. Ich muss nach vorn schauen. Ich bin so verdammt einsam.*

Sein Gesicht fiel in sich zusammen, und er zog sich von ihr zurück. *Ist das dein Ernst?*

Angie setzte sich auf und beugte sich vor, um das T-Shirt

wieder aufzuheben. Sie presste es an ihre Brust und fing an zu weinen.

»Nein«, schluchzte sie leise. »Das ist nicht mein Ernst. Wie denn auch? Bleib bei mir, Rob. Verlass mich niemals. Bitte, bleib bei mir.«

# EINUNDDREISSIG

**Tamsyn – August 1986**

Schritte auf dem Asphalt drangen an mein Ohr. Gedämpfte Stimmen. Die ganze Zeit über waren sie zusammen weg gewesen. Und ich hatte im Bett gelegen, an die Decke gestarrt und dem Sturm gelauscht. Dabei hatte ich unaufhörlich an die beiden gedacht, und die Bilder hatten an mir genagt wie die Ratten in James Herberts Horrorroman.

Sie blieben vor unserer Eingangstür stehen, und ich kniete mich auf die Matratze, um aus dem Fenster zu spähen, wobei ich mich hinter dem Vorhang versteckte. Da unten standen sie. Ihr Anblick war etwas verschwommen, weil Mum den Sprung in der Scheibe mit Tesafilm geflickt hatte, damit bei Sturm nicht der Wind durch den Spalt pfiff. Er trug einen Pullover über dem Hemd. Was immer er benutzt hatte, um seine dünnen Haarsträhnen zu zähmen, schimmerte im Mondlicht. Sie sahen einander an. Sie hatte die Hände vor sich verschränkt. Er sagte etwas. Sie blickte zu Boden. Er nickte. Dann legte er seine Hand um ihre Taille, und sie sah auf.

Nein.

Unwillkürlich schoben sich meine Handflächen am Fensterglas in die Höhe.

Nein. *Nein!*

Doch dann geschah es. Er beugte sich vor und küsste sie.

Alles in mir schrie auf, als wäre dieser Kuss ein Messer, das in meinen Eingeweiden wühlte.

*Weg von ihr. Weg. Von. Ihr.*

Ich ließ den Vorhang fallen und rollte mich auf meinem Bett zu einer Kugel zusammen, meine Hände kratzten an meinen Schläfen. Alles, was ich in diesem Moment vor mir sah, war mein Vater draußen in den sich brechenden Wellen, wie er schrie und versuchte, sich über Wasser zu halten, während seine Augen vom Salz und den Tränen brannten. Urplötzlich wurde es kälter in meinem Zimmer, und unser Haus war wie vergiftet.

Ich hörte, wie sich die Eingangstür schloss. Dann Schritte auf der Treppe. Nur eine Person. Keine leisen Stimmen. Sie war auf dem Treppenabsatz. Öffnete den Schrank. Dann hörte ich, wie sie ins Bad ging. Wasserhahn. Toilettenspülung. Ihre Füße, die auf der Treppe nach unten tapsten.

Eine ganze Weile starrte ich in die Dunkelheit. Ich weiß nicht, wie lange. Meine Haut juckte, und in der bedrückenden Enge meiner Box fiel es mir immer schwerer zu atmen. Es war, als wäre ich allergisch geworden gegen das, was einmal mein Zuhause gewesen war.

Ich musste hier raus.

Ich schnappte mir meine Jeans und das Sweatshirt vom Boden und zog mich an. Mit meinen Turnschuhen und meiner Tasche schlich ich nach unten und verließ lautlos das Haus.

Im Dunkeln ging ich über den Küstenpfad, als würde ich von einem unsichtbaren Seil gezogen. Das Mondlicht reichte aus, um genug zu sehen, aber der Boden unter meinen Füßen war vom Regen aufgeweicht. Ab und zu rutschte ich aus, und einmal fiel ich auch hin und schlug mit dem Ellbogen gegen einen großen Stein am Wegesrand. Als ich den Felsen erreicht hatte, setzte ich mich auf meine Tasche, damit meine Jeans nicht feucht wurde. Die Spannung in meinem Körper ließ sofort nach. Hier zu sein war wie eine Droge, die mir meine Ängste nahm und den Kopf frei machte.

Das Haus reflektierte das Mondlicht, das die weiße Fassade gespenstisch leuchten ließ. Hinter den Fenstern war es dunkel, bis auf Max' und Eleanors Schlafzimmer und den Wohnraum. Die Vorhänge und Jalousien gaben den Blick ins Innere frei. Das beleuchtete Fenster verwandelte sich in eine Kinoleinwand, auf der Eleanor schlafend auf der Couch zu sehen war. Ihr Kopf ruhte auf einem ihrer Arme. Sie hatte die Beine angezogen. Weiße Hosen. Weißes Oberteil. Das blaue Haarband lag neben ihren goldfarbenen Sandalen auf dem Boden. Max kam die Treppe herunter, und ich fragte mich, warum er noch auf war. Vielleicht war er eingeschlafen, hatte irgendwann festgestellt, dass sie nicht da war, und wollte nun nach ihr sehen. Wie er so über sie gebeugt dastand, stellte ich mir vor, wie er einmal mehr dachte, wie wunderschön sie war. Er bückte sich und hob sie auf, ein Arm unter ihre Knie, den anderen unter ihre Schulter geschoben. Ihre Haare hingen über seinen Arm, als er mit ihr die Treppe hinaufging. Einen Moment lang waren sie außer Sicht, dann erschienen sie im Schlafzimmer. Er trug sie zum Bett und legte sie so behutsam auf der Matratze ab, als wäre sie aus Glas. Nachdem er sie zugedeckt hatte, verließ er den Raum. Kurz darauf erloschen auch die Lichter im Wohnzimmer, und das Haus versank in Dunkelheit.

Ich wartete eine Weile, bis ich sicher sein konnte, dass alle schliefen. Dann ging ich vorsichtig über den Küstenpfad bis zum Haus und schob das Tor auf. Ich hielt den Atem an, als es in den Angeln quietschte. Das Bild meiner Mutter, die von Gareth geküsst worden war, kam mir wieder in den Sinn, doch ich verdrängte es. Ich wollte nicht, dass ihr Verrat auch nur in meine Nähe kam. Nicht hier. Nicht beim Haus auf der Klippe.

Als ich den Rasen betrat, wurde ich schlagartig ruhig. Ich fühlte mich meinem Vater ganz nah. Fühlte mich in der Lage, ihm zu versichern, dass *ich* ihn nicht hintergangen hatte. Hier im Haus spürte ich ihn am stärksten. Einmal, als Jago und ich wieder mal die halbe Nacht durchgequatscht hatten, fragte er mich, ob ich ein Jahr meines Lebens für einen weiteren Tag mit unserem Vater geben würde. Ich zögerte nicht eine Sekunde, das zu bejahen. Ich hätte zehn Jahre gegen ein paar wenige Stunden mit ihm eingetauscht, und diese Stunden wären diejenigen, die wir hier, an unserem letzten gemeinsamen Nachmittag am Haus auf der Klippe verbracht hatten. Wo wir in einem Pool geschwommen waren, der nicht uns gehörte. Mit der Sonne auf unseren Gesichtern, während das verhängnisvolle Unwetter noch nicht am Horizont aufgezogen war.

Leise ging ich hinauf zur Terrasse. Die Oberfläche des Pools schimmerte wie eine Öllache. Ich stellte mich an das eine Ende und knöpfte meine Jeans auf. Zog Schuhe und Sweatshirt aus. Dann setzte ich mich an den Beckenrand und ließ mich lautlos ins Wasser gleiten. Ich stieß mich an der Poolwand ab, verursachte dabei kaum ein Kräuseln auf der Wasseroberfläche und nicht das geringste Geräusch. Ich drehte mich auf den Rücken, spreizte Arme und Beine und ließ mich treiben. Ich schwebte, das Wasser bedeckte meine Ohren, betäubte mein Gehör und sperrte so die Welt aus.

Ich sah hinauf in den Nachthimmel, Millionen Sterne durchstießen das schwarzblaue Firmament, und ich fragte mich, von welchem mein Vater wohl gerade auf mich herabsah.

## ZWEIUNDDREISSIG

**Jago – August 1986**

Vor der Tür hält er an und zögert einen Moment. Er ist spät dran. Eigentlich hätte er um fünf Uhr hier sein sollen, um mit ihnen zu Abend zu essen. Jetzt ist es nach zehn. Durch die Gardine kann er die beiden vor der Küchenspüle stehen sehen. Das Licht brennt, und sie wäscht ab, während Tam das Geschirr abtrocknet. Am Gesichtsausdruck seiner Schwester und der Art, wie energisch sie mit dem Küchentuch außen am Topf entlangrubbelt, erkennt er, dass sie wegen irgendwas sauer ist.

So leise wie möglich öffnet er die Tür und tritt in den Flur. Hält den Atem an, während er die Tür vorsichtig zuzieht, und schleicht in Richtung Treppe.

»Jago?«

Er erstarrt, flucht leise. Ob er sie einfach ignorieren und trotzdem nach oben gehen soll? Wo er sich hinter verschlossener Tür in seinem Zimmer verstecken kann? Nein, das kann er nicht machen. Er hat das Abendessen verpasst, dafür sollte er sich zumindest entschuldigen.

»Wo warst du?« Seine Mutter versucht, beiläufig zu klingen und den anklagenden Unterton in ihrer Stimme zu verbergen. Und doch hört er den Vorwurf so deutlich heraus, als hätte sie ihn per Megafon zur Rede gestellt.

»Draußen«, sagt er, die Hände in den Taschen, den Blick gesenkt.

Als sie nicht antwortet, schaut er kurz auf. »Mit Adam. Wir waren in Penzance. Im Turk's Head.«

»Hast du nicht gesagt, du wolltest mit uns essen?«

Sacht tritt er gegen die Scheuerleiste an der Küchenzeile.

Seine Mutter seufzt und fährt sich mit der Hand durchs Haar. Sie zeigt auf die Arbeitsplatte rechts neben der Spüle. »Es ist noch was übrig, da, unter dem Handtuch, wenn du noch was willst. Allerdings ist es jetzt kalt.«

Er schaut auf das rot-weiß karierte Handtuch, unter dem ein Teller mit seinem Abendessen steht.«

»Eier und Fritten«, sagt sie.

Kalte Eier, kalte Fritten. Er sieht sie an und merkt, dass sich etwas Herausforderndes in ihren Blick geschlichen hat.

*Mach schon, iss die kalten Eier und Fritten.*

»Ich geh rauf, wenn du nichts dagegen hast.« Das hatte sich ironischer angehört, als er wollte, und er wünschte, er könnte die Worte wieder einfangen und sie sich zurück in den Mund stopfen.

Er sieht, wie Tamsyn über ihre Schulter schaut, um die Reaktion ihrer Mutter zu beobachten.

Doch die scheint seine patzige Antwort nicht bemerkt zu haben. Stattdessen reibt sie sich den linken Arm mit der rechten Hand über dem Ellbogen. »Hast du Mrs Davenport gefragt, ob es noch mehr zu tun gibt?« Wieder dieser Ton. Leise und besänftigend. Also wolle sie den Löwen in seiner Höhle nicht reizen.

Sein Körper wird starr, und er flucht im Stillen, ballt die Faust und muss sehr an sich halten, um nicht auf die Wand einzuschlagen. Mrs Davenport ... noch immer hallt ihre Stimme in seinem Kopf wider.

*Für Sie gibt es hier nichts mehr zu tun. Ich habe durchaus gesehen, wie Sie sie anstarren. Glauben Sie ja nicht, dass ich das nicht mitbekommen hätte. Es ist nicht mehr zumutbar, dass Sie sich weiterhin hier aufhalten.*

Und dann die Berührung an seinem Arm, ein fester Druck. Die Alkoholfahne, als sie sich zu ihm vorbeugte.

*Sie sind ein gut aussehender Bursche, Jago. Ich kann verstehen, dass sie sich von Ihnen angezogen fühlt.*

»Ich meine, ich könnte ja mal nachfragen, wenn ich am Freitag …«

»Sie hat gesagt, sie haben keine Arbeit mehr für mich.«

»Ach? Hat sie das wirklich so gesagt?«

»Um Gottes willen, lass es gut sein!«

»Nicht dieser Ton. Das ist nun wirklich nicht nötig. Ich wollte nur …«

»Hör zu«, sagte er, wieder etwas beherrschter, »sie hat mich heute für die Arbeit am Zaun bezahlt und gesagt, sie hätten keine Jobs mehr zu vergeben. Sie haben einen Gärtner, der bei Bedarf Überstunden macht, okay?«

»Klingt für mich, als hättest du nur ein bisschen bestimmter auftreten müssen, das ist alles.«

»Aber das ist nicht alles, hab ich recht?«

Sie runzelt die Stirn. »Was soll das heißen?«

»Das soll heißen, dass das nicht *alles* ist. Es geht nicht darum, dass ich bestimmter hätte auftreten müssen, in Wahrheit denkst du, dass ich total nutzlos bin.«

»Was?«

»Diese Frau denkt das auch. Nutzlos, weil nicht gut genug. Und damit hat sie verdammt recht, oder nicht?«

»Ich glaube nicht, dass Eleanor das von dir denkt«, lässt sich nun seine Schwester hinter ihnen vernehmen. »Sie ist wirklich nett.«

»Ach Scheiße, Tamsyn, mach deine verdammten Augen auf.«

Ihr fällt die Kinnlade herunter, und er verflucht sich dafür, dass er ihr gegenüber so ausfallend geworden ist. Es ist ja nicht ihre Schuld, sie hat sich einfach von den Allüren der Davenports blenden lassen. Er weiß, dass er sich entschuldigen sollte, aber stattdessen wird er noch wütender.

»Ihr denkt alle, dass ich nichts tauge. Ihr alle miteinander!«

Seine Mutter will etwas sagen, aber er kommt ihr zuvor.

»Ihr glaubt, ich bin faul, oder? Und außerdem ein Waschlappen.«

»Jago, ich ...«

»Ein arbeitsscheuer Herumtreiber. Das denkt ihr doch, oder nicht?« Sein ganzer Körper steht unter Spannung, die Muskeln vibrieren.

Aus ihrem Gesicht weicht alle Farbe. »Nein, ich ...«

»Im Grunde haltet ihr mich für einen verdammten Loser, stimmt's? Ohne Job, ohne Examen, ohne Rückgrat.«

Sie schüttelt den Kopf. »Jago«, sagt sie leise und traurig zugleich. »Warum bist du so wütend?«

Ihre Frage trifft ihn. Seine Hände entspannen sich, und er versucht, den Kloß in seinem Hals herunterzuschlucken. »Ich bin wütend, weil ...«, er hält inne, holt tief Luft, »weil ich dich nicht stolz auf mich machen kann. Weil ich nicht imstande bin, für dich zu sorgen.« Wieder macht er eine Pause. »Ich bin wütend, weil ich nicht so bin wie er. Denn wenn's so wäre, dann würde es uns gut gehen, oder nicht?«

Tränen treten ihr in die Augen. Sie will ihn berühren, doch er weicht vor ihr zurück. »Das hat nichts mit deinem Vater zu tun.«

Jagos Lachen ist mehr ein bitteres Schnauben, in seinen Augen brennen Tränen »Es hat *alles* mit ihm zu tun. Seit er nicht mehr da ist, machst du dir so verdammt viele Sorgen, dass du nicht mehr klar denken kannst. Du hängst mit diesem

Arschloch Gareth herum. Tam geht in diesem verdammten Haus ein und aus, als würde sie da wohnen. Und ich?« Voller Selbstverachtung spuckt er die Frage aus. »Ich bin nur ein arbeitsloser Scheißkerl, der nie der Held sein wird, der sein toter Vater war, und das weiß auch der letzte Penner hier in der Stadt. Und vor allem *du*. Ich sollte einfach von hier verschwinden. Dann müsstest du nicht die ganze Zeit so tun, als wärst du *nicht* von mir enttäuscht.«

Seine Mutter hat die Hand vor den Mund geschlagen. Tamsyn starrt ihn in einer Mischung aus Bewunderung und Entrüstung an.

»Sprich nicht … in diesem Ton …«

Jago fährt herum und sieht seinen Großvater hinter sich stehen, der einen Rest getrockneten Bluts am Kinn hat. Sein Pyjama ist von rotbraunen Spritzern übersät.

Er muss hier raus. Das kann er jetzt wirklich nicht gebrauchen. Diese kollektive Ablehnung. »Wisst ihr, was? Ihr könnt mich mal …«

»Wenn dein Vater … hier wäre … würde er …«

»Schon klar«, flüstert Jago und nickt. »Ich weiß.« Er dreht sich auf dem Absatz um, stürmt an seinem Großvater vorbei und schlägt gegen das Türblatt. Als er das Haus verlässt, knallt er die Eingangstür so heftig zu, dass die Wände erzittern.

Schnell ziehen die Wolken am Himmel entlang und verbergen immer wieder den Mond. In der Ferne rauscht das Meer, und er hört, wie die Brandung sich an der zerklüfteten Küste am Cape bricht. Er wendet sich nach links, entfernt sich vom Meer und geht auf das Zentrum von St Just zu. Er kommt am Pub vorbei, vernimmt das gewohnte gedämpfte Stimmengewirr. Gelächter. Warmes gelbliches Licht fällt durch die Gardinen auf den Gehweg. Unter der Türschwelle dringt der Geruch von Fritten und Bier zu ihm vor. Er überquert die Straße, schiebt die Hände in die Hosentaschen. Geht zur Kirche und durch die hölzerne Pforte in der Granitmauer. Die steht immer offen, die lockeren Angeln müssten mal repariert werden. Ein verblichener Hinweiszettel mahnt die Besucher, das Tor bloß nicht anzurühren.

Er umrundet die Kirche. Seine Schritte knirschen auf dem Kiesweg. Der Mond spendet genug Licht, um vage die Grabsteine zu beleuchten, die zu beiden Seiten aufgestellt wurden. Er geht über den Rasen, schlägt gezielt eine bestimmte Richtung zwischen den Gräbern hindurch ein. Er kennt den Weg wie im Schlaf, deshalb kommt er nicht ins Stolpern. Vor dem Grab seines Vaters hält er an. Holt das Tabakpäckchen aus der Tasche. Dreht sich eine Zigarette und zündet sie an. Der Tabak knistert, als er den Rauch inhaliert, die Zigarettenspitze flammt auf und versetzt alles um sie herum in Dunkelheit.

Da steht er und starrt hinab auf die letzte Ruhestätte seines Vaters. Der Mond ist voll, und trotz der gelegentlichen Wolkenbänder, die über den Himmel ziehen, sieht er die Vase mit den frischen Blumen auf dem Grab. Ein gemischter Strauß aus Erika, Wiesenkerbel und ein oder zwei Nelken aus dem Blumenladen. Jede Woche tauscht sie die Blumen gegen ein frisches Bukett aus. Dann nimmt sie die Vase mit nach Hause, um sie auszuspülen. Um den Schmutz und die Erde abzuschrubben. Ein sinnloses Ritual, von dem sie, wie er annimmt, niemals lassen wird.

*Warum bist du nur so wütend?*

Er zuckt förmlich zusammen, als er sich an ihre Stimme erinnert. An den Ausdruck auf ihrem Gesicht. Warum hatte er sie so angeschrien? Und dann diese Ausdrücke, die er in den Mund genommen hatte. Dabei hat sie an alledem gar keine Schuld. Er hasst sich dafür, dass er seinen Frust an ihr ausgelassen hat. Sie so übel zusammengestaucht hat. Das hat sie nicht verdient.

Dabei hätte er sich doch nur um sie alle kümmern müssen. Um seine Mutter, seine Schwester, seinen dahinsiechenden Großvater. Das hatte er versprochen. Stattdessen hat er seine Zeit verplempert, nicht gearbeitet, den halben Tag geschlafen und Joints geraucht, während seine Mutter sich mit zwei Jobs abplagte, übernächtigt und mit wunden Fingern.

*Ich hab's versprochen.*

Ja, er hatte es versprochen. Das hatte er, als sie seinen Vater zu Grabe getragen hatten und die Erde auf den Sargdeckel gefallen war, während die Umstehenden schluchzten. An diesem Tag hatte er es versprochen. Er dreht sich eine weitere Zigarette und steckt sie sich an der ersten an. Die Kippe schnippt er ins hohe Gras, das eines der Nachbargräber säumt.

*Ich hab versprochen, dass ich mich um sie kümmere.*

Er sieht zu, wie die Glut erlischt.

Lügen. Nichts als hohle Worte. Er spürt, wie die Missbilligung seines Vaters durch die kalte feuchte Erde zu ihm aufsteigt. Er möchte weinen, aber was soll das bringen?

Jago drückt die halb geraucht Zigarette an einem Stein zu seinen Füßen aus und schiebt den Stummel in das Tabakpäckchen. Dann dreht er sich um und geht über den Friedhof zurück zur Straße.

Als er sein Elternhaus erreicht, ist es dunkel und still. Eine Katze flitzt aufgeschreckt über die Straße davon. Hinter dem Fenster im Erdgeschoss flackert das Licht des Fernsehers. Leise öffnet er die Eingangstür, späht in die Küche. Die Luft ist rein. Ein Spültuch hängt zum Trocknen über dem Wasserhahn. Der Teller mit den kalten Fritten und Eiern steht – noch immer mit einem Handtuch zugedeckt – auf der Arbeitsplatte.

Das einzige Geräusch kommt von der tickenden Wanduhr.

Als er am Wohnzimmer vorbeikommt, schaut er hinein. Er erwartet, sie dort schlafend vorzufinden, aber sie sitzt aufrecht auf der Kante ihres Klappbetts. Sie trägt schon ihr Nachthemd und hat die Hände locker im Schoß verschränkt.

»Bist du okay?« Ihre Stimme klingt sanft.

Es gibt so vieles, was er ihr sagen möchte. Dass er sie stolz machen will. Dass er sich wünscht, sie würde in einem überfüllten Raum auf ihn zeigen und jedem, der zuhört, voller Freude von ihrem Sohn berichten. Dass er ihr gern schöne Kleider kaufen würde, damit sie das alte Zeug endlich wegwerfen kann und es nie wieder flicken muss. Dass er sie gern mit Schokolade überraschen würde. Dass sie dann nur die Pralinen essen muss, die sie am liebsten mag, und die mit Kaffeecreme gefüllten einfach wegschmeißen kann.

Er will ihr sagen, dass er sie liebt.

»Es tut mir leid«, ist alles, was er herausbringt. Alles andere ist tief in ihm eingeschlossen.

Er schleppt sich die Treppe hinauf. Nie wird er der Mann sein, der er sein müsste. Ein Mann, den sein Vater voller Stolz seinen Sohn nennen würde. Doch was tut er, während sich seine Mutter rund um die Uhr um unbezahlte Rechnungen und das tägliche Brot sorgt? Er lebt voller Selbstmitleid in den Tag hinein. Jammert über die grassierende Arbeitslosigkeit, die Regierung und die Tory-Wichser, die nur ihre eigene Welt kennen. Er raucht Marihuana, das er sich nicht leisten kann. Teilnahmslosigkeit ist sein ständiger Begleiter, sein Peter-Pan-Schatten, der an ihm klebt wie Pech. Es ist, als wäre er in eine Art Wachkoma gefallen und vegetiere seither völlig betäubt vor sich hin.

Er wünscht sich, er hätte seiner Mutter gesagt, wie sehr er sie liebt. Kurz überlegt er, zu ihr zurückzugehen. Sich neben sie zu setzen, sie zu umarmen und ihren Atem auf seiner Haut zu spüren. Aber er tut es nicht.

Stattdessen fischt er die halbe Zigarette aus seinem Tabakpäckchen, legt sich aufs Bett und raucht.

## DREIUNDDREISSIG

**Tamsyn – August 1986**

»Tut das weh?«

Edie nickte. »Natürlich tut das weh. Aber das muss es auch. Wenn's nicht wehtun würde, hätte ja jeder eins, und was sollte das Ganze dann?«

Ich hatte beschlossen, mir von Edie ein Tattoo stechen zu lassen, als ich nach dem Streit zwischen Jago und Mum auf mein Zimmer gegangen war. Der Schock und die Trauer, als ich gesehen hatte, wie Mum diesen verdammten Gareth Spence küsste, hatten sich zu einer tiefer liegenden, trotzigen Wut verdichtet. Wenn sie etwas tat, was mich dermaßen sauer machte, brauchte es mich auch nicht mehr zu kümmern, ob ich sie verärgern würde, indem ich mir ein Tattoo zulegte. Außerdem hatte Edie gesagt, sie würde es an einer versteckten Stelle anbringen, sodass Mum überhaupt nichts davon mitbekommen würde.

Ich musste ein paar Tage darauf warten, weil Edie und ihre Eltern einen Patenonkel in Herefordshire besuchten oder so. Jedenfalls verging die Zeit ohne sie quälend langsam, wobei es zu allem Überfluss an zwei Tagen auch noch unaufhörlich regnete. Und zwar so stark, dass ich zu Hause bleiben musste und fast die Wände hochgegangen wäre. Als es endlich Dienstag war – da sollte ich das Tattoo bekommen –, kaute ich mir fast die Nägel ab, weil ich es kaum erwarten konnte, wieder zum Haus auf der Klippe zu gehen.

Ich setzte mich auf Edies Bett und schlug die Beine übereinander, während mein Magen nervös grummelte. Ich hoffte, es würde nicht so wehtun, dass ich heulen müsste. Edie hatte mir den Rücken zugewandt und wühlte in einem Kleiderhaufen auf dem Boden ihres Schranks herum. Dann drehte sie sich mit einer dreiviertelvollen Flasche Wodka in der Hand zu mir um.

»Kipp das runter. Ich bin gleich zurück.«

Ich zögerte, aber dann erinnerte ich mich an Gareths grapschende Hand an Mums Taille, während sein hässlicher sandfarbener Kopf sich zu ihr hinneigte. Mit diesem Bild vor Augen schnappte ich mir die Flasche, schraubte sie auf und setzte sie an die Lippen. Der beißende Geschmack des Wodkas in meinem Mund ließ mich erschaudern.

Edies Zimmer war ein regelrechter Saustall. Alles, was sie besaß und was nicht in irgendwelche Schränke hineingestopft worden war, lag verstreut auf dem Boden. Das Kissen ragte halb aus seinem Überzug, und auf dem Laken und der Bettdecke waren überall Spuren von schwarzer Augenschminke. Auf der Kommode und auf dem Teppich rund um den Papierkorb lagen zusammengeknüllte Papiertaschentücher. Auf der Fensterbank und dem Nachttisch standen schmutzige Kaffeebecher. Dennoch hatte das Ganze etwas Lässiges. Meine Mutter hätte so ein Chaos niemals geduldet, und weil ich vor allem ihretwegen in meinem Zimmer Ordnung hielt, fühlte ich mich auf einmal wie ein bevormundetes kleines Kind. Ich konnte es kaum erwarten, dieses Tattoo zu bekommen.

»Fast fertig.« Edie kam ins Zimmer zurück und warf ein weißes Pappetui aufs Bett. Darum war verschiedenfarbiges Nähgarn gewickelt, darin steckten ein paar Nadeln, ein Knopf und eine Sicherheitsnadel. »Von einer von Max' Lesereisen. Er bringt von überall, wo er ist, Souvenirs mit. Trink«, sagte sie und zeigte auf die Flasche.

Während ich einen Schluck aus der Flasche trank, nahm ich das Nähetui zur Hand und las den Aufdruck: *The Astoria Hotel, New York*. Ich fuhr mit den Fingerspitzen über das Garn und dachte darüber nach, wie viel weiter sie schon gereist waren als ich, und trotzdem waren sie nun hier gelandet.

Edie zerrte eine Tasche unter ihrem Bett hervor und kramte darin herum. Sie förderte ein Mäppchen zutage, auf das mit blauem und schwarzem Filzstift Worte und Bildchen gekritzelt waren, darunter mehrmals ihr Name in zackigen Lettern, aber auch Herzen, Totenköpfe, Anti-Atomkraft-Logos und ein paar Namen von Bands, die ich kannte. Sie öffnete den Reißverschluss und holte ein Fläschchen Tinte heraus. Ich starrte auf die schwarze Flüssigkeit, die aus dem dunklen Pool unter ihrem Zimmerfenster hätte stammen können.

»Indische Tinte ist die einzige, die man nehmen kann«, sagte sie und schüttelte die kleine Flasche energisch.

»Warum?«, wollte ich wissen, bevor ich wieder einen Schluck Wodka nahm.

Sie zuckte die Achseln. »Keine Ahnung. Vielleicht ist das andere Zeug ja giftig.«

Sie ging zu dem kleinen rot-schwarzen Kassettenrekorder, der auf ihrer Kommode stand, und drückte die »Play«-Taste. Es klickte laut, dann setzte die Musik ein.

»Ein bisschen Depeche Mode«, meinte sie. »Bringt uns perfekt in Stimmung.«

Eindringlicher klagender Gesang erfüllte den Raum, gefolgt von einem widerhallenden Geräusch, das klang, als schlüge jemand mit einem Messer gegen eine Milchflasche. Sie kam zu mir und griff nach der Wodkaflasche zwischen meinen Beinen, drehte den Verschluss ab und warf ihn einfach beiseite. Er rollte über den Boden und prallte gegen die Wand. Lächelnd trank sie. Als sie die Flasche wieder absetzte, sah ich, dass ihr der Alkohol vom Kinn tropfte, und einen Moment lang hatte ich den Wunsch, ihn einfach abzulecken.

»Martin Gore ist ein totaler Gott«, sagte Edie über den Lärm hinweg. Sie schloss die Augen und setzte die Flasche erneut an. »Der Song heißt *Black Celebration*«, fügte sie hinzu. »Den mag Jay besonders.«

Die Musik pulsierte durch meinen Körper. Edie warf die Arme in die Luft und drehte sich im Kreis, die Augen geschlossen, während ihr Kopf im Takt auf und ab nickte. Sie war betörend. Alles in mir wollte aufstehen und ebenfalls tanzen, aber ich war zu gehemmt und unfähig, mich zu bewegen. Ihre Hüften rotierten, als sie sich um sich selbst drehte, sie hatte den Kopf in den Nacken gelegt, und ihr Mund war halb geöffnet. Dann, ohne Vorwarnung, veränderte sich ihr Gesicht. Sie wurde blass, und ihre Wangen waren von Sand bedeckt. Kleine Stücke Seetang hingen an ihren blau angelaufenen Lippen, Wasser floss ihr in Mund und Kehle und drang in die Lungen wie bei dem Jungen am Strand. Ich schloss die Augen und bohrte meine Fingernägel in die Innenseiten meiner Hände, um das Trugbild zu vertreiben. Edie war nicht ertrunken. Sie lebte und tanzte für mich.

Als ich die Augen wieder öffnete, lächelte sie und hielt mir die Flasche entgegen. Als ich sie nahm, verharrten unsere Hände um das Glas. Ich schob meinen Finger ein wenig höher, um ihre Hand zu berühren, und da wo unsere Haut in Kontakt miteinander kam, wurde sie ganz heiß. Edie drehte sich um und bewegte sich tanzend von mir fort. Plötzlich hatte ich die Vorstellung, dass das Haus auf der Klippe sich von der Außenwelt abschottete, dass es wie von Zauberhand sämtliche Türen verriegelte und die Fenster fest mit den Rahmen verleimte, sodass sie sich nicht mehr öffnen ließen – als versuche das Haus, mich drinnen zu halten.

»Sieh zu, dass du genug trinkst«, sagte Edie über die Musik hinweg und riss mich aus meinen Gedanken. »Sonst brennt es *wie verrückt.*«

Sie setzte sich neben mich und griff nach dem Nähset. Mit spitzen Fingern zog sie eine der Nadeln heraus und etwas von dem roten Garn. Sie wickelte den Faden um die Spitze der Nadel, wobei sie oben einige Millimeter frei ließ. Ich lehnte mich zurück an das Kopfteil des Bettes und schloss die Augen.

»Trink noch mehr.«

Ich hob die Flasche an meinen Mund und schluckte. Das Zeug brannte nicht mehr, sondern ging runter wie Öl. Mein Kopf wurde leicht, während mit jedem Herzschlag der Alkohol durch meinen Blutkreislauf gepumpt wurde. Es war berauschend, mich im Schutz des Hauses so weit von meiner Realität zu entfernen. Nicht nur Mum und der verdammte Gareth Spence, auch Grandpas blutbeflecktes Taschentuch und die Hoffnungslosigkeit meines Bruders verblassten ebenso wie die Trauer, die unter der Oberfläche lauerte, und die Albträume, die mich im Schlaf überfielen.

»Also, was für ein Tattoo soll's denn sein?«

Als ich mich zu ihr umwandte, schwamm alles in meinem Kopf. »Ein Kreuz. So wie deins.«

Sie verdrehte die Augen, nickte aber. »Geht klar. Ist sowieso das einfachste Motiv. Auf der Schulter?« Sie legte den Kopf schief und hob eine Augenbraue. »Schließlich ist meins genau da.« Sie lachte.

»Ja, wo deins ist.« Vielleicht lag es am Wodka, der Musik oder einfach daran, hier bei ihr zu sein, aber plötzlich war es mir völlig egal, ob das Tattoo versteckt war oder nicht. Wenn Mum es entdeckte, musste sie eben damit klarkommen, ganz einfach.

»Dann zieh mal dein Oberteil aus.«

Ich zögerte, erinnerte mich an die traumatischen Minuten, in denen sie mich das letzte Mal in Unterwäsche zu Gesicht bekommen hatte, tropfnass, auf frischer Tat ertappt, vor Scham und Demütigung zitternd unter ihrem durchdringenden Blick.

»Ernsthaft, du musst dich entspannen. Ich war auf einem Mädcheninternat. Da haben wir die meiste Zeit über splitternackt rumgehangen. Ist doch nur Haut. Ich meine, wenn's dir wirklich so viel ausmacht, kann ich auch den Kragen runterziehen, aber das ist scheiße, und dann blutest du auch noch den Stoff voll.«

Sie redete in einem Ton mit mir, bei dem ich mir vorkam wie ein Kind, das ihre Zeit verschwendete. Also holte ich tief Luft und fing an, meine Bluse aufzuknöpfen. Die Hitze überflutete mich wie geschmolzene Butter, aber als ich Edie einen Blick zuwarf, studierte sie die Nadelspitze und nicht mich.

Als ohne Vorwarnung die Tür aufging, schrak ich zusammen. Es war Eleanor. Die Hände in die Hüften gestemmt, stand sie mit wütender Miene im Rahmen. Meine Wangen glühten. Ich langte nach meiner Bluse und hielt sie mir vor die Brust. Eleanors Morgenmantel aus himmelblauer Seide streifte den Boden. Ihr Haar war zu einem Pferdeschwanz gebunden. Sie trug kein Make-up, aber ihr Gesicht glänzte von Nachtcreme, und die Haut darunter war rot geädert und zeigte einige graugelbe Flecken unter den Augen.

»Ihr trinkt?« Sie sah von Edie zu mir und dann auf die Flasche.

Edie schnaubte. »Das soll wohl ein Witz sein, oder?«
Eleanor verschränkte die Arme vor der Brust. »Also?«
»Nein«, sagte Edie. »Wir trinken nicht.«
Eleanor sah wieder auf die Wodkaflasche zwischen uns

und kniff die Augen zusammen. »Hast du die mitgebracht, Tamsyn?«, fragte sie mit schleppender Stimme.

Panik erfasste mich. Ich wollte schreien: *Nein, hab ich nicht! Ich trinke doch gar nicht! Sie hat mich dazu gebracht!* Doch stattdessen öffnete und schloss ich nur lautlos meinen Mund.

»Sie gehört mir.« Edie wandte sich von ihrer Mutter ab und tat so, als müsste sie gähnen. »Ich meine, eigentlich gehört sie natürlich dir, ich hab sie aus dem Schrank geholt. Keine Sorge«, sie griff nach dem Tintenfläschchen, »es ist noch genug für dich da.«

Eleanors Miene verhärtete sich. Ich wollte, der Boden würde sich unter mir auftun und mich verschlucken. Sie starrte ihre Tochter an. Ich machte mich darauf gefasst, dass sie explodieren und mich nach Hause schicken würde, aber sie blinzelte nur ein paarmal, ging zu Edies Kommode und stellte die Musik aus. »Mach die Musik *nicht zu laut*, okay? Wenn du dich nicht daran hältst, darf Tamsyn nicht über Nacht bleiben.«

Ich versuchte, ihr zuzulächeln, war mir dabei aber durchaus bewusst, dass ich halb nackt in ihrem Haus saß und zu meinen Füßen eine Flasche Alkohol stand. Aber es half nichts. Sie stolzierte aus dem Zimmer und knallte die Tür hinter sich zu.

Edie schloss kurz die Augen und schüttelte den Kopf. »Tut mir leid, dass du das mitansehen musstest«, sagte sie. »Diese Frau ist ein einziger Albtraum.«

»Sollten wir nicht zu ihr gehen und uns bei ihr entschuldigen? Wegen der Musik?«

Edie zog die Augenbrauen zusammen. »Warum?« Sie beugte sich vor und schob mir die Flasche zu. Als ich sie an meine Lippen hob, tat ich nur so, als würde ich trinken.

»Wer ist denn alles zur Party eingeladen?«, fragte ich, um mich von Eleanors wütendem Auftritt abzulenken.

»Party?«

»Na ja, die, zu der ich auch kommen soll.«

»Ach so. Nur Freunde meiner Eltern, die übers Wochenende bleiben.«

Edie presste ihre Fingerkuppe auf die Nadelspitze. Die Stelle darunter wurde weiß, bis die Nadel schließlich die Haut durchstieß. Sie hielt den Finger vor ihr Gesicht, drückte die Kuppe mit der anderen Hand zusammen und starrte auf die Blutblase, die nun entstand.

»Muss man die Nadel nicht desinfizieren?«

»Ja, das ist eine gute Idee.« Sie schnappte sich die Wodkaflasche und kippte sie so weit, bis etwas von dem Alkohol in den Flaschenhals lief, dann tauchte sie die Nadelspitze in die klare Flüssigkeit.

Sie stand auf, ging zum Kassettenrekorder und machte ihn wieder an.

»Aber deine Mutter hat …«

»Ach Gottchen, keine Sorge. Im Grunde ist es ihr egal. Die wollte nur wieder mal ein bisschen *la maman* spielen, verstehst du? Das ganze Programm à la *Komm nicht zu spät. Mach nicht so viel Lärm. Putz dir vor dem Schlafengehen die Zähne*«, äffte sie ihre Mutter nach. »Das ist wie Theaterspielen. Aber in Wahrheit interessiert sie das alles einen Dreck. Sie schluckt gleich ein paar von ihren Gelben und ein paar Gläser Whisky, und dann gute Nacht.«

»Was sind die Gelben?«

»Benzodiazepine. Oder Benzos. Damit sie nicht durchdreht und einschlafen kann und so weiter. Der Arzt verteilt die Dinger an sie wie Bonbons. Ich sag dir, Ärzte für Privatpatienten sind die besten Drogendealer. Aber gut«, meinte sie fröhlich, »dann wollen wir mal zur Tat schreiten. Ein Kreuz wie meins, ja?«

Ich nickte, drehte ihr den Rücken zu, nahm das Haar zur Seite und ließ das Kinn auf die Brust sinken. Als Edie ihre Hand auf meinen Rücken legte, war Eleanors Auftritt schnell vergessen. Ich schnappte vor Schmerz nach Luft, als sie den ersten Stich setzte, und Edie lachte. Sie streichelte über meinen Rücken, und die Berührung war elektrisierend. Ich stellte mir vor, wie ihre Hand meinen Hals umkreiste, über meine Schulter und mein Schlüsselbein fuhr … Die Nadel, die nun wiederum in mich hineingestochen wurde, riss mich aus meinen Gedanken.

Mit jedem Stich durchlief mich ein Schauder, und wenn die Nadel meine Haut durchstieß, verbreitete sich rings um die Stelle weiße Hitze. Als der Schmerz stärker wurde, biss ich mir auf die Lippen. Ich versuchte, mich abzulenken, indem ich an Dad dachte. Ich fragte mich, was er wohl von dem Tattoo gehalten hätte. Wäre er sauer auf mich gewesen, wie Mum es zweifellos sein würde, oder hätte er meine Rebellion bewundernswert gefunden? Weil ich so jung gewesen war, als er starb, hatte ich nicht alle Informationen über ihn. Ich musste mich auf Erinnerungen und Beobachtungen aus zweiter Hand stützen, die von Mum und meinem Großvater. Die Lücken dazwischen musste ich mir selbst zusammenreimen. Es war wie ein Puzzle, bei dem einige Steine fehlten, und wenn ich das ganze Bild sehen wollte, musste ich die leeren Stellen selbst mit Inhalt füllen. Ich beschloss, er hätte das Tattoo gemocht. Immerhin war er der Mann, der ein fremdes Grundstück betreten hatte, um in einem Pool zu schwimmen, der ihm nicht gehörte.

Nach gefühlten tausend Stichen und dem Erreichen eines Schmerzlevels, das für mich nicht mehr zu ertragen war, sank Edie schließlich zurück auf ihre Hacken. »Fertig.«

Ich streckte mich, als sie aufstand und zu ihrer Kommode ging. Mit einem Schminkspiegel kam sie zurück, kniete sich hinter mich und hielt ihn so, dass ich es sehen konnte. Das Kreuz hatte in der Mitte einen leichten Knick, aber das störte mich nicht. Das würde ich nun für immer haben. Eine ewige Erinnerung an das Haus. Für immer bei mir, für immer eingeätzt in meine Haut. »Oh, ich liebe es«, stieß ich atemlos hervor. »Vielen, vielen Dank!«

Edie öffnete die Schublade des Nachttischs und nahm ihre Zigaretten heraus. Sie bot mir eine an, aber ich schüttelte den Kopf. Sie zündete sich eine an und schnippte die Asche in ihr offenes Stiftemäppchen. Schnell füllte sich der Raum mit Rauch, und ich betete darum, dass Eleanor schon ihre Gelben genommen hatte.

»Und was soll ich am besten zur Party anziehen?«

»Oh«, sagte sie und mit einem desinteressierten Schulterzucken. »Irgendwas Nettes. Mach dir bloß nicht zu viele Gedanken darum.«

»Was wirst du denn anziehen?«

»Einen Rock, aber ich werde jede Menge schwarzes Makeup auflegen und mich mit Unmengen von Klunkern behängen. Damit ihre Freunde auf dem Nachhauseweg auch was zu tratschen haben. Die missratene Tochter der Davenports ist dafür immer bestens geeignet.«

»Ich hab noch ein nettes Oberteil im Schrank und könnte mir einen Rock von Mum ausleihen.«

»Eleanor erwartet vielleicht, dass wir den Gästen ein paar Sachen anbieten.«

»Sachen?«

»Kanapees.«

»Was sind denn Kanapees?«

Edie sah mich verblüfft an und lachte. »Appetithäppchen«,

sagte sie dann, als sie merkte, dass meine Frage ernst gemeint war.

Ich nickte und war schon wieder ganz kribbelig vor Vorfreude. Es konnte gar nicht schnell genug Samstag werden.

## VIERUNDDREISSIG

**Tamsyn – August 1986**

Das Tattoo juckte, und die Haut fühlte sich wund an unter der Berührung. Edie hatte mir gesagt, das sei normal und dass die Stelle noch mindestens eine Woche lang sehr empfindlich sein würde. Inzwischen bedauerte ich es, dass ich sie nicht gebeten hatte, das Tattoo an einer etwas diskreteren Stelle anzubringen. Damit Mum es nicht sah, bedeckte ich es mit einem großen Heftpflaster, das eigentlich für aufgeschürfte Knie gedacht war. Wenn der Schmerz zu arg wurde, konnte ich ihn etwas lindern, indem ich die flache Hand aufs Pflaster presste, doch ansonsten ließ ich die Wunde in Ruhe. Jede Berührung tat einfach zu weh, und Edie hatte gemeint, es sei das Beste, sie einfach heilen zu lassen.

Sobald ich von Ted zurück war, ging ich ins Badezimmer und schloss die Tür ab. Mein Magen rumorte vor Aufregung und Nervosität. Ich betrachtete mich im Spiegel. Es gab viel zu tun. Mein Gesicht war fahl und wirkte ein bisschen unrein, meine Haare waren zerzaust und mussten dringend gewaschen werden. Ich beugte mich vor und starrte auf die widerspenstigen Härchen zwischen meinen Brauen. Die mussten definitiv verschwinden.

Ich ließ mir ein heißes und tiefes Bad ein und betete, dass Mum es nicht hörte. Wir durften nur eine Handbreit Wasser in die Wanne einlassen. Ein Überbleibsel aus der Zeit, als Dad noch lebte. Er hatte sich mit seinen vier Geschwistern das Badewasser teilen müssen. Und da er der Jüngste gewesen war, blieb immer nur eine kalte Brühe mit dem Dreck von allen anderen für ihn übrig. Mum hatte erzählt, dass er nie viel von Vollbädern gehalten hatte, sondern lieber heißes Wasser ins Waschbecken laufen ließ und sich mit einem nassen Waschlappen sauber rubbelte. Und sie hatte dasselbe dann auch mit uns veranstaltet. Wie oft hatte ich als Kind bibbernd im eiskalten Badezimmer gestanden, wo sie mich abgerieben und dann abgespült hatte und das Wasser in den Vorleger unter meinen Füßen sickerte. Nach Dads Tod erlaubte sie uns zwar, die Badewanne zu benutzen, aber eben nur mit wenig Wasser, damit sie kein schlechtes Gewissen bekam.

Während ich wartete, dass die Wanne sich füllte, legte ich das Shampoo, die Seife und Jagos Nassrasierer für meine Beine nebeneinander auf den Rand. Nachdem ich jeden Zentimeter meines Körpers abgeschrubbt hatte, zog ich meinen Morgenmantel an und schlang ein Handtuch um mein nasses Haar. Dann schloss ich die Tür auf und trat hinaus auf den Flur.

»Kann ich mir einen Rock von dir leihen, Mum?«, brüllte ich durchs Haus, als ich die Schranktür öffnete. Ich kramte ein paar Teile heraus, die in meinen Augen halbwegs schick aussahen.

Ich hörte, wie Mum etwas murmelte, das ich als »Ja« interpretierte, und verbrachte die nächste Stunde damit, sämtliche Kleidungsstücke drei bis vier Mal an- und wieder auszuziehen.

Als ich endlich nach unten kam, lächelte Mum mir entgegen. »Du siehst sehr hübsch aus.«

»Danke, ich bin ein bisschen nervös.«

»Ich war auch immer nervös, wenn eine Party anstand. Aber wenn du erst mal da bist und dich mit den ersten Gästen unterhalten hast, legt sich das schlagartig.«

In diesem Moment klopfte es an der Tür. Mum warf mir einen schnellen Blick zu, dann ging sie, um zu öffnen.

»Hallo, Liebes.« Das war Gareth.

»Gareth hat angeboten, dich hinzufahren«, sagte meine Mutter, bevor ich protestieren konnte. »Ich weiß, du hast Jago gebeten, dich hinzubring…«

»Nein, das ist …«

»Du hast dir extra die Haare so schön gemacht, und wir wollen doch nicht, dass du nach der Motorradfahrt aussiehst wie eine Vogelscheuche.«

Ich wollte erneut Einspruch einlegen, aber dann überlegte ich es mir anders. Natürlich hatte sie recht. Ich hatte meine Haare glatt geföhnt, sodass sie nun seidig glänzten wie poliertes Kupfer. Es hatte ewig gedauert, und ich wusste, zehn Minuten auf dem Sozius würden all meine Mühen zunichtemachen. Also nickte ich widerstrebend.

Mum strahlte und küsste mich auf die Wange. Mit einem Mal bekam ihre Miene etwas Zweifelndes, dennoch lächelte sie gezwungen weiter. »Ich wünsche dir viel Spaß, Schätzchen.«

»Also, Cinderella«, meinte Gareth, »dann wollen wir dich mal zum Ball kutschieren.«

Während ich neben ihm zur Tür ging, kniff ich missmutig die Augen zusammen.

Unterwegs versuchte Gareth, ein Gespräch in Gang zu bringen, riss müde Witzchen und machte fade Bemerkungen. Es war offensichtlich, dass Mum das eingefädelt hatte, damit wir uns mal unterhielten, damit ich ihn am Ende doch irgendwie nett finden würde. Aber darauf fiel ich nicht herein, also verschränkte ich die Arme vor der Brust und starrte stumm aus dem Wagenfenster, bis er die Botschaft verstanden hatte und mich in Ruhe ließ.

Schließlich erreichten wir die Straße, die zum Haus auf der

Klippe hinaufführte. Gleich nachdem wir eingebogen waren, bat ich ihn, mich rauszulassen.

»Aber das Haus ist noch ein gutes Stück entfernt.«

»Ich möchte gern ein bisschen Luft schnappen.« In Wahrheit wollte ich nicht, dass die Davenports den frettchengesichtigen verdammten Gareth Spence auch nur aus der Ferne erblickten.

»Oh, Tamsyn!«, rief Eleanor, als sie mir die Tür öffnete. »Gott sei Dank bist du da!«

Ich grinste, als sie ihren Drink auf das Sideboard stellte, beide Hände auf meine Schultern legte und mich auf die Stirn küsste. Die Berührung führte dazu, dass mein Tattoo wieder zu stechen begann und ich den Schmerz unterdrücken musste. Ich schaute an ihr vorbei, erwartete einen Raum voller Leute, aber es war niemand da.

Eleanor trug ein violettes Seidenkleid mit einem breiten goldfarbenen Gürtel und Schulterpads, weshalb es oben doppelt so breit wirkte wie an der Taille. Das Kleid hatte seitlich einen Schlitz, der fast bis zu ihrem Slip hinaufreichte, der Ausschnitt war tief und v-förmig. Ohne sie anzustarren, war es schwer zu sagen, aber ich war mir ziemlich sicher, dass sie darunter keinen BH trug. Ihr Make-up war makellos, die Rötungen und Unreinheiten, von denen ich wusste, waren unter einer Schicht aus deckender Foundation verschwunden, die Augen blau umrandet und die Lippen rot glänzend. Auf den Wangen prangte je ein Streifen pinkfarbenes Rouge. Das Haar war voluminös toupiert und umrahmte auf extravagante Weise ihr Gesicht wie blonde Zuckerwatte. Auch trug sie das wohl schönste Armband, das ich je gesehen hatte: einen goldenen, wie ein gedrehtes Seil gearbeiteten Reif, in den in regelmäßigen Abständen leuchtend rote Edelsteine eingesetzt waren.

»Das ist süß, oder?«, sagte sie, als sie meinen Blick bemerkte.

»Rubine und Roségold. Ein Geschenk von Max. Und jetzt«, schnurrte sie, »muss ich dir sagen, dass Edie angedeutet hat, du könntest vielleicht etwas Hilfe bei deinem Outfit gebrauchen.«

»Bin ich nicht passend anzogen?« Der Rock, den ich von meiner Mutter geliehen hatte, war dunkelblau, schlicht zwar, aber nicht ohne Pfiff. Sie hatte ihn sich für die Party im Gemeinderaum der Kirche anlässlich der Hochzeit von Prince Charles und Lady Di gekauft. Ich hatte ihn mit meinem besten Oberteil kombiniert, einem weichen grünen Pullover, der am Ausschnitt und an den Ärmeln mit Pailletten verziert war.

»Das ist schon in Ordnung, Tamsyn, aber ich glaube, ich hab da noch was Besseres, das ich dir borgen könnte. Komm mal mit nach oben, dann machen wir dich zurecht.« Kurz legte sie eine Hand auf meine Wange. »Was für ein hübsches Mädchen du doch bist. Und«, raunte sie, »erst diese *Haare!*«

Schüchtern lächelte ich und folgte ihr die Treppe hinauf. Ich vergötterte ihr Schlafzimmer. Seit Edie und ich uns getroffen hatten, hatte ich es nicht mehr betreten, und ich merkte erst jetzt, wie sehr ich den Raum vermisst hatte. Das Bett war riesig. Auf der goldgesteppten Tagesdecke waren mit Troddeln geschmückte Kissen drapiert. Vor dem Bett lag ein riesiger Teppich, weich und weiß wie frisch gefallener Schnee. In der Ecke stand eine Frisierkommode. Ich bemerkte, dass der Spiegel darüber fehlte und da, wo er gehangen hatte, ein schwacher Umriss zu sehen war.

»Warum setzt du dich nicht?« Eleanor deutete auf den Stuhl vor der Frisierkommode. »Wir haben noch Zeit, dir ein kleines Make-up zu verpassen. Das schwere schwarze Zeug sollten wir von deinen Augen entfernen und stattdessen etwas auflegen, das deine natürliche Augenfarbe zur Geltung bringt. Was würde dir denn gefallen?«

Mit einem Wattepad wischte sie über meine Lider; es war

mit Reinigungsmilch getränkt, die nach Rosen duftete. »Das sieht schon besser aus«, meinte Eleanor. »Dieses erdrückende Schwarz steht wirklich niemandem. Was du brauchst, ist Farbe.«

»Was tut ihr da?«

Wir fuhren gleichzeitig herum und sahen Edie in der Tür stehen. Sie hatte die Arme vor der Brust verschränkt und blickte uns missmutig an.

Eleanor lächelte mir zu und fuhr mit einem Pinsel über das kompakte Rouge. »Wir machen uns für die Party zurecht, Schatz.« Sie warf ihrer Tochter einen Blick zu. »Dich könnte ich auch schminken, wenn du mich denn lassen würdest.«

»Das hab ich schon erledigt.« Ihr Ton führte dazu, dass ich mich innerlich krümmte.

Edie trug ein schwarzes Kleid und einen schwarzen Cardigan, dazu dicke Netzstrümpfe mit einem Loch über dem Knie und Doc Martens. Gekrönt wurde das Outfit durch mindestens zehn Silberketten in verschiedenen Längen. Die Augen waren dick mit schwarzem Kajal umrandet, dessen Ausläufer fast bis zum seitlichen Haaransatz reichten. Auch die Lippen waren schwarz geschminkt, und ihre Foundation war wenigstens zwei, drei Nuancen heller als ihr Teint. Ihr Haar war zu einer Seite mit Gel zurückgekämmt. Es sah aus, als hätte der Wind es ihr aus dem Gesicht geblasen, bevor es in der Luft erstarrt war.

»Ja, das sehe ich«, bemerkte Eleanor. »Du hast dich hergerichtet wie eine Leiche.«

Edie schnaubte und drehte sich um. Kurz darauf hörte man ihre Zimmertür zuknallen.

»Mach dir wegen ihr keine Sorgen.« Eleanor lächelte. »Sie kann unsere Freunde nicht ausstehen, aber sie kriegt sich schon wieder ein, wenn die Party erst mal angefangen hat.« Sie nahm einen blauen Eyeliner zur Hand. Während sie mir mein Augen-Make-up auftrug, inhalierte ich sie im wahrsten Sinne des Wortes. Ich erkannte den schweren süßen Duft wieder. Poison von Dior. Viele Male schon hatte ich ihn mir im Laden aufs Handgelenk gesprüht.

Als sie fertig war, lächelte sie wieder. »Du siehst wunderschön aus. Und ich hatte recht: Das Blau bringt deine Augen regelrecht zum Strahlen.« Sie erhob sich. »Nun lass mich dir noch ein Top heraussuchen. In dem Wollding, das du da trägst, wirst du sehr schnell ins Schwitzen kommen.«

Eleanor schaffte es, dass ich mich wie eine Prinzessin fühlte. Ihre Aufmerksamkeit erfasste mich wie der Lichtkegel eines Leuchtturms. Als ich ihr zu den Schränken folgte, die eine ganze Zimmerwand einnahmen, war es, als wandelte ich auf Wolken.

Sie reichte mir eine schicke weiße Bluse. »Du kannst dich im Bad umziehen, wenn du willst. Wir sehen uns dann unten.«

Das Badezimmer hatte Marmorfliesen und eine riesige Eckbadewanne mit goldfarbenen Armaturen. Daneben stand eine Schale in Muschelform, in der weiche bunte Kugeln lagen. Sie waren mit aromatisiertem Badeöl gefüllt, wie ich einmal feststellen musste, als ich eine von ihnen zu fest zwischen den Fingern zusammengedrückt hatte. Ich betrachtete mich im Spiegel. Ich trug nun ein ähnliches Make-up wie Eleanor, obwohl die Betonung ihrer Wangen nicht so ausgeprägt war wie bei mir. Dafür waren meine Lippen blass geblieben. Nicht in meinen wildesten Träumen hätte ich mir ausmalen können, einmal so auszusehen. Ich warf mich in Pose, legte lässig eine Hand an die Seite meines Kopfes und zog einen Schmollmund wie die Mädchen in Jagos Magazinen. »Max, Darling«, formte ich lautlos mit den Lippen und knöpfte mir dabei die Bluse zu, »würdest du bitte den Champagner öffnen?«

So würdevoll wie möglich schritt ich schließlich nach unten. Meine Hand berührte dabei leicht das Geländer. Schon oft hatte ich den Spruch *Ich fühle mich wie im siebten Himmel* gehört, bis zu diesem Moment aber nicht begriffen, was er wirklich bedeutete.

»Hast du schon bei vielen Partys geholfen?«, fragte mich Eleanor, als ich zu ihr in die Küche kam.

»Bitte?«

Auf der Küchenarbeitsplatte standen jede Menge Einkaufstüten, und Eleanor füllte gerade ihr Glas aus einer Weinflasche nach. »Egal. Als Erstes müssen die Tüten ausgepackt und die ganzen Sachen eingeräumt werden. Als Nächstes sollten dann die Eier gekocht und gepellt werden. Glaubst du, du kriegst das hin?«

»Ich ... Es tut mir leid ... aber ich verstehe nicht?«

»Was? Weißt du nicht, wie man Eier kocht?«

»Nein ... Doch ... Ich meine ... Ich dachte, ich wäre ...«

»Ach, Liebes«, sagte Eleanor gedehnt. »Hat Edie dir denn nicht gesagt, dass du zum Arbeiten hier bist?« Sie seufzte. »Gott, wie nutzlos diese Göre ist. Wie oft hab ich ihr in den Ohren gelegen, dass sie dich umfassend einweist.« Eleanor presste ihre Handflächen wie zum Gebet zusammen. »Gott, bitte, *bitte*, sag mir, dass du kochen kannst, Tamsyn. Ich bin sicher, du kannst es, denn du bist ja so viel praktischer veranlagt als unsereins.«

Ich fühlte mich, als hätte mir jemand in den Magen getreten. »Kochen?«, wiederholte ich schwach.

»Ja.« Sie lächelte. »Kochen. Und ein bisschen Bedienen und Abwaschen. Ich hatte Edie ausdrücklich gebeten, das alles mit dir zu besprechen.«

Meine Wangen glühten, als hätte man mich gebrandmarkt. In meinem Hals bildete sich ein unangenehmer Kloß, und ich blinzelte in rascher Folge, um die Tränen der Scham und Demütigung zurückzuhalten. Während ich um Fassung rang, wurde ich immer wütender. Wütend darüber, dass sie mir den Eindruck vermittelt hatte, ich sei in ihrem Haus ein gern gesehener *Partygast*. Wütend darüber, dass meine Mutter recht behalten hatte. Wütend, dass Eleanor über das Missverständnis lachte und sich künstlich über ihre nutzlose Tochter aufregte, die es versäumt hatte, die arme verwirrte Tochter der Putzfrau zu informieren, die dachte, sie wäre tatsächlich *eingeladen*. Nicht der Hauch von Reue, geschweige denn eine Entschuldigung. Nein, es schien dieser Frau nicht im Geringsten bewusst zu sein, dass sie mir soeben genauso gut das Herz herausgerissen haben könnte. Edie hatte recht. Sie war ein Miststück. Warum nur hatte ich nicht auf sie gehört? Diese Worte waren es, die nun unaufhörlich in meinem Kopf widerhallten. Du Miststück. Du Luder.

*Gottverdammtes Biest.*

Eleanor lächelte, entblößte ihre perfekten schneeweißen Zähne, und ich stellte mir kurz vor, wie ich sie ihr einschlug, indem ich ihren Kopf auf die Arbeitsplatte knallte.

Ich räusperte mich. »Sie hat was von Kanapees gesagt.«

Plötzlich fühlte sich das Make-up auf meinem Gesicht schwer und albern an. Die Bluse, die sie mir geliehen hatte, weiß und gestärkt wie meine Schuluniform, saß zu eng und scheuerte auf meiner Haut. Ich verschränkte die Arme vor der Brust, hielt sie eng an meinen Körper gepresst, und senkte den Blick. Das Haar hing mir wie ein Vorhang ins Gesicht und bot mir praktischerweise auch irgendwie Schutz. Das Brennen meines Tattoos hatte sich zu einem andauernden Schmerz gesteigert. Ich wollte hier weg. Wollte mir die Bluse vom Leib reißen und sie ihr entgegenschmeißen. Aber wenn ich jetzt ginge, müsste ich mich Mum und ihrem unvermeidlichen *Ich hab's dir doch gleich gesagt* stellen, darüber hinaus würde ich vermutlich Gareth in die Arme laufen. Und was würde ich dann zu Hause machen? Auf dem Sofa hocken und mir irgendeine beschissene Serie im Fernsehen anschauen und mir wünschen, ich wäre stattdessen im Haus auf der Klippe. Mein Ärger verrauchte etwas, und ich erkannte, dass ich auch nicht ganz unschuldig an dieser Situation war. Ich hatte die falschen Schlüsse gezogen und angenommen, ich wäre tatsächlich eingeladen. Ich hätte nachfragen und auf Mum hören sollen. Plötzlich sah ich sie am Küchentisch sitzen und mit besorgter Miene das Kleingeld zählen.

»Werde ich denn dafür bezahlt?« Ich hob den Kopf und sah Eleanor direkt in die Augen.

»Aber natürlich. Und zwar nicht schlecht. Ich bezahle mein Personal immer mehr als nur fair. Tatsächlich bin ich in London als überaus großzügige Arbeitgeberin bekannt. Und Edie wird ja auch helfen. Na ja, das sollte sie zumindest. Obwohl ich mir sicher bin, dass sie sich verdrückt, wenn die Gäste eintreffen, und später dann nur das Nötigste macht, um hinterher zwanzig Pfund von mir zu fordern. Um ehrlich zu sein, ich hab schon vor langer Zeit aufgehört, mich auf ihre Hilfe zu verlassen.« Eleanor legte eine Hand auf meinen Arm und drückte ihn. »Deswegen heuere ich auch Leute an, die in diesem Punkt zuverlässig sind.« Sie nahm ihr Weinglas, trank es leer und goss sich dann den Rest aus der Flasche nach, die neben ihr stand. »Edie hat mir erzählt, dass es für deine Familie finanziell schwierig ist, seit dein Vater gestorben ist. Insofern freue ich mich, dass ich euch etwas Gutes tun kann.« Eleanor lächelte, aber es war nicht freundlich.

Sie deutete in Richtung der Einkaufstüten. »Wenn du dann also mit dem Auspacken anfangen und danach die Eier abkochen könntest? Du musst sie danach in eine Schüssel mit kaltem Wasser legen, damit das Eigelb nicht diese grässlichen dunklen Verfärbungen bekommt, und wenn sie abgekühlt sind, musst du sie pellen. Aber sei dabei äußerst vorsichtig, damit du nicht das Eiweiß beschädigst. Sie sind sehr teuer.«

Argwöhnisch betrachtete ich die winzigen Eier und nickte.

»Wenn du mit den Eiern fertig bist, machst du die Sandwiches fertig – nimm dazu das in Scheiben geschnittene dunkle Brot. Erst eine dünne Schicht Butter, darauf kommt eine Scheibe Räucherlachs. Dann die Kruste vom Brot abschneiden und die Scheiben halbieren. Ich will Dreiecke, keine Quadrate. Die Schnittchen kommen auf eine große Servierplatte. Danach schneidest du ein paar Zitronen in Viertel und streust etwas Petersilie drauf. Dann werden die Karotten geschält und gestiftelt –« Sie hielt inne und sah mich an. »Du weißt doch, was Stifteln bedeutet, oder?« Ohne eine Antwort abzuwarten, fuhr sie fort: »Also, du schneidest sie in längliche Sticks. Fabriziere um Gottes willen nicht diese entsetzlichen runden Scheiben. Heutzutage macht man das *à la française*. Kein Mensch isst dieser Tage noch Karottenscheiben.«

Eleanor ging zum Kühlschrank und holte eine mit Alufolie abgedeckte Schüssel heraus. »Ich habe schon einen Roquefort-Dip vorbereitet. Den stellst du in die Mitte einer großen Platte und drapierst die Karottenstifte außen herum.«

»Und Edie wird …«

»Meine Tochter erscheint, wenn sie erscheint.« Eleanor lachte nachsichtig. »Sie ist wirklich unmöglich.«

Eleanor verließ die Küche, und ich machte mich daran, die Tüten auszupacken, während ich immer wieder die Tränen herunterschluckte, die kamen und gingen. Danach setzte ich Wasser auf und begann, die Brote zu buttern. Eleanor hatte recht, die Eier waren eine heikle Angelegenheit. Es war schier unmöglich, sie zu pellen und dabei das Weiße unbeschadet zu lassen.

»Hey«, hörte ich Edies Stimme hinter mir.

Ich blickte über die Schulter und sah, dass sie am Türrahmen lehnte.

»Alles okay mit dir? Du siehst aus, als hättest du geweint.«

Ich versuchte, mein Gesicht vor ihr zu verbergen, und wischte mir mit dem Handrücken über die Wange. »Mir geht's gut.« Ich ging wieder zum Schneidbrett, nahm das rasiermesserscharfe Messer und betrachtete es. Mein Gesicht spiegelte sich in der Klinge, verzerrt und formlos, eine Karikatur meiner selbst. Ich schnitt die Karotten in die Form, von der ich hoffte, dass es Eleanors *Stifte* waren, und drapierte sie fächerförmig um den äußeren Rand der Servierplatte. Dabei achtete ich sorgfältig darauf, dass die Enden alle in dieselbe Richtung zeigten und die Stifte in gleichmäßigem Abstand zueinander lagen. In die Mitte stellte ich die Schale mit dem Dip.

»Du bist so still.«

»Ich wusste nicht, dass ich zum Arbeiten hier bin«, flüsterte ich.

»Was hast du gesagt?«

Ich öffnete den Mund, um meine Bemerkung zu wiederholen, doch dann ließ ich es. Was hatte das für einen Sinn? Sie würde behaupten, sie hätte mir gesagt, ich müsste Fingerfood herumreichen, und mich für völlig verblödet halten, dass ich angenommen hatte, ich wäre als Gast eingeladen. Also schluckte ich meinen Frust herunter und zwang mich zu lächeln.

»Wann kommen denn die Gäste?«

Edie zuckte mit den Schultern. »Ein Paar kommt aus der Nähe von Mevagissey. Sie besuchen da eine Großmutter oder so. Und die anderen sind schon hier. Max hat sie gestern am Bahnhof in Penzance abgeholt. Die hocken vermutlich auf ihrem Zimmer und warten auf den Sonnenuntergang, damit sie ihre Gruft verlassen können, ohne in Flammen aufzugehen.«

Edie schnappte sich eine der Karotten von der Platte, wodurch eine Lücke in mein Arrangement gerissen wurde. Sorgfältig schob ich die verbliebenen Stifte in Position.

Jenseits der Küche wurden Stimmen laut. Dann Gelächter. Eleanor begrüßte jemanden, der gerade die Treppe heruntergekommen war.

Da erschien Max in der Küche.

»Guten Abend« sagte er breit grinsend. »Vielen Dank, dass du uns aushilfst.«

Ich lächelte zurück und strich mir das Haar hinter die Ohren. »Kein Problem«, erwiderte ich.

»Du siehst übrigens zauberhaft aus.« Er trat näher und kam mit seinem Gesicht ganz nah an mein Ohr, und als er sprach, konnte ich seinen Atem auf meiner Haut spüren. »Die Bluse sieht an dir um Längen besser aus als an Eleanor.« Er straffte sich, dann zwinkerte er mir zu. »Aber verrate ihr nicht, dass ich das gesagt habe.«

Ich unterdrückte ein Grinsen, als er zum Kühlschrank ging und eine Flasche Champagner hervorholte. Er entfernte die Folie um den Verschluss.

»Würdest du uns vielleicht die Sektflöten ins Wohnzimmer bringen?« Er deutete auf das Tablett mit Gläsern, das neben der Spüle stand.

»Ist es denn okay, dass ich die Küche verlasse?«

Er lächelte. »Natürlich. Aber wenn du erst die Bagage gesehen hast, wirst du dir wünschen, du wärst hier dringeblieben. Jedenfalls wäre es toll, wenn uns jemand beim Servieren zur Hand gehen würde.«

Im Wohnzimmer traf ich auf eine Ansammlung der wohl schönsten Menschen auf diesem Planeten. Es waren acht, einschließlich Eleanor und Max. Die Frauen glänzten, als wären sie mit Gold überzogen und poliert worden. Alle sprachen und lachten gleichzeitig, wobei ihre Stimmen zu einem schrillen Gekreische verschmolzen, das die Musik, die im Hintergrund erklang, fast erstickte.

»Oh, wie wunderbar, Champagner!«, rief eine der Frauen. Sie trug einen blauen Hosenanzug und schwere rote Klunker um Hals und Handgelenke.

»Wird aber auch Zeit«, meinte ein Mann. »Hier ist man ja drauf und dran zu verdursten, Maxie Boy.« Er trug ein weißes Hemd, bei dem viel zu viele Knöpfe offen standen. Das blonde Haar bewegte sich keinen Millimeter und hing ihm vor der Stirn starr ins Gesicht wie die gemeißelte Frisur einer Statue. Er und die Frau in Blau berührten sich auf eine Weise, die mir sagte, dass sie ein Paar waren. Irgendwie erinnerten sie mich an Barbie und Ken.

Max füllte die Gläser und gab sie an mich weiter, damit ich sie den Gästen servierte. Ich bewegte mich mit meinem Tablett in der Gruppe hin und her und bemühte mich, nichts zu verschütten und gleichzeitig Eleanor nicht anzusehen. Das Pochen in meiner Schulter war schlimmer geworden, und die Haut unter dem Tattoo fühlte sich heiß und gespannt an. Jedes Mal, wenn ich den Arm bewegte, durchfuhr mich ein stechender Schmerz.

Einer der Männer, er trug ein grünes Polohemd mit roter Stickerei auf der linken Brust, zwinkerte mir zu, als er sein Glas entgegennahm. »Max«, sagte er laut, ohne die Augen von mir zu nehmen, »darf ich dir zu eurer Kellnerin gratulieren? Die hat ja Haare wie eine von den leichten Mädchen in Toulouse-Lautrecs Paris. Aber hübsch ist sie, das muss ich sagen! Und eine Figur, die jeden Mann zum Weinen bringt.« Er hob anerkennend die Augenbrauen, und ich senkte den Blick. Einerseits wäre ich vor Scham am liebsten im Boden versunken, andererseits schmeichelte mir das Kompliment ungeheuer. Ob sich Alice Daley und Imogen Norris genauso fühlten, wenn die Jungs sie anschmachteten, sobald sie hüftschwingend und mit dem Hintern wackelnd in die Schulkantine stolzierten?

Als ich aufsah, starrte er mich noch immer an, und diesmal hielt ich seinem Blick länger stand, als es sich wohl gehörte.

»Mein Gott, Freddie, hör schon auf!«, trällerte eine Frau in weißer Bluse, die mit Glitzersteinen und Pailletten besetzt war. »Im Ernst, lass das arme Mädchen in Ruhe. Du bist wirklich *unverbesserlich*.«

»Ist doch nichts dabei, ihr zu sagen, dass sie hübsch ist, oder?« Er lächelte mich an und beugte sich zu mir vor. Sein Alkoholatem war süß und heiß. »Was für eine Welt wäre das, in der ein Mann einer Frau nicht sagen darf, dass sie begehrenswert ist?«

Nervös warf ich der Frau, die sich eben eingemischt hatte und von der ich annahm, dass sie seine Gattin war, einen Blick zu. Mit einem schiefen Lächeln taxierte sie mich und schwenkte dabei ihr Glas zwischen den Fingern hin und her wie ein Pendel. Noch immer konnte ich seine Augen auf mir spüren und stellte mir vor, einfach zu ihm zu gehen und ihn vor aller Augen zu küssen. Malte mir aus, wie sie mit aufgerissenen Augen und Mündern dastanden.

»Begehrenswert?«, fragte sie gedehnt. »Nun, sie hat Potenzial ... vielleicht.« Sie drehte mir den Rücken zu. »Aber zu schlicht für meinen Geschmack, außerdem braucht sie einen anständigen Haarschnitt.«

Der arrogante Ton der Frau und ihre Worte trafen mich und machten alle Freude zunichte, die die Aufmerksamkeit des Mannes bei mir ausgelöst hatte. Plötzlich fühlte ich mich in dieser Gesellschaft gleichermaßen entblößt und deplatziert.

»Sei nett, Jilly«, sagte Max. »Tamsyn ist eine Freundin der Familie.«

Nie war ich jemandem dankbarer als Max in diesem Moment.

Ich sah ihn an und lächelte, und als er zurücklächelte, sang mein Herz. Erst jetzt bemerkte ich, was für freundliche Augen er hatte und dass die Fältchen außen sie sogar noch wärmer und einladender erscheinen ließen. Er wandte sich ab und schenkte Barbie nach. Ich schnappte mir die zwei leeren Flaschen und huschte in die Küche zurück, bevor noch jemand auf die Idee kam, mich anzusprechen.

Ich arrangierte noch mehr Karottensticks auf der Servierplatte, als Max in die Küche kam. Er ging zum Kühlschrank, holte eine weitere Flasche Champagner heraus und öffnete sie. Der Korken knallte laut, und er legte ihn auf die Arbeitsplatte. Dann füllte er ein Glas und reichte es mir.

Ich zögerte, sah mir verstohlen über die Schulter.

»Trink ruhig, du hast es dir mehr als verdient.«

Ich nahm das Glas und hob es an meine Lippen. Als der Champagner auf meiner Zunge prickelte, berührte er meinen Arm und tätschelte ihn väterlich.

»Ich möchte mich für Freddie entschuldigen. Der Mann ist ein Idiot. Er glaubt, er hätte Erfolg bei den Frauen.«

Ich verzog das Gesicht, und Max lachte, was mich zum Lächeln brachte.

»Genau«, setzte er hinzu. »Er ist so was wie unser Dorfdepp, also mach dir nichts draus. Und seine Frau? Eine absolute Nervensäge.«

Max stieß sich von der Anrichte ab und griff nach der Champagnerflasche. »Er hat auch keine Ahnung von Kunst. Dein Haar ist reines Tizianrot und kein bisschen Lautrec.« Wieder lächelte er. »Und schneide es um Himmels willen *niemals* ab. Es ist wundervoll, so wie es ist.«

»Wir haben uns schon gefragt, wo du steckst, Max.«

Mein Kopf ruckte herum. Eleanor stand im Durchgang. Hastig widmete ich mich wieder meiner Servierplatte, den Blick gesenkt und starr auf die Karotten gerichtet, während das Herz in meiner Brust hämmerte.

»Ich wollte nur eine neue Flasche holen, Liebes. Das Zeug geht ja weg wie geschnitten Brot.«

»Tamsyn, da draußen sind Leute, die nur allzu gern ein paar Wachteleier hätten. Bring ihnen doch bitte welche.«

Ich wischte mir die Hände an meinem Rock ab und sah zu Max auf, der mir zuzwinkerte. Dann nahm ich die Platte mit den winzigen Eiern und verschwand aus der Küche, wobei ich Eleanor nicht ansah, als ich an ihr vorbeikam.

»Wo ist denn die liebreizende Edith?«, fragte ein dunkelhaariger Mann mit dickem Schnäuzer, der Jeans zu einem Pulli mit V-Ausschnitt trug und aussah wie Burt Reynolds. Neben ihm auf der Couch saß eine Frau in einem fließenden violetten Kleid, aus dem jeden Moment ihre Brüste zu hüpfen drohten. Ihr Haar war so stramm zu einem Knoten gebunden, dass das Gesicht wirkte wie zu straff gelifted.

»Wenn ich das wüsste, David. Sie ist eben runtergekommen, dann aber wieder verschwunden«, erwiderte Eleanor. Bei diesen Worten sah sie stirnrunzelnd in meine Richtung, als wäre es meine Schuld, dass ihre Tochter nicht anwesend war. Ich schlug die Augen nieder und ging mit meinem Tablett zu den beiden auf dem Sofa.

»Ach ja, die lieben Teenager, was?« David kicherte und nahm sich eines der Eier, das er sich ganz in den Mund stopfte.

»Im Moment bin ich mit meiner Weisheit wirklich am Ende. Sie macht nichts als Ärger.« Eleanor seufzte. »Von Hartwood House will ich gar nicht erst anfangen. Die Schule weigert sich, sie wieder aufzunehmen. Was zum Teufel sollen wir bloß mit ihr machen?«

»Kinder«, meinte Barbie, »sind wirklich ein steter Quell der Enttäuschung.«

»Deswegen haben wir unsere Brut weggeschickt«, sagte David. »Könntet ihr euch vorstellen, auch noch während des Schuljahres Zeit mit ihnen verbringen zu müssen?« Er lachte.

»David Christie, *lass das!*«, sagte die Frau mit den fluchtbereiten Brüsten. »Das arme Mädchen sieht ja schon ganz erschrocken aus. Wie heißt sie noch mal, Max?«

»Tamsyn.«

»Tamsyn, *Liebes*, wir vergöttern unseren Nachwuchs, das kann ich dir versichern. Ignoriere am besten alles, was dir heute Abend zu Ohren kommt. Wir labern einfach nur Scheiße, das ist alles.« Die Frau lachte, und die anderen fielen ein. Alle prosteten sich zu, schlürften Champagner und gratulierten sich offenbar auch noch dazu, nur Scheiße zu labern.

»Max«, sagte Eleanor, als sich das Gelächter wieder gelegt hatte. »Jedem hast du nachgeschenkt, aber mich hast du offensichtlich vergessen.« Lächelnd schob sie ihm ihre Sektflöte hin.

Er zögerte, doch dann goss er ihr Glas wieder voll.

»Tamsyn«, sagte er, »würdest du uns bitte eine neue Flasche aus dem Kühlschrank holen?«

Ich trug die leere Flasche in die Küche. Dort lehnte Edie an der Anrichte und rauchte. Als ich eintrat, drückte sie rasch ihre Zigarette auf einem der Teller aus.

»Kannst du dir vorstellen, wie verzweifelt meine Eltern sein müssen, dass sie mit solchen Typen rumhängen?«

»Nein. Ich muss eine neue Flasche Champagner holen.«

Sie verzog das Gesicht. »Warum bist du denn so schlecht drauf?«

Ich zögerte. Dann sagte ich langsam: »Ich wünschte, du hättest mir gesagt, dass Eleanor mich hier arbeiten lassen will.«

Edie zog die Brauen zusammen. »Ja, was denn sonst?«

Ich senkte den Blick, zuckte mit den Schultern und schwieg.

»Hör mal, wenn ich was falsch gemacht habe, dann tut's mir leid.«

Ich hob den Kopf und zwang mich zu lächeln. Ich wollte eigentlich nicht mehr über das Thema reden.

Edie holte eine Flasche Champagner aus dem Kühlschrank und entkorkte sie. »Diese Runde übernehme ich. Zeit, sie mit meinem Gruftie-Outfit zu bespaßen.« Sie riss die Augen auf und verzog das Gesicht wie ein Zombie. Ich konnte nicht anders, ich musste grinsen.

Je mehr sie tranken, desto lauter wurde die Party. Irgendwann verschwanden Eleanor, Barbie und Ken zusammen im Bad. Dort blieben sie eine ganze Weile, und als sie wieder hinausstolperten, lachten sie wie Hyänen.

»Wir brauchen anständige Musik!«, kreischte Barbie, als die drei durchs Wohnzimmer taumelten. »Stellt den Scheiß ab und legt was auf, zu dem man tanzen kann!«

Barbie trottete zur Stereoanlage und studierte die Musiksammlung. »Ja, lass uns was anderes hören. Max' scheiß Jazz ist so verdammt langweilig.« Sie nahm eine der glänzenden CDs zur Hand und kniff die Augen zusammen. »Die behaupten doch tatsächlich, diese Dinger wären unzerstörbar. Was für ein Schwachsinn! Eine von unseren kam schon zerkratzt an, bevor wir sie überhaupt abgespielt hatten. Ich glaube nicht, dass sich das durchsetzt.«

»Besser als Staubflocken von der Abspielnadel zu pflücken.«

»Wenn das verdammte Ding nicht funktioniert, schon.« Sie schob die CD in den kleinen ausfahrbaren Plastikschlitten, der in das Gerät zurückfuhr, als wäre es von einem bösen Geist besessen.

Kurz darauf erfüllte die Musik von ABBA den Raum, und

alle fingen an zu tanzen. Alle, bis auf Max, der von der Couch aus seine Frau im Blick behielt.

Ich ging hinüber und stellte mich neben ihn. »Mir hat die andere Musik gefallen«, sagte ich leise.

Er sah mich an und nickte, dann hob er sein Glas. »In diesem Fall, kleine Tamsyn, hast du einen tadellos guten Geschmack. Miles Davies. Einer der Größten.«

Ich sah zu den anderen, die tanzten, kreischten, rauchten und tranken. Irgendwie faszinierte mich das alles hier, und ich war froh, dass ich nicht zurück nach St Just geflüchtet war. Das hier war das Wunderland, und ich war Alice. Die Gestalten, die mich umgaben, waren ebenso verrückt und wunderbar wie die Herzkönigin, die rauchende Raupe und die Grinsekatze. Ich konnte meinen Vater und all die Geräusche hören, die er machte, wenn er mir die Geschichte vorgelesen hatte. Sah sein zu einer wahnsinnigen Grimasse verzogenes Gesicht, wenn er den verrückten Hutmacher imitierte, der Tee über die Haselmaus gießt. Je länger ich die Leute hier beobachtete, desto fantastischer wirkte die Szenerie auf mich, fast, als sähe ich einen Zeichentrickfilm. Sogar ihre Kleidung erschien mit einem Mal noch bunter und fremdartiger. Ich sah, wie sie sich die Wachteleier in den Mund stopften, die so klein waren, dass die Menschen wie Riesen wirkten.

»Komm«, sagte Edie, die neben mir aufgetaucht war, »lass uns hier verschwinden.«

»Muss ich nicht erst deine Mutter fragen?«

»Schau sie dir doch an. Die wüsste nicht mal, was für ein Tag heute ist, geschweige denn, wer für die scheiß Karottenstifte zuständig ist.«

Widerstrebend folgte ich Edie nach oben. Sie stellte die Musik an und setzte sich aufs Bett. Wir lauschten dem Song, aber ich war mir nicht sicher, ob er mir gefiel. Darüber hinaus kam er sich mit ABBA ins Gehege, die von unten zu uns heraufplärrten.

»Wir könnten uns rausschleichen«, meinte sie. »Abhauen und deinen Bruder und seine Freunde suchen. Weißt du, wo sie sind?«

»Keine Ahnung. Vielleicht im Nags Heas oder an den Docks. Allerdings bräuchten wir ein Auto, um nach Penzance zu kommen. Um diese Zeit fährt kein Bus mehr.«

Edie verdrehte die Augen und legte sich zurück aufs Bett. »Himmel, wie rückständig hier alles ist. Eigentlich bin ich ziemlich erledigt und würde gern schlafen. Bleibst du hier? Ich meine, wenn das für dich okay ist«, sagte sie, als wäre es ihr egal, und ging aus dem Zimmer, um mir ein Kissen und eine Bettdecke zu holen.

Das letzte Mal, als ich über Nacht hiergeblieben war – nachdem sie mir das Tattoo gemacht hatte –, hatten wir Kopf an Fuß geschlafen. Mit schmerzender Schulter und wodkavernebeltem Hirn hatte ich neben ihr gelegen, doch diesmal platzierte sie Kopfkissen und Zudecke auf dem Fußboden. Sie löschte das Licht und meinte, sie wäre nicht in der Stimmung zum Quatschen. Kurz darauf war sie tief und fest eingeschlafen, und so war ich allein mit der Geräuschkulisse der Party. Ich konzentrierte mich darauf, die Stimmen und das Gelächter den Gesichtern dort unten zuzuordnen. Ich stellte mir vor, wie ich mich zu ihnen gesellte. In einem bodenlangen roten Seidenkleid. Am Handgelenk trug ich Eleanors goldenes Armband mit den Rubinen. Ich erzählte Geschichten, und alle lachten, sie hingen förmlich an meinen Lippen. Max lächelte und schenkte mir Champagner nach.

Irgendwann verlagerten sich die Stimmen hinaus auf die Terrasse. Ich stand auf und ging zum Fenster. Die Partygäste bewegten sich rund um den Pool. Die Frauen tanzten und wirbelten herum, und dann zogen sie sich eine nach der anderen aus. Langsam streiften sie sich ihre Klamotten aus Seide und Satin über die Köpfe, während ihre Körper von dem nach draußen fallenden Licht beschienen wurden. Sie erinnerten mich an Druiden, die sich windend und mit erhobenen Armen ums Feuer tanzten. Zwei der Frauen zogen sich völlig nackt aus. Eine von ihnen war Eleanor. Unter schrillem Gekreische sprangen sie ins Wasser.

Die Männer lachten. Drei von ihnen rauchten. Freddie, derjenige, der mich hübsch genannt hatte, stellte sein Glas ab und schnippte seine brennende Zigarette in die Dunkelheit des Gartens. Dann zog er sich Jacke und Hemd und zuletzt auch die Hose aus. Ken tat es ihm gleich. Unter dem hysterischen Gejohle der Frauen nahmen sie Anlauf und sprangen in das tiefschwarze Wasser. Eine schier endlose Zeit tauchten sie nicht wieder auf, sodass ich mich schon fragte, ob der Pool sie verschluckt hatte.

Max saß am Tisch. Er winkte ab, als eine der Frauen aus dem Wasser kam und ihn, tropfnass und kichernd, am Arm Richtung Becken ziehen wollte. Auch der Mann, der aussah wie Burt Reynolds – David –, schüttelte den Kopf, aber so leicht wollten sie ihn nicht davonkommen lassen. Die Frauen, darunter Eleanor, ignorierten sein Sträuben und begannen, ihn gegen seinen Willen auszuziehen. Wie Jagdhunde zerrten sie an seinen Klamotten, als wären sie aus Fleisch und warfen sie dann achtlos zur Seite. Dann rannte Eleanor zurück ins Haus, wobei sie ihre kleinen Brüste, die beim Laufen auf und ab wippten, sinnloserweise mit den Armen zu bedecken versuchte. Die drei anderen Frauen zogen unterdessen David, der nur noch seinen Slip trug, in Richtung Pool.

Als die Frauen Eleanor zurückkommen sahen, bedeuteten sie ihr, sich zu beeilen. David schüttelte den Kopf, musste dann doch lachen. Die Frauen umlagerten ihn, ich konnte nicht genau erkennen, was sie mit ihm anstellten, aber dann sah ich, dass Eleanor ein Küchenmesser in der Hand hielt und mit diesem nun den Bund seiner Unterhose durchtrennte. Mein Herz raste wie verrückt. Die Frauen jubelten triumphierend, als sie den zerschnittenen Slip in die Höhe hielten. David war nun splitternackt, aber anstatt sich zu schämen, vollführte er eine elegante Verbeugung.

Alle außer Max waren nun im Pool. Zwei der Frauen hielten Champagnerflaschen in den Händen, alle quietschten und lachten. Vorsichtig ließ ich den Vorhang los und ging auf Zehenspitzen zurück zu meinem Bettenlager am Boden.

Ich kann nicht genau sagen, wie lange es dauerte, aber irgendwann verstummte die Musik. Man verabschiedete sich, und kurz darauf hörte ich einen Automotor anspringen. Der Wagen fuhr davon, dann vernahm ich auf der Treppe Schritte und Stimmen. Geflüster, gedämpftes Gekicher. Endlich, nachdem sich die Türen der Schlafzimmer hinter ihnen geschlossen hatten, kehrte Ruhe ein.

An Schlaf war dennoch nicht zu denken, und als ich meinen sich drehenden Kopf und vibrierenden Körper nicht mehr länger aushalten konnte, setzte ich mich auf. Ich kniete mich ganz nah an Edies Gesicht und studierte es. Ohne das Make-up wirkte sie jünger. Friedlich schlief sie – offenbar litt sie nicht unter quälenden Albträumen – und gab beim Ausatmen einen leisen pfeifenden Ton von sich. Ich beobachtete ihre sich hebende und senkende Brust und synchronisierte meine Atmung mit ihrer.

Widerstrebend beschloss ich, nach Hause in meine Box zurückzukehren. Der Boden hier war zu hart zum Schlafen, und ich war mir auch nicht sicher, ob ich am nächsten Morgen David oder Barbie oder einem der anderen in die Arme laufen wollte. Zumal ich in der Aufregung vergessen hatte, mir Sachen zum Wechseln und eine Haarbürste mitzubringen.

Das Wohnzimmer sah aus wie ein Schlachtfeld. Leere Flaschen überall. Dazu Essensreste, Kleidungsstücke, nasse Handtücher und verschütteter Wein. Es stank nach Zigarettenrauch und Alkohol. Eines der winzigen Wachteleier war in den Schaffellteppich eingetreten worden.

Die Terrassentür war nicht abgesperrt. Ich trat hinaus, schloss sie leise hinter mir. Der Himmel war sternenklar. Ein Strahl von Mondlicht traf auf die pechschwarze Oberfläche des Pools. Es ging eine kaum merkliche Brise, die das Wasser leicht kräuselte, sodass sich schimmernd das Licht darauf brach. Alles war still. Nur der Klang der Wellen, die am Fuß der Klippe gegen die Küste brandeten, war zu hören. Tief sog ich die Luft ein, die weich und warm war. Sie schmeckte salzig, mit einem Hauch von Seetang.

Der Tisch war voller Gläser, Zigarettenkippen und größtenteils leeren Platten. Der Rest des bläulichen Käsedips begann bereits einzutrocknen.

Und da war auch das Messer.

Friedlich lag es da inmitten des Chaos. Wie auf dem Pool spiegelte sich auch auf der Klinge das Mondlicht wider. Ich griff danach. Langsam bewegte sich meine Hand durch die Luft, als gehöre sie jemand anderem. Ich sah, wie sie den Griff umschloss. Ich erinnerte mich daran, dass Eleanor ihn berührt hatte, wo nun meine Hand lag. Ich konnte die Weichheit ihrer Haut förmlich darauf spüren. Seidengleich, parfümiert und glatt. Und ich konnte sie riechen – ihr Duft war überall um mich herum, ihr Parfüm, ihr Haarspray, die Creme, die sie für Hände und Gesicht benutzte. Und ich sah sie vor mir, vor allem ihren Gesichtsausdruck, als sie mir sagte, ich solle die Einkäufe auspacken.

Ich hob das Messer und drehte es, fing mit ihm das Mondlicht ein. Presste die Klinge flach gegen meine Wange. Da spürte ich es. Jemand – oder etwas – beobachtete mich. Ich ließ das Messer sinken und drehte mich um. Es war niemand da. Niemand auf der Terrasse, niemand im Wohnzimmer. Keine Schemen hinter den Fenstern. Blinzelnd suchte ich die Fassade von oben bis unten ab.

Da entdeckte ich ihn. Den Raben. Er hockte am Rand des Daches, die schwarzen Augen starr auf mich gerichtet. Aber war er wirklich da? Raben kamen nachts doch nie heraus. Ich legte das Messer zurück auf den Tisch. Ging ein paar Schritte näher auf das Haus zu. Blinzelte zwei Mal. Schaute wieder nach oben. Starrte angestrengt in die Dunkelheit.

Nichts.

Ich machte einige Schritte rückwärts, und plötzlich stieß mein Fuß gegen etwas, das hell und metallisch klirrte. Ich bückte mich. Es war schwer zu erkennen. Meine Hände tasteten suchend über die Bodenplatten. Dann streiften meine Finger etwas Kühles. Ich hob es auf und drehte mich ins Mondlicht. Es war Eleanors Armreif. Ich starrte ihn an, starrte auf die Rubine, die auf der goldenen Kette prangten wie schwarze Blutstropfen. So wundervoll. Das schönste Schmuckstück, das ich je gesehen hatte.

Ich legte es auf den Tisch neben das Messer und sah aufs Meer hinaus. Sacht bewegte sich mein Körper im Takt der heranrollenden Wellen.

# FÜNFUNDDREISSIG

**Angie – August 1986**

So etwas hatte sie noch nie gesehen.

Was hatte Eleanor gesagt? Acht Personen? Das Haus sah aus, als wäre eine Kompanie auf Truppenurlaub hier durchgezogen. Angies Blick wanderte durch das Wohnzimmer – über den Müll, die zerbrochenen Gläser, die in den Teppich getretenen Essensreste, die überall verstreuten Kleider und Schuhe –, und sie wusste nicht recht, wo sie anfangen sollte. Durch das Fenster sah sie hinaus auf die Terrasse. Da draußen war das Durcheinander sogar noch schlimmer. Als Eleanor ihr gesagt hatte, sie würde ihr für diese Schicht noch einmal die Hälfte ihres Stundentarifs obendrauf packen, hatte Angie das zunächst nicht annehmen wollen. Hatte ihrer Arbeitgeberin versichert, ihr derzeitiger Lohn reiche vollkommen aus, selbst für einen Sonntagmorgen. Doch nun war sie froh, dass Eleanor auf dem Bonus bestanden hatte.

»Die Küche ist in einem beklagenswerten Zustand.« Eleanor stand hinter ihr. Sie sprach leise und krächzend und trug die riesige Sonnenbrille mit dem weißen Gestell. »Unsere Freunde kommen bald zum Frühstück herunter, und ich kann die Kaffeemaschine nicht finden, geschweige denn bedienen.«

»Gut, dann fange ich da an.«

Angie seufzte, als sie die Küche betrat. Heute war ihr ganz und gar nicht nach Putzen zumute. Sie schwor sich, nach der Arbeit einen langen Spaziergang zu machen. Vielleicht erwischte sie den Bus nach Zennor und könnte zum Quoit hinaufsteigen. Als sie den Eimer mit heißem Wasser füllte, dachte sie an jenen Tag zurück, als Rob um ihre Hand angehalten hatte. Sie waren den Hügel hinaufspaziert, um die alte Grabkammer zu besuchen, fünf riesige Steine, die eine große Granitplatte stützten. Dabei waren sie in einen sintflutartigen Regen geraten. Völlig durchnässt hatten sie die letzten hundert Meter laufend zurückgelegt, lachend und auf nassen Steinen und Gras ausrutschend. Sie hatten den Zennor Quoit erreicht, der, wie Rob zu berichten wusste, vor über fünftausend Jahren errichtet worden war. Die Megalithanlage war eine von nur noch acht verbliebenen Quoits im West Penwith Moor. Dort oben dann hatte er sie sanft gegen die uralten Steine geschoben und seine warmen Lippen auf ihre gedrückt. Wie hart sich seine Brust durch das nasse Hemd angefühlt hatte! Durch einen Schleier aus Freudentränen hatte sie gelacht, als er auf die Knie in den Matsch gesunken war und eine kleine samtene Schachtel aus der Tasche gezogen hatte. Auf dem Ring darin war ein winziger perfekter Diamant.

*Tut mir leid, dass er nicht größer ist, Angie.*

»Du bekloppter Kerl«, flüsterte sie, als sie etwas Spülmittel aus der Flasche in den Eimer quetschte. »Mir hätte sogar einer aus dem Kaugummiautomaten gereicht.«

Sie sah, wie das Wasser im Eimer schäumend anstieg und hörte Schritte im Wohnbereich. Die Tür von Max' Arbeitszimmer öffnete sich, und Eleanor sagte etwas zu ihrem Mann. Allerdings so leise, dass Angie es nicht verstehen konnte. Noch mehr Getuschel. Dann wurde die Tür wieder geschlossen.

Angie begann zu wischen, schrubben und scheuern, bis in der Küche allmählich wieder etwas Ordnung herrschte. Dabei versuchte sie, die immer lauter werdenden Stimmen zu ignorieren, was jedoch ab einem bestimmten Punkt unmöglich wurde.

»Eine *peinliche Zumutung*?«

»Sehr richtig. Du und die anderen, ihr seid über David hergefallen wie ein Rudel tollwütiger Hunde.«

»Ha! Als ob du dich beschweren könntest! Flirtest mit diesem Mädchen ... Mit einem *Kind*, Herrgott noch mal!«

Angie erstarrte. Sie legte den Putzlappen beiseite, verließ die Küche und ging ins Wohnzimmer, um besser mithören zu können.

»Flirten?«, rief er aus. »Wovon zum Teufel redest du eigentlich?«

»Du hast was mit ihr. Ich weiß es!«

Er gab ein bitteres Lachen von sich.

»Wage es bloß nicht, das auch noch abzustreiten«, keifte sie. »Ich hab euch zusammen in der Küche gesehen. Als ich reinkam, seid ihr auseinandergestoben wie zwei Verschwörer. Und überhaupt, sie ist ständig hier. Hängt dauernd hier herum. *Warum?* Wohl kaum, weil Edie sie so wahnsinnig gernhätte. Ich sehe doch, dass das Gör sie zu Tode langweilt.«

Angie wurde flau im Magen. Sie sprachen zweifellos über Tamsyn.

»Nein, das siehst du falsch. Edie mag sie. Hast du sie hier mit irgendjemand anderem zusammen gesehen? Tamsyn ist tatsächlich die Einzige, mit der sie ihre Zeit verbringen will.«

»Sie starrt dich ständig an.«

»Sie starrt *uns alle* ständig an! Sie ist irgendwie schwer beeindruckt von uns. Und sie genießt es, hier zu sein. Mir ist aufgefallen, wie gelöst sie wirkt, sobald sie eine Weile hier ist. Vielleicht hat sie es ja zu Hause nicht leicht? Sie sieht oft ziemlich angespannt aus, wenn sie herkommt. Vielleicht ist dieser Ort so eine Art ... Zuflucht für sie.«

»Verschone mich mit deinem Schriftsteller-Psychogelaber.« Eleanor spie die Worte aus wie Klumpen von Batteriesäure. »Ich hab noch vor Augen, wie ihr euch gestern Abend aufgeführt habt. Jeder konnte es sehen, verdammt noch mal. Hast sie in Schutz genommen und ihr zugezwinkert, wenn du dachtest, es kriegt keiner mit.«

»Ich habe sie angelächelt, weil sie sich gestern wie ein Fisch auf dem Trockenen vorgekommen sein muss und etwas Beistand gebraucht hat. Und ich hab sie in Schutz genommen, weil sich dein rüpelhafter Freund – was ja nichts Neues ist – wie ein Wichser verhalten hat und in die Schranken gewiesen werden musste.«

Als Eleanor antwortete, schwang so etwas wie Überdruss und Müdigkeit in ihrer Stimme mit, wie Angie fand. »Sie ist sechzehn, Max. *Sechzehn*. Selbst nach deinen Maßstäben ist das ein bisschen *jung*, meinst du nicht?«

Angie hob die Hand zum Mund und begann, an einem ihrer Fingernägel zu kauen. Das konnte doch nicht sein, dass Tamsyn und Max ...

»Was genau wirfst du mir eigentlich vor, Eleanor?«

»Es ist ja nicht so, als hättest du in dieser Hinsicht keine Übung.«

Er schwieg.

»Jeder in London weiß, worauf du stehst. All diese sogenannten literarischen Veranstaltungen und Gesellschaftspartys. Die Mädchen, mit denen du dich umgibst. Und am Wochenende bist du selten zu Hause.«

»Das reicht.«

Ab da wurden die Stimmen wieder gedämpfter.

Angie rieb sich über das Gesicht und strich energisch ihr T-Shirt glatt. Sie fühlte sich ganz schwach vor Übelkeit und Hilflosigkeit, wusste nicht, was sie nun tun sollte. Langsam ging sie zurück in die Küche und trank ein Glas Wasser. Kurz darauf öffnete sich die Tür zum Arbeitszimmer, dann lief jemand durchs Wohnzimmer. Eleanor kreischte vor Wut und Frust auf. Dann ertönte ein Krachen, und sie heulte erneut auf. Schläge. Wieder zerbrach etwas. Angie zog sich hinter den Türrahmen zurück. Eleanors Schritte näherten sich der Küche.

Eleanor erschien im Türdurchgang. Ihr Gesicht war auf geradezu unbeschreibliche Weise verzerrt, und ihre geballte Wut schlug Angie fast körperlich entgegen. Mit bebender Brust und rotfleckigen Wangen starrte Eleanor sie an. Die Sonnenbrille fehlte, und Angie sah in blutunterlaufene Augen, die sie wie Pfeile durchbohrten. »Verlassen Sie sofort mein Haus.« Das sagte sie leise, aber mit unverhohlener Bosheit.

»Ich habe nicht …«

»Verschwinden Sie auf der Stelle«, sagte Eleanor mühsam beherrscht. »Und sagen Sie Ihrer Schlampentochter, dass ich sie töten werde, wenn sie noch mal hier auftaucht.«

Angie griff sich an die Brust und öffnete entsetzt den Mund. Eleanors weiß glühender Zorn war furchteinflößend. In diesem Moment wirkte sie wie ein Psycho aus einem Horrorfilm.

»Sie ist keine Schlampe«, flüsterte Angie.

»Doch, das ist sie.« Mit ihrem Gesicht kam Eleanor ganz nah an Angie heran und blies ihr eine abgestandene warme Alkoholfahne entgegen. »Eine dreckige kleine Schlampe ist sie, und das wissen Sie auch. Und jetzt machen Sie, dass Sie rauskommen.«

Angie wollte ihr sagen, sie solle den Mund halten, wollte ihr entgegenschreien, dass sie nicht so über Tamsyn sprechen dürfe. Dass sie mit ihren sechzehn Jahren – ob vor dem Gesetz oder nicht – immer noch ein Kind war und dass es Max Davenport war, den man töten müsste, falls da wirklich etwas war zwischen den beiden. Aber sie brachte kein Wort heraus. Es war, als hätte man ihr die Zunge herausgeschnitten. Tränen sammelten sich in ihren Augen, als sie sich umdrehte und in den Hauswirtschaftsraum ging, um ihre Stiefel und die Tasche aus dem Regal zu holen. Ihre Habseligkeiten an sich gepresst, eilte sie aus der Küche, vorbei an Eleanor Davenport, die einen Schritt zur Seite machte, während ihr eiskalter Blick ihr folgte.

Als Angie durchs Wohnzimmer ging, sah sie auch den Grund für den Lärm. Eines der Gemälde – aus der Serie der infantilen, die mit bunten Pinselstrichen auf weißem Untergrund ausgeführt waren – war von der Wand gerissen und gegen die Ecke des Beistelltischs geknallt worden. In der Leinwand prangte nun ein großer gezackter Riss, die dort, wo das Gewebe gerissen war, in Fransen herunterhing.

Mit gesenktem Kopf ging Angie zügig zur Hintertür. Sie konnte es kaum erwarten, auf dem Küstenpfad und damit in Sicherheit zu sein. In ihrem Kopf überschlugen sich die Gedanken. Eine Mischung aus Empörung, Verwirrung und Furcht. Wie konnte die Frau es wagen, so über Tamsyn zu sprechen? Aber war an dem Vorwurf, zwischen ihr und Max sei etwas vorgefallen, etwas Wahres dran? War das der Grund, warum Tamsyn ständig in diesem Haus ein und aus ging? War ihre Freundschaft mit Edie nur ein Vorwand?

Sie dachte an Rob. Würde er wollen, dass sie Max deswegen zur Rede stellte? Nein. Er wäre ruhig geblieben. Hätte die Fakten überprüft. Als Erstes mit Tamsyn gesprochen. Ganz sicher wäre er nicht in Max' Arbeitszimmer marschiert und hätte ihn mit den Fäusten attackiert ...

»Angie.«

Max stand vor seiner Zimmertür.

Sie hielt inne, drehte sich dann zögernd zu ihm um. Er hatte die Hände in die Hosentaschen geschoben und ließ leicht die Schultern hängen. Hatte er ein schlechtes Gewissen? Er sprach nicht sofort. Die Luft zwischen ihnen knisterte, und sie musste sich zusammenreißen, um nicht zu weinen.

»Da ist nichts zwischen …«

»Mrs Davenport hat mich aufgefordert, das Haus zu verlassen.« Angie senkte den Blick und wandte sich wieder der Hintertür zu.

»Sie müssen mir glauben, Angie. Sie …« Wieder machte er eine Pause. »Meine Frau denkt sich solche Dinge aus. Lebt in einer Traumwelt. Sie ist nicht ganz richtig im Kopf. Nichts von dem, was meine Frau gesagt hat, ist wahr.«

Von irgendwoher bezog Angie plötzlich wieder etwas Stärke. Vielleicht war es die Erinnerung an Eleanors niederträchtige Worte oder die Alkoholfahne, die das Ganze begleitet hatte. Oder vielleicht auch die Vorstellung, dass Leute wie sie sagten, was sie wollten, ohne sich auch nur einen Gedanken über andere zu machen. Oder vielleicht die Möglichkeit, dass dieser privilegierte, arrogante Mann wer weiß was mit ihrer Tochter angestellt hatte.

»Gut«, sagte sie und schaute ihm fest in die Augen. »Denn wenn ich herausfände, dass Sie sie angerührt haben, weiß ich nicht, was ich tun würde.«

Oben auf dem Treppenabsatz wurden Stimmen laut, die sie nicht kannte, also musste es sich um die Freunde der Davenports handeln. Geflüster. Getuschel. Ersticktes Gelächter. Angie sah nach oben. Max schluckte hart, blinzelte und straffte sich. Er wollte noch etwas sagen, aber Angie ließ es nicht mehr dazu kommen.

»Lassen Sie die Finger von meiner Tochter.«

Mit diesen Worten riss sie die Hintertür auf, ging über den Rasen und trat durch das Tor auf den Küstenpfad. Mit erhobenem Kopf und durchgedrücktem Rücken schritt sie davon. Als sie die Stelle erreichte, wo man sie vom Haus aus nicht mehr sehen konnte, brach sie in Schluchzen aus. Sie kauerte sich zusammen und musste sich mit der Hand an einem Felsen abstützen, um nicht umzufallen.

Lange hockte sie nicht so da, als sie hörte, wie sich hinter ihr jemand räusperte.

Angie fuhr herum und sah Edie, die nicht weit von ihr entfernt stand. Sie trug eine pinkfarbene Pyjamahose mit weißen Punkten und ein Micky-Maus-Shirt. Auch war sie barfuß. Sie war nicht geschminkt und hatte kein Gel im Haar. Die Augen, die ohne die schwarzen Umrandungen viel kleiner wirkten als sonst, waren vom Schlaf verklebt.

Das Mädchen warf einen Blick zurück zum Haus, bevor sie sich neben Angie fallen ließ.

»Es stimmt nicht. Was sie gesagt hat, meine ich.« Sie legte eine Hand auf Angies Schulter. »Ich schwöre es. Tamsyn ist wegen mir ins Haus gekommen, nicht wegen ihm. Eleanor ist total verrückt.«

Erleichtert schluchzte Angie auf und schlug die Hände vors Gesicht. Sie wischte sich die Tränen ab und glättete mit zittrigen Fingern ihr Haar. Edie stand auf und streckte ihr die Hand hin, um ihr aufzuhelfen. Dann gab sie ihr einen Brief, auf dem Tamsyns Name stand.

Angie schüttelte den Kopf. »Sie kann nicht mehr hierherkommen, Edie. Deine Mutter ... Ich glaube nicht, dass Tamsyn bei euch sicher ist.«

Edie nickte. Ohne ihre Kampfaufmachung – Make-up, schwarze Klamotten, Statement-Schmuck – war ihre Schutzlosigkeit mit Händen zu greifen.

Jung und verletzlich, nichts weiter als ein Kind, das versuchte, sich in einer Familie, die schon vor langer Zeit zerbrochen war, irgendwie über Wasser zu halten.

»Werden Sie es ihr erzählen?« Edie sah aufs Meer hinaus,

während der Wind ihr das Haar aus dem Gesicht blies. »Was meine Mutter gesagt hat?«

Angie antwortete nicht sofort. Darüber hatte sie noch nicht nachgedacht. Aber welche Wahl hatte sie denn? Eleanor hatte Tamsyn verboten, das Haus noch einmal zu betreten. Ihre Tochter würde wissen wollen, warum. Und welche überzeugende Erklärung konnte sie ihr liefern? Wie auch immer, es würde Tamsyn das Herz brechen, und Angie spürte, wie wieder die Wut in ihr hochkochte. Sie hatte das alles von Anfang an gewusst. Hatte es glasklar vorausgesehen. Und wer würde nun wieder die Trümmer aufsammeln müssen? Nicht Eleanor, und auch nicht Max oder Edie. Nein, *sie* würde das tun müssen, und allein der Gedanke daran erschöpfte sie. Noch mehr verletzte Gefühle. Noch mehr Tränen. Noch mehr Verwirrung, in die ihr jüngstes Kind gestürzt werden würde.

»Würden Sie ihr diese Nachricht geben?«

Misstrauisch beäugte Angie den Umschlag. Sie wollte, dass ihre Familie nichts, aber auch rein gar nichts mehr mit den Davenports zu schaffen hatte.

»Bitte.«

Wieder diese Verwundbarkeit. Angies Entschlossenheit schmolz dahin. »Ja, ich gebe ihn ihr«, sagte sie und nahm den Brief.

Ohne ein weiteres Wort drehte Edie sich um und machte sich auf den Weg zurück zum Haus. Die Arme fest um sich geschlungen, ging sie mit nackten Füßen über den grasbedeckten Pfad. Der Wind blähte die Beine ihrer Schlafanzughose auf wie Segel.

Angie wandte sich Richtung St Just und wollte den Brief in ihrer Handtasche verstauen. Zwischen ihren Habseligkeiten entdeckte sie darin auch den Schlüssel mit dem grünen Anhänger, auf dem *Haus auf der Klippe* stand. Sie wirbelte herum, um Edie zurückzurufen, doch die war schon verschwunden.

»Ich geh nicht dahin zurück«, murmelte sie.

Sie würden zu ihr kommen und ihn sich abholen müssen. Oder Gareth konnte ihn in ihrem Auftrag zurückbringen. Unter gar keinen Umständen würde sie noch einmal einen Fuß in dieses Irrenhaus setzen.

## SECHSUNDDREISSIG

**Tamsyn – August 1986**

»Wie lange ... dauert es ... denn noch, Liebes?«
»Nur noch ein paar Minuten, Grandpa!«
Erst in den frühen Morgenstunden war ich von der Party nach Hause gekommen und dann wie tot ins Bett gefallen. Ich hatte tief und lange geschlafen. Erwachte schließlich mit einem fürchterlich brennenden Schmerz in meiner Schulter. Die Stelle rund um mein Tattoo tobte wie ein wütendes eingesperrtes Tier, das unbedingt herauswollte.

Ich stöhnte, als ich mir im Bad das Shirt auszog. Ich drehte mich so zum Spiegel, dass ich mein Schulterblatt sehen konnte. Vorsichtig hob ich ein winziges Stück des Pflasters ab. Das Zerren an der Haut schickte einen Schmerzensstoß durch meinen Arm und hinein bis in die Fingerspitzen. Ich kniff die Augen zu, nahm meinen ganzen Mut zusammen und riss das Pflaster in einem Ruck ab. Mein Kopf platzte schier vor Schmerz, und ich musste mich am Waschbecken festhalten.

Was unter dem Pflaster zum Vorschein gekommen war, trug auch nicht dazu bei, dass ich mich besser fühlte. Die Haut rund um das Tattoo sah aus wie ein roter Ballon, straff gespannt und glänzend. Die schwarzen Konturen der indischen Tinte hatten sich in verkrustete gelbliche Bläschen verwandelt, die stellenweise nässten. Das entzündete Fleisch roch nach verdorbener Milch, und als ich einen Finger auf die Schwellung drückte, trat ein Tropfen Eiter aus.

Ich nahm das Wundbenzin aus dem Medizinschrank, tränkte ein Wattebällchen damit und tupfte vorsichtig die teilweise verkrustete Wunde ab. Die Stelle war allerdings zu schmerzempfindlich, um alles zu reinigen, also beschloss ich, sie mit Savlon-Salbe einzuschmieren und wieder abzudecken. Das alte Pflaster war fusselig, schmutzig und von Wundflüssigkeit getränkt, das konnte ich also nicht mehr nehmen. Allerdings waren keine großen Pflaster mehr da, weshalb ich ein kleineres nehmen musste, das gerade so das Tattoo abdeckte, wobei die Klebeseiten die entzündete Stelle teilweise berührten. Die Schmerzen dieser Prozedur raubten mir fast den Atem, und ich war erleichtert, als alles erledigt war. Danach knöpfte ich mein Shirt wieder zu und spritzte mir kaltes Wasser ins Gesicht.

»Das Bad gehört ganz dir«, sagte ich zu meinem Großvater, als ich auf den Flur hinaustrat.

»Danke, Liebes«, keuchte er, und ich bemerkte, wie gelblich und papiertrocken seine Haut heute wirkte. »Das dauert leider ... bis ich mich morgens ... zurechtgemacht hab. Und dann ...« Er lächelte und entblößte seine braunfleckigen Zähne. »... muss die hier ja auch noch zum Strahlen bringen. Hast du ... heute was Besonderes ... vor?«

Ich schüttelte den Kopf. »Heute nicht. Mir geht's nicht so gut. Bin erst ziemlich spät von der Party nach Hause gekommen und hab nicht viel geschlafen. Ist Mum da?«

Er schüttelte den Kopf. »Die ist im weißen Haus. Wollte um zwei zurück sein.«

»Wirklich?« Mein Herz setzte kurz aus. Warum hatte sie mir nichts davon erzählt? Sie hätte es mir sagen sollen. Ich schaute auf meine Armbanduhr. Es war kurz vor elf.

»Ja, sie macht ... nach der Party ... da sauber. War's denn schön?«

Ich empfand wieder die Demütigung und Kränkung, als Eleanor mich aufgefordert hatte, die Einkäufe auszupacken und Eier zu pellen, aber auch den Schrecken und das anschließende Glücksgefühl, als ihr Bekannter mich vor aller Augen als begehrenswert bezeichnet hatte. Ich wurde rot und nickte.

Grandpa lächelte, dann hielt er sich die Hand vor den Mund, weil er husten musste. Als er sie wieder fortnahm, sah ich, dass sie mit feinsten Blutspritzern bedeckt war, die sich unter die Altersflecken mischten. Er registrierte meinen Blick und ließ die Hand sinken, dann schlurfte er ins Bad und schloss die Tür.

Ich musste zurück ins Bett. Ich fühlte mich benommen, was bei den wenigen Stunden, die ich geschlafen hatte, kein Wunder war. Als ich zu meiner Box gehen wollte, hörte ich, wie die Eingangstür aufgeschlossen wurde. Ich rannte zum Treppenabsatz und lehnte mich übers Geländer. Unten hängte Mum gerade ihre Taschen an den Haken und zog sich die Jacke aus.

»Hey«, rief ich ihr zu. »Grandpa meinte, du wärst vor zwei Uhr nicht wieder da. Warum hast du mir nicht erzählt, dass ...«

Ihr Blick ließ mich mitten im Satz verstummen. Etwas stimmte nicht. Ihre Augen ruckten hin und her, und sie zupfte mit der Hand nervös am Ärmelsaum ihrer Bluse herum.

»Alles okay?«

Keine Antwort.

Da sah ich den Brief in ihrer anderen Hand.

»Ist der von Edie?«

»Tamsyn ...« Sie zögerte. »Wir müssen reden.«

Panik erfasste mich. »Was ist denn los?«

Sie sagte nichts, senkte nur den Blick.

»Mum? Jetzt sag doch was.«

Sie hob den Kopf und nickte und holte tief Luft, bevor sie

zu mir heraufkam. An mir vorbei ging sie in meine Box und setzte sich aufs Bett. Ich folgte ihr und ließ mich neben ihr nieder. Plötzlich fühlte sich der Raum sogar noch kleiner an als sonst, als kämen die Wände auf uns zu und pressten langsam, aber sicher allen Sauerstoff aus dem Zimmer.

»Du machst mir Angst, Mum.« Alles, woran ich denken konnte, war mein Bruder. War ihm etwas zugestoßen? Allein bei dem Gedanken wurde mir schlecht. »Ist mit Jago alles in Ordnung?«

»Jago?« Sie kniff die Brauen zusammen, dann schüttelte sie den Kopf. »Ja. Ja, ihm geht's gut. Ich meine, ich glaube es ... Es geht nicht um ihn. Es ...«

»Was?«

»Ich war eben bei den Davenports. Und ... Na ja, ich hab die beiden streiten gehört. Sie ... Sie will ...«

»*Was*, Mum?«

»Mrs Davenport ...« Sie verzog das Gesicht in dem Bemühen, die richtigen Worte zu finden. »Sie will uns nicht mehr im Haus auf der Klippe sehen.«

Ich zog die Stirn in Falten. »Was meinst du damit?«

»Du und ich. Wir sind da nicht mehr willkommen.«

»Oh, mein Gott. Was hast du *getan*?« In meiner Wut versuchte ich gar nicht erst, meinen wütenden Vorwurf zu mäßigen.

»Ich habe gar ...«

»Was hast du *getan*?« Diesmal schrie ich sie regelrecht an.

»Nichts, Tamsyn, ich habe gar nichts getan.«

»Aber das musst du!« Mir wurde speiübel. »Gestern Abend war noch alles in Ordnung. Sie hat mir sogar eine Bluse geliehen. Hat mich einen Engel genannt und ein Gottesgeschenk und gesagt, dass sie nicht wüsste, was sie ohne mich machen sollte. Das Letzte, was sie sagte, war *Danke* und *Bleib doch über Nacht*. Seitdem hab ich sie nicht mehr gesprochen. Also geht es um dich. Um etwas, das du getan hast.«

Ich wusste nicht, warum ich die Wahrheit dermaßen verbog. Warum ich ihr nicht erzählte, wie sehr Eleanor mich verletzt und wie sie sich benommen hatte. Warum ich behauptete, sie hätte sich bedankt und mich zum Übernachten eingeladen. Aber der Gedanke, nie wieder ins Haus zurückkehren zu dürfen, fraß innerlich an mir, als hätte ich Salzsäure geschluckt.

Mum kaute auf der Unterlippe und starrte aus dem winzigen Fenster nach draußen. Dann schüttelte sie den Kopf, als hätte sie nichts mehr zu verlieren. »Nun, ich habe mitanhören müssen, wie sie ihn wegen bestimmter Dinge beschuldigte.«

»Was für Dinge?«

Nun sah mir Mum direkt in die Augen.

»Mum. Was für Dinge?«

»Es hat mit dir zu tun.«

Mir drehte sich der Kopf. »Mit mir? Was soll das heißen? Mum, ich verstehe kein Wort von dem, was du sagst.«

Meine Mutter schien vor meinen Augen zusammenzubrechen. Ihr Oberkörper sank ein Stück nach vorn, und alle Farbe wich aus ihrem Gesicht. »Sie denkt, du und er …« Wieder konnte sie nicht weitersprechen, und ich biss mir auf die Zunge, damit ich sie nicht wieder anschrie. »Dass ihr … zusammen seid.«

»Ich verstehe nicht.«

»Sie beschuldigte ihn, eine Affäre mit … eine Beziehung zu dir zu haben«, sagte sie und starrte auf ihre Hände.

Eisige Wellen durchliefen meinen Körper. Ich schüttelte den Kopf. Lachte trotz des erlittenen Schocks ungläubig auf. »*Was?* Nein … *Nein!* Natürlich hab ich nichts mit Max. Ich meine … das ist doch verrückt. Ich … Ich …« Panik stieg mir in die Kehle und raubte mir die Luft zum Atmen. Die Vorstellung, dass Eleanor mich verdächtigte, so etwas mit Max zu tun, und mich deshalb aus ihrem Haus verbannte, lähmte mich. »Ich muss da hin und ihr sagen, dass sie sich irrt. Das ist nicht wahr!«

Mum riss vor Schreck die Augen auf. »Nein, auf keinen Fall gehst du da noch mal hin. Hast du mich gehört? Diese Frau ist psychisch nicht stabil. Bitte, Tam, ich meine es ernst. Sie ist nicht ganz richtig im Kopf. Du hättest sie kreischen hören sollen. Sie hat sogar eins von den Gemälden kaputt geschlagen. In dieser Familie … ist einiges im Argen, und man muss sie in Ruhe lassen, damit sie das wieder in Ordnung bringen können. Geh nicht wieder dahin! Okay? Du willst doch nicht noch zusätzlich Probleme machen.« Sie seufzte und rieb sich übers Gesicht. »Oh Gott«, murmelte sie. »Die schulden mir noch fast einen ganzen Monatslohn.«

In meinem Kopf rauschte ein Gedankenstrudel, und ich fühlte mich nun richtig elend. Ich versuchte aufzustehen, aber meine Knie gaben nach, und Mum musste mich auffangen. Als sie mich berührte, keuchte sie erschrocken auf.

»Schatz, du bist ja ganz heiß!« Sie legte ihre Hand an meine Stirn. »Warum hast du mir denn nicht gesagt, dass du krank bist?«

Ich konnte nicht sprechen. Nicht klar denken. Ich war entkräftet vor Sorge und fragte mich immer wieder, wie Eleanor dazu kam, solche Dinge zu behaupten.

»Du brauchst etwas Dispirin«, sagte Mum.

Sie legte den Briefumschlag auf den Tisch neben meinem Bett und verließ das Zimmer.

Ich dachte an die Party zurück, ließ alles noch einmal Revue passieren. Ich hatte im Wohnzimmer die Drinks herumgereicht. Dann hatte der Mann diese Dinge über mich gesagt. Woraufhin mir Max freundlich zur Seite gesprungen war und ich mich gleich besser gefühlt hatte. Nein, es musste der Augenblick gewesen sein, in dem sie uns zusammen in der Küche gesehen und daraus die falschen Schlüsse gezogen hatte. Mir wurde eng ums Herz, als ich mich an den Raben auf dem Dach erinnerte. Daran, wie der Blick aus seinen schwarzen Perlenaugen mich durchbohrt hatte. Meine Sicht verschwamm. Ich schaute auf den Briefumschlag neben meinem Bett. Edies Handschrift geriet immer wieder aus meinem Fokus. Mit zitternder Hand griff ich nach dem Kuvert.

Mum kam mit zwei Gläsern Wasser zurück. Eines war trüb aufgrund des darin aufgelösten Dispirins, das andere war klar. Sie gab mir das mit der Medizin, in dem ein Teil des Granulats zu Boden gesunken war, und ich leerte es in einem Zug. Dann ließ ich mir von ihr ins Bett helfen. Sie beugte sich vor und stellte das andere Glas auf meinen Nachttisch. Ich sah zu, wie die Wasseroberfläche sich allmählich wieder beruhigte.

»Versuch, ein bisschen zu schlafen«, sagte sie. »Ich werde später nach dir sehen.«

Sobald sie weg war, griff ich nach dem Briefumschlag.

*Liebe Tamsyn,*
*es tut mir alles so leid. Habe ich dir nicht gesagt, dass sie durchgeknallt ist? Mach dir keine Gedanken um das, was sie behauptet. Ich weiß, dass es nicht stimmt. Du darfst nicht mehr herkommen, aber ich möchte dich sehen und sichergehen, dass es dir gut geht. Sollen wir uns heute Nachmittag am Cape Cornwall treffen? Ich werde um drei Uhr dort sein.*
*Bitte, komm!!!*
*In Liebe, deine Edie.*
*Du darfst auf keinen Fall hierherkommen.*

Da hatte ich es schwarz auf weiß. Mum hatte nicht gelogen. Ich glaubte, sterben zu müssen. Mein Körper versteifte sich, die Fingerspitzen wurden taub, und die Brust wurde eng. Das Atmen fiel mir schwer, und Panik überkam mich. Ich dachte an meinen Vater und mich, an den Tag, an dem wir zusammen schwimmen waren. An sein Lachen. Das Gefühl, wie er seine Arme um meinen Nacken gelegt hatte und mit mir durchs Wasser geglitten war. Die letzten Momente, bevor meine Welt in Stücke gerissen wurde. Die Zeit im Haus auf der Klippe war für mich die glücklichste gewesen, seit er ertrunken war. Ich konnte nicht zulassen, dass Eleanor mir das wegnahm. Ich musste ihr irgendwie klarmachen, dass zwischen Max und mir nichts vorgefallen war. Der Gedanke, nicht selbst dort sein zu können, tat weh, war ein unerklärliches Pochen in meinem Magen, und mein Kopf schmerzte, als stecke ein Messer darin.

*Edie.*

Edie würde mir helfen, die Dinge wieder in Ordnung zu bringen. Dieser Brief war wie ein Rettungsfloß.

Sie wollte mich immer noch sehen. Ich stellte mir vor, wie sie sich hingesetzt und die Zeilen niedergeschrieben, wie sie den Bogen sorgfältig gefaltet und in den Umschlag geschoben hatte. Sah, wie sie das Kuvert küsste, bevor sie es zuklebte. Um den Brief dann meiner Mutter auszuhändigen und sie inständig zu bitten, ihn mir zu geben.

Wieder las ich ihre Nachricht, verinnerlichte jedes Wort, jeden Buchstaben, jedes Satzzeichen.

Starrte die Zeilen an. Las sie wieder und wieder. Alles würde gut werden. Ich würde sie wiedersehen. Mit ihr reden. Erklären. Und dann würde sie ihrer Mutter sagen, dass sie einen schrecklichen Fehler gemacht hatte. Und sie würden über das dumme Missverständnis lachen und mich zum Grillen einladen und auf eine Maniküre und zum Schwimmen ...

Ich hatte immer noch Edie.

Und alles würde gut werden.

# SIEBENUNDDREISSIG

**Tamsyn – August 1986**

Um Viertel vor drei stand ich auf und zog die Vorhänge zu, um den Raum zu verdunkeln. Das Dispirin hatte gewirkt – sowohl mein Schwindelgefühl als auch meine hämmernden Kopfschmerzen waren abgeflaut. Ich schob das Kissen unter die Bettdecke und arrangierte alles so, dass es aussah, als schliefe ich friedlich darunter. Mum war in Grandpas Zimmer und wirtschaftete dort herum, machte sein Bett und klaubte seine Kleider zusammen. Die Tür stand einen Spalt weit offen, also wartete ich, bis ich sicher sein konnte, dass sie mich nicht entdeckte. In einem geeigneten Moment schlich ich nach unten und aus dem Haus.

Edie saß auf der Mauer und wartete auf mich. Sie trug ein weißes T-Shirt und eine schwarze Hose mit Männerhosenträgern. Zwischen den Fingern hielt sie eine brennende Zigarette, aber sie schien sie gar nicht zu rauchen. Wie eine Statue saß sie da, den Blick starr auf die Wellen gerichtet, die unter ihr gegen die grauen Felsen krachten.

Wortlos ging ich auf sie zu. Sie bemerkte mich erst, als ich sie schon fast erreicht hatte. Sie lächelte mich an, aber ich konnte sehen, dass sie traurig war. Die Augen waren rot vom Weinen, darunter etwas verschmierte Mascara, wo sie vergeblich versucht hatte, die Tränen wegzuwischen.

»Tut mir leid«, sagte sie. »Mir hat's gereicht. Ich hasse es da. Es ist die Hölle.«

Ich wollte sie berühren, ließ die Hand aber sinken, als ein stechender Schmerz von meiner Schulter durch den Arm schoss. »Das muss dir nicht leidtun. Es war ein Missverständnis, ehrlich. Wir werden ihr sagen, dass alles okay ist. Wir können es ihr doch erklären.« Ich lächelte ihr aufmunternd zu. »Mach dir keine Sorgen.«

Edie schwang sich von der Mauer. »Ist alles in Ordnung mit dir? Du siehst aus wie ein Gespenst.«

»Bin nur müde, mehr nicht.«

»Sollen wir zur Mine gehen?«

Zwar hatte ich zu Hause noch zwei Schmerztabletten genommen, trotzdem fiel mir das Laufen schwerer als gewöhnlich. Ich war kurzatmig, und meine Beine fühlten sich an wie Gummi. Mir war so elend, dass ich mich nur noch ins Bett legen und schlafen wollte. Aber ich konnte sie jetzt auf keinen Fall allein lassen. Edie war meine einzige Verbindung zum Haus, und ich wäre lieber gestorben, als sie aus den Augen zu verlieren.

Als wir auf dem Pfad um die nächste Kurve bogen, kamen die Ruinen von Botallack in Sicht.

»Die sehen aus, als würden sie jeden Moment zusammenbrechen, findest du nicht?«

»Werden sie nicht, die stehen schon 'ne halbe Ewigkeit da.«

Wir passierten das alte Metallschild mit den rostigen Schrauben, auf dem stand, dass es hier gefährlich sei und man sich unbedingt fernhalten solle. Malerisch hoben sich die zerfallenen Gebäude vor dem Himmel ab – der Teil mit den Torbogen, die Anlegestellen, die Kamine, die stolz aufragten wie einsame Wächter. Auf einigen der Mauern prangten Graffiti, trotzig verewigte Namenszüge und rebellische Liebeserklärungen. Die Sonne hatte sich hinter einer dicken weißen

Wolke versteckt, die tief am Himmel hing. Über dem Meer lag ein feiner Nebel, der die Küste zärtlich berührte.

»Schön hier, oder?«, sagte sie. »Man kann sich gut vorstellen, dass man hier von den Geistern beobachtet wird.«

Wir gingen über den schmalen Fußweg, der zum Maschinenhaus führte. Die Steilküste neben uns wirkte noch dramatischer als sonst. Der Wind und das Meer brüllten, und wenn ich in den Abgrund schaute, drehte sich mir der Kopf.

»Ich frage mich, wie viele Menschen hier schon runtergesprungen sind …«, sinnierte Edie.

Wir wandten uns um und stiegen hinauf zu den Ruinen und fort von der tosenden See.

»Komm«, sagte ich. »Ich zeig dir meinen Lieblingsplatz hier.«

Ich führte sie durch einen niedrigen Torbogen in einen kleinen umschlossenen Bereich. Innerhalb der vier maroden Wände, die, wie das Maschinenhaus, kein Dach mehr hatten, wuchs ein perfekter Teppich aus Gras. Ein geschützter Ort, abgeschirmt von Wind und Meer. Erleichtert ließ ich mich nieder, dann legten wir uns flach hin und starrten in den Himmel. Das dichte Weiß war nun mit dunklen Wolken durchsetzt, dennoch war alles ruhig. Nichts bewegte sich bis auf einen Vogel, der gelegentlich über unsere Köpfe hinwegflog, zu hoch, als dass wir hätten sagen können, welche Art es war.

Edie und ich lagen nah beieinander. Ich drehte den Kopf, um sie anzusehen, schloss kurz die Augen, um den Schwindel zu vertreiben, der bei der Bewegung eingesetzt hatte. Ich studierte ihr Profil. Die makellose Stirn ging in einem perfekten Winkel in die vollkommene Nase über, deren Spitze leicht nach oben zeigte. Dabei markierte der Nasenstecker die Linie wie eine Art Schlusspunkt. Dann der Schwung ihrer wohlgeformten Lippen. Mein Herz schlug schneller, und Hitze

durchflutete meinen Körper. Ich spürte, wie ihre Hand nach meiner griff. Oder hatte ich womöglich nach ihrer gegriffen?
*In Liebe, deine Edie.*
»Sie meint es ernst, weißt du.«
Ihre Stimme ließ mich zusammenfahren.
Sie drehte mir ihr Gesicht zu. »Meine Mutter will dich nicht mal mehr in der Nähe unseres Hauses sehen. Ich hab gehört, wie sich mein Vater deswegen mit ihr gestritten hat. Sogar ich hab versucht, sie zur Vernunft zu bringen. Hab ihr gesagt, dass sie verrückt ist, aber die dumme Kuh wollte nichts davon hören. Sie will nicht, dass irgendjemand von euch jemals wieder dort auftaucht. Auch nicht dein Bruder.«
»Aber wenn du es noch mal versuchst ... es ihr erklärst.«
Edie rieb sich über das Gesicht, fuhr sich über die Stirn und das Haar.
»Weißt du«, sagte sie, »sie hat mich letzte Woche geschlagen.«
*»Geschlagen?«*
»Hat mir auf die Hand gehauen. So fest, dass ihre Fingerabdrücke zurückblieben. Am nächsten Morgen konnte sie sich mal wieder an nichts erinnern.«
Edie setzte sich auf und pflückte einen Grashalm, hielt ihn sich vors Gesicht und betrachtete ihn. Drehte ihn langsam und neigte immer wieder den Kopf, um ihn aus allen Winkeln zu studieren.
»Manchmal frage ich mich, ob ich auf ihrer Beerdigung überhaupt weinen würde.«
Blitzartig überfiel mich eine Vision von Eleanor. Ein blutleeres Gesicht und leblose Augen, die durch mich hindurchsahen. Sie formte tonlose, an mich gerichtete Worte, aber ich konnte nicht verstehen, was sie sagte. Ich forderte sie auf, es zu wiederholen, wollte es unbedingt wissen. Doch es kam kein

Laut über ihre Lippen, alles, was ich sah, war ihr fahles Antlitz, das mir entgegenstarrte.
*Tamsyn?*
Edies Stimme kam wie aus weiter Ferne.
»Tamsyn?«
Durch den Nebelschleier vor meinen Augen erkannte ich sie, die gerunzelten Brauen, ihr Gesicht nur Zentimeter von meinem entfernt. »Hey, alles in Ordnung? Was zum Teufel ist denn passiert? Meine Güte, du glühst ja förmlich.« Sie zog mich an sich. Hielt mich fest, wobei eine Hand an meinem Hinterkopf lag und ihre Finger sich in meinem Haar verfingen. Es war ein warmes, sicheres Gefühl, als wäre ich zurück im Haus auf der Klippe, als läge ich neben dem Pool, während sich unter uns die Wellen im Takt ihres Herzschlags an den Felsen brachen, dem Takt, den ich durch ihr T-Shirt vernahm. Etwas wühlte in mir herum. Eine sich ausbreitende Hitze.
»Es ist okay«, flüsterte sie.
*In Liebe, deine Edie.*
Ich sah zu ihr auf, und sie lächelte. Langsam kam ich ein Stück näher und presste meine Lippen auf ihre. Mein Magen hob sich, als ich ihren Mund auf meinem spürte. Die Welt um uns glitt davon, als würden wir schweben. Ich stellte mir vor, dass wir im Pool des Hauses wären. Allein. Das Wasser so ruhig, dass nicht mal ein Kräuseln zu sehen war, während wir beide uns in der schwarzen Oberfläche spiegelten.
Plötzlich zog Edie scharf die Luft ein.
Und stieß mich von sich.
»Nein«, keuchte sie.
Fassungslos sah ich, wie sich ihr Gesichtsausdruck von Schock zu Ungläubigkeit wandelte. Dann schoss ihre Hand zu ihrem Mund. Ihr Kopf ruckte vor und zurück. All ihre Wärme hatte sich verflüchtigt, als sie sich von mir zurückge-

zogen hatte, und der Augenblick zerbarst wie ein zu Boden gefallenes Glas.

»Was tust du denn da?«, keuchte sie mit erstickter Stimme.

Furcht erfasste mich.

Sie stand auf und umschlang sich mit den Armen, als wäre ihr kalt.

Ich rappelte mich auf. Schmerz durchzuckte meine Schulter und breitete sich im ganzen Körper aus.

»Aber du hast doch *In Liebe, deine Edie* geschrieben«, flüsterte ich.

»Was?«

»*In Liebe, deine Edie.*«

Ich machte einen Schritt auf sie zu, aber sie wich zurück. Meine Welt verfinsterte sich und schien sich gleichzeitig immer enger um mich zusammenzuziehen. Dem entgegen stand das Haus auf der Klippe, das sich in rasend schnellem Tempo von mir entfernte. Ich wollte nach ihm greifen, aber meine Hand tastete ins Leere.

»Ich bin nicht so. Ich mag Männer. Jungs. Ich bin nicht … so«, stieß Edie hervor und schien sich dabei noch ein wenig fester zu umklammern.

Und dann krächzte ganz in unserer Nähe ein Rabe.

Mein Kopf flog herum. Wo versteckte er sich? Irgendwo da drüben. Vielleicht in den Ruinen, wo er uns aus einem glaslosen Fensterloch beobachtete. Oder oben auf der baufälligen Mauer.

Meine Schulter brannte wie Feuer, und das tätowierte Kreuz pochte, als würde es jeden Moment explodieren.

»Es tut mir leid«, sagte ich. »Ich …«

Sie kaute auf ihrer Unterlippe und hob die Hand, als wolle sie meinen Arm nehmen, doch ich wich zurück, bevor sie mich auch nur berühren konnte.

Und dann rannte ich.

»Tamsyn!« Ihre Stimme überschlug sich fast und war so laut, dass die Vögel in den Büschen in Panik aufflogen. »Bleib stehen!«

Aber ich blieb nicht stehen. Im Laufen begannen meine Lungen zu brennen. Der Ginster und das Dornengestrüpp, die den Pfad säumten, rissen mir die Haut auf. Der Schweiß floss in Strömen, und mein Körper protestierte, doch ich hörte nicht auf ihn. Ich lief immer weiter.

Wieder schrie sie meinen Namen, aber das drang nur noch gedämpft an mein Ohr, ich hatte mich schon weit genug von ihr entfernt. Ich wandte mich landeinwärts, setzte über einen Zaun hinweg und bog auf einen Feldweg ein, der über die Äcker führte und mich zurück nach St Just bringen würde. Diesen Weg kannte sie nicht, und ich war mir sicher, dass sie mir nicht folgen würde.

»Tamsyn!« Kaum mehr als ein schwacher Ruf.

Als ich sicher war, dass ich sie abgehängt hatte, wurde ich langsamer und hielt schließlich ganz an. Ich hob meine zitternden Hände, presste die Fäuste auf die Augen, um Edies Entsetzen auszublenden. Noch einmal durchlebte ich den Moment, als sich unsere Münder berührt hatten, und erschauderte.

Was zum Teufel hatte ich getan?

## ACHTUNDDREISSIG

**Tamsyn – August 1986**

Der Arzt saß auf meiner Bettkante, aber er sprach zu meiner Mutter, die hinter ihm stand.

Zu viele Menschen im Raum. Zu eng hier. Keine Luft.

»Das ist eine gefährliche Infektion. Ist sie allergisch gegen Penicillin?«

Ich sei vor unserem Haus zusammengebrochen, sagte meine Mutter. Jago hatte einen Rums an der Tür gehört. Als er sie öffnete, hatte er mich auf dem Boden liegend vorgefunden, glühend heiß wie ein Backofen.

Während Mum und der Doktor miteinander sprachen, wurden ihre Stimmen in meinem Kopf immer wieder ein- und ausgeblendet, als spiele jemand am Lautstärkeregler eines Radios.

»Tamsyn? Hörst du mich?«

Ich schlug die Augen auf. Das Gesicht des Arztes schwebte über meinem. Ein freundlicher Mann mit weichem, grauem Haar. Es war derselbe Doktor, der nach dem Tod meines Vaters zu Mum gekommen war, um sie medizinisch zu versorgen. Er hatte ihr ein paar Tabletten verschrieben, die ihren Kummer mildern und ihr beim Einschlafen helfen sollten. Das hatte ich zufällig mitbekommen, weil er mit meinem Großvater darüber gesprochen hatte. Allerdings hatte meine Mutter sich geweigert, die Pillen zu nehmen.

*Ich will nicht betäubt werden. Ich will es spüren. Ich will alles spüren.*

»Wir müssen die Wunde säubern, Tamsyn. Du musst dich auf die Seite rollen.«

Das tat ich. Meine Gliedmaßen fühlten sich an, als wären sie mit Blei gefüllt, schwer und langsam und …

Wieder driftete ich weg, aber ein Schmerz, als ob ein heißes Messer in mich gestoßen würde, brachte mich wieder zurück.

»Verdammte Scheiße«, hörte ich meine Mutter sagen. »Seit wann hat sie das denn?«

»Sieht selbst gemacht aus. Und falls nicht, gehört derjenige, der das verbrochen hat, umgehend hinter Schloss und Riegel.«

Ich bemerkte, dass Jago in der Tür stand. Dann gedämpfte Stimmen. Worüber redeten sie?

Der Arzt nahm meine Hand. »Tamsyn, du musst jetzt schlafen. Das Antibiotikum wird schnell wirken, aber du musst dich jetzt ausruhen. Dein Körper ist restlos erschöpft, weil er gegen die Infektion ankämpfen musste.«

Er stand auf. Sprach wieder mit meiner Mutter. Durch meine halb geschlossenen Lider konnte ich nur ihre Silhouetten erkennen. »Ab jetzt die doppelte Dosis. Verabreichen Sie ihr noch eine weitere, bevor Sie zu Bett gehen. In den nächsten sieben Tagen dann geben Sie ihr vier pro Tag, am besten nach den Mahlzeiten. Falls das Fieber steigt, will ich, dass Sie sie sofort ins Treliske Krankenhaus bringen. Zögern Sie nicht damit. Ansonsten sehen Sie zu, dass sie genug Flüssigkeit zu sich nimmt, und geben Sie ihr nur leichte Kost. Hühnerbrühe ist gut. Sie muss mindestens fünf Tage lang das Bett hüten. Lassen Sie sie auf keinen Fall aufstehen. Und keine Besucher außer Familienangehörigen. Es ist wichtig, dass sie jetzt viel Ruhe bekommt. Das ist eine wirklich schlimme Infektion, wissen Sie. Nur noch ein, zwei Tage, und wir hätten es mit einer Blutvergiftung zu tun gehabt. Dann hätten wir sie womöglich verloren …«

Wieder musste ich weggedämmert sein, denn als Nächstes bemerkte ich, dass meine Mutter mit einem Wasserglas und einer Tablette auf meiner Bettkante saß. »Tamsyn«, flüsterte sie. »Wach auf, Liebes. Du musst das hier einnehmen.«

Ich öffnete den Mund. Sie schob eine Hand in meinen Nacken, um mich abzustützen. Dann legte sie die Kapsel auf meine Zunge und hob das Glas an meine Lippen. Ich schluckte die Pille, dann fiel ich wieder erschöpft zurück auf mein Kissen.

»Ein Tattoo?«, sagte sie. »Ich kann kaum glauben, dass du so was Dummes gemacht hast. Dass du deinen Körper verschandelt und auch noch dein Leben aufs Spiel gesetzt hast ... Das war doch bestimmt diese verdammte Edie Davenport, hab ich recht? Ach, ich *weiß*, dass sie's war. Diese ganze Familie bringt nichts als Unglück. Warum hast du das nur zugelassen?«

Sie strich meine Bettdecke glatt, legte ihre Hand auf meine Stirn, streichelte meine Wange, flüsterte mir etwas ins Ohr. Dann stand sie auf, und ich bekam gerade noch mit, wie sie in meinem Zimmerchen Kleider zusammenlegte, etwas aufräumte und die Vorhänge zuzog.

Ich schloss die Augen. Mein Bewusstsein segelte dahin, und dann umfing mich erneut der Schlaf ...

Kurz darauf öffnete sich die Tür, und Edie stand im Rahmen. Sie war nur ein dunkler Umriss, weil das Licht sie von hinten anstrahlte. Und sie hielt etwas in ihrer Hand.

*Was ist das?*

*Eine Kassette. Für dich. Weil ich dich liebe. Sie heißt* Das Haus auf der Klippe. *Ich hab nur Songs ausgesucht, die mich an das Haus erinnern, damit du, wenn du sie hörst, immer das Gefühl hast, dort zu sein. Damit du deinem Vater nah sein kannst. Und wieder ein Zuhause hast.*

Sie lächelte.
*Ich weiß doch, wie sehr du dieses Haus liebst.*
Ihr Lächeln verrann wie Sand, der durch eine Hand rieselt, und dann wurde sie von einem Schleier aus Furcht umfangen. Sie hatte etwas hinter mir erblickt. Ich versuchte, den Kopf zu drehen, aber ich konnte ihn keinen Millimeter bewegen. Überhaupt konnte ich mich nicht bewegen. Edies Augen wurden groß. Ich blinzelte angestrengt, konzentrierte mich auf die bodenlosen schwarzen Pupillen, versuchte zu erkennen, was sich in ihnen widerspiegelte.

Edie wich einen Schritt zurück. Sie bewegte sich lautlos, versuchte, nicht entdeckt zu werden. Wollte sich verstecken, fliehen vor dem, was auch immer da hinten lauerte. Ein Schatten schob sich über mich, verdunkelte die Umgebung wie eine vorbeiziehende Regenwolke. Und da war sie. Eleanor Davenport. Langsam kam sie auf mich zu. Ich versuchte zu schreien, voller Angst, was sie mir antun würde, wenn sie mich erkannte. Aber da sah ich, dass sie lächelte. Ihr Blick war warmherzig, und ihr Haar schimmerte wie eine goldene Aureole um ihren Kopf. Ich versuchte, nach oben zu greifen, um sie zu berühren, aber meine Arme waren an meine Seiten gepresst wie festgenagelt. Als wäre mein ganzer Körper mit unsichtbaren Bandagen eingewickelt worden. Dann wurde sie böse auf mich. Wütend, weil ich sie nicht mit einem Kuss begrüßt hatte. Wie unhöflich! Ihre Miene verfinsterte sich. Schwärzer und schwärzer. Nase und Mund veränderten sich, zogen sich in die Länge, wirkten seltsam deformiert. Ihre Augen schrumpften zu kleinen schwarzen Perlen, in deren Zentrum ein leuchtender Punkt erschien. Das blonde Haar fiel ihr in Strähnen aus und schwebte zu Boden wie Manna. Plötzlich durchstießen schwarze Nadeln ihren nackten Schädel, ihr Gesicht und auch die übrige Haut. Die scharfen Spitzen erblühten zu Federn.

Hunderte schwarzer Federn sprangen auf ihrem Körper auf wie die Larven von Pferdebremsen. Ihre Arme veränderten die Form, wurden kräftiger und länger, bis sie sich in einer fließenden Bewegung drehten, weil sie zu mächtigen Schwingen geworden waren.

Sie spreizte die Flügel. Begann zu flattern.

Dann flog sie auf mich zu, den Rabenschnabel weit aufgerissen, und ihre stechenden Augen bohrten sich in mich hinein ...

»Ganz ruhig, Tamsyn.«

Ich erwachte mit einem Ruck. Mein Körper war schweißnass, das Herz raste. »Alles in Ordnung, Schatz. Du hattest nur einen Albtraum.«

Mum trug ihren Morgenmantel. Das Haar war zerzaust vom Schlaf, ihre Augen blinzelten ins Licht. Sie nahm meine Hand, hob sie an ihren Mund und küsste sie.

»Bleibst du heute Nacht bei mir?«, fragte ich und hielt sie ganz fest aus Angst, Eleanor könnte mich wieder im Traum heimsuchen.

»Schsch, alles okay. Natürlich bleibe ich hier.« Sie hob die Füße aufs Bett, legte sich neben mich und streichelte mir über den Kopf. »Das hab ich immer getan, wenn du als Kind schlecht geträumt hast.«

»Aber war es nicht Dad, der dann immer zu mir gekommen ist?«

»Nein, meistens war ich es. Ein oder zwei Mal wird er wohl auch nach dir gesehen haben.« Sie küsste mich auf den Scheitel und hielt mich, bis ich in einen sanften, traumlosen Schlaf hinüberglitt. »Aber meistens war ich es.«

# NEUNUNDDREISSIG

**Edie – August 1986**

Edie stand vor dem Laden in St Just und holte tief Luft, um sich für das Wiedersehen mit Tamsyn zu wappnen. Als sie die Tür aufstieß, war sie allerdings nirgends zu sehen. Nur ein alter Mann in gestreifter Schürze, der ihr blinzelnd einen guten Morgen wünschte.

»Sind Sie Ted?«

»Der bin ich!«, rief er aus, als hätte er einen Preis gewonnen.

»Ich heiße Edie Davenport …«

»Ah, dann willst du wohl zu Tamsyn?«

Edie sah ihn überrascht an, dann nickte sie. »Ja, ist sie da? Sie arbeitet doch montags immer hier, oder nicht?«

»Nicht heute, Liebes. Sie ist krank. Kann die ganze Woche nicht kommen, hat ihre Mutter gesagt.«

»Oh, verstehe.« Wieder musste Edie an Tamsyns Gesichtsausdruck denken, nachdem sie bei der Zinnmine impulsiv vor ihr zurückgewichen war. Sie wünschte, sie hätte sich anders verhalten. Wünschte, sie hätte einfühlsamer darauf reagiert. Aber das Ganze war ein solcher Schock gewesen. Eigentlich hätte sie es kommen sehen müssen, war aber so mit ihrer Mutter und damit beschäftigt gewesen, wie sich die Dinge seit dem Morgen nach der Party entwickelt hatten, dass die Situation sie kalt erwischt hatte. Im Haus war es an jenem Tag mehr denn je wie in einem Albtraum gewesen mit all dem Geschrei,

Geschluchze und den zugeknallten Türen. Die Freunde ihrer Eltern hatten sich komische Blicke zugeworfen und schnell und leise das Weite gesucht. Und dann natürlich die pausenlose Trinkerei bis zu dem Moment, in dem ihre Mutter wie ein nasser Sack auf dem Sofa zusammengesunken war.

Oh Gott, wie hatte sie bei all den Anzeichen so blind sein können? Warum nur musste sich Tamsyn in sie verlieben?

»Können Sie mir sagen, wo sie wohnt? Ich würde sie wirklich gern sehen.«

»Natürlich, Schätzchen. In der Queen Street 17, gleich bei der Cape Cornwall Road. Es ist das Haus mit der hellblauen Tür und den hübschen Blumenkästen.«

»Danke schön.«

»Nicht dafür«, erwiderte er. »Sie hat gesagt, du wärst sehr nett.«

Edie fand das Haus ohne Probleme. Nummer 17 lag in einer sehr engen Straße mit schmalen Reihenhäusern zu beiden Seiten. Mülltonnen in den Vorgärten, niedrige schmiedeeiserne Zäune und Törchen zur Fußgängerseite hin. Die meisten Eingangstüren waren in bunten Farben lackiert. Die eine oder andere hätte einen neuen Anstrich vertragen können. Ein kurzer Weg, der zwar ein wenig rissig und holprig, aber sauber gefegt und unkrautfrei war, führte vom Bürgersteig zur Haustür. In der Vorderfront zu ihrer Rechten gab es ein Fenster mit weißem Rahmen, davor stand ein Kasten mit roten Blumen, deren Namen sie nicht kannte.

Mit flatternden Nerven blieb sie auf der Schwelle stehen. Sie hatte keine Ahnung, was sie sagen würde, und ein Teil von ihr wollte sich einfach umdrehen und weglaufen. Aber sie musste sich einfach danach erkundigen, wie es Tamsyn ging. Ihre Hand zitterte wie verrückt, als sie schließlich klopfte.

Als sie hörte, wie sich auf der anderen Seite der Tür Schritte näherten, holte sie tief Luft und machte sich bereit, sogleich mit einer Entschuldigung für ihr unpassendes Verhalten herauszuplatzen. Aber nicht Tamsyn öffnete die Tür, sondern Jago, und ihr Herz machte einen Satz.

Er senkte den Blick, um sie nicht ansehen zu müssen.

»Hi, ist ...« Sie zögerte, verunsichert wegen seiner Gleichgültigkeit. »Ist Tamsyn da?«

»Niemand darf sie besuchen.«

»Geht es ihr gut?«

Er hob den Kopf und sah sie ernst an. »Nein, sie ist sehr krank. Hat 'ne schwere Infektion.«

Edie erinnerte sich, wie heiß sich Tamsyn an jenem Tag angefühlt hatte und wie ihr Blick immer wieder ins Leere abgedriftet war, ja, wie sie für einen Moment sogar das Bewusstsein verloren hatte, bevor sie versucht hatte, sie zu küssen.

»Die Sache mit dem Tattoo ist schiefgegangen.«

»Oh, mein Gott«, entfuhr es ihr, und sie schlug die Hand vor den Mund. »Das tut mir so leid.« Sie wusste nicht, was sie sonst noch sagen sollte. »Wird sie denn wieder?«

»Ja, sie erholt sich.«

Edie starrte ihn an. An dem Arm, mit dem er am Türrahmen lehnte, trug er Lederbänder, und seine Muskeln wurden durch das enge schwarze T-Shirt noch betont. Er sah unfassbar gut aus, und sie erkannte, wie sehr sie es vermisst hatte, ihn jeden Tag zu sehen.

»Und ich kann ganz sicher nicht kurz zu ihr?«

»Eine Woche lang nicht.«

Edie nickte. Sie wollte sich schon umwenden, doch dann hielt sie inne und fragte nervös: »Kannst du ihr ausrichten, dass ich sie um Entschuldigung bitte? Nicht nur wegen des Tattoos.«

»Wieso? Was hast du denn getan?«

Wieder zögerte sie, und wieder erschien Tamsyns verzweifeltes Gesicht vor ihrem geistigen Auge. »Es ist was passiert, und ich hab falsch darauf reagiert und sie damit sehr verletzt. Das wollte ich nicht.«

Er zuckte mit den Schultern. »Keine Sorge, sie fühlt sich schnell verletzt. So ist sie nun mal.« Seine Stimme klang freundlich, aber sie hörte auch den Beschützer aus seinem Tonfall heraus.

Edie zupfte an ihrem Ärmel herum und räusperte sich. »Okay, ich sollte jetzt gehen.«

Er nickte und hielt ihrem Blick stand, als sie ein paar Schritte rückwärts machte. Er rührte sich nicht einen Millimeter von der Stelle, und erst, als sie sich umdrehte, hörte sie, wie hinter ihr die Tür geschlossen wurde.

Als Edie die Queen Street hinunterging, dachte sie kurz daran, zu Tamsyns Haus zurückzukehren. Aber welchen Grund sollte sie haben, noch einmal dort anzuklopfen? Sollte sie Jay etwas – irgendetwas – fragen, nur um ihn ein weiteres Mal zu sehen?

Sie bog auf die Hauptstraße ein, die zum Uferpfad und nach Cape Cornwall führte. Hier konnte man schon die Wellen hören, die mit schöner Regelmäßigkeit an die Küste geworfen wurden. Die Möwen kreischten. Sie blickte auf, blinzelte in die Sonne. Sah, wie die Vögel am Himmel ihre Kreise zogen.

»Hey«, sagte eine Stimme hinter ihr.

Sie riss die Augen auf und schaute sich um, aber die Sonne blendete sie, sodass die Gestalt, die auf sie zukam, im ersten Moment nur ein dunkler Schemen war. Sie beschattete ihre Augen und erkannte Jago. Er hielt an, beugte den Kopf und zündete sich eine Zigarette an.

Für einen Moment setzte ihr Herzschlag aus.

»Soll ich dich auf dem Motorrad mitnehmen, dann brauchst du nicht zu laufen?«

Sie musste an ihre Mutter denken, daran, wie sie auf jeden herabsah, der ein Motorrad besaß, und grinste. »Ja«, sagte sie, »sehr gern.«

»Ich rauche die aber noch zu Ende. Willst du auch eine?« Er hielt ihr sein Tabakpäckchen hin, und sie nahm es. »Mum lässt mich im Haus nicht rauchen«, erklärte er. »Sie meint, es nicht gut für die Lungen meines Großvaters.«

Edie sah zum Meer. In einem Korridor aus Licht wurde die Sonne von der Wasseroberfläche zurückgeworfen. Der Widerschein traf auf ein Boot, das erstrahlte wie ein Leuchtfeuer.

»Was ist denn mit seinen Lungen?«, fragte sie, als sie etwas Tabak auf dem Zigarettenblättchen verteilte.

»Silikose.«

»Was ist das?«

»Scheißhässliche Sache. Aus den Minen. Bedeutet, dass er zu viel Staub und anderen Dreck eingeatmet hat. Und dass er daran sterben wird.«

Sie gab ihm den Tabak zurück, und er schob das Päckchen in die Gesäßtasche seiner Jeans. »Scheiß Minen«, murmelte er.

»Das klingt ja grässlich.« Sie rollte die Zigarette und leckte über die Gummierung.

Jago gab ihr Feuer und schaute dann wieder hinaus aufs Meer. »Wir müssen alle irgendwann mal gehen. Er weiß wenigstens, warum.«

»Hat er Angst?«

Jago zog heftig an seiner Zigarette und hob die Schultern. »Weiß nicht. Vielleicht. Ich weiß nur, dass ich Angst hab, ihn dann als Erster zu finden. Jeden Tag, wenn ich zu ihm raufgehe, denke ich, dass er vielleicht tot ist …«

Edie hielt den Blick auf den Horizont in der Ferne gerichtet. »Jeder sollte zumindest einmal im Leben einen Toten gesehen haben«, sagte sie.

Er schnaubte. »Ganz schön schräg.«

Sie warf ihm einen Blick zu und sah, dass er lächelte.

»Lachst du mich etwa aus?« Sie lächelte auch, erleichtert, dass sich ihre Nervosität allmählich legte.

»Nein, es ist nur ...« Er überlegte. »Du bist anders. Gibt nicht viele Mädchen hier, die sich schwarz anziehen und tote Leute sehen wollen.«

»Nette Mädchen also.«

Er schüttelte den Kopf. »Die sind langweilig. Wie alles hier.« Er ließ den Zigarettenstummel fallen und trat ihn in die Erde. »Ich hole mal das Bike, und dann treffen wir uns hier.«

Wenige Minuten später stand er mit röhrendem Motor neben ihr. Sie hob ihren Rock leicht an und schwang sich auf den Sitz. Nachdem sie ihre Arme um seine Taille gelegt hatte, prickelte ihr ganzer Körper, als sie spürte, wie hart sich seine Bauchmuskeln unter dem T-Shirt anfühlten. Sie legte ihr Kinn an seine Schulter und atmete tief ein. Er roch fantastisch, eine Mischung aus Moschus, Deo, Zigarettenrauch, frischem Schweiß und einem Hauch von Räucherstäbchen.

Er gab Gas, und mit einem Röhren schossen sie davon. Als sie die Landstraße erreicht hatten – das Moor auf der einen, die Felder auf der anderen Seite –, rief sie ihm zu, noch schneller zu fahren. Der Wind pfiff an ihren Ohren vorbei, sie lehnte sich etwas zurück und schrie ihre Freude hinaus. Wie sie das Gefühl der Freiheit liebte, das sie in diesem Moment durchströmte. Auf der Hügelkuppe fuhr er in eine Parkbucht mit Schotteruntergrund und stellte den Motor ab.

»Oh, mein Gott«, sagte sie. »Unglaublich. Wenn das mein Motorrad wäre, würde ich immer und immer weiterfahren. Und nie anhalten. Niemals. Ich würde so schnell wie möglich davonbrausen, bis ich fünfhundert Meilen weg wäre von alldem hier.«

Sie kletterte vom Sozius und breitete die Arme aus, drehte sich wieder und wieder im Kreis und lachte ausgelassen. Als sie schließlich ruhig vor ihm stand, sah sie, dass er lächelte. Sie erwiderte das Lächeln, ging zu der Maschine und streichelte sie. Sie blickte auf ihre Hand, die gleich neben seiner auf dem Ledersitz lag. Im Gegensatz zu seinen waren ihre Finger schmal, und ihre Haut war viel blasser als seine, die an den Kuppen gelb verfärbt war vom Rauchen. An seinem Mittelfinger trug er einen breiten silberfarbenen Ring mit keltischen Symbolen. Das Handgelenk war schmal, aber stark und sehnig.

Sie schob ihre Finger etwas näher an seine, kaum einen Zentimeter, dann legte sie die Hand wieder flach hin. Sie bewegte sich nicht. Wollte den Zauber nicht brechen.

Er streichelte sie. Kleine elektrische Schläge durchzuckten ihre Hand, pflanzten sich über ihren Arm bis in den Nacken und die Schultern fort.

Sie sah ihn an. Sein Blick zuckte von rechts nach links, dann hob er die andere Hand und legte sie zärtlich auf ihre Wange.

»Was ist mit Tamsyn?«, wisperte sie und schmiegte ihr Gesicht in seine Hand.

»Was soll mit ihr sein?«

Edie zögerte. »Sie ist in mich verknallt. Hat mich geküsst. Deshalb bin ich heute vorbeigekommen.«

Jago nickte. Er wirkte kein bisschen überrascht.

»Ich will sie nicht noch mehr verletzen, als ich's schon getan habe.«

»Sie wird's nicht erfahren.«

Er neigte den Kopf vor, um sie zu küssen, und sie musste sich am Motorrad festhalten aus Angst, ihr könnten die Beine wegknicken. Wie kindisch sie in diesem Fall wohl auf ihn gewirkt hätte ...

Sie öffnete den Mund. Ihre Zungenspitzen berührten sich. Seine Lippen waren weich, der Atem rauchgeschwängert. Seine Hand wanderte zu ihrem Hinterkopf, zog sie eng an sich. Seine andere Hand hielt noch immer ihre. So etwas hatte sie noch nie gespürt. Jede Faser ihres Körpers vibrierte. Er zog sich langsam von ihr zurück und lächelte, dann strich er ihr das Haar aus der Stirn. Wieder schmiegte sie sich gegen seine Hand und lächelte zurück.

# **VIERZIG**

**Tamsyn – August 1986**

Ich schloss die Tür ab, damit Mum nicht hereinkommen konnte, und stellte das heiße Wasser an. Während sich die Wanne füllte, zog ich mich aus. Vor dem Spiegel drehte ich mich so, dass ich meine Schulter sehen konnte, und hob eine Ecke des Verbands an, den Mum mir gestern frisch angelegt hatte. Das Tattoo durfte auf keinen Fall nass werden, während es heilte. Ich sah, dass die Rötung zurückgegangen war und die Wunde nicht mehr eiterte. Sorgfältig presste ich den Verband wieder auf die Stelle.

Das Wasser war sehr heiß, aber ich mochte das stechende Gefühl auf der Haut. Ich ließ mich hineinsinken, zwang meinen Körper förmlich dazu, um Edies entsetzten Gesichtsausdruck aus meinen Gedanken zu vertreiben. In der dampfenden Hitze lag ich da und schloss die Augen. Sie war meine letzte Hoffnung auf eine Verbindung zum Haus gewesen, und jetzt hasste auch sie mich und würde mich wohl nie wiedersehen wollen. Mir war schlecht, und ich spürte, wie mir die Galle hochkam. Auch würde sie bestimmt ihren Eltern erzählen, dass ich in ihr Haus eingedrungen war. Sie würden den Schlüssel von Mum zurückfordern, die Schlösser austauschen und die Polizei rufen, sobald sie mich nur in der Nähe des Hauses entdeckten. Was hatte ich mir nur dabei gedacht? Und warum – oh Gott, warum nur – hatte ich sie geküsst?

Nach dem Bad wickelte ich mir ein Handtuch um den

Kopf, band meinen Morgenmantel fest zu und öffnete die Badezimmertür.

Grandpas angestrengtes Atmen drang durch die papierdünnen Wände an mein Ohr. Ich wandte den Kopf in Richtung seiner Zimmertür, um zu sehen, ob alles in Ordnung war.

»Ah, hallo ... Liebes. Geht's dir ... gut?«

Ich nickte, auch wenn das eine Lüge war. Das Fieber mochte vielleicht gesunken sein, aber ansonsten war nichts in Ordnung. »Und dir?«

»Tut ein bisschen weh ... heute ...« Er zeigte auf seine schmerzende Brust.

Ich streichelte seine Hand, zog mir einen Stuhl heran und zeigte auf das Puzzle. »Komm, jetzt machen wir das Ding hier endlich fertig.«

So sortierten wir eine Weile lang die Teile, bis er plötzlich sagte: »Sie ist hergekommen ... weißt du ... um dich ... zu besuchen.«

»Wer?«

»Das Mädchen ... aus dem ... weißen Haus.«

»Sie war hier? Wann denn?«

Bestimmt irrte er sich. Edie sollte hier gewesen sein? Das konnte alles bedeuten. Vielleicht war sie ja nicht mehr sauer auf mich? Vielleicht hatte Eleanor ihre Meinung geändert? Vielleicht hatte sie mich ja sogar wieder ins Haus einladen wollen?

»Bist du sicher? Dass es wirklich Edie war, meine ich?«

Ich wartete darauf, dass er Luft holte. »Kurze weiße Haare. Und ganz ... schwarz ... angezogen.«

»Wann?«

»Anfang der ... Woche. Du hast ... noch im Bett ... gelegen.«

»Was hat sie denn gesagt? Hast du mit ihr gesprochen?«

»Nein, aber ... Jago. Er hat ihr gesagt ... dass du schläfst. Ich hab gehört, wie sie sagte ... er solle dir ausrichten, dass ... es ihr leidtäte ...«

Mein Herz machte einen Satz. Alles würde wieder gut werden! Ich sprang auf, rannte in meine Box, schlug die Hände vors Gesicht und schluchzte vor grenzenloser Erleichterung.

# EINUNDVIERZIG

**Jago – August 1986**

Er faltet die Geldscheine zusammen und schiebt sie in seine Hosentasche, dann sucht er unsinnigerweise die Straße nach seiner Mutter ab. Allerdings ist sie nicht die Einzige, um die er sich Sorgen macht. Er kann die Missbilligung seines Vaters aus dem Grab heraus fühlen. Seine Enttäuschung.

Du Bastard, denkt er.

Edie lehnt am Motorrad und raucht. Sie nur anzusehen, lässt in ihm das heiße Gefühl von Freude aufwallen. Das weißblonde Haar umrahmt ihr Gesicht. Schwarz geschminkte Augen. Ein exotischer Punk-Panda. Seit ihrem ersten Kuss kann er nur noch an sie denken. Er sehnt sich danach, sie zu berühren, sie an sich zu pressen, jeden Zentimeter von ihr zu erkunden.

Als sie ihn zurückkommen sieht, hellt sich ihre Miene auf. Ihr Enthusiasmus tröstet ihn ein wenig über die Scham hinweg, die das Geld in seiner Tasche auslöst. Er schluckt hart, atmet tief durch, um sich zu beruhigen und das Verlangen zu zügeln, das von seinem ganzen Körper Besitz ergriffen hat. Er darf ihr keinen Druck machen. Darf sie nicht verschrecken. Andererseits weiß er, dass es nur eine Frage der Zeit ist, bevor sie dahinterkommt, dass er nicht gut genug für sie ist.

Wie ihre Mutter gesagt hatte.

»Das ist also Penzance«, sagt sie, während sie die Market Jew Street hinauf- und hinunterschaut.

Er lächelt. »Yep. Beeindruckend, oder?«

Ihre Miene wird ernst. Sie richtet ihren Blick auf ihn, sieht durch die gesenkten Wimpern zu ihm auf. Ihre Hand greift nach ihrem Oberarm und reibt ihn.

Seine Haut fängt an zu prickeln.

Die Möwen auf dem Dach des Rathauses kreischen sich an, als er auf den Bock steigt und den Schlüssel dreht. Sie wirft ihre Zigarette in den Rinnstein und klettert hinter ihn. Sie legt die Arme um seine Taille und das Kinn an seine Schulter. Er kann die Wärme ihres Atems in seinem Genick spüren, und das ist kaum noch zu ertragen.

Sie fahren nach Madron und weiter Richtung Pendeen. Als sie die ausgedehnten Ackerflächen links und rechts der Landstraße erreichen, gibt er Gas und fährt so schnell, wie es die Maschine hergibt. Der Griff um seine Taille wird fester, eine Hand rutscht unter sein T-Shirt, dann presst sie ihre Lippen in seinen Nacken, bevor sie den Kopf zurückwirft und vor Freude laut aufschreit.

Dann schreit sie etwas, aber die Worte verlieren sich im Röhren der Maschine und dem vorbeipeitschenden Wind.

Zum ersten Mal seit Jahren erinnert er sich daran, wie es ist, glücklich zu sein. Nicht dieses flüchtige Hochgefühl, das sich nach einem Joint oder ein paar Bierchen mit seinen Freunden einstellt. Nein, tief empfundenes Glück. Kurz überlegt er, einfach hart nach links einzuschwenken und geradewegs gegen die Trockenmauer zu brettern, um diesen Moment für immer einzufrieren.

Er lenkt das Motorrad nicht durch das Tor, sondern hält vor dem Haus auf der Klippe an, auf dem kleinen Pfad, der zur Zufahrt führt. Er tritt den Seitenständer heraus und stellt den Motor ab. Sie steigt ab und sieht ihn an. Blickt dann schüchtern zu Boden, greift spielerisch nach seinem T-Shirt.

»Sehen wir uns morgen?«, fragt er.

Sie schüttelt den Kopf, und einen angespannten Moment lang rechnet er schon damit, dass sie mit ihm Schluss macht, bevor es noch richtig angefangen hat.

Aber sie macht nicht mit ihm Schluss.

»Ich will dich später noch sehen.« Sie nimmt seine Hand und hebt sie an ihren Mund, öffnet die Lippen und beißt zärtlich in die Kuppe seines Zeigefingers.

Sein Körper explodiert, und als sie auch noch mit ihrer Zunge über seine Lippe fährt, setzt bei ihm fast der Verstand aus. »Wann?«, fragt er mit erstickter Stimme.

»Heute Nacht. Auf dem Pfad in der Senke hinter dem Tor. Da kann man uns vom Haus aus nicht sehen. Neun Uhr? Ich werde ihnen sagen, dass ich nach oben und ins Bett gehe. Nicht, dass es sie sonderlich interessieren würde. Um diese Zeit ist Eleanor wahrscheinlich sowieso schon weggetreten, und Max hat sich in seinem Arbeitszimmer eingeschlossen.«

Er nickt.

Er stellt sich vor, wie er sie dann in die Arme nehmen wird. Wie er ihr Oberteil nach oben schiebt. Seinen Mund auf ihre Brüste presst. Sie ins Gras drückt und sich dann in sie versenkt. Nein, denk so was nicht. Zu schnell. Verschreck sie nicht. Seine Hand zittert, als er ihre Wange berührt, und langsam breitet sich auf ihrem Gesicht ein Lächeln aus. Sie legt ihre Hand auf seinen Oberschenkel, schiebt sie gleich neben seinen Schritt, und die Hitze ihrer Haut dringt selbst durch den Jeansstoff zu ihm durch.

Sie lässt ihre vorwitzige Hand fallen, und ihre Augen blitzen schelmisch auf. Auf dem Bock sitzend, wartet er, bis sie einen Schritt zurückmacht, dann lässt er die Maschine ein paarmal aufheulen, bevor er den Parkständer wieder hochtritt. Er wendet das Motorrad und wirft über die Schulter noch einen letzten Blick auf sie. Da erregt etwas im oberen Fenster seine Aufmerksamkeit.

Jemand beobachtet sie.

Es ist Eleanor Davenport, und ihr Gesicht ist so kalt wie Stein.

# ZWEIUNDVIERZIG

**Edie – August 1986**

»Weißt du, was, Edith, ich habe jetzt endgültig genug.«

Eleanor stand rauchend auf dem Treppenabsatz und durchbohrte Edie mit Blicken.

Edie stockte der Atem. »Genug wovon?«

»Von dir.« Eleanors Augen funkelten zornig, und ihre Lippen waren ein schmaler Strich, als sie ärgerlich an ihrer Zigarette mit dem goldenen Filter zog. »Davon, wie du dich zum Narren machst. Uns alle zum Narren machst. Mit diesem Jungen.«

Edie öffnete den Mund, aber nicht ein Wort wollte herauskommen. In ihrem Kopf überschlugen sich die Gedanken. Sie sah ihre Hand auf Jagos Oberschenkel liegen, sah, wie ihre Zunge seine Lippen berührte. Eleanor musste sie aus dem oberen Fenster beobachtet haben, wutschnaubend und mit verzerrter Miene.

»Dein Vater meinte, es wäre gut für dich, wenn du mal aus London herauskämst. Ha!« Verächtlich schüttelte Eleanor den Kopf. »Und jetzt? Ehe wir uns versehen, treibst du dich mit diesem Proleten herum.«

»Halt den Mund«, flüsterte Edie, und ihre Augen blitzten.

»Es ist mir egal, wie sehr es deinem Vater hier gefällt, du und ich, wir werden Cornwall verlassen. Ich bleibe doch nicht hier und sehe zu, wie du dich von einem arbeitslosen

Schwachkopf schwängern lässt, der zu allem Überfluss auch noch bis unter die Haarspitzen zugedröhnt ist mit Drogen. Du benimmst dich wie eine verzogene Göre und bringst uns mehr denn je in Verlegenheit, Edith. Du solltest dich wirklich schämen.«

Edie starrte hinauf zu ihrer Mutter und zitterte vor unterdrückter Wut. Es gab so viel, was sie ihr entgegenschreien wollte. Die Scheinheiligkeit dieser Frau war unglaublich, aber das Gift in ihrem Blick war ätzend wie Säure und veranlasste Edie, lieber den Mund zu halten. Wie sie so dastand, fühlte sie sich, als würde sie sich auflösen. Wie hatte es zwischen ihnen nur so weit kommen können? Wann hatte ihre Mutter aufgehört, sie zu lieben?

Edie fühlte sich hilflos. Sie wollte das alles nicht. Wünschte, sie hätten eine ganz normale Mutter-Kind-Beziehung. Wie Tamsyn und Angie. Sie hatte gesehen, wie Angie ihre Tochter anschaute, hatte die Wärme in Tamsyns Stimme gespürt, wenn sie über ihre Mutter sprach, beneidete sie um den Respekt für Angie und darum, sie auf keinen Fall verletzen zu wollen. Edie würde alles dafür geben – alles, was Tamsyn so sehr begehrte –, wäre ihr eigenes Verhältnis zu Eleanor nur halb so gut gewesen wie das zwischen Tamsyn und ihrer Mutter.

»Hast du nichts dazu zu sagen?« Wieder zog Eleanor an ihrer Zigarette, dann blinzelte sie langsam. »Keine deiner üblichen Ausflüchte oder sarkastischen Kommentare?«

Edie senkte den Kopf, um ihr bebendes Kinn und die Tränen in ihren Augen zu verbergen.

»Wir reisen Ende der Woche ab. Ich nehme dich mit zurück nach London. Du gehst wieder zur Schule und machst deinen Abschluss. Und du wirst dich manierlich anziehen, wirst dir diese Scheiße aus dem Gesicht waschen und das abscheuliche Ding aus deiner Nase entfernen. Und dann wirst du dich unter Leute begeben, die deiner Zeit und deines Standes würdig sind. *Du* magst vielleicht dein Leben wegwerfen wollen, indem du hoffnungslose Loser vögelst, aber das wird nur über meine Leiche geschehen.«

## DREIUNDVIERZIG

**Tamsyn – August 1986**

Ich saß auf dem Bett und beschwor das Haus, doch bitte endlich Ruhe einkehren zu lassen.

Ungeduldig hörte ich zu, wie Mum sich im Bad die Zähne putzte und im Flur herumlief. Das Licht im Zimmer meines Großvaters ging aus, dann vernahm ich, wie er sich unter leisem Gestöhne ins Bett legte. Natürlich war mein Bruder wieder mal nicht da. In letzter Zeit war er kaum noch zu Hause, und ich wusste, dass es Mum umtrieb und sie sich dauernd auf die Zunge beißen musste, um ihn nicht mit Fragen zu löchern. Wo warst du? Warum warst du nicht zur angekündigten Zeit zurück? Irgendwas Neues in Sachen Job?

Ich lauschte Mums Schritten auf der Treppe. Sie ging zum Wohnzimmer und schloss die Tür hinter sich. Ab da versank das Haus in absoluter Stille. Nur das altbekannte nächtliche Knarren war hin und wieder zu hören. Ich musste an Dads Geschichten über die Kobolde denken, die in den Minenstollen umherhuschten und laut an den Stützbalken rüttelten, um die Menschen vor einem drohenden Unglück zu warnen. Waren die Kobolde auch in unser Haus gekommen, um uns mit Klopfgeräuschen auf ein bevorstehendes Unheil aufmerksam zu machen?

*Nein, keine Kobolde.*

Das Knarzen kam von den sich abkühlenden Dachsparren, nichts weiter.

Rasch zog ich mich an und schlich so geräuschlos wie möglich nach unten. In der Küche angelte ich nach der alten Keksdose auf dem Kühlschrank und suchte nach dem Schlüssel zum Haus auf der Klippe. Er war nicht da. Ich öffnete den Kühlschrank, damit ich im Licht der Innenbeleuchtung besser hineinsehen konnte. Den Schlüssel fand ich trotzdem nicht. Ich fluchte leise und spürte, wie ich nervös wurde. Mums Tasche hing an der Garderobe im Flur. Die Augen starr auf die Wohnzimmertür gerichtet, durchwühlte ich sie. Ganz unten ertasteten meine Finger schließlich den kleinen Plastikanhänger, an dem der Schlüssel hing. Ich zog ihn heraus, und ein Gefühl der Erleichterung durchflutete mich.

In dieser Nacht herrschte dichter Nebel, der meiner wohlvertrauten Umgebung eine unheimliche Atmosphäre verlieh. Alle Geräusche wurden gedämpft außer meinen eigenen Schritten, die in der engen Straße widerhallten, während ich Richtung Cape ging. Der Mond war voll, aber teilweise wolkenverhangen, weshalb ich kaum mehr als zehn Fuß weit sehen konnte. Als ich auf den Küstenpfad einbog, konnte ich das Meer zu meiner Rechten zwar nicht sehen, aber ich hörte es. Der Nebel bewegte sich schnell, vorangetrieben vom Wind, wurden die Fetzen um mich herum aufgewirbelt wie die Rauchschwaden eines Lagerfeuers.

Ich war ziemlich aufgeregt. Einerseits freute ich mich darauf, Edie wiederzusehen, andererseits hatte ich große Angst davor. Immer wieder musste ich mich daran erinnern, dass sie ja mich hatte sehen wollen. Um sich zu entschuldigen. Dass sie mich hatte besuchen wollen, als ich krank war, und abgewiesen worden war. Eleanor und Max würden bereits schlafen, aber ich würde trotzdem so lange beim Haus warten, bis ich mir ganz sicher war. Ich konnte es nicht riskieren, einem von ihnen in die Arme zu laufen, bevor ich Edie nicht gesprochen und mich vergewissert hatte, dass alles wieder in Ordnung war. Bei dem Gedanken an den Kuss wand ich mich noch immer innerlich. Ich würde den Vorfall weglachen, wenn wir uns wiederbegegneten, ihn auf mein Fieber und die damit verbundenen Wahnvorstellungen schieben, ihr sagen, dass ich mich kaum mehr daran erinnern könne. Und sie dann bitten, das alles so schnell wie möglich zu vergessen.

Der Nebel lichtete sich, je näher ich dem Haus kam. Seine weißen Konturen zeichneten sich im Zwielicht nur undeutlich ab, dennoch schien es mich immer näher zu sich zu ziehen. Und mit jedem Schritt schwand meine Angst ein Stück. Ich öffnete das Tor so vorsichtig, dass es nicht in den Angeln quietschte, und betrat mit tränenfeuchten Augen den Rasen.

Es war, als wäre ich nach Hause gekommen.

## VIERUNDVIERZIG

**Jago – August 1986**

Schweigend gehen sie spazieren. Mit der Dämmerung kommt der Nebel und hüllt sie ein wie eine Decke.

Edie läuft neben ihm. Sie nimmt seine Hand, als sie den Pfad verlassen und den Teil des Felsens erklimmen, wo sein Vater immer die Vögel beobachtet hat. Ihre Haut ist weich von teuren Cremes und Privilegien. Jago ist erfüllt von Begehren. Natürlich hatte es vor ihr schon Mädchen gegeben. Aber keine wie sie.

»Ich dachte, du wolltest nicht gesehen werden.«

Sie zuckt mit den Schultern. »Durch den Nebel kann man nicht wirklich viel erkennen, und außerdem ist's mir auch egal. Sollen sie sich doch ihren Kick holen, wenn sie wollen.«

Dennoch führt er sie um den Felsen herum, damit sie immer noch vor Blicken verborgen sind, falls sich der Nebel verzieht.

Er setzt sich, und sie lässt ich neben ihm nieder. Er streichelt ihre Wange. Sie legt ihre Stirn an seine. Er neigt den Kopf, damit er sie küssen kann. Er fühlt sich frei. Wieder wie ein Junge. Die Last der Welt ist ihm von den Schultern genommen. Alles, was er spürt, ist das Hämmern seines Herzens und die Lust im Zentrum seines Körpers, die ihn fast schmerzvoll dazu drängt, sie jetzt ganz und gar zu nehmen.

Wieder streichelt er ihre Wange. Küsst sie auf die Nasenspitze, auf die Stirn, aufs Kinn. Sie schließt die Augen, erwartet seinen Kuss, präsentiert ihm ihren Mund mit dem perfekten Amorbogen. Lippen, die ein Kind einer Prinzessin gemalt hätte, geschwungen und sorgfältig ausgemalt in einem zarten Hellrosa. Er presst seinen Mund darauf.

Sie legen sich zurück auf den Felsen und küssen sich gierig. Sie sind so ineinander versunken, dass sie erst wieder voneinander lassen können, als schon die Nacht hereingebrochen ist, wie sie erstaunt feststellen. Es ist dunkel, und sie lachen, und sie fragen sich, warum sie das gar nicht mitbekommen haben.

Sie beugt sich vor, ihr Mund berührt sein Ohr. Flüstert mit warmem Atem: »Jay?«

»Ja?«, murmelt er.

»Ich würde gern mit dir schlafen.«

Er antwortet nicht – für den Fall, dass er sich verhört hat.

»Willst du es auch?«

Er zögert, nicht, weil er nicht will, sondern weil er Angst hat, zu forsch zu klingen. Trotz der Tatsache, dass er nur an das Eine hat denken können, seit er sie zum ersten Mal gesehen hat. »Ja«, erwidert er mit rauer Stimme.

Als sie sich wieder küssen, verspüren beide eine überwältigende Begierde. Seine Hand schiebt sich unter ihr Shirt, hinauf zu ihren Brüsten. Kein BH. Ihre Nippel werden hart unter seiner Berührung. Sein Körper pulsiert.

»Stopp«, sagt sie. Er zieht seine Hände von ihr zurück, lehnt sich zurück und öffnet den Mund, um sich für sein unbeherrschtes Vorgehen zu entschuldigen. Sie legt ihm einen Finger auf die Lippen. »Nicht hier.«

Dann lacht sie ein glockengleiches Lachen.

Sie stehen auf, und sie nimmt ihn an der Hand. Schnell gehen sie den Pfad entlang. Um sie herum wirbelt der Nebel, und das Meer tost. Ihre verschränkten Finger spielen miteinander. Sein Magen rumort vor Nervosität und Vorfreude, und plötzlich nagen Selbstzweifel an ihm.

Eleanor Davenports Stimme klingelt in seinem Ohr, wie sie ihm das Geld für den Zaunanstrich in die Hand gedrückt hat. Wie sie ihm gesagt hat, er bräuchte nicht mehr wiederzukommen. Weil er nicht gut genug wäre.

*Ich kann verstehen, dass Sie sich von Ihnen angezogen fühlt.*

Die soliden weißen Mauern des Hauses tauchen vor ihnen aus dem Nebel auf, der sich allmählich hebt, und fangen das Mondlicht ein. Edie zieht ihn in Richtung Gartentor.

»Nicht in eurem Haus«, sagt er. »Deine Mutter. Ich …«

»Es ist okay.«

Er bleibt stehen, zieht sie zurück. »Wenn sie das rauskriegt, dreht sie durch. Sie hat mir gesagt, ich soll nicht mehr herkommen. Hat meiner Mutter und meiner Schwester gesagt, sie sollen sich von hier fernhalten. Sie will keinen von uns hier haben.« Wieder fällt ihm Eleanors Gesichtsausdruck am Fenster ein. Ihr ganz und gar bösartiger Blick. »Ich glaube, sie hat uns beide heute gesehen.«

»Hat sie, und es ist mir scheißegal. Ich meine, was kann sie schon tun? Ich bin doch kein Kind mehr. Meinetwegen kann sie sich in die Hölle verpissen und da bleiben.«

Das Gespräch über Eleanor und der Gedanke daran, dass sie ihn und Edie beobachtet hat, dämpft die Stimmung. Jago greift in die Tasche und holt sein Tabakpäckchen hervor, öffnet es und nimmt eine schon fertig gedrehte Zigarette heraus. Er streicht sie glatt, fegt die Krümel von der Außenseite und steckt sie sich an.

»Im Ernst, es ist mir so was von egal, wessen Sohn du bist oder was du arbeitest oder nicht arbeitest«, sagt Edie. »Scheiß auf sie. Das mit uns nervt sie also? Gut. Es kümmert mich einen Dreck, was sie denkt.«

Er zieht den Rauch in seine Lungen und bläst ihn langsam wieder aus.

Sie greift nach der Zigarette und nimmt einen Zug. »Ihre Meinung spielt überhaupt keine Rolle.« Sie gibt ihm die Zigarette zurück. »Und sie werden sowieso nichts mitkriegen, weil sie schon längst schlafen.«

Er nimmt einen letzten Zug und lässt die Kippe fallen. Im Dunkeln glimmt die Glut auf dem Boden, und er tritt sie mit seinem Stiefel aus.

Sie ducken sich, halten sich nah bei der Brombeerhecke an der Vorderseite des Hauses. Sie muss lachen, und er sagt ihr, sie soll still sein, woraufhin sie wieder lacht. Am Tor halten sie an, spähen darüber.

»Hab ich's nicht gesagt«, flüstert sie. »Die sind schon oben.«

»Bist du sicher?«

»Die Lichter im Wohnzimmer und im Arbeitszimmer sind aus. Und die in ihrem Schlafzimmer auch.«

»Was ist, wenn sie aufwachen? Dein Zimmer ist doch gleich neben ihrem.«

Sie stellt sich auf die Zehenspitzen und küsst ihn. »Wir gehen nicht ins Haus«, wispert sie.

Sie geht durch das Tor, und er folgt ihr, umfasst im Laufen ihre Taille. Ihre Finger berühren sich, und er spürt die Hitze ihres Körpers in seinen strömen. Sein Körper schmerzt vor Verlangen. Als sie die Terrasse erreichen, zieht sie ihn Richtung Pool. Dort hält sie an und zieht sich den Rock aus. Dann das Shirt. Leise kichert sie, als sie sich auf den Beckenrand setzt. Ihre Beine baumeln im schwarzen Wasser. Er wirft einen Blick zum Haus, sucht die Fenster nach Beobachtern ab.

Er geht zu ihr, und sie zieht sanft, aber auffordernd am Hosenbund seiner Jeans. Die Lust lodert in ihm. Er ballt die Fäuste, und sein Atem geht schneller.

Sie lässt sich ins Wasser gleiten und verschwindet unter der

Oberfläche. Als sie wieder auftaucht, liegt das nasse Haar eng an ihrem Kopf. Das Wasser reicht ihr bis zur Brust. Sie winkt ihn zu sich.

»Ist es kalt?« In letzter Zeit ist er nicht mehr viel geschwommen. Nicht, seit sein Vater ertrunken ist. Argwöhnisch beäugt er die tintenschwarze Oberfläche, während sich alles in seinem Kopf dreht vor Adrenalin und Lust, die durch seinen Körper pumpen.

Sie lächelt und schüttelt den Kopf. Vom Nebel sind nur noch ein paar Fetzen übrig, und das Mondlicht, das vom Wasser zurückgeworfen wird, offenbart die Umrisse ihrer Brüste. Er zieht sich aus und lässt sich ins Wasser gleiten. Sie hat gelogen, es ist sehr wohl kalt, aber das ist ihm egal. Seine Füße berühren den Boden, dann watet er hinüber zu ihr. Legt seine Hände auf sie, spürt ihre Gänsehaut. Er küsst sie auf die Lippen, beugt den Kopf und küsst abwechselnd jede ihrer perfekten Brustwarzen. Sie streichelt seine Schulter, dann stößt sie sich von ihm ab, und fummelt unter Wasser herum. Im nächsten Moment hat sie ihren Slip in der Hand und schleudert ihn auf die Terrasse.

Seine Erregung droht, übermächtig zu werden.

In der Dunkelheit sind all seine Sinne geschärft. Er hört, wie sie leise ein- und ausatmet. Kann ihr Shampoo riechen. Ihr Make-up und ihr Parfüm. Ihre Haut fühlt sich warm an. Sie schlingt ihre Beine um seine Körpermitte. Ihre Schamhaare berühren seinen Bauch, und er stöhnt unterdrückt auf.

»Jesus«, wispert er. »Deine Eltern ...«

»Werden uns nicht sehen.«

»Und wenn doch?«

»Ich hab dir gesagt, dass es mir egal ist.«

Er lehnt sich zurück. Ihr Körper treibt an der Oberfläche, die Brüste stolz emporgereckt. Mit der Hand fährt er von ihrem Bauch über ihre Brust bis zu ihrem Hals. Da richtete sie sich auf, nimmt seine Hand und zieht ihn unter Wasser. Sein Herz hämmert. Einen Moment lang hat er Angst, aber dann umfängt ihn ihr Körper. In der Stille finden sich ihre Lippen, ihre Zunge ist fordernd. Er legt die Hand auf ihren Rücken und zieht sie noch näher zu sich heran. Er wünschte, sie könnten für immer so bleiben, unter Wasser, von allem abgeschirmt, niemand hier außer ihnen beiden. Als sie es nicht mehr länger ohne Luft aushalten, brechen sie durch die Oberfläche.

»Hast du das schon mal gemacht?«, flüstert er und wappnet sich im selben Moment gegen die Antwort. Er will der Erste sein, spürt aber gleichzeitig das Gewicht der Verantwortung.

Sie zögert. »Einmal.«

Sein Körper versteift sich vor irrationaler Eifersucht.

»Aber ich hab's gehasst. Es hat wehgetan, und als ich ihm gesagt habe, er soll aufhören, war er zu beschäftigt, um mich überhaupt zu hören.«

Die Eifersucht schlägt rasch um in Wut, und wenn dieser Mann jetzt hier wäre, dann würde er ihn seine Fäuste spüren lassen.

»Es hat sich kein bisschen so angefühlt«, wieder zögert sie, »so wie das hier.«

»Wie was?«

Sie lacht leise. Küsst ihn. Nimmt seine Hand und presst sie so drängend zwischen ihre Beine, dass er im ersten Moment erstarrt.

»Bist du sicher?« Er will sie so sehr, dass seine Stimme brüchig klingt.

»Bist du es?«

»Ja, natürlich, aber wir müssen nicht. Wir haben ja keine Eile. Wir könnten warten.«

Sie schlingt ihre Arme um ihn und knabbert an seinem

Ohrläppchen. Atmet heiß gegen seine kalte Haut. »Ich kann nicht warten.«

Plötzlich ist ganz in der Nähe ein Knacken zu hören. Als ob ein Zweig zerbrochen wäre. Er hört auf, sie zu küssen. Schaut hinter sich. »Was war das?«

»Nichts«, sagt sie. »Das bildest du dir nur ein.« Sie dreht seinen Kopf wieder in ihre Richtung, und er versucht, sich von dem Gefühl zu lösen, dass jemand sie beobachtet.

Einen Moment lang wird ihr Gesicht ernst, dann nimmt sie sich seiner an und führt ihn in sich ein. Leise stöhnt er.

Danach stehen sie ineinander verschlungen da. Ihre Arme liegen um seine Schulter. Das Wasser ist kalt, und sie zittern beide, dass ihnen die Zähne klappern.

»Bist du okay?«, fragt er.

»Ja«, erwidert sie. »Und du?«

Wieder küsst er sie anstatt einer Antwort.

»Ich liebe dich«, sagt sie.

Er zögert. Fühlt sich, als hätte man ihm die Brust aufgeschnitten und das Herz freigelegt. Diese Worte hatte er noch zu keinem Mädchen gesagt. Was würde es bedeuten, wenn er es täte? Er beschließt, nicht weiter darüber nachzudenken.

»Ich liebe dich auch.«

Sie schwimmen zu den Stufen. Sie klettert als Erste aus dem Wasser. Er folgt ihr. Wieder hört er ein Geräusch. Kein Vogel oder ein anderes Tier. Ein Mensch. Ein Schluchzen oder ein leiser Aufschrei? Angestrengt lauscht er in die Nacht. Aber das Geräusch wiederholt sich nicht. Und als Edie ihre warmen Lippen auf sein Schulterblatt drückt, ist all das vergessen.

Auf einer der Sonnenliegen findet sie ein klammes Handtuch und breitet es im Gras aus. Sie legen sich darauf. Leicht spielen ihre Finger miteinander. Ihr Kopf ruht auf seiner Brust, und ihre andere Hand streichelt seinen Bauch.

»Wir sollten zusammen durchbrennen.«

»Abhauen?«

Sie nickt.

»Ist das nicht was für Kinder?«

Sie versetzt ihm einen leichten Schlag. »Ich meine es ernst. Als sie mich endlich aus der Schule geworfen haben, dachte ich, das war's. Jetzt kann ich mit meinem Leben machen, was ich will. Aber die wollen mich kidnappen und mich dazu zwingen, einen Abschluss zu machen, den ich nie brauchen werde.«

»Wieso haben sie dich eigentlich rausgeworfen?«

»War nicht schwierig. Nicht nach der Schulfeier, auf der Eleanor dieser Veronica Young-Newell eine verpasst hat.«

Er lacht.

»Wirklich!«, sagt sie. »Du kannst dir das nicht vorstellen. Danach war es dann leicht. Das Graffito auf dem Klo hat das Fass zum Überlaufen gebracht.«

»Was war es denn?«

»Mir ist nichts wirklich Schlaues eingefallen, also hab ich einfach *Fickt euch doch alle, ihr Schlampen* geschrieben.«

Als sich der Nebel endgültig gehoben hat, treten ihre Züge im Mondlicht klar hervor. Einmal mehr bewundert er ihre Schönheit, während er mit dem Finger sanft über ihre Nase und ihren Mund streicht.

»Ernsthaft, Jay. Ich will hier weg.« Sie setzt sich auf, greift nach ihrem Oberteil und zieht es an. »Ich hab Freunde in London. Wir könnten da eine Weile auf dem Boden schlafen. Uns Jobs besorgen. Dann eine Wohnung …«

Er schnaubt verbittert auf. »Jobs besorgen? Einfach so?«

»Ja, Jobs. In London ist es anders als hier. Da gibt's Arbeit. Jede Menge. Dauernd werden Kellnerinnen, Büroangestellte, Bauarbeiter gesucht.«

»Und wovon sollen wir leben, bis wir was gefunden haben?«, fragt er. »Man kann doch nicht einfach so ohne Geld nach London fahren.«

»Ich habe Geld!« Sie nimmt seine Hand. »Auf einem Sparkonto. Da ist genug drauf, dass es fürs Erste reichen wird.«

Er antwortet nicht und sieht, dass sie enttäuscht ist.

»Ich sage ja nicht, dass wir zusammenbleiben müssen«, sagt sie.

»Das ist es nicht.«

Wieder schmiegt sie sich an seine Brust. »Was dann?«

Er stellt sich vor, wie er eine Tasche zusammenpackt. Wie er seine Klamotten, sein Feuerzeug, seinen Tabak darin verstaut. Sieht sich die Treppe runterkommen. Mum und Grandpa schlafen noch, aber Tamsyn sitzt auf der oberen Stufe und sieht zu, wie er sie einfach so verlässt.

»Ich kann meine Familie nicht allein lassen.«

»Doch, kannst du. Es ist nämlich dein Leben. Hast du nicht selbst gesagt, dass es hier nichts für dich gibt?«

»Ich hab meinem Vater versprochen, dass ich mich um sie kümmere.«

»Aber dein Vater ist tot.«

Er schweigt.

Sie schiebt sich so über ihn, dass er sie anschauen muss, legt die Hände auf seine Brust und das Kinn auf ihre Hände. »Du kannst nicht dein Leben lang versuchen, ein Versprechen gegenüber deinem toten Vater einzuhalten. Es wird ihnen gut gehen. Deiner Mum, deinem Grandpa und Tamsyn. Ganz bestimmt. Aber dir ... dir muss es doch auch gut gehen.«

Mit den Fingerspitzen streicht er über ihre Wange.

»Ich hab's versprochen«, sagt er leise. »Ich kann sie nicht im Stich lassen.«

# FÜNFUNDVIERZIG

**Tamsyn – August 1986**

Geduckt huschte ich so nahe heran wie möglich. Mein Atem setzte aus. Silhouetten und Tuscheln in der Dunkelheit.

Mir gefror das Blut in den Adern, und ich bohrte meine Fingernägel in die Handflächen. Richtete meine ganze Konzentration auf die beiden Menschen im Wasser. Auf die Stimmen, die ich kannte. Und auf die Laute, die ich nicht kannte.

Schreckliche Laute, von denen mir schlecht wurde.

Dennoch schlich ich noch näher. Dabei trat ich auf einen Zweig, und er drehte seinen Kopf in die Richtung, aus der das Geräusch gekommen war. Ich erstarrte. Mein Körper fühlte sich an, als würde er sich auflösen. Er wandte sich wieder um, und ich machte einen weiteren Schritt Richtung Pool, der tief und schwarz dalag. Ich schob mich voran, als müsste ich eine papierdünne gläserne Fläche überqueren, leise und vorsichtig, wobei ich mich immer im Schatten hielt. Die Luft um mich herum war klamm. Meine Augen waren starr auf die beiden im Pool gerichtet, bis ich sie klar erkennen konnte, und da gab es keinen Zweifel mehr.

Ich schlug die Hand vor den Mund, um nicht laut aufzukeuchen. Ich spürte, wie meine Haut brennend rot anlief und wie mir die Knie weich wurden. Ihre Haut glänzte, als badeten die beiden in Öl. Sie und er. Edie und mein Bruder. Nackt. Sie hatte sich leicht zurückgelehnt. Seine Hände lagen um ihre Taille und bewegten sie vor und zurück. Das verursachte zarte Wellen auf dem Wasser, in denen sich das Mondlicht im Takt ihrer Bewegungen brach. Jetzt beugte er sich zu ihr vor. Presste das Gesicht zwischen ihre Brüste. Wieder verschwamm das Bild. Nicht aufgrund des Nebels, sondern wegen des Tränenschleiers in meinen Augen. Es waren Tränen der Wut. Warum taten sie das? Ich verstand das nicht. Wie war es nur dazu gekommen? Ich hasste sie beide und wollte, dass sie aus dem Pool herauskamen. Wie konnten sie es wagen? Wie konnten sie es wagen, so etwas in meinem Pool zu tun?

*Raus da. Raus da. Raus da.*

Ich blieb länger in meinem Versteck, als ich sollte. Ich war vor Grauen wie erstarrt und wünschte mir, ich müsste nicht sehen, was ich da sah. Gleichzeitig konnte ich meinen Blick nicht von ihnen abwenden. Irgendwann riss ich mich los und schlich, verwirrt und benommen, durch die Dunkelheit zurück und zum Tor hinunter. Bei jedem Schritt traf mich das Bild der beiden im Pool wie ein Schlag in die Magengrube. Als ich den Küstenpfad erreicht hatte, begann ich zu rennen, stolperte über Steine und Grasbüschel blindlings voran. Ich konnte nicht aufhören zu weinen, und es gelang mir kaum, mein Schluchzen zu unterdrücken, bis ich weit genug vom Haus entfernt war, um mich am Wegesrand zusammenkauern zu können.

Es war, als hätte jeder von ihnen mir einen Dolch ins Herz gestoßen.

## SECHSUNDVIERZIG

**Angie – August 1986**

Sie war unendlich erschöpft. Ihre Lider waren schwer, und die Knochen und Gelenke schmerzten, als wäre sie steinalt. Nein, eigentlich sollte sie sich nicht wie eine Hundertjährige fühlen. Vielleicht lag's ja am Stress. Noch immer war sie außer sich vor Wut über das, was Eleanor Davenport über Tamsyn gesagt hatte. Es war unverzeihlich. Und ihr dann auch noch zu verbieten, jemals wieder das Haus zu betreten! Herzlos. Was für eine eiskalte Ziege. Als Erwachsene hatte sie bestimmt erkannt, wie sensibel das Mädchen war und dass man es leicht aus dem Gleichgewicht bringen konnte. Es war unverantwortlich von ihr, so mit den Gefühlen eines Kindes umzuspringen, Tamsyn erst in ihr Leben hineinzuziehen, um ihr dann den Boden unter den Füßen fortzureißen.

Allerdings gab sie auch Rob ein Stück weit Schuld an alldem. Sie verstand nicht, warum er überhaupt diese Märchenschloss-Fantasie in ihr geweckt hatte. Warum er ihr dieses verdammte Haus in Kopf und Herz gepflanzt hatte, als wäre es perfekt?

»Perfekt? Dass ich nicht lache!«, murmelte sie, während sie energisch versuchte, festgebackenen Teig aus der Fritteuse zu kratzen.

Gareth war im Büro über dem Laden. Ein kleiner Raum mit zwei Schreibtischen. Einen hatte er vor einigen Wochen nur für sie dort hineingestellt. *Du brauchst auch mal eine*

*Pause von der ganzen Putzerei und dem Bediene*n, hatte er gesagt. Und so half sie ihm nun einmal die Woche mit den Büchern und anderen Bürotätigkeiten, die er ihr zuteilte. Momentan tippte sie die Namen und Telefonnummern ihrer Lieferanten und Kunden auf einer neuen Maschine. Ein *Personal Computer*, wie Gareth ihr stolz erklärt hatte. Offensichtlich hielt er das Ding für die Antwort auf alle Probleme dieser Welt. Als sie wissen wollte, welche Probleme genau, hatte er mit ernstem Gesicht erwidert: *Papier. Wenn wir nicht alle konsequent auf das papierlose Büro setzen, werden in dreißig Jahren nirgendwo mehr Bäume stehen.* Computer, so meinte er, seien die Zukunft. Dessen war sie sich nicht so sicher, denn es kostete eine Menge Zeit, all die Informationen erst einmal einzutippen.

Angie heizte die Fritteusen auf und starrte auf die kleinen Hitzeblasen, die in dem gelblichen Öl aufstiegen.

»Angie?« Gareth stand in der Tür. »Möchtest du mit mir zu Mittag essen?«

»Aber was ist mit dem Laden?«

»Rose kommt gleich vorbei. Sie übernimmt gern für eine Weile deine Schicht.«

Angie zögerte.

»Natürlich bezahle ich dir die Zeit.«

»Du kannst mich doch nicht dafür bezahlen, dass ich mit dir essen gehe.«

»Wenn ich das könnte, wärst du bald Millionärin.«

Sie lächelte und schüttelte den Kopf.

Sie schlenderten zum Old Success, setzten sich nach draußen und bestellten ein halbes Lager-Bier und zwei Ploughman-Sandwiches. Die Sonne brannte heiß vom Himmel. Seit Wochen war das Wetter traumhaft, es regnete kaum, was gut war fürs Geschäft, und die Gemeinde Sennen brummte. Touristenströme schoben sich durch die Straßen, und die Parkplätze platzten aus allen Nähten. Auch der Strand war rappelvoll, und die Leute lagen dort so eng beieinander wie Ölsardinen. Überall Handtücher, Luftmatratzen, Eimerchen und Schaufeln, Krabbenkescher, Kühltaschen, gefüllt mit Sandwiches in Alufolie, ein Patchwork aus Picknickdecken auf dem hellbraunen Sand.

Angie lächelte, als sie zwei Kinder beobachtete, die immer wieder auf die auslaufenden Wellen zurannten, nur um dann kreischend zurückzuspringen, wenn das eiskalte Wasser ihre Zehen umspülte.

»Ich vermisse die Zeit, als meine auch so klein waren«, sagte sie.

»Sie halten nicht viel von mir, oder?«

Kurz erwog sie, das abzustreiten, aber dann tätschelte sie seine Hand. »Nimm es nicht persönlich. Sie verstehen es einfach nicht.« Sie zögerte. »Sie vermissen ihren Vater, das ist alles. Die Familie ist nicht mehr dieselbe ohne ihn. Sie ist nicht mehr ... vollständig. Wie ein Puzzle, in dem ein Teil fehlt.«

Er schob seinen Teller beiseite und lehnte sich vor. »Ich will dich etwas fragen.« Er holte tief Luft. »Ich hab drüber nachgedacht und es mir anders überlegt. Als wir uns geküsst haben ...«

»Gareth, ich ...«

»Nein«, sagte er. »Lass mich ausreden. Ich weiß, ich bin nicht perfekt, aber vielleicht brauchst du ja niemanden, der perfekt ist. Vielleicht ist ein bisschen weniger perfekt auch ganz okay?« Er hielt inne, holte wieder Luft. »Heirate mich, Angie. Ich liebe dich, und ich verspreche dir, alles zu tun, um dich glücklich zu machen.«

»Dich heiraten?« Ihr Mund stand offen, dann runzelte sie die Stirn. »Aber ... nein. Ich meine, das kann ich nicht. Die Kinder. Sie wollen keinen neuen Vater.«

»Ihr Vater will ich auch gar nicht werden.« Er legte seine Hand auf ihre. »*Dein* Mann, das will ich sein.«

Wieder wollte sie etwas sagen, doch er unterbrach sie erneut.

»Denk einfach drüber nach, ja? Wenigstens das bitte ich dich, für mich zu tun.«

Schweigend gingen sie zurück zum Imbiss. Ihr Inneres fühlte sich an wie eine Waschmaschine – alles drehte sich und wurde durcheinandergewirbelt. Alles, was bis heute geschehen war, und alles, was er gesagt hatte, mischte sich zu einem absoluten Gefühlschaos. Einerseits konnte sie sich nicht vorstellen, Rob zu ersetzen – und, Gott bewahre, mit einem anderen Mann intim zu werden –, andererseits gab es da diesen Teil von ihr, der sich leer und hohl anfühlte vor Einsamkeit. Sie sehnte sich nach jemandem, dem sie etwas vom Teller stibitzen durfte oder mit dem sie einfach nur am Strand spazieren gehen konnte. Nicht lange, und die Kinder würden heiraten und fortziehen. Und irgendwann würde Grandpa den Kampf gegen seine Krankheit verlieren. Und was dann? Würden dann die Erinnerungen an Rob ihre einzige Gesellschaft sein?

Bevor sie den Bus nach Hause nahm, ging sie an der Promenade entlang bis zur Station der Seenotretter. Der Bereich vor dem Gebäude war eine betonierte Fläche, auf der zwischen Seetang Fischereiutensilien wie Hummerkäfige, blaue und grüne Netze, von Algen bedeckte Schwimmer lagen. Daneben ein paar Boote, die dringend einen neuen Anstrich gebraucht hätten und die anscheinend seit Jahrzehnten dort vor sich hin dösten. Zwei Angler saßen auf ihren Höckerchen an der Kaimauer und teilten sich schweigend ein mitgebrachtes Abendbrot, eine Frau stand vor einer Staffelei und malte das Meer in unnatürlich grellen Farben.

Angie ging ins Bootshaus und vermied es dabei, das Rettungsschiff anzusehen, das auf der abschüssigen Rampe zum Auslaufen bereit war, falls ein Notfall hereinkam. Sie ging zur Wand mit den Gedenktafeln und schaute sich die Reihen mit den kleinen Messingplaketten an, auf denen die Namen der Verstorbenen standen und der Tag, an dem die See ihr Leben gefordert hatte.

Sie legte ihre Hand auf seine Plakette. Fuhr mit dem Finger über seinen ins Metall gravierten Namen. Sie dachte an ihn in jener Nacht. Sah sein Gesicht, als er sich zu ihr hinunterbeugte und sie zum Abschied küsste. Seine geflüsterten Worte, mit denen er ihr – wie immer – versicherte, sie müsse sich keine Sorgen machen. Mit denen er ihr versprach, dass er schon bald wieder bei ihr sein würde.

In ihrer Fantasiewelt war er tatsächlich wieder heimgekommen. Und in eben dieser Fantasiewelt wartete er jetzt schon zu Hause auf ihre Rückkehr. Auf dem Tisch eine Mahlzeit von einem Imbiss und zwei Gläser Rotwein.

»Was feiern wir denn?«, flüsterte sie, während sie ihre Wange an die kühle Messingplakette legte.

*Das Leben, Ange. Wir feiern es, am Leben zu sein.*

Es war schon weit nach vier Uhr morgens, als sie hörte, wie ihr Sohn sich ins Haus schlich. Deshalb war sie überrascht, ihn in der Küche anzutreffen, als sie herunterkam. Jago war angezogen, stand vor dem Herd und pfiff fröhlich vor sich hin, während er in einer Pfanne herumrührte.

»Du bist schon auf? Ich hätte nicht gedacht, dass ich dich vor heute Nachmittag zu Gesicht kriegen würde.« Sie konnte ihr Erstaunen nicht verbergen. »Und dann machst du auch noch Frühstück?«

Er lächelte.

»Und sogar ein Lächeln? Du meine Güte, Kind, hab ich Geburtstag?«

»Unter dem Toaster liegt die Kohle«, sagte er. »Und ich hab extra viel Butter an die Eier getan. So, wie Dad es immer gemacht hat.«

»Danke für das Geld. Die Davenports schulden mir noch ziemlich viel.« Sie lächelte. »Ich hab die Rühreier deines Vaters geliebt.«

Zweifelnd betrachtete er die Pfanne.

»Und deine werde ich auch lieben«, versicherte sie ihm.

»Mum ...« Er stockte. »Es tut mir leid.«

»Was?«

Er nahm die Pfanne vom Gasherd und drehte die Flamme ab. »Dass ich so nutzlos war. Ich werde mich bessern. Mir einen Job suchen und mich um euch kümmern.«

»Jago Tresize, sag mir nie – niemals – wieder, dass es dir leidtut.« Sie ging zu ihm und legte eine Hand auf seine Wange. »Du musst dich für nichts entschuldigen.«

Er senkte den Blick und schüttelte den Kopf. »Ich hätte dir helfen sollen, aber stattdessen hab ich dir nur Sorgen gemacht.«

»Ich bin deine Mutter. Ich mach mir immer Sorgen.«

Es brach ihr das Herz. Wie sehr sie wünschte, er wäre noch so klein, dass sie ihn in ihre Arme nehmen und mit Küssen bedecken konnte, bis er sie lachend anflehte, damit aufzuhören.

»Jetzt hör mir mal zu«, sagte sie. »Nach dem Tod deines Vaters wäre ich nicht mal aus dem Bett aufgestanden, wenn ihr beiden nicht gewesen wärt. Verstehst du? Tamsyn und du, ihr habt mir mehr geholfen, als ihr vielleicht ahnt, indem ihr einfach nur da wart.«

Sie wurden von Tamsyn unterbrochen, die im Morgenmantel in der Tür erschien, die Arme vor der Brust verschränkt, und mit Gewittermiene. Angie lächelte ihrem Sohn zu und tätschelte seine Schulter.

»Morgen, Liebes«, sagte sie zu ihrer Tochter. »Jago hat Frühstück gemacht.«

Tamsyn sah zu ihm, dann wieder zu Angie. »Ich hab keinen Hunger.«

»Aber es gibt Rührei.«

»Ich sagte, ich hab keinen Hunger.« Sie warf ihrem Bruder einen bitterbösen Blick zu. »Aber vielleicht könnte Edie Davenport ja stattdessen vorbeikommen? Ich bin mir sicher, die ist heute Morgen ziemlich ausgehungert.«

Tamsyns Gesichtsausdruck war trotzig und herausfordernd. Ihre Mundwinkel zuckten, und die Augen waren wütend zusammengekniffen.

»Sei still, Tamsyn«, sagte ihr Sohn, und etwas in seinem Tonfall signalisierte Angie, dass das, worüber sie auch immer sprachen, wichtig war.

»Und was, wenn ich's nicht bin?«

Mit bebendem Kinn funkelte er sie an.

»Worum geht's hier eigentlich?«, fragte Angie. »Tam?«

Tamsyns Wangen brannten, und noch immer sah sie Jago finster an. Der drehte sich um und rührte weiter in der Pfanne.

»Jago?«

»Nichts«, murmelte er.

»Ja, klar«, fauchte Tamsyn. »Nach nichts sah das heute Nacht aber nicht aus. Ich hab euch *gesehen*. Im Pool. Anscheinend gehst du wieder ganz gern schwimmen dieser Tage.«

Jago knallte die Pfanne auf die Anrichte. »Verdammte Scheiße noch mal!« Er wirbelte herum und starrte seine Schwester wütend an, formte lautlose Flüche, während sein Körper sich vor unterdrücktem Zorn versteifte.

»Warum? Warum hast du das getan?« Tamsyns Augen füllten sich mit Tränen. »Reicht es nicht, dass sich Mum nur noch um dich sorgt, sodass sie für mich kaum noch Zeit hat? Musst du mir jetzt auch noch meine einzige Freundin wegnehmen?«

Bei Tamsyns Worten zog Angie scharf die Luft ein. Sie wollte ihr sagen, dass das nicht stimme, dass sie sich immer Zeit für beide Kinder nähme. Sie ging auf ihre Tochter zu, wollte sie berühren, aber Tamsyn wischte ihre Hand beiseite.

Sie ging mit erhobenem Kopf auf ihren Bruder zu, sodass sie ihm ins Gesicht sehen konnte. »Ich weiß, was du vorhast. Du willst mich da nicht haben. Willst das Haus für dich allein. Du warst es, der diese Lügen über mich und Max in die Welt gesetzt hat, oder? Und der sie Eleanor erzählt hat.«

»Was zum Teufel ...«

»Damit du mich aus dem Weg hattest. Damit du Edie vögeln konntest, ohne dass ich dir dabei in die Quere kam.«

Angie wurde es übel. »O Jago. Nein!«

Er fuhr zu ihr herum, und nichts war mehr übrig von seiner Sanftheit, die er ihr gegenüber eben noch gezeigt hatte. »O Jago, nein *was*?«

»Du und dieses Davenport-Mädchen? Sag, dass das nicht wahr ist.«

Er antwortete nicht. Tamsyn verschränkte wieder die Arme und lehnte sich gegen die Anrichte. Ihre Wut war anscheinend verraucht und Niedergeschlagenheit gewichen.

»Von all den Mädchen, mit denen du hättest gehen können?«

»Was geht dich das überhaupt an, Mum?«

»Das geht mich was an, weil diese Familie ein verdammter Albtraum ist. Ich will nicht, dass einer von euch noch irgendwas mit denen zu tun hat. Und wenn du die Wahrheit wissen willst – ich hatte gehofft, dass ich vielleicht meinen Job wiederbekomme, wenn sich Mrs Davenport erst mal eingekriegt und diesen Blödsinn über Tamsyn vergessen hat – womit, Tamsyn, dein Bruder *natürlich* nicht das Geringste zu tun hat.« Sie sah zu ihrer Tochter hinüber und trat mit der Hacke gegen den Boden. »Oder dass sie mir zumindest das bezahlen, was sie mir noch schulden. Aber wenn du und Edie ...« Sie brach ab und legte die Hand an ihre Stirn, als sie plötzlich Panik überfiel. »Jesus, ist sie überhaupt alt genug?«

Er verdrehte die Augen. »Sie ist siebzehn.«

»Das ist ja wenigstens was.« Sie seufzte. »Aber warum sie?« In der gleichen Sekunde wurde ihr klar, was für eine lächerliche Frage das war. Als ob Teenager jemals über solche Dinge nachdachten. »Gott allein weiß, was diese Frau tun wird, wenn sie dahinterkommt.«

»Tja, ich hatte gehofft, dass das nie passieren würde.« Jago warf Tamsyn einen vernichtenden Blick zu.

»So was kommt immer raus.«

»Und wenn schon.«

»Sie wird ausrasten.«

»Weil ich nicht gut genug bin?«

Angie starrte ihn an. Schwieg. Es war nur ein Zögern, aber das reichte aus. Seine Miene verfinsterte sich, und er schüttelte den Kopf.

*Natürlich bist du gut genug, mein Kind.*

Mehr hätte sie nicht sagen müssen.

Er schnaubte bitter auf. »Scheiß drauf«, stieß er hervor. Dann stürmte er aus der Küche und verpasste der Wand im Vorbeigehen einen Schlag, bevor er verschwand.

»Jago!«, rief sie ihm nach.

»Ich muss zum Schrottplatz.«

»Geh nicht. Komm zurück, damit wir reden.« Doch er öffnete schon die Hintertür. »Jago, ich ...«

»Ich sagte, ich muss zum Schrottplatz!«

Im gleichen Moment fiel die Tür mit einem lauten Knall zu.

»Verdammt noch mal«, fluchte sie leise, als sie sein Motorrad aufheulen hörte. Sie rannte hinaus, lief durch das Törchen auf die Straße, die hinter dem Haus verlief, und rief seinen Namen. Aber er hielt nicht an, und so musste sie hilflos mit ansehen, wie er sich von ihr entfernte.

Angie ging wieder hinein. Ihre Beine zitterten, Tränen brannten in ihren Augen.

»Geht's dir gut, Liebes?«, fragte sie, als sie zurück in die Küche kam.

Tamsyn zog einen Flunsch und nickte. Sie sah immer noch sehr krank aus mit ihrer fahlen Haut, den geröteten Augen und den strähnigen Haaren, die dringend gewaschen werden mussten.

»Tut mir leid, wenn du das Gefühl hast, ich wäre nicht für dich da. Das bin ich aber. Immer. Wirklich.«

Tamsyn zuckte zurück, als Angie sie berühren wollte. Verschränkte die Arme noch fester vor der Brust, zog sich in sich selbst zurück.

»Ich weiß, dieser Scheiß mit den Davenports ist hart, aber vergiss nicht, dass ich dir glaube. Ich weiß, dass du und Max … Na ja, du weißt schon.«

Mit einem Mal begann Tamsyn zu schluchzen. Wieder streckte Angie die Hand nach ihr aus, aber ihre Tochter fuhr zusammen, als hätte sie einen Stromschlag bekommen. Dann rannte sie aus der Küche und hinauf in ihr Zimmer.

In diesem Moment wollte Angie Eleanor Davenport umbringen. Wie konnte sie einem Kind so etwas antun? In der Stille der Küche stand sie da und lauschte dem Echo, das der Schmerz und die Verwirrung ihrer Kinder hinterlassen hatten. Schließlich straffte sie sich. Sollte diese Eleanor doch zur Hölle fahren. Auf einmal war Angie froh, dass deren hochnäsige Tochter sich in ihren hübschen Jungen verknallt hatte. Wie konnte die dumme Kuh sagen, er wäre nicht gut genug? Jago war hundert Mal besser als jeder Einzelne aus dieser moralisch verkommenen Familie. Angie hoffte inständig, dass Eleanor hinter die Beziehung der beiden kam und dass sie daran erstickte. Das hätte sie verdient, denn sie war nichts weiter als eine dumme Schlampe, die sie alle wie Dreck behandelt hatte.

Genug war genug.

Angie stapfte in den Flur und schnappte sich ihre Tasche von der Garderobe. Dann ging sie zur Telefonzelle und rief im Imbiss an.

»Ich bin's«, sagte sie, als Gareth abnahm. »Könntest du mich vielleicht zum Haus der Davenports hochfahren?«

Sie wartete an der Ecke auf ihn, und fünfundzwanzig Minuten später hielten sie vor dem Vordereingang des Hauses auf der Klippe.

»Warte bitte im Auto«, sagte sie. »Es wird nicht lange dauern.«

Ihre Nerven spielten verrückt, als sie die Hand hob, um zu klingeln.

Die Tür öffnete sich. Sobald Eleanor sie sah, verschränkte sie die Arme und schaute sie von oben herab an.

Angie hielt ihr den Schlüssel entgegen. »Ich bin gekommen, um den hier zurückzugeben.«

Eleanor wollte danach greifen, aber Angie schloss ihre Faust um den Schlüssel. »Und Sie schulden mir den Lohn für drei Wochen plus Überstunden.«

Eleanor schnaubte. »Ihnen auch einen guten Morgen. Tatsächlich«, sagte sie mit einem dünnen Lächeln und so leiernd, dass Angie vermutete, sie hätte schon wieder getrunken, »bin ich froh, dass Sie hier sind.«

»Ach ja?« Angie versuchte, trotzig zu klingen, aber irgendetwas in Eleanors Miene verunsicherte sie.

»Sie könnten mich vielleicht davon abhalten, die Polizei zu rufen.«

Überrascht sah Angie sie an. »Die Polizei?«

Eleanor kniff die Augen zusammen. »Um einen Diebstahl anzuzeigen.«

»Was?« Angie schlug das Herz bis zum Hals. »Was denn für ein Diebstahl? Wovon reden Sie überhaupt?«

»Von einem wertvollen Schmuckstück. Ein goldenes Armband mit Rubinen. Es ist weg. Und Sie und Ihre Kinder sind die einzigen *Fremden*, die hier im Haus waren. Und seien wir doch mal ehrlich, es könnte jeder von Ihnen gewesen sein. Ihr Sohn hat hier herumgeschnüffelt, und Sie und Tamsyn hatten mehr als ausreichend Gelegenheit, es mitgehen zu lassen.«

Angie versuchte, sich aufrecht zu halten, während sich die Gedanken in ihrem Kopf überschlugen. Als sie endlich sprach, tat sie dies langsam und mit nur mühsam unterdrückter Wut. »Niemand von uns hat irgendwas mitgehen lassen.«

Eleanor beugte sich leicht vor. »Sind Sie sicher?«

Angie zögerte. Ihre Gedanken wurden verworren. Sie sah zu Gareth, der im Wagen saß und eine Zeitung las, die auf dem Lenkrad lag. Er schaute auf und machte eine fragende Geste in ihre Richtung. Nervös nickte sie ihm zu, und er wandte sich wieder seiner Lektüre zu.

»Ich hätte Ihren Sohn gestern wohl direkt danach fragen sollen, als er Edie nach diesem grässlichen Höllenritt hier abgesetzt hat.«

»Aber er hat doch gestern gearb...« Sie brach ab.

Eleanor lächelte triumphierend. »Ich schlage vor, Sie gehen jetzt nach Hause, Angie, und reden mit Ihrem Sohn. Fragen Sie ihn nach meinem Armband, und geben Sie es mir zurück.«

Hinter ihr öffnete und schloss sich Gareths Wagentür.

»Alles okay, Angie?«, rief er.

Eleanor sah über Angies Schulter hinweg zu Gareth und schnaubte verächtlich. »Meine Güte, was sind Sie hier unten bloß für ein unzüchtiger Haufen ... Und jetzt verschwinden Sie von meinem Anwesen und holen mein Armband von Ihrem diebischen Sohn zurück.« Sie machte einen Schritt zurück ins Haus und schlug ihr die Tür vor der Nase zu.

Gareth hielt Angie die Beifahrertür auf.

»Du zitterst ja wie Espenlaub, Liebes«, sagte er, als er ihr ins Auto half. »Was ist denn passiert?«

»Ich muss unbedingt mit Jago reden.« Ihre Stimme bebte noch immer vor Schreck. »Kannst du mich zu Rick Stattons Schrottplatz fahren? Er liegt gleich gegenüber von Halsetown.«

Bobby Statton und Jago waren in einer Klasse gewesen. Bobbys Vater Rick gehörte der Schrottplatz. Obwohl die beiden Jungs befreundet waren und Ricks Vater mit Grandpa im gleichen Fußballteam für West Penwith gespielt hatte, kannte Angie Rick nicht persönlich. Deshalb war sie nicht erstaunt, dass er sie nicht erkannte, als sie aus Gareths Auto stieg.

Sie überquerte den Hof, der mit allem möglichen Gerümpel vollgestellt war: Berge von Feuerrosten und Kaminplatten; alte Türen, die aufgeschichtet wie Kartendecks dalagen; rostige Badewannen und ineinander gestapelte Holzstühle mit verdrehten Beinen, die so hoch aufgetürmt waren, dass das ganze Gebilde umzukippen drohte.

»Kann ich Ihnen helfen?« Rick nahm seine Kappe ab und kratzte sich am Kopf.

»Ich bin Angie. Angie Tresize.«

Auf seinem Gesicht erschien ein Lächeln. »Natürlich. Sorry, Angie. Ist schon so lange her. Wie geht's denn so?«

Sie nickte, während sie den Schrottplatz nach ihrem Sohn absuchte.

»Ist er da?«, fragte sie. »Ich muss kurz mit ihm sprechen.«

»Ist wer da?«

Ihr Magen machte einen Satz. »Jago«, sagte sie und zwang sich, nicht zu weinen. »Er ... hat gesagt, dass er heute hier arbeitet.«

Rick runzelte die Stirn. »Jago? Hier arbeiten?«

Jetzt konnte Angie ihre Tränen nicht mehr zurückhalten, und sie wischte sie mit dem Handrücken weg.

Rick fühlte sich sichtlich unwohl, trat von einem Bein aufs andere und drehte verlegen die Kappe in seinen Händen. »Vielleicht woanders? Hier arbeitet er jedenfalls nicht.«

»Du meinst, heute nicht?« Sie griff nach jedem Strohhalm, das wusste sie, flehte ihn mit ihrem Lächeln förmlich an, zu sagen, dass er nur einen Witz gemacht hatte und dass ihr Junge jeden Moment zurückkommen würde.

»Er hat nie hier gearbeitet. Ab und zu holt er Bob mit dem Motorrad ab ... Dann fahren sie zum Pub oder was weiß ich.« Er sah sie einen Moment lang schweigend an. »Alles okay?«

Wieder zwang sie sich ein Lächeln ins Gesicht und schüttelte den Kopf. »Ja, alles bestens. Ich hab da wohl was falsch verstanden. Mein Fehler.«

Er nickte mitfühlend, dann dieser typisch nachsichtige Elternblick, der besagte: *Ach ja, unsere Jungs sind manchmal schon richtige Lümmel, was?*

»Wenn ich ihn sehe«, meinte er, »sage ich ihm, dass du ihn suchst.«

Angie nickte und ging zurück zum Auto. Als Gareth sie nach Hause fuhr, starrte sie nur schweigend aus dem Fenster, unfähig, auf seine Fragen einzugehen.

Alles, woran sie denken konnte, waren die Geldscheine unter dem Toaster. Und all die Male, in denen Jago ihr erzählt hatte, er würde auf dem Schrottplatz arbeiten. Und all die Male, in denen er von Rick gesprochen hatte und darüber, wie erledigt er von der Arbeit wäre.

»O Jago«, hauchte sie, »was um alles in der Welt hast du getan?«

# SIEBENUNDVIERZIG

**Jago – August 1986**

Als er hereinkommt, wartet sie auf der Treppe auf ihn. Sie sitzt mit im Schoß gefalteten Händen auf der zweiten Stufe. Aus ihrem Gesicht spricht die blanke Wut, und das bringt ihn irgendwie aus dem Konzept.

»Tut mir leid«, beginnt er. »Ich hätte dir von ihr erzählen müssen. Ich …«

»Ich war heute bei Rick, weil ich dich gesucht hab.«

Das Herz schlägt ihm bis zum Hals.

»Also?«

Er bringt kein Wort heraus.

»Hast du nichts dazu zu sagen?«

Er kratzt sich heftig am Unterarm, fixiert die dünne Lederschnur, die Edie ihm noch umgebunden hat, bevor er im Morgengrauen nach Hause aufgebrochen war.

»Eleanor vermisst ein Armband.« Die Lippen seiner Mutter zucken vor Ärger. »Behauptet, man habe es ihr gestohlen.«

Er versteht nicht, warum sie ihn so ansieht.

»Woher stammt das Geld, Jago?«

Ihre Unterstellung trifft ihn wie ein Schlag.

»Hast du dich deshalb an ihre Tochter rangemacht? Damit du sie *bestehlen* kannst? Um dann das Zeug für ein paar Zehnpfundscheine zu versetzen, die du mir unter den Toaster schieben kannst?«

Ihre Worte durchschneiden ihn wie Rasierklingen.

Sie zieht die Augenbrauen zusammen. »Also?«

Er blinzelt sie an, dann keucht er: »Das war ich nicht, ich ...«

»Du hast mich angelogen. Hast mir erzählt, du arbeitest auf dem Schrottplatz, aber das stimmt nicht. Keinen einzigen Tag bist du da gewesen. Aber du hast mir Geld gegeben. Und jetzt fehlt bei den Davenports Schmuck. Und du hast dort genau zu der Zeit rumgehangen, als er weggekommen ist.« Sie kneift sich in den Nasenrücken. Ihre Stimme wird dunkler, sie schließt die Augen und wirkt unsagbar gequält, als sie hinzufügt: »Hab ich dich *jemals* in schmutziger Uniform zur Schule geschickt? Oder ohne das richtige Turnzeug? Vielleicht hattest du nicht immer die schicksten Sportschuhe, aber du hattest immer zu essen und einen ordentlichen Haarschnitt. Jeden Samstag hab ich deine Schuhe auf Hochglanz poliert, damit du nicht rumläufst wie ein Armeleutekind. Nie hab ich ein Almosen angenommen. Nie das Gesetz gebrochen. Ich hab jeden Job angenommen, den ich finden konnte, damit wir hocherhobenen Hauptes weitermachen konnten, nachdem dein Vater gestorben war. Und jetzt *das*? Jago ...? Wie *konntest* du nur?«

Ihre Worte tun ihm mehr weh als jeder zuvor erlittene Schmerz, sie wühlen in seinen Eingeweiden wie ein Messer. »So wenig hältst du also von mir?«, presst er schließlich hervor.

»Was soll ich denn sonst denken?«

»Du solltest eigentlich *wissen*, dass ich niemals stehlen würde. So viel Vertrauen solltest du eigentlich in mich haben.«

»Wie soll ich dir vertrauen, wenn du mich ständig belügst?«

Er schluckt ihre Enttäuschung und auch ihren Richtspruch. Ihr Gesichtsausdruck sagt ihm, dass sie nun glaubt, in ihrer Meinung über ihn schon immer recht gehabt zu haben. Und dass er niemals wird mithalten können. Dass er für immer im Schatten seines toten Vaters stehen wird.

Er wendet sich von ihr ab und verlässt das Haus.

Er stellt das Motorrad so ab, dass man es vom Haus aus nicht sehen kann, und geht das letzte Stück zu Fuß. Als er das Tor erreicht, kauert er sich zusammen, um sich hinter der Trockenmauer zu verbergen. Dann beobachtet er. Als er sicher ist, dass niemand dort ist, huscht er gebückt zur anderen Seite des Hauses. Vorsichtig späht er um die Ecke für den Fall, dass sich jemand auf der Terrasse aufhält. Aber der Garten und der Pool sind verwaist.

Er steht unter ihrem Fenster. Bückt sich und sammelt ein paar kleine Kieselsteine von den Blumenbeeten auf. Wirft sie nacheinander gegen die Glasscheibe ihres Fensters. Nichts. Er bückt sich wieder nach neuer Munition. Betet, dass sie in ihrem Zimmer ist. Wirft noch einen Stein.

Endlich erscheint ihr Gesicht hinter dem Fenster. Sie sieht nach unten und entdeckt ihn. Sie hebt den Riegel und drückt das Fenster auf.

»Vordertür«, raunt sie ihm zu.

Er nickt, geht an der Hausseite zurück und verharrt an der Ecke, bis die Eingangstür sich öffnet und Edie im Türspalt erscheint. Sie hebt einen Finger an die Lippen. Er zeigt auf das Tor. Sie nickt, und dann huschen sie rasch hinaus auf den Weg.

Sie reden nicht, bis sie das Motorrad erreicht haben. Er wirft einen Blick über die Schulter, um sicherzugehen, dass ihnen niemand gefolgt ist. Dann küsst er sie, nimmt ihr Gesicht in beide Hände und presst seine Lippen auf ihren Mund. Leidenschaftlich erwidert sie seinen Kuss. Ihre Hände schieben sich unter sein Shirt, Nägel vergraben sich in seinem Fleisch.

Plötzlich hört er ein Geräusch und weicht vor ihr zurück. Wischt sich über den Mund. Ein Spaziergänger mit einem struppigen Collie kommt nichts ahnend auf sie zu. Der Hund schnüffelt an Edie, und sie bückt sich, um das Tier am Kopf zu streicheln.

»Tag«, sagt der Mann. »Schön heute, nicht?«

Edie und Jago grinsen sich an. Sie steigen auf das Motorrad, das röhrend zum Leben erwacht.

»Wohin soll's gehen?«, fragt er sie.

»Zum Maschinenhaus.«

Er nickt und lässt den Motor im Takt ihres Lachens aufheulen.

Auf der Klippe angekommen, stellen sie die Maschine auf dem Parkplatz ab und klettern den holprigen Pfad zur Ruine der Mine hinunter. Im Maschinenhaus fallen sie übereinander her, zerren sich die Oberteile vom Leib, sinken zurück auf den mit Gras bedeckten Boden. Er knöpft seine Jeans auf, presst seine Lippen auf ihren gebogenen Nacken, während sie den Verschluss ihres BHs löst. Sie lässt ihn über die Schultern gleiten und wirft ihn achtlos beiseite. Dann zieht sie seinen Kopf an ihre Brüste. Abwechselnd küsst er sie, und sie stöhnt auf. Sein Körper steht in Flammen.

Der Sex ist kurz und – zumindest was ihn betrifft – geradezu zornig. Die Emotionen brechen sich lawinenartig Bahn, als er sich der Anschuldigungen seiner Mutter erinnert.

»Alles okay mit dir?«, flüstert sie, als sie danach erschöpft daliegen und durch das fehlende Dach in den Nachmittagshimmel starren.

Weiße Wolken ziehen über ihren Köpfen dahin. Der Himmel ist mit Blau durchsetzt, und die Möwen scheinen einander etwas zuzurufen, während sie ihre beeindruckenden Bogen fliegen.

»Willst du immer noch weg von hier?« Er dreht den Kopf, um sie anzusehen.

»Was meinst du?«

Er stützt sich auf einem Ellbogen auf. »Nach London. Auf dem Motorrad. Mit mir.«

»Du bist dabei?«

Er nickt.

»Und deine Familie?«

Er sieht das kalte, harte Gesicht seiner Mutter vor sich. Hört den Hass in der Stimme seiner Schwester. »Mit denen bin ich fertig. Es ist an der Zeit zu gehen.«

»Wirklich?«

»Ja.« Er nimmt eine der Locken aus ihrem Pony zwischen Daumen und Zeigefinger und dreht sie spielerisch. »Hier gibt es nichts mehr für mich.«

# ACHTUNDVIERZIG

**Tamsyn – August 1986**

Mum saß am Küchentisch und hatte die Hände vors Gesicht geschlagen. Als ich hereinkam, sah sie kurz auf. Der blanke Schmerz in ihren geröteten Augen schockierte mich. Mein Magen hob und senkte sich. Ich setzte mich ihr gegenüber und merkte, dass mein ganzer Körper vor Übelkeit zitterte.

»Ich hab euch streiten gehört.«

Sie betrachtete das durchtränkte und zerfledderte Papiertaschentuch in ihrer Hand. »Er arbeitet nicht bei Rick.«

Ich schluckte. »Ich weiß.«

»Was soll das heißen?«

»Ich wusste, dass er nicht zum Schrottplatz geht.«

Verwirrt zuckte ihr Blick hin und her. »Aber du hast mir doch immer gesagt, er wäre dort. Viele Male.«

Ich nickte, und das schlechte Gewissen schnürte mir die Kehle zu.

»Er gibt mir Geld, Tamsyn. Bargeld. Woher hat er das? Und jetzt fehlt im Haus der Davenports auch noch ein Schmuckstück …« Die Knöchel an ihrer Hand traten weiß hervor, als sie sich über die Stirn rieb. »Warum deckst du ihn?«

Immer noch brachte ich kein Wort heraus.

»Tamsyn. Bitte. Ich bin heute schon genug angelogen worden. Sag mir, woher er das Geld hat.«

»Das hat er beantragt«, flüsterte ich, während ich sah, wie sie verwirrt die Stirn runzelte.

»Was?«

»Arbeitslosengeld.«

»Arbeitslosengeld?«

Ich nickte.

»Aber ... Ich verstehe nicht.« Aus ihrem Gesicht wich alle Farbe. »Warum hat er mir das denn nicht einfach gesagt?«

»Er wusste doch, wie enttäuscht Dad deswegen gewesen wäre. Und du auch. Er meinte, Dad hätte es gehasst und ihn einen Schmarotzer genannt und keinen Respekt mehr vor ihm gehabt. Er sagte, es wäre nur übergangsweise. Bis er einen neuen Job gefunden hat. Er hat mich schwören lassen, dir nichts davon zu erzählen. Damit du nicht schlecht von ihm denkst.«

Mum zuckte zusammen, als wenn ich sie geschlagen hätte.

»Jago hat nichts gestohlen.«

Mum stand auf, und der Stuhl quietschte laut über den Linoleumboden. Sie murmelte etwas, während sie mit der Hand immer wieder auf ihren Oberschenkel hieb.

»Ich muss dir was erzählen«, sagte ich.

»Nicht jetzt.« Sie verließ die Küche und ging zur Eingangstür. »Ich muss ihn finden.«

»Mum!«, rief ich ihr nach. »Mum, ich muss dir ...«

Aber sie war schon aus dem Haus.

Ich saß in der leeren, stillen Küche und starrte die alte Keksdose auf dem Kühlschrank an. Wieso war alles so aus dem Ruder gelaufen? Wie hatten sich die Dinge in so kurzer Zeit dermaßen verändern können? Es war erst ein paar Tage her, dass ich Teil der Davenport-Familie gewesen war. Teil des Hauses auf der Klippe. Alles war perfekt gewesen. Aber dann war alles außer Kontrolle geraten und wie ein Kartenhaus in sich zusammengefallen. Eleanor verbreitete bösartige Lügen über mich. Ich hatte Edie geküsst. War schwer krank geworden. Mum hatte Gareth geküsst. Jago hatte es Edie im Pool besorgt. Und mir war es verboten, mich dem Ort auch nur zu nähern, an dem ich so glücklich gewesen war.

Wie ich so in der Küche saß, war ich wie gelähmt von einer unsagbaren Einsamkeit. Und der Schmerz war akut. Mit jeder Faser meines Körpers wollte ich hinaufgehen zum Haus. Ich stellte mir vor, wie ich durch das Tor trat und mich im gleichen Moment eine tiefe Ruhe überkam.

Ich ging in den Flur und musste alle Willenskraft aufbieten, um nicht zur Haustür zu gehen. Das Fernglas in meiner Tasche zog mich magnetisch an. Ich konnte das kühle Metall an meinem Gesicht fast körperlich spüren. Ich zwang mich, die Treppe hinaufzusteigen. Jeder Schritt, der mich weiter vom Haus entfernte, war, als würde ich gegen ein Rudel blutrünstiger Hunde ankämpfen. So musste es sich anfühlen, süchtig zu sein. Ich biss die Zähne zusammen und zählte die Schritte, bis ich meine Box erreicht hatte.

Ich schloss die Tür und setzte mich aufs Bett. Mein Sammelalbum lag auf der Decke vor mir. Ich griff danach, legte meine Hand auf den Umschlag. Fuhr mit dem Finger über die Buchstaben, die darauf standen.

*Das Haus auf der Klippe.*

Es war nicht dasselbe, wie selbst dort oben zu sein, aber es war alles, was ich hatte. Ich holte tief Luft, schlug die erste Seite auf. Berührte sanft das trockene Gunnerablatt. Das hatte ich gepflückt, als ich zum ersten Mal heimlich den Schlüssel an mich genommen hatte. Ich erinnerte mich daran, wie friedvoll es dort oben gewesen war. Still und ruhig. Nur ich und das Haus und meine Erinnerungen an Dad. Auf der zweiten Seite klebte die Folie der Champagnerflasche von meinem ersten Dinner bei den Davenports. Dann das gepresste Gänseblümchen, dessen winzige trockene Blütenblättchen das gelbe Zentrum umgaben wie erstarrte Sonnenstrahlen. Das Glasstückchen, das ich mit Tesafilm befestigt hatte und an dem immer noch ein paar Körnchen Sand vom Gwenver-Strand klebten. Ich hatte es mit unzähligen hingekritzelten Sternchen umrahmt. Ich blätterte weiter und starrte auf das Bild, das ich gezeichnet hatte: der kleine, gerade eben aus dem Wasser gezogene Junge. Sein Kopf hing herunter, und zwischen seinen blau angelaufenen Lippen war Seetang. Daneben klebte ein Zeitungsausschnitt aus dem *Cornishman* mit einem Foto, das den Kleinen zusammen mit seinem Lebensretter zeigte. Auf der nächsten Seite prangte der Zettel mit dem Inhaltsverzeichnis von der Kassette, die Edie für mich aufgenommen hatte.

Ich hielt inne und erinnerte mich an den Schmerz in Jagos Stimme, als Mum ihn wegen des Geldes zur Rede gestellt hatte. Ich blätterte um. Zwei Tränen fielen auf das Papier, das sie aufsaugte wie eine durstige Blume.

Das Armband war mit jeder Menge Tesafilm fixiert. Ein asymmetrischer goldener Kreis. Die Rubine darin wirkten wie Blutstropfen. Mit den Nägeln knibbelte ich so lange an den Klebestreifen herum, bis das Armband wieder frei war. Ich hielt es in meiner Hand. Spürte Eleanors Hitze in dem Metall. Hörte das Echo ihres Lachens auf der Party. Ich hob das Schmuckstück an meine Nase und sog die Mischung aus Parfüm und Zigarettenrauch ein. Dann ließ ich es in meine Tasche gleiten. Mein ganzer Körper prickelte, als ich mir Eleanors Gesicht vorstellte, wenn ich es ihr zurückgab.

»Hab's mir nur ausgeborgt«, wisperte ich. »Ich hab's auf dem Boden liegen sehen und …«

Grandpas Schrei hallte durch das Haus.

»Angie!«, rief er mit hoher Stimme und erstickt, begleitet von verzweifelter Panik.

Ich sprang vom Bett, und das Sammelalbum fiel zu Boden.

Aus seinem Zimmer drang ein lautes Krachen. Ich riss die Tür auf und stürmte durch den Flur. Er war zusammengebrochen. Der Tisch war umgestürzt, und überall lagen die Puzzleteile verstreut auf dem Teppich wie frisch gefallenes Laub. Er wimmerte wie ein verwundetes Tier.

»Mum!«, schrie ich und betete inständig darum, dass sie wieder da war. »Mum!«

Ich ließ mich neben ihm auf die Knie fallen. Sein Gesicht war schmerzverzerrt, die Augen vor Angst weit aufgerissen. Er atmete, als presste ihm jemand eine Hand auf den Mund. Überall war Blut. Blut auf seinem Gesicht, seinem Pyjama und seinen Zähnen, sodass er aussah wie ein Wolf, der gerade ein Schaf gerissen hatte. Die Haut war purpurrot verfärbt, und seine Stirn schweißnass.

»Ich ... ich kann nicht ...«, war alles, was er herausbrachte.

»Mum! Jago!« Ich schrie so laut, dass es in meiner Kehle brannte.

Mit der einen Hand umklammerte Grandpa meinen Arm, mit der anderen schlug er sich immer wieder schwach an die Brust, wobei die Finger gekrümmt waren wie Klauen.

»Es ist okay«, sagte ich, obwohl ich wusste, dass das ganz und gar nicht der Fall war. »Es ist okay.«

Ich musste mich zusammenreißen. Wenn ich versagte, würde er hier und jetzt sterben. Ich holte tief Luft, biss die Zähne zusammen und legte ihn behutsam auf den Boden. Dann holte ich das Kissen aus seinem Bett und schob es ihm unter den Kopf. Ich stand auf und zog das mobile Sauerstoffgerät näher. Ich entwirrte die Schläuche und legte ihm die Maske über Mund und Nase. Als er Luft holte, verdunkelte sich die Maske von innen durch einen Nebel feinster Bluttröpfchen, als hätte sie jemand rot angesprüht.

Er versuchte zu atmen, versuchte, mir etwas zu sagen.

Ich hob die Maske von seinem Gesicht, schob sie hinauf auf seine Stirn, und als ich das tat, explodierte in seinem Mund ein Klumpen aus Schleim, Blut und winzigsten Quarzstaubstückchen. Er machte ein gurgelndes Geräusch, als hätte man ihm ein Messer ins Herz gestochen, und ich wandte den Kopf um, während mir die Tränen übers Gesicht rollten.

»Schmerzen ... Brust. Mein ...«

Ich wischte mir die Tränen fort. Tränen nützten niemandem. »Nicht reden, Grandpa. Einfach weiteratmen.« Ich streichelte seine Hand. »Wir sind allein im Haus, und ich muss zur Telefonzelle, um den Notarzt zu rufen. Ich bin aber sofort wieder zurück. Du wirst nicht sterben. Wirst du nicht.« Doch im gleichen Moment, in dem ich das sagte, fürchtete ich, ihn zu verlieren.

Seine Hand umklammerte meine, und seine Nägel gruben sich in meine Haut, während er den Kopf schüttelte.

»Ich bin nur ein paar Minuten weg.« Ich löste seine Finger von meiner Hand, dann rannte ich aus dem Zimmer und nahm auf der Treppe immer zwei Stufen auf einmal nach unten. Ich raste zur Straßenecke, riss die Tür zur Telefonzelle auf und schnappte mir den Hörer. Ich zitterte so sehr, dass ich kaum wählen konnte.

»Notrufzentrale, was kann ich für Sie tun?«

»Krankenwagen ...«, stieß ich hervor. »Wir brauchen einen Notarzt!«

Irgendwie schaffte ich es, ihre Fragen zu beantworten. Mein Name. Sein Name. Unsere Adresse. Sein Geburtsdatum. Als sie mich fragte, was ihm fehlte, konnte ich nur »Blut, überall so viel Blut ...«, sagen.

»Keine Sorge, Tamsyn, wir werden ihm helfen. Der Rettungswagen ist unterwegs. Sie werden gleich bei Ihnen sein. Soll ich am Telefon bleiben, bis sie da sind?«

»Nein«, erwiderte ich. »Ich muss zurück zu ihm.«

Ich hängte auf und legte den Kopf an den Fernsprecher. Ich wollte nicht wieder dahin zurück. Wollte in dieser Telefonzelle bleiben, in der ich sicher war und Grandpa nicht beim Sterben zusehen musste.

»Sei nicht tot«, flüsterte ich auf dem Weg zurück. »Bitte, sei nicht tot.«

Als ich die Haustür erreichte, die immer noch sperrangelweit aufstand, wie ich sie zurückgelassen hatte, konnte ich nur mehr den dunklen vollgestellten Flur sehen. Die Treppe nach oben schien in weiter Ferne zu sein. Ich lauschte, doch ich hörte nichts. Ich wollte das Haus betreten, konnte mich aber nicht bewegen. Ich wollte ihn nicht tot sehen. Wollte nicht seinen blutüberströmten leblosen Körper sehen. Wie ich vollkommen erstarrt dastand, sah ich mich selbst mit zehn Jahren auf dem Treppenabsatz sitzen und auf die zusammengesunkene Gestalt meiner Mutter hinunterstarren. Auf ihren vom Schluchzen durchgeschüttelten Körper. Auf den Mann in der gelben Regenjacke, der sie mit seiner mächtigen Pranke niederzudrücken schien. Ich hatte keine Ahnung, wie lange es dauerte, bis sich die heulende Sirene unserer Straße näherte. Ich winkte dem Rettungswagen wild zu und musste wieder weinen, diesmal aus Erleichterung.

»Da oben!«, sagte ich zu den Sanitätern und deutete auf unseren Hauseingang. »Er liegt oben.«

Sie eilten hinein, aber ich folgte ihnen nicht. Ich saß wie betäubt auf der Mauer und schlang die Arme um mich, während ich all den dringlichen Anweisungen, ihren Schritten und den krachenden Funkdurchsagen lauschte. Es fühlte sich wie Stunden an, bis endlich zwei Männer erschienen, die Grandpa auf einer Trage über die Türschwelle transportierten. Als sie an mir vorbeikamen, starrte ich ihn an. Still und bleich und unter einer Decke lag er da, wobei man ihn mit grünen Gurten fixiert hatte. Die Maske über seinem Gesicht beschlug und wurde wieder klar. Er lebte. Aber gerade eben so.

»Miss?« Ich blickte zu dem Mann auf. Seine Augen waren freundlich und von feinen Linien umgeben. »Könnten Sie wohl Platz machen. Wir müssen ihn in den Rettungswagen bringen.«

Ich nickte, dann beugte ich mich vor und küsste Grandpa auf die Stirn. Er roch muffig und süßlich, und ich fragte mich, ob Menschen wohl so rochen, bevor sie starben.

»Möchten Sie hier warten?«

Energisch schüttelte ich den Kopf und blickte zum Haus. »Kann ich nicht bei ihm bleiben?«

Ich durfte im Rettungswagen mitfahren. Mit wachsendem Grauen beobachtete ich das Treiben auf engstem Raum. Es war wie in einem Horrorfilm. Laut redeten sie auf Grandpa ein, zogen seine Lider auf, leuchteten mit einer Lampe in seine Augen, klatschten auf seine Hand, überprüften Skalen, Schläuche und Maschinen.

»Bitte, stirb nicht. Bitte, stirb nicht«, flüsterte ich in einem fort.

»Sie müssen draußen warten«, sagte einer der Rettungssanitäter, als sie Grandpa durch eine Doppeltür rollten, die in die Notaufnahme führte. »Können Sie jemanden benachrichtigen?«

Ich nickte schweigend, dann verschwanden auch sie durch die Tür im Gebäude.

Das Telefon war im Wartebereich der Empfangshalle. Wie betäubt ging ich darauf zu und ignorierte die mitfühlenden Blicke der anderen dort Wartenden. Der Raum war riesig und schien hauptsächlich mit Plastik möbliert worden zu sein. Die Beleuchtung war grell, und der ganze Bereich war voller auf die eine oder andere Weise angeschlagener Menschen. Gebrochene Gliedmaßen, blutende Schnitte, alte Leute mit bunt verfärbten Ergüssen auf ihrer papiernen Haut, eine Frau, die ein kreischendes rotgesichtiges Baby zu trösten versuchte.

Als ich das Telefon erreicht hatte, hob ich den Finger, um im Imbiss anzurufen, aber mein Kopf war wie leer. Wie war noch mal die Nummer? Ich lehnte den Kopf gegen den Wandapparat und versuchte, mich zu erinnern, aber es gelang mir nicht. Die einzige Nummer, die ich behalten hatte, lautete *drei, vier, acht, drei.*

Ich hatte das Telefon auf dem Tischchen in der Halle vor Augen. Dann Edies Handschrift. Erinnerte mich, wie es sich angefühlt hatte, ihre erste Nachricht zu lesen. Diese Freude. Diese ekstatische Freude, die mich in diesem Moment erfüllt hatte.

*Penzance 3483.*

Als ich die Vermittlung anrief, hüpfte mein Herz wie ein zu Tode erschrockener Hase. Kurz darauf klingelte es. Ich hörte, wie Max sich meldete.

Dann eine andere Stimme. »Möchten Sie ein R-Gespräch von Tamsyn Tresize annehmen?«

»Ja«, sagte Max, ohne zu zögern, »das möchte ich.«

Mein Inneres schien plötzlich vor Erleichterung irgendwie zu kollabieren, und ich hielt die Sprechmuschel ein Stück von meinem Mund weg, damit er mich nicht schluchzen hörte.

»Tamsyn?« Er wartete. »Tamsyn? Bist du okay? Was ist denn passiert?«

»Grandpa …«, sagte ich nach einer langen Pause. »Er ist zusammengebrochen … Ich hab den Notarzt gerufen. Ich weiß nicht, wo … Mum ist. Ich bin … allein … hier. Tut mir leid, dass ich Sie angerufen hab. Aber ich hatte … keine andere Nummer.«

»In welchem Krankenhaus bist du?« Er sprach mit fester, doch freundlicher Stimme, und für einen Moment stellte ich mir vor, er wäre mein Vater, der jetzt die Kontrolle übernahm. »Sag mir, wo du bist.«

»Im Treliske«, erwiderte ich und schaffte es irgendwie, nicht loszuweinen. »Im Wartebereich der Notaufnahme.«

»Ich fahre gleich los.«

»Max?«

»Ja.«

»Ich kann mich nicht an die Nummer des Ladens erinnern, in dem Mum arbeitet. Könnten Sie die vielleicht in den Gelben Seiten nachsehen? *Spence's Fish Shop* in Sennen. Könnten Sie einen Mann namens Gareth bitten, meine Mutter zu suchen und ihr alles zu erzählen?«

»Natürlich.«

Er legte auf, und seine aufmunternde Stimme wurde durch ein ununterbrochenes Piepsen in der Leitung abgelöst. »Danke«, flüsterte ich.

Ich wartete auf einem der Stühle in der Ecke. Die Hände im Schoß, die Knie zusammengepresst und mit dröhnenden Kopfschmerzen wegen all der Tränen und Sorgen. Dabei ließ ich die Wanduhr nie aus dem Blick und verfolgte, wie die Minuten quälend langsam verstrichen.

Nach fast einer Stunde hörte ich seine Stimme. »Tamsyn?«

Max wirkte wie aus dem Ei gepellt in seinen gebügelten Jeans, den blauen Lederschuhen, dem weißen Oberhemd und dem zurückgekämmten Haar. In all dem Kummer und der stickigen Luft im Wartebereich stach er heraus wie ein Leuchtturm in der Nacht. Eine lähmende Erleichterung überkam mich, als wäre ich mit letzter Kraft auf eine im Ozean treibende Planke gekrochen und müsste mich erst mal erschöpft hinlegen, um wieder zu Kräften zu kommen. Er setzte sich neben mich und legte mir einen Arm um die Schulter, und ich schmiegte mich an ihn und entspannte mich, als seine Wärme auf mich überging. Er roch nach dem Haus auf der Klippe, und ich sog ihn auf wie Riechsalz.

»Hat man dir schon was Neues über deinen Großvater sagen können?«

Ich schüttelte den Kopf.

»Warte hier – ich erkundige mich mal.«

Ich wollte ihn schon festhalten, doch da bemerkte ich den verschmierten Blutspritzer auf meiner Hand und zog sie rasch wieder zurück. Ich spuckte darauf und wischte den Fleck hastig mit der Innenseite meines Ärmels fort.

Ich lehnte mich auf dem Stuhl zurück und sah, wie Max mit der Frau am Empfang sprach. Sie nickte. Blätterte durch ein paar blaue Datenblätter auf ihrem Klemmbrett. Sprach wieder. Dann schüttelte sie den Kopf, nachdem Max ihr offenbar eine Frage gestellt hatte. Ich wandte den Blick ab. Wollte nicht durch den bedauernden Blick einer Fremden erfahren, dass Grandpa womöglich gestorben war.

Ein paar Minuten später setzte Max sich wieder neben mich und drückte mir einen Plastikbecher in die Hand. »Ich hab drei Stück Zucker reingetan, ist gut gegen den Schock.«

»Das hätte meinem Grandpa gefallen. Er liebt Zucker, aber Mum darf nichts davon wissen, weil sie Angst hat, dass er dann von innen verrottet.« Durch frische Tränen lächelte ich ihn an.

»Scheint eine starke Persönlichkeit zu sein, dein Großvater.«

Es entstand etwas Unruhe, weil zwei Personen in den Wartebereich gerannt kamen. Es waren meine Mutter und Gareth. Mum wirkte aufgewühlt und war leichenblass. Gareth wandte sich an die Dame am Empfang. Sie zeigte auf Max und mich. Mum fragte sie etwas, doch die Frau schüttelte den Kopf.

Mum drehte sich um und eilte mit ausgestreckten Armen auf mich zu. »Bist du in Ordnung, Liebes? Gott, was ist denn nur passiert?«

»Er konnte nicht atmen.« Meine Stimme brach. »Da war ... so viel ... Blut. Er stirbt, Mum. Da war so viel Blut.«

»Schsch, Liebes«, tröstete sie mich. »Sie werden uns schon bald auf den neuesten Stand bringen. Er ist ein Kämpfer, dein Großvater.« Sie nahm mich in den Arm, und ich hörte, wie sie über meinen Kopf hinweg mit Max und Gareth sprach.

»Wo warst du?«, fragte ich sie in einem ruhigen Moment. »Ich hab immer wieder nach dir gerufen.«

»Ach, Engel, es tut mir so leid. Ich war in der Kirche. Dachte, dein Bruder wäre vielleicht dort. Aber da war er nicht. Ich bin dann noch ein bisschen geblieben, um das Grab deines Vaters in Ordnung zu bringen. Danach bin ich zum Cape gegangen und ...« Sie unterbrach sich kurz. »Weißt du, ich war sauer, wütend auf mich selbst, dachte, die frische Luft würde mir guttun. Gareth hat mich auf dem Weg aufgegabelt, und dann sind wir direkt hergekommen. Ich bin ...«

Max unterbrach sie. »Wenn Sie mich nicht mehr benötigen, Angie, würde ich nun wieder zurückfahren. Falls Sie hierbleiben wollen, Tamsyn aber lieber nach Hause möchte, bringe ich sie gern dorthin. Sie werden vielleicht eine ganze Weile nichts Neues erfahren, und hier ist es ziemlich trostlos.«

Ich durchlebte eine heftige Erinnerung an Grandpas Mund, aus dem schaumiges Blut hervorquoll. An die blutroten Flecken auf dem Bettzeug. An das über den Boden verstreute Puzzle ...

»Nein«, ich löste mich von meiner Mutter, »ich gehe nicht dahin zurück.«

»Warum kommst du dann nicht mit zu uns?«, sagte Max. »Deine Mum kann dich später abholen, wenn sie fertig ist.«

Ich sah zu ihm auf und nickte.

Meine Mutter wollte protestieren, doch ich unterbrach sie.

»Bitte, Mum.«

»Aber was ist mit Mrs Davenport?«, raunte sie mir zu. »Nein, Tam, bitte, bleib bei mir.«

»Darüber müssen Sie sich keine Sorgen machen«, sagte Max, der sie offenbar gehört hatte. »Ich werde mich um Tamsyn kümmern, und ihr wird nichts geschehen. Eleanor wird keine Probleme machen. Tamsyn, was möchtest du? Willst du lieber hier bei deiner Mutter bleiben?«

Es gab auf dieser Welt nur einen Ort, an dem ich sein wollte.

»Nein«, sagte ich leise. »Ich möchte mit Ihnen mitkommen.«

In diesem Moment näherte sich eine Schwester. »Mrs Tresize, kann ich Sie bitte sprechen?«

Meine Mutter wirkte gestresst, schaute hektisch zwischen mir und der Krankenschwester hin und her.

Max legte ihr eine Hand auf den Arm. »Gehen Sie nur. Ich kümmere mich um Tamsyn.«

Wieder zögerte Mum, aber dann nickte sie. »Danke«, sagte sie und eilte auf die Schwester zu. »Ich rufe an, sobald wir etwas Neues wissen.«

Max lächelte mich an. »Ich hole das Auto«, sagte er freundlich. »Wir treffen uns in ein paar Minuten vor der Tür.«

Ich nickte.

Ich sah, wie er durch die Drehtür ging und verschwand. Mit blassem Gesicht kehrte Mum zu mir zurück.

»Er ist tot, oder?«

Ihr Gesicht wirkte seltsam zerknittert. »Es geht ihm nicht gut, aber er ist im Moment stabil. Wenn du nicht …« Sie schluchzte auf, hob den Handrücken an den Mund, beruhigte sich wieder und nickte.

Gareth kam auf uns zu. Ich wollte, dass er stehen blieb, aber das tat er nicht. Er ging immer weiter, stellte sich gleich neben sie. Flüsterte ihr etwas ins Ohr. Sie nickte. Dann ergriff er ihre Hand und drückte sie. Ich hätte ihm ja gesagt, er soll sie in Ruhe lassen, doch da sah ich, dass sie seine Hand ebenfalls drückte. Ich wandte mich um, ging durch die Tür nach draußen und wartete auf Max.

# NEUNUNDVIERZIG

**Tamsyn – August 1986**

Ich lehnte mich gegen das Wagenfenster und schloss die Augen. Dabei drückte ich meine Schulter fest gegen das Glas und übte so Druck auf das Tattoo aus. Ich erinnerte mich an Edies Hand auf meiner Haut und wie sie die Nadel in mich hineinstieß, an die schwarze Tinte, die sich mit meinem Blut vermischte und mit meinem Körper verschmolz.

Der Blinker tickte, und ich öffnete die Augen. Schaute auf Max' Hand auf dem Steuerknüppel, stark und sicher. Ich hob den Blick zum Rückspiegel und sah, dass er mich anblickte. Er lächelte.

Das Auto verließ die Hauptstraße und bog auf den Küstenweg ein, auf dem wir wegen der ganzen Schlaglöcher ordentlich durchgeschüttelt wurden. Bevor wir am Haus ankamen, lehnte er sich zu mir herüber und berührte mein Knie. Tätschelte es. Sein Griff war fest und tröstlich. Einmal mehr vermisste ich meinen Vater.

Wir hielten vor dem Haus auf der Klippe, und er stellte den Motor ab. Auf seinem Sitz drehte er sich zu mir.

»Alles in Ordnung?«

Ich nickte.

Er streckte die Hand aus und strich mir übers Haar. »Er wird schon wieder«, sagte er, und ich brauchte einen Moment, um zu realisieren, von wem er sprach. »Da bin ich mir sicher.«

»Ich hoffe es«, erwiderte ich.

Er ließ die Hand sinken. Ich stieg aus und folgte ihm zur Eingangstür. Mit einem satten Geräusch fiel sie hinter uns ins Schloss. Die Stille im Haus umfing mich auf der Stelle. Es roch nach Essen und feuchten Kleidungsstücken. Die ganze Atmosphäre hier war so drückend wie die Luft vor einem Sommergewitter, schwer und irgendwie unbehaglich. Das Haus fühlte sich nicht mehr an wie zuvor. Es strahlte eine gewisse Feindseligkeit aus. Nein, das konnte nicht sein. Es war doch nur ein Haus. Steine und Mörtel. Weiße Farbe und viel Glas.

Max legte den Schlüssel auf den Tisch im Flur. Ging in die Küche. Ich blieb bei der Tür stehen, hörte, wie er den Wasserkessel füllte, Schränke aufriss, klappernd Tassen bereitstellte und Behältnisse öffnete.

»Tee?«, rief er mir zu.

Mit vor der Brust verschränkten Armen ging ich zum Küchendurchgang. Er sah mich an, und ich nickte, obwohl ich eigentlich keinen Tee wollte, obwohl ich wusste, dass er in der Tasse kalt werden und sich dann ein trüber Film an der Oberfläche bilden würde. Ich ließ meinen Blick durch die Küche wandern und erschrak. Kein Wunder, dass es hier schlecht roch.

Max machte eine entschuldigende Geste. »Ist nicht viel sauber gemacht worden, seit ...« Er zögerte. »Na ja, seit deine Mutter das letzte Mal hier war.«

Wir gingen ins Wohnzimmer, wo mich dasselbe Chaos erwartete. Die entspannte, museumsartige Atmosphäre, die hier früher geherrscht hatte, wurde durch benutzte Gläser und Tassen, schmutzige Kleidungsstücke, nasse Handtücher, sogar Flaschen, Servietten und Teller zerstört. All das waren noch die Überreste der Party, die vor mehr als einer Woche hier stattgefunden hatte.

Als ich sie sah, fuhr ich zusammen.

Sie lag auf dem weißen Ledersofa und schlief. Ein Bein war angezogen, das andere hing über der Kante und berührte den Boden. Die eine Hand war nur Zentimeter von einer fast leeren Flasche entfernt, die andere umklammerte ein Glas, das auf ihrem Bauch stand. Der Mund stand offen, ihre Wangen waren voll von verschmiertem Make-up, und das Haar war mehr als nur unordentlich.

Er trat hinter mich, schaute hinab auf seine Frau und murmelte etwas, das ich nicht verstand.

»Warum setzt du dich nicht?« Er deutete auf einen Sessel in der Ecke. »Ich werde Eleanor nach oben helfen. Es geht ihr nicht gut.«

Ich sah, wie er nach der Flasche griff, Eleanors Finger von dem Glas löste und beides auf den Couchtisch stellte. Dann bückte er sich und hob sie auf. Trug sie genauso durch den Raum wie in der Nacht, als Mum Gareth geküsst hatte und ich danach das Haus von meinem Aussichtspunkt aus beobachtet hatte. Ihr Kopf fiel nach hinten, der Mund stand noch immer auf, doch ihre Augen waren nun halb geöffnet, sodass man das Weiße darin sehen konnte. Sie verdiente ihn nicht. Sie verdiente das Haus nicht. Sie war verdorben und undankbar und vergiftete diesen wunderbaren Ort mit jedem Atemzug, den sie ausstieß.

Max und Eleanor verschwanden im ersten Stock. Ich hörte ihn oben durch den Flur laufen. Die Tür zum Schlafzimmer quietschte leise, als er sie aufstieß. Ich wandte den Kopf und sah aus dem Fenster. Der Tisch auf der Terrasse war noch immer übersät mit den Hinterlassenschaften der Party. In all dem Chaos lag der Pool da wie unberührt. Spiegelglatt seine Oberfläche, von der das Licht glitzernd zurückgeworfen wurde. Ich stellte mir vor, wie ich hineintauchte, wie still es am Grund sein würde, wie das Wasser mich umschloss. Im nächsten Moment sah ich das Bild von Edie und meinem Bruder, deren Körper sich im Wasser krümmten und wanden. Mir wurde heiß. Ich stieß meine Nägel in die Handinnenflächen und zwang die Erinnerung zurück ins Reich der Schatten.

Kurz darauf kam Max wieder herunter. Er trug ein Sweatshirt und eine Trainingshose in der Hand, die, wie ich erkannte, Eleanor gehörten. »Ich dachte, du würdest dir vielleicht gern was Sauberes anziehen.« Ich schaute an mir herunter und stellte fest, dass ich überall Blut an mir hatte.

Er kam auf mich zu und legte die Hand auf meinen Unterarm. »Versuch, dir keine Sorgen zu machen«, sagte er. »Warum ziehst du dich nicht in meinem Büro um, während ich Tee mache?«

Sein Arbeitszimmer war still und kühl. Auf dem Tisch stand nichts außer seiner Schreibmaschine. Ein Blatt Papier steckte darin. Ich stellte mir vor, wie er gerade darauf getippt hatte, als ich anrief. Wie er mittendrin aufgestanden und zum Telefon gegangen war. Wie er sich seine Schlüssel geschnappt hatte und sofort losgefahren war, um mir zu helfen.

Ich ging zu der bodentiefen Doppeltür, die auf den Pool, das Meer und den fernen Horizont blickte. Der Hebel ließ sich leicht bewegen. Ich schob die Türflügel auf und atmete tief die hereinströmende Luft ein. Dann sah ich uns beide, meinen Vater und mich. Unsere Geistererscheinungen saßen oben auf der Klippe neben dem Felsen, halb verborgen vom Gras. Wir teilten uns das Fernglas, während wir eng aneinandergedrückt dasaßen. Als ich die Umgebung betrachtete, erhob er sich. Lief zurück auf den Pfad. Ich, zehn Jahre alt, folgte ihm eilends, und im Laufen wehte das Haar hinter mir wie der Schweif eines kastanienfarbenen Ponys. Mein Vater öffnete das Tor, und es quietschte in den Angeln.

*Dürfen wir das denn?*

*Keiner da.*

*Bist du sicher?*

Wir gingen über den Rasen auf den Pool zu, der glänzte wie poliertes Ebenholz. Er hielt an und grinste. Zog sich sein weiches graues T-Shirt über den Kopf.

*Was machst du denn da?*

*Du meinst, was machen wir da? Wir, meine Hübsche, gehen jetzt schwimmen.*

*Aber die werden uns einsperren.*

*Ist doch niemand hier. Nur du und ich. Kein Mensch wird's erfahren.*

Ich musste lächeln, als ich daran dachte, wie er Anlauf nahm und mit angezogenen Knien laut platschend ins Wasser sprang, das um ihn herum aufspritzte wie eine riesige Blume. Als er auftauchte, strich er sich das nasse Haar aus dem Gesicht. Und er strahlte. Dann winkte er mir zu.

*Komm rein. Es ist perfekt.*

Schon bald wurde die Terrasse erfüllt von unserem Geplantsche und Gejohle, wir tobten herum wie zwei Seehunde im offenen Meer. Später lagen wir auf den warmen Gehplatten und trockneten in der Sonne. Wir hielten uns an den Händen und sahen zu, wie sich allmählich der Himmel verdunkelte und das Wetter umschlug.

Wenige Stunden später war mein Vater tot.

Ich verließ Max' Arbeitszimmer und ging zum Pool. Das Wasser war ruhig, sah aus wie Glas. Nicht mal der Hauch eines Luftzugs kräuselte die Oberfläche. Ich zog das Oberteil mit dem Blut meines Großvaters aus, dann auch die Jeans und trat auf die erste Stufe. Wellen entstanden, wo ich die Oberfläche durchbrach, und liefen zu den Wänden hin aus. Dort angekommen, waren sie bereits kaum mehr als ein Spiel aus Licht und Schatten. Geräuschlos stieg ich die Treppe hinab, bis meine Füße auf dem Boden standen. Ich stieß mich ab und tauchte unter Wasser voran. Einige Sekunden lang fühlte ich mich sicher. Aber dann überfiel mich wie aus dem Nichts eine Flut an Bildern. Edie und Jago, die vögelten. Eleanor, die gackernd den Slip eines Mannes durchschnitt. Der kleine Junge am Strand, dessen Haut lila verfärbt war und dessen Gliedmaßen schlaff herabhingen. Das Gesicht meines Vaters, der verzweifelt zu atmen versuchte, während ihm winzige Blasen aus Mund und Nase stiegen, als er meinen Namen rief. Der Rabe, der ein zerfetztes Küken im Schnabel hielt. Auch spürte ich jetzt, dass ich beobachtet wurde. War es der Rabe?

War das alles nur in meinem Kopf, oder geschah es wirklich?

Nein, es war real. Ich konnte ihn spüren. Er war hier.

Und beobachtete mich ...

Panik erfasste mich, presste mir die Lungen zusammen. Meine Finger und Zehen wurden taub. Ich war völlig desorientiert und wusste nicht, wo oben und unten war im schwarzen Wasser. Ich versuchte, den Boden des Pools zu berühren, aber meine Füße traten ins Leere. Alles in mir brannte. Ich öffnete den Mund, um zu schreien, doch er füllte sich sogleich mit Wasser. Ein Schatten bewegte sich. Eine Gestalt formte sich. Er war es. Ich griff nach ihm. Endlich fanden meine Füße den Grund, ich stieß mich ab und ruderte wie wild, um die Oberfläche zu erreichen. Ich sah ein Aufspritzen und einen Strom aus weißen Blasen, und da war er. Er packte mich, zog mich hinauf. Sauerstoff füllte meine Lungen und vertrieb das Brennen, während er seine Arme um mich schlang, um mich am Zappeln zu hindern.

»Ich hab dich«, sagte er atemlos. »Du bist in Sicherheit.«

Ich ließ mich gegen ihn sinken und starrte in den Himmel. Kein Rabe. Nur Möwen, die ihre Kreise zogen.

Als wir die Stufen erreicht hatten, nahm Max meinen Arm und half mir aus dem Wasser. Draußen merkte ich, wie mir die Knie zitterten. Er stützte mich und hielt mich ganz fest, während sich in meinem Kopf alles drehte und weiße Punkte vor meinen Augen tanzten.

»Atme weiter. Tief und regelmäßig. Du hast Panik bekommen. Dein Körper braucht jetzt jede Menge Sauerstoff.«

Er zog mich näher an sich und rieb meine Schultern. Ich kniff die Augen zu und tat so, als wäre er Dad, ließ mich einmal mehr entführen in diese wunderbare Parallelwelt, in der er nicht ertrunken war und in der wir alle noch zusammenlebten. Als eine intakte und durch und durch glückliche Familie.

»Tut mir leid, dass ich dich allein gelassen hab.« Seine Stimme riss mich aus meinen Träumereien. »Aber deine Mutter hat aus dem Krankenhaus angerufen. Dein Großvater hat das Schlimmste überstanden. Er muss zwar noch eine Weile dableiben, aber er wird sich wieder erholen.«

Überwältigt vor Erleichterung wäre ich fast zusammengebrochen. Ich schlang die Arme um ihn. »Wirklich?«, hauchte ich und lachte vor Freude. »Danke schön!«

»Komm, wir holen dir ein Handtuch, und dann trinken wir eine heiße Tasse Tee, sollen wir?«

Sanft tupfte er mit seinem Ärmel über meine Wange, um meine Tränen zu trocknen. Wieder lachte ich und ergriff seine Hand, und er lächelte mich an.

In diesem Moment zerriss ein Schrei die Luft, der mir das Blut in den Adern gefrieren ließ.

# FÜNFZIG

**Edie – August 1986**

»Ich kann kaum glauben, dass wir das wirklich tun.«

Ihr Körper vibrierte vor Aufregung. Endlich konnte sie ihrem lähmend langweiligen Leben entfliehen, einem vergoldeten Leben mit durch und durch verrottetem Kern.

Als sie außer Sicht des Hauses waren, lehnten sie sich gegen die Natursteinmauer und drehten sich jeder eine Zigarette.

»Du bist so still.« Sie sah, wie er über die Gummierung des Blättchens leckte. »Du hast's dir doch nicht etwa anders überlegt?«

Er schüttelte den Kopf. »Ich will hier genauso weg wie du.«

Aber er wirkte alles andere als begeistert. Er sah traurig aus. Sie schlang ihre Arme um seinen Hals und biss ihn sanft ins Ohrläppchen. »Wir werden nur noch miteinander schlafen. Überall. Die ganze Zeit.«

Er lächelte, und sie lachte.

Es war, als wäre sie bis zu diesem Moment tot gewesen, als würde ihr Leben erst jetzt wirklich beginnen.

Sie rauchten ihre Zigaretten und warfen die Kippen ins Gestrüpp hinter der Mauer. »Pack nicht zu viel ein«, sagte er. »Wir haben ja nur das Motorrad.«

»Ich brauche nur mein Sparbuch. Aus der Wohnung in London nehm ich dann ein paar Klamotten mit.«

»Weißt du schon, wo wir danach hinfahren?«

Sie lachte. »Keine Ahnung! Ist das nicht aufregend? Ich kann's kaum erwarten, endlich unterwegs zu sein!« Sie küsste ihn.

»Wenn du dein Zeug geholt hast, müssen wir noch kurz bei mir haltmachen. Ich kann nicht gehen, ohne mich zu verabschieden. Ich hätte sie nicht anlügen dürfen. Ich verstehe, warum sie das über mich gedacht hat.«

Edie hob die Augenbrauen.

»Sieh mich nicht so an. Sie ist meine Mutter, und ich liebe sie. Ich will sie noch mal sehen, bevor ich sie verlasse.«

»Und wenn sie versucht, dich davon abzuhalten?«

»Wird sie nicht. Meine Eltern waren so alt wie wir, als sie zusammengekommen sind. Sie wird sich für uns freuen.«

»Na ja, also meinen werde ich es definitiv nicht erzählen.«

»Bist du sicher?«

»Absolut. Die würden mich zu Hause einsperren und dazu zwingen, meinen Abschluss zu machen, dann zur Uni zu gehen und Anwältin oder sonst was Respektables zu werden.«

»Anwältin?« Er musste lachen.

Sie runzelte die Stirn. »Klar könnte ich Anwältin werden.« Lächelnd setzte sie hinzu: »Ich kann werden, was ich will.«

»Dann komm jetzt, Miss Ich-könnte-Anwältin-werden, und hol deinen Kram, damit wir endlich loskönnen.«

Sie stellten das Motorrad am Tor zu einem Bauernhof ab und gingen den Pfad entlang. Sie sprang ihm auf den Rücken, und er trug sie huckepack, während sie seinen Nacken liebkoste.

»Das Auto ist da«, flüsterte sie, als sie das Haus erreicht hatten. Er ließ sie auf den Boden hinunter. »Wir müssen jetzt ganz leise sein.«

Er nickte.

Sie vergewisserten sich, dass niemand in der Nähe war, bevor sie zur Haustür gingen. Edie steckte den Schlüssel ins Schloss, hielt den Atem an und drehte ihn. Sie hörte Stimmen aus dem Zimmer ihrer Eltern. Ihr Vater redete, und ihre Mutter stöhnte gequält auf.

»Komm«, formte sie lautlos mit den Lippen und zeigte nach oben zu ihrem Zimmer.

Er setzte sich auf ihr Bett, während sie ein paar Sachen in eine kleine Tasche stopfte. Dann nahm sie das Sparbuch aus ihrem Nachttisch und wedelte damit aufgeregt vor Jagos Nase herum. Als sie sich hinunterbeugte, um ihn zu küssen, packte er sie am Handgelenk, zog sie an sich, schlang die Arme um sie. Sie fielen zurück aufs Bett und küssten sich leidenschaftlicher. Sie waren so erregt, dass sich jede Berührung wie ein kleiner Stromstoß anfühlte.

Plötzlich war von der Terrasse ein durchdringendes Kreischen zu hören. Die beiden fuhren auseinander. Jago sprang vom Bett und ging zum Fenster. Edie sah ihm über die Schulter. Tamsyn stand am Pool. Sie war nass und trug nur ihre Unterwäsche. Max hatte ihr einen Arm um die Schulter gelegt. Die andere hielt er hoch wie ein Verkehrspolizist. Nicht weit vor ihnen stand Eleanor, zerzaust und derangiert und kreischend wie eine Todesfee.

»Heilige Scheiße«, murmelte Jago.

Er stürmte auf die Zimmertür zu.

»Nein, Jay.« Edie packte seinen Arm. »Lass sie. Misch dich da nicht ein. Lass uns einfach von hier abhauen. Mein Vater wird Eleanor schon wieder beruhigen. Er weiß, wie er mit ihr umgehen muss, wenn sie in dieser Verfassung ist.«

»Aber Tam ist da unten!«

»Ihr wird schon nichts passieren«, sagte sie und nahm die gerade gepackte Tasche vom Bett. »Lass uns einfach gehen.

Bitte. Ich will nicht, dass sie uns am Ende noch daran hindern.«

Er befreite sich aus ihrem Griff und hastete aus dem Zimmer. Sie rief ihm etwas nach, aber er war schon auf der Treppe nach unten. Laut fluchend schleuderte sie die Tasche zurück aufs Bett.

# EINUNDFÜNFZIG

**Tamsyn – August 1986**

Alles lief wie in Zeitlupe ab. Mit wutverzerrter Miene stand Eleanor vor uns, während sie die grauenvollsten Geräusche von sich gab.

»Was hat diese Schlampe hier zu suchen?«, kreischte sie. »Du hast es mir versprochen, Max. Du hast gesagt, da wäre nichts!«

»Und das stimmt auch, aber ...«

»Halt das Maul, du beschissener Bastard. Wie konntest du mir das noch mal antun? Und dann mit einem Kind! Mit einem gottverdammten *Kind*?«

Jetzt richtete Eleanor ihre geballte Wut auf mich, und ich drückte mich eng an Max.

»Du *Hure*«, schrie sie mir entgegen, als feuere sie Dartpfeile auf mich ab. »Denkst du, ich bin blöd, oder was? Hast du das tatsächlich gedacht, ja? Glaubst du, du hast eine Idiotin vor dir? Denkst du wirklich, du kannst ihn mir wegnehmen?«

Mein Herz raste, und ich umklammerte Max' Arm. Ich spürte, wie er seine Hand an meinen Oberschenkel legte und mich sacht hinter seinen Rücken schob. Fluchend stolperte Eleanor auf den Gartentisch zu und wühlte in dem Durcheinander aus schmutzigen Tellern, leeren Flaschen und Gläsern. Mit einem triumphierenden Aufschrei hielt sie plötzlich etwas in die Höhe und wirbelte mit blitzenden Augen zu uns herum.

Es war das Messer. Das, mit dem sie auf der Party die Unterwäsche ihres Gastes durchgeschnitten hatte, bevor sie und die anderen Frauen ihn in den Pool schubsten.

Max fluchte leise. Dann ging er auf sie zu. »Eleanor ...«

»Sie ist eine kleine Hure«, fauchte sie. Ihre hässlichen Worte ließen mich zusammenzucken, und ich trat wieder näher zu Max.

»Das reicht jetzt«, sagte er.

»Du hast gelogen!«

»Ich habe nicht gelogen.« Seine Stimme war ruhig und besonnen. Er klang wie die Leute im Film, die versuchten, einen Selbstmörder vom Sprung von einem Hochhaus abzuhalten.

»Du hast gesagt, du würdest nicht mit ihr ficken!« Sie zeigte mit dem Messer auf mich. »Und doch bist du hier. Mit ihr. Direkt vor meiner Nase. Und trotzdem versuchst du, mir weiszumachen, dass nichts zwischen euch läuft? Hältst du mich wirklich für so bescheuert?«

Ich klammerte mich an Max. Obwohl seine Sachen durchnässt waren, fühlte sich sein Körper durch das Baumwollhemd warm an.

»Leg das Messer hin«, sagte Max. »Eleanor, hör mir zu. Leg das Messer hin. Ich werde ...«

»Was wirst du? Sie hat ja nicht mal was an! Und ich hab gesehen, wie du sie *geküsst* hast.«

»Ich habe sie nicht geküsst.« Seine Stimme verlor etwas von ihrer Nüchternheit, wurde lauter, weil sein Ärger wuchs. »Sie hat eine traumatische Zeit hinter sich. Und dann ist sie im Pool in Schwierigkeiten geraten ...«

Eleanors Gesicht verzerrte sich, während der Zorn sie weiter aufzufressen schien. »So traumatisiert, dass sie dir lachend um den Hals gefallen ist? Glaubst du, ich bin von gestern, oder was?«

»Er hat nichts getan«, flüsterte ich.

»Bitte was?« Ihre Wut schien sich förmlich in mich einzubrennen.

»Es war ... Ich war ... deprimiert. Aber meinem Grandpa ... geht's schon wieder viel besser ...«

*»Deprimiert?«*

Ich sah, wie sie unkontrolliert mit dem Messer herumfuchtelte. Ihr Haar war zerzaust, ihre Augen rollten wild, und der Dunst, den sie ausströmte, drang bis an meine Nase. Wie sehr sie sich doch von der Frau unterschied, die ich durch mein Fernglas hindurch bewundert hatte. Wie sehr das Leben einen täuschen konnte. Wie die Lüge die Wahrheit in jedem Moment eines jeden Tages erstickte.

Ich sah hinüber zu der Stelle, von der aus ich sie so oft beobachtet hatte. Über den Felsen kreisten zwei Vögel. Gegen die Sonne hoben sich auch menschliche Silhouetten ab, aber es war nicht zu erkennen, wer sie waren. In diesem Moment stürmte mein Bruder aus dem Haus auf die Terrasse.

»Jago!«, schrie ich. Ich wollte mich von Max losreißen, um zu meinem Bruder zu rennen, aber ich hatte zu viel Angst vor Eleanor, um mich auch nur zu rühren.

»Tam, bist du okay?«, fragte er mich, ohne den Blick von Eleanor zu nehmen.

»Eleanor«, sagte Max. »Bitte, das ist doch Wahnsinn. Leg das Messer weg.«

Auf ihrem Gesicht breitete sich Verwirrung aus. Sie blickte auf ihre Hand und wirkte überrascht, als sie das Messer sah. Ihre Anspannung ließ sichtlich nach. Sie machte ein paar unsichere Schritte auf den Pool zu, dann gaben ihre Beine nach. Ihre Finger lösten sich von dem Messer, und es fiel klappernd auf die Steinfliesen. Sie sank auf die Knie, schlug die Hände vors Gesicht. »Ich ... Es ...«

»Alles gut, Eleanor.« Max' beruhigende Stimme übertönte ihr schwaches Wimmern.

»Alles *gut*?« Das war Edie. »Hast du den Verstand verloren?« Sie ging zu ihrer Mutter und sah auf sie herab. »Jesus, schau dich nur an. Du bist erbärmlich.«

»Edith«, warnte Max sie mit leiser Stimme. »Deine Mutter ist müde. Und sie fühlt sich unwohl. Sie muss schlafen.«

»Müde und unwohl?« Edie lachte verächtlich auf. »Ein beschissener Junkie ist sie, das ist alles.«

»Edith, das ist jetzt nicht der richtige Moment.«

Edie drehte sich zu ihrem Vater um. »Warum musst du sie immer verteidigen? Glaubst du, das hilft ihr? Ist es so viel einfacher, wenn sie sich jeden Tag bis zur Besinnungslosigkeit betrinkt und du sie dann hinauf ins Bett trägst, anstatt ihr zu helfen? Liegt dir überhaupt noch was an ihr?«

Eleanor gab ein ersticktes Schluchzen von sich.

Bittere Tränen liefen über Edies Gesicht, und sie wischte sie mit dem Handrücken weg. »Kannst du dir eigentlich vorstellen, wie das ist, mit einer alkoholkranken Mutter zu leben? Wie es ist, mit acht Jahren weggeschickt zu werden? Das Letzte, an das ich mich damals erinnern konnte, war deine Fahne, als du mir gesagt hast, ich solle aufhören zu flennen und tapfer sein. Ich hab die Schule gehasst und war trotzdem erleichtert, wenn die Ferien rum waren, weil es die Hölle war, dir dabei zuzusehen, wie du dich um den Verstand säufst. Und weil ich nie wusste, welche Version meiner Mutter diesmal auf mich wartet.«

Eleanor hob den Kopf und starrte Edie aus roten verquollenen Augen an.

»Der Alkohol hat mir meine Mutter gestohlen. Jede Erinnerung, die ich habe, ist mit seinem Gestank verbunden.« Wieder liefen ihr Tränen über die Wangen und hinterließen lange schwarze Mascaraspuren. »Alles, was ich wollte, war eine ganz normale Mutter. Jemand, der mir Suppe brachte, wenn ich krank war, oder mir Ratschläge in Bezug auf Jungs gab. Eine Mutter, die sich um mich sorgte, und nicht umgekehrt. Ich hasse es, dass ich so viele Jahre meiner Kindheit in Angst zubringen musste, beim Arzt Broschüren über Suchtkrankheiten mitgenommen und versucht habe, eine AA-Gruppe für dich zu finden, damit du wieder in Ordnung kommst. Nur um mich dann am Ende dafür auch noch von dir anschreien zu lassen. Weil du gar nicht in Ordnung kommen wolltest, hab ich recht, Eleanor?«

»Edith ...«

»Ich will nichts mehr davon hören, Max.« Edies Stimme war nun leise, klang resigniert. »Es spielt keine Rolle mehr. Du kannst machen, was du willst. Soll sie sich doch zu Tode trinken, mir ist's egal. Weil ich hier fertig bin.«

»Was soll ...«

»Ich geh weg.«

»Du gehst weg?«, fragte Max.

»Ja, mit Jay.«

Ich schnappte nach Luft und sah meinen Bruder an, aber sein Gesicht zeigte weder Überraschung noch Widerspruch.

»Wir fahren heute Nachmittag los. Ich hab gepackt, und du kannst mich nicht aufhalten.«

Langsam hob Eleanor den Kopf und fokussierte ihren schwankenden Blick auf Jago.

»Mit dem? Einem arbeitslosen Dieb? Nach allem, was wir dir gegeben haben, und bei all den Privilegien, die du hattest, brennst du durch mit diesem ... Abschaum?«

Ich musste an das Armband in meiner Jeanstasche denken; die Hose lag noch immer in dem Kleiderhaufen neben dem Pool. »Er ist kein ...«

Edie fiel mir ins Wort. »Gott, Eleanor, was bist du nur für eine verbitterte alte Hexe. Ich will dich niemals wiedersehen, hörst du? Von mir aus kannst du dich zu Tode saufen, das wäre mir völlig egal. Du bist eine selbstsüchtige, verdorbene Kuh, und ich *hasse* dich.«

Sie warf sich Jago in die Arme, der neben sie getreten war.

Mit gehetztem Blick sah Eleanor sich um. Dann blieben ihre Augen an mir hängen. Von oben bis unten taxierte sie meinen halb nackten Körper, bevor sie sich nach vorn auf die Hände fallen ließ und den Boden nach dem Messer absuchte. Als sie es gefunden hatte, schlossen sich ihre Finger um den Griff, und sie starrte Edie an. Sie hob das Messer, hielt ihre andere Hand hoch und entblößte die Innenseite ihres Handgelenks. Deutlich konnte man die blauen Blutgefäße unter der cremefarbenen Haut erkennen. Langsam ritzte sie mit der Schneide über die Schlagadern.

»Warum denn warten, bis der Alkohol es erledigt hat?«, flüsterte sie.

»Eleanor!«, schrie Max und ließ mich los. Mit ausgestreckter Hand machte er einen Schritt auf sie zu. Meine Haut wurde kühl, wo er mich eben noch berührt hatte. »Eleanor.« Er machte einen weiteren Schritt. »Leg das Messer weg.«

»Mum, nein!« Edie war weiß vor Angst. »Tu das nicht. Das ist nicht lustig. Leg das Messer hin. Bitte! Ich hasse dich doch nicht. Hör auf. Ich liebe dich. Wirklich!«

Eleanor zog das Messer noch ein wenig fester über ihre Haut, sodass nun eine blutige Linie erschien.

Edie kreischte.

»Nein!«, schrie mein Bruder, als er auf Eleanor zustürmte. »Tun Sie das nicht!«

Jago stürzte auf sie zu, packte die Hand mit dem Messer und riss sie fort von ihrem entblößten Handgelenk. Eleanor rappelte sich auf, dann schien es, als tanzten die beiden. Der Tumult auf der Terrasse wurde durch ein tiefes Summen abgelöst, ein Klingeln in meinen Ohren, und ich spürte, wie ich meinen Körper verließ. Es war genau wie an jenem Tag, als ich beim Barbecue mit Max gesprochen hatte, nachdem wir uns zum ersten Mal begegnet waren. Es war, als beobachtete ich die ganze Szene von meinem Felsen aus, als säße ich wieder neben meinem Vater und schaute durch das Fernglas.

Wie die beiden so miteinander rangen, war ein fast schöner Anblick. Wie sie sich umarmten und festhielten. Zumindest so lange, bis ich ihr Gesicht sah, das zu einer grotesken Fratze verzerrt war. Ich sah ihre aufgerissenen Augen und ihren Mund, der zu einem stummen Schrei geöffnet war, und ich sah, dass Jagos Mimik der ihren glich. Und dann stolperte mein Bruder rückwärts. Er hatte die Arme weit geöffnet. Sein Kopf nickte, als er an sich herabschaute. Als ich seinem Blick folgte, wurde ich zurück auf die Terrasse katapultiert, und alle Geräusche um mich herum waren auf einmal so laut, als hätte jemand einen Fernseher voll aufgedreht.

Edie schrie. Sie rannte auf Jago zu, während der auf die Knie stürzte. Vor meinen Augen saugte sich der Stoff seines T-Shirts in Höhe seines Bauches voll mit Blut. Unsere Blicke trafen sich, und er schüttelte hilflos den Kopf. Edie zog ihn an sich. Seine blutige Hand griff nach ihrer Schulter. Max kniete sich neben sie. Ich war wie erstarrt, gefangen in einem Körper aus Eis, als ich beobachtete, wie er Edie beiseiteschob. Dann zog er seinen Pullover aus und ballte ihn zusammen. Presste ihn auf Jagos Bauch. Eleanor sah mich an, kroch mit dem Messer in der Hand auf allen vieren davon wie eine Verdurstende in der Wüste, während sich auf ihrem Gesicht der nackte Horror widerspiegelte.

Mein Blick ging wieder zu meinem Bruder. Blut hatte sich

auf dem Steinboden der Terrasse gesammelt. Es rann zwischen den Fugen auf den Beckenrand zu und tropfte in den Pool. Ich schaute den Tropfen zu, die, so gleichmäßig wie das Pendeln eines Metronoms, ins Wasser fielen und dort sich stetig ausbreitende Wellen auf der tiefschwarzen Oberfläche erzeugten.

# ZWEIUNDFÜNFZIG

**Angie – August 1986**

Niemand antwortete auf ihr wiederholtes Klopfen. Sie sah Gareth an, der ratlos mit den Schultern zuckte. Er trat zurück und sah an der Fassade des Hauses hinauf.

Dann hörten sie laute Stimmen von der Terrasse hinter dem Haus. Angie fluchte wütend. Max hatte sein Wort gebrochen und ihre Tochter nicht von dieser verrückten Kuh ferngehalten. Sie griff nach der Klinke und zog die Tür auf. In diesem Moment ertönte ein Schrei. Sie konnte sie durch das Fenster im Wohnzimmer sehen. Sie waren auf der Terrasse versammelt. Alle. Etwas stimmte nicht. Sie rannte durch die geöffnete Tür nach draußen und versuchte, die Situation zu erfassen.

Tamsyn stand in ihrer Unterwäsche da, das Haar war nass und die Haut weiß vor Kälte. Eleanor kniete am Boden und schaukelte wie ein Boot auf stürmischer See. Neben ihr lag ein Messer auf den Steinplatten. An ihren Fingern klebte Blut.

*Wessen Blut?*

Auch Max hockte am Boden. Sein Gesicht drückte nichts als Sorge aus. Er presste einen hellgrünen Pullover auf den Bauch einer Person, die am Boden lag. Auch Edie war da, und sie zitterte, als stünde sie unter Strom. Angie trat näher, den Blick auf die Gestalt am Boden gerichtet. Die Kleidung und die Stiefel kamen ihr bekannt vor. Ebenso das haselnussbraune Haar.

»Ein Unfall«, sagte Max mit schwacher Stimme. »Ein schrecklicher Unfall.«

Das Grauen wühlte in ihren Eingeweiden, drehte und quetschte sie zusammen wie ein Würgeisen.

»Nein«, flüsterte sie. »Nein. Bitte. Gott. Nein.«

Am Rande bekam sie mit, dass Gareth sie zurückhalten wollte. Sie schüttelte ihn ab. Sie glaubte zu hören, dass Tamsyn ihren Namen rief. Max sagte wieder etwas, aber das nahm sie nicht mehr wahr. Alles, was sie sah, war das blutgetränkte T-Shirt ihres Sohnes, den blutgetränkten Pullover, der auf seinen Bauch gepresst wurde, das Blut, das sich unter seinem Körper sammelte.

Sie fiel auf die Knie. Schob Max beiseite. Packte den Jungen an den Schultern und zog ihn an sich. Drückte ihre Lippen an seine Wange. Im Hintergrund wimmerte Edie vor sich hin. Gareth schrie Max an und wollte wissen, wo das Telefon war. Tamsyn schluchzte.

Jagos Augen waren geöffnet. Er blickte sie an. Verlor den Fokus und gewann ihn wieder. Sie griff nach seiner Hand und hielt sie. Ihre Tränen fielen auf seine Haut, und sie wischte sie sanft mit ihrem Daumen fort. Leicht öffnete er den Mund, aber es kam kein Wort heraus.

Angie schloss die Augen.

Da hörte sie eine andere Stimme. Es war Eleanor, die leise weinte. Ihr Schluchzen wurde durch vereinzelte gemurmelte Satzfetzen unterbrochen: »… wollte das nicht …« »Ehrlich nicht …« »… tut mir so leid …«

»Mein liebes Kind, alles wird wieder gut«, flüsterte ihm Angie ins Ohr. »Du darfst mich nicht verlassen. Hörst du mich?«

Sie beugte sich vor und legte ihren Kopf an seinen. Drückte ihn noch fester an sich.

Später – sie wusste nicht, wie viel Zeit seitdem vergangen war – spürte sie Hände auf sich. Fremde. Starke Männer, die sie von ihrem Sohn zu trennen versuchten.

»Nein!«, schrie sie und schlug um sich. »Das ist mein Junge. Das ist mein Junge!«

Doch die Fremden forderten sie mit eindringlicher Stimme auf, Platz für sie zu machen.

»Mum«, sagte Tamsyn neben ihr. »Sie müssen sich um ihn kümmern.«

Und so ließ sie los und richtete sich halb auf. Legte den Kopf in den Nacken. Über ihr zogen Vögel ihre Bahnen. Keine Möwen. Vielleicht Dohlen oder Raben. Rob hätte es gewusst.

Gareth trat neben sie. »Die Polizei ist da«, sagte er.

»Er kommt doch wieder in Ordnung, oder?« Sie hob ihm ihre Hand entgegen, und er nahm sie. Nickte stumm. Dann setzte er sich neben sie und schloss sie in die Arme, um sie zu wärmen.

Angie erinnerte sich an ihre Tochter und sah sich nach ihr um. Sie stand ein wenig abseits, und Angie winkte sie heran. Aber Tamsyn kam nicht. Stattdessen klammerte sie sich an die karierte Decke, die ihr jemand – vielleicht Max – gegeben hatte, und zog sie sich enger um die Schultern.

## DREIUNDFÜNFZIG

**Tamsyn – August 1986**

Edie und Max standen in der Nähe und flüsterten eindringlich miteinander. Gareth saß bei meiner Mutter und hatte den Arm um sie gelegt. Ich glaube, er hatte mir was sagen wollen, aber dann waren der Notarzt und die Polizei eingetroffen und hatten ihn mit ihren Sirenen unterbrochen.

Wie betäubt beobachtete ich zum zweiten Mal an diesem Tag, wie ein geliebter Mensch auf eine Trage gelegt wurde. Wir folgten ihnen, als sie ihn nach draußen zum Rettungswagen trugen, dessen Blaulicht sich leise drehte wie die Signallampe in einem Leuchtturm.

»Ich will nicht wieder zurück ins Krankenhaus«, sagte ich mit tonloser Stimme.

Mum sah mich an und knetete ihre Finger. Ihr Gesicht war weiß wie eine Wand. »Aber ich brauche dich an meiner Seite.«

Ich schwieg. Schüttelte nur immer weiter den Kopf. Die Rettungssanitäter hatten es eilig. Hektisch sprachen sie miteinander. Die Hintertüren wurden zugeschlagen, dann startete der Motor des Rettungswagens. Mum schaute sich panisch um. Gareth kam zu mir, und als der Wagen anfuhr, gingen auch die Sirenen wieder los. Gareth holte einen Stift und einen alten Kassenbon aus der Tasche. »Hier ist die Nummer des Krankenhauses«, sagte er und kritzelte etwas auf das Papier. »Wenn du willst, ruf dort an und frag nach deiner Mutter. Sie werden ihr dann ausrichten, dass du angerufen hast.«

Ich nahm den Zettel und zerknüllte ihn in meiner Faust.

»Ich pass auf sie auf«, fügte er leise hinzu.

Ich sah meine Mutter an, die blass und verstört war, und nickte.

»Wir sehen uns dann zu Hause.«

Das Bild, wie Grandpa Blut gespuckt und dabei Wände und Boden bespritzt hatte, verfolgte mich. Meine Haut kribbelte bei dem Gedanken, wie das Ereignis die Atmosphäre in dem kalten, klaustrophobischen Haus für immer vergiftet hatte. »Ich geh nicht mehr dahin zurück.«

Max kam zu uns. »Ich habe ihnen erklärt, dass es ein Unfall war, aber die Polizei möchte jeden von uns vernehmen. Sie meinten, wir könnten entweder noch heute oder morgen früh aufs Revier kommen.«

Edie fuhr zusammen mit Mum in Gareths Auto zum Krankenhaus. Sie zog immerfort an ihrem Ärmel, ihr Gesicht war angstverzerrt, und sie war so blass, dass sie fast wie tot aussah. Vielleicht liebte sie ihn ja wirklich? Aber dann beobachtete ich durch das Autofenster, dass sie leise fluchte und wütend das Gesicht verzog. Das weckte in mir den Verdacht, dass Edie Davenports Gründe dafür, von zu Hause abzuhauen, wenig mit Gefühlen für meinen Bruder zu tun hatten, dafür umso mehr mit dem, was Edie für sich selbst wollte.

Ich stand in der Eingangstür des Hauses, als die beiden Polizisten Eleanor abführten. Sie hatten ihr keine Handschellen angelegt, hielten sie nicht einmal fest. Sie ging zwischen ihnen her, als machten sie einen sommerlichen Spaziergang. Am Einsatzwagen angekommen, wandte sie sich um und schaute zurück zum Haus. Unsere Blicke trafen sich für ein paar Sekunden, und ich sah in ihren Augen, dass sie, wenn sie es gekonnt hätte, zurückgerannt wäre, sich das Messer geschnappt und mir ins Herz gerammt hätte. Ich senkte nicht den Kopf oder schaute beiseite, sondern sah sie nur teilnahmslos an. Einer der Polizisten sagte etwas zu ihr, dann hielt er ihr die hintere Tür auf. Sie wandte ihm ihre Aufmerksamkeit zu und dankte ihm, bevor sie mit wackeligen Beinen in den Wagen stieg.

Ich ging ins Haus, schloss die Tür und lehnte mich eine Weile dagegen. Max war draußen auf der Terrasse. Er saß am Tisch und sah hinaus aufs Meer. Ein Fuß lag auf dem Knie des anderen Beins, und er trug auch heute seine blauen Lederschuhe. Ich stieß mich von der Tür ab und ging in die Küche. Dort sammelte ich ein paar schmutzige Teller zusammen und trug sie zur Spüle.

Lange dauerte es nicht, bis die Küche wieder sauber war. Es war nicht nur eine wohltuende Ablenkung, es gab mir auch das Gefühl, dass es irgendwie von höherer Bedeutung war, die Ordnung wiederherzustellen. Unbeschriebene Blätter. Ein neuer Anfang. Und es hielt meine Gedanken auf Trab.

Nachdem ich alles abgewaschen und abgetrocknet, den Müll eingesammelt und die Arbeitsplatte auf Hochglanz gebracht hatte, setzte ich Teewasser auf.

»Wir sind nie dazu gekommen, unseren Tee zu trinken«, sagte ich zu Max, als ich die beiden Becher auf den Gartentisch stellte. »Ich hab drei Löffel Zucker reingetan.«

Ich setzte mich auf den Stuhl neben ihn, zog die Beine an und legte mein Kinn auf die Knie.

»Danke«, sagte er und drehte den Becher in seiner Hand. »Sie war so ein unterhaltsamer Mensch. Herz und Seele einer jeden Party. Aber dann ist etwas passiert. Ich habe Dinge getan, auf die ich nicht stolz bin. In diesem Punkt hat sie recht.« Er fuhr mit dem Finger über den Rand des Bechers, dann legte er die Hand flach auf den Tisch. Wieder schaute er aufs Meer hinaus. »Es ist so schön hier ... Ich habe diese Gegend vom ersten Moment an geliebt. Das ist es, was ich will. Ich weiß nicht, was Eleanor will, aber ich weiß, das hier ist es nicht. Und ich weiß, dass sie mich auch nicht mehr will. Unsere Liebe ist vergangen, und jetzt sind wir irgendwie aneinandergekettet, obwohl wir verschiedene Dinge vom Leben erwarten. Eine Tragödie.« Er fing sich wieder und lächelte mich ein bisschen beschämt an. »Tut mir leid, das musst du dir nun wirklich nicht alles anhören.«

Ich beugte mich zu ihm, legte meine Hand auf seine und drückte sie. Er schaute wieder auf die See hinaus, und lange Zeit saßen wir einfach nur da und schwiegen.

# VIERUNDFÜNFZIG

**Tamsyn – September 1986**

Die nächsten Tage verbrachte ich auf meinem Beobachtungsposten auf dem Felsen.

Wenn ich zu Hause war, zog ich mich in meine Box zurück. Auf meinem Bett lag die karierte Decke aus Max' Arbeitszimmer, in die ich mich an jenem Tag eingewickelt hatte, um mich warm zu halten. Nachts schlief ich in dem Trainingsanzug, den er mir gegeben hatte, und ignorierte die Tatsache, dass das Teil allmählich nicht mehr ganz so frisch roch. Die Wände meines Zimmers dekorierte ich mit den herausgerissenen Seiten meines Sammelalbums: dem getrockneten Gunnerablatt, dem Gänseblümchen, dem vom Meer geschliffenen kleinen Stück Glas und all den anderen Dingen. Das Einzige, was ich nicht aufhängte, war das Armband, das unter meinem Kopfkissen lag. Um einschlafen zu können, hielt ich es in der Hand und dachte an das Haus auf der Klippe. Ich berührte nacheinander jeden einzelnen Rubin, als würde ich einen Rosenkranz beten.

Jago blieb zunächst auf der Intensivstation. Das Messer hatte keine lebenswichtigen Organe verletzt, allerdings hatte es seine Milz nur um Haaresbreite verfehlt. Er habe Glück gehabt, sagten sie. Ein Wunder, sagten sie. Jeden Abend ging ich zu Bett und rechnete damit, am nächsten Morgen zu erfahren, dass er gestorben war. Ohne ihn war das Haus völlig unerträglich. Mum sorgte sich rund um die Uhr um ihn und kaute sich die Fingerkuppen blutig. Immer wieder knallte sie die Töpfe und Pfannen auf die Arbeitsplatte in der Küche und murmelte irgendwas über *diese durchgedrehte Schlampe* vor sich hin. Grandpa lag im Bett und meckerte, dass er sein Puzzle nicht weitermachen konnte, oder bettelte um Zucker im Tee. Und dann Gareth. Er war ständig da und begegnete mir auf Schritt und Tritt.

Also packte ich mir jeden Morgen etwas zu essen ein und machte mich auf den Weg nach Cape Cornwall. Mit entschlossener Miene und noch entschlosseneren Schrittes lief ich ohne Pause über den Küstenpfad, und wenn ich endlich den Felsen erreicht hatte, setzte ich mich auf meinen gewohnten Platz ins salzige Gras – das alte purpurfarbene Schokoladenpapier war längst vom Wind fortgeweht – und presste das Fernglas vor meine Augen.

Der Vorfall wurde von der Polizei als Unfall eingestuft. Es habe keinen Vorsatz gegeben, hieß es, und wenn Jago nicht hätte den Helden spielen wollen, wäre nichts geschehen. Eleanor war voll der Reue und verzweifelt über das, was passiert war. Mit dem üppigen Obstkorb, den die Davenports ins Krankenhaus schickten, hätte man ganz St Just satt bekommen. Das Präsent machte Mum noch wütender, und ich konnte sie nur mit Mühe davon abhalten, das Ding unangetastet in den Mülleimer zu werfen. Die Früchte waren köstlich. Ich schälte einen Apfel, zerteilte ihn in Achtel und bot ihr ein Stück an. Aber sie wollte es nicht anrühren, wollte es nicht mal anschauen.

Zwei Wochen später saß ich wie üblich oben auf der Klippe. Begleitet von einem prächtigen Sonnenuntergang, ging der Tag zu Ende. Der Himmel, der mit Streifen aus hellen Pink- und Orangetönen durchzogen war, spiegelte sich in den Fenstern des Hauses auf der Klippe, sodass es aussah, als stünde es in Flammen. Der Schmerz über mein Exil wühlte in mir. Ich fühlte mich, als hätte man mich aus dem Garten Eden verbannt, und ich konnte nichts tun, um wieder eingelassen zu werden.

Eleanor saß auf der Terrasse. Natürlich war sie noch immer schön, aber ohne ihre schicken Kleider und das wohlfrisierte, schimmernde blonde Haar sah sie zerzaust und ungepflegt aus, wie sie rauchend ins Nichts starrte. Drinnen konnte ich Max und Edie erkennen. Sie sprachen miteinander. Edie ließ den Kopf hängen. Sie sah jünger aus und hatte abgenommen, was ich nicht für möglich gehalten hätte. Ihre schwarze Kluft und die ganze Grufti-Aufmachung waren verschwunden. Stattdessen trug sie Jeans und ein leichtes hellblaues Baumwolljackett. Ihr Haar war zu einem kurzen Pferdeschwanz gebunden, und am Ansatz zeigte sich ihre natürliche Haarfarbe in Form eines braunen Streifens. Ab und zu schüttelte sie den Kopf oder nickte, während ihre Mundwinkel nach unten hingen und ihre Augen langsam blinzelten.

Max wandte sich von Edie ab. Es wirkte irgendwie traurig, als er sich durchs Wohnzimmer bewegte. Er trat auf die Terrasse hinaus und ging hinüber zu Eleanor. Fast glaubte ich zu hören, wie er sie mit beruhigender Stimme tröstete, ihr versicherte, dass er für sie da war, so, wie er es mir auch versichert hatte. Sie sah zu ihm hoch, und ich stellte mir vor, wie sie sich entschuldigte, ihm versprach, ihr Leben in Ordnung zu bringen, mit dem Trinken aufzuhören und die Ehefrau und Mutter zu sein, die er und ihre Tochter brauchten. Ich musste schwer an mich halten, um nicht aufzuschreien und ihm zuzurufen, er solle ihr nicht glauben. Sie log und verdiente seine Güte nicht. Sie war die Schlampe, das Luder, die Hure, die dafür gesorgt hatte, dass mein Bruder in seinem Blut gelegen hatte.

Edie kam aus dem Haus und ging zu den beiden. Sie sprach

ihre Mutter an, und ich konzentrierte mich auf ihre Lippen, um sie zu lesen.

»Was sagst du?«, flüsterte ich.

Edies Gesicht war hässlich verzerrt. In ihren zusammengekniffenen Augen glitzerten Tränen. Verächtlich schüttelte sie den Kopf, hob einen Finger und zeigte damit anklagend auf ihre Mutter. Dann wurde sie laut. Gestikulierte wild und trat einen der Stühle um. Eleanor zuckte zusammen. Edie drehte sich auf dem Absatz um und stürmte ins Haus. Durch das Fernglas folgte ich ihr die Treppe hinauf. Als sie den Treppenabsatz erreichte, verlor ich sie aus den Augen. Ich nahm das Fenster ihres Zimmers ins Visier. Sie marschierte in den Raum und stopfte schluchzend irgendwelche Sachen in eine Tasche. Plötzlich hielt sie inne, als hätte sie jemand unterbrochen. Ich wartete darauf, dass entweder Max oder Eleanor hereinkommen würden, aber das geschah nicht.

Edie ließ die Tasche sinken. Schaute auf. Blickte aus dem Fenster.

Und sah mich direkt an.

Mein Herz schlug schneller. Dann hob Edie eine Hand. Etwas hinderte mich daran, mich flach auf den Boden zu werfen. Vielleicht der Ausdruck auf ihrem Gesicht, eine Mischung aus Traurigkeit und Bedauern, doch mit einem Hauch von Zugewandtheit. Anstatt mich also zu verstecken, hob auch ich eine Hand. Edie lächelte dünn, bevor sie ihre Tasche schulterte und den Raum verließ. Als sie am Fuß der Treppe angekommen war, erwartete ich eigentlich, dass sie wieder auf die Terrasse hinausgehen würde, aber sie wandte sich in Richtung Vordertür. Diese öffnete und schloss sich, und dann war Edie verschwunden.

Eleanor und Max waren noch immer auf der Terrasse, standen nun einander gegenüber. Sie ging auf ihn zu und versuchte, ihn zu umarmen, doch er schob sie von sich und schüttelte den Kopf. Als sie es noch einmal versuchte, wandte er sich um, ging in sein Arbeitszimmer und schloss die Tür hinter sich.

Eleanor ließ sich auf einen der Stühle fallen. Ihre Schultern hoben und senkten sich, als würde sie von Schluchzern geschüttelt, ich war mir nicht sicher. Schon bald erhob sie sich halb von ihrem Platz und langte nach der Flasche auf dem Tisch. Ihre Hand schloss sich darum, sie lehnte sich zurück, schraubte sie auf und setzte sie mit gequälter Miene an die Lippen. Sie stellte die Flasche wieder ab und versuchte, etwas aus ihrer Tasche zu holen, das sie schließlich ebenfalls auf den Tisch stellte. Es war ihr braunes Pillenfläschchen. In einer Art bewegungsloser Trance starrte sie es an, dann beugte sie sich brüsk vor und griff danach. Sie drehte es auf und schüttelte den Inhalt in ihre Hand. Quälend langsam reihte sie die gelben Pillen vor sich auf dem Tisch auf. Dann schien sie sie zu zählen, indem sie jede leicht mit dem Finger berührte und dabei fast unmerklich die Lippen bewegte.

»Siebzehn«, flüsterte ich. »Es sind siebzehn.«

Sie nahm zwei der Pillen in den Mund und spülte sie mit noch mehr Alkohol herunter.

Ich schwenkte mit dem Fernglas zu Max' Arbeitszimmer, aber er hatte die Vorhänge vor den Flügeltüren zugezogen. Nur ein fahler Lichtschein fiel durch den Stoff. Auch die Türen waren geschlossen. Mein Herzschlag beschleunigte sich.

Eleanor bewegte sich und zog damit wieder meine Aufmerksamkeit auf sich. Wieder griff sie nach vorn. Diesmal nahm sie ein paar mehr Pillen, die nun in ihrer Handfläche lagen. Winzig kleine Eier in einem erzitternden Nest. Schnell warf sie sich auch diese in den Mund und schluckte sie.

»Zu viele. Du nimmst zu viele!«

Als ich begriff, was ich da gerade beobachtete, was sie

vorhatte, versteifte sich mein ganzer Körper. Ich presste das Fernglas so fest an mein Gesicht, dass es wehtat. Ich wusste, ich hätte sie davon abhalten sollen. Laut schreien sollen. Den Pfad entlangrennen, durch das Tor stürmen, ihren Namen durch den Garten brüllen und nach Max rufen sollen. Ich hätte mit ihr reden sollen. Sie bitten, das nicht zu tun. Ihr sagen, dass das nicht die Antwort wäre.

Aber ich tat es nicht.

Ich saß einfach da und beobachtete, wie sie immer zwei oder drei Pillen auf einmal schluckte. Diese Frau, die mich beschuldigt hatte, Dinge zu tun, die ich nicht getan hatte. Die ein Messer in meinen Bruder hineingestoßen hatte. Die mich fernhielt vom Haus. Die nichts von dem verdiente, was sie besaß. Sie hatte ein perfektes Leben und trat es jeden Tag mit Füßen. Wie ich sie so dasitzen sah, erkannte ich es, das tief verwurzelte Unglück, von dem Jago, meine Mutter und auch Edie gesprochen hatten. Wie hatte ich nur so blind sein können! Eleanor war durch und durch kaputt, von innen verrottet. Niemand konnte ihr mehr helfen. Es war nicht an mir, sie aufzuhalten. Es war besser, sie gehen zu lassen. Und so sah ich zu, wie sie sich die letzte Pille in den Mund schob, dann mit zitternder Hand die Flasche nahm und in einem Zug austrank.

Die Terrasse lag im Dämmerlicht, diesem Moment aus weichem, grauen Licht, bevor die Dunkelheit sich herabsenkte. Eleanor stand auf. Ihr Stuhl fiel um, und sie machte zwei staksige Schritte. Als sie stolperte, glitt ihr die Flasche aus der Hand und zerschellte auf den Steinfliesen. Sie machte einen weiteren Schritt. Ihre Knie zitterten, aber sie schleppte sich wie ein verwundeter Soldat weiter und ging zum Pool. Sie kniete sich hin und umfasste die Kante des Beckenrandes. Sie beugte sich vor und schaute ins Wasser, als suche sie etwas, das unter der Oberfläche lag. Dann hob sie den Kopf. Der Wind verfing sich in ihrem Haar, und ich konnte ihr Profil erkennen. Ihr Gesicht war nur noch eine gequälte Fratze. Und sie bewegte ihren Mund. Ich schloss die Augen und konzentrierte mich, versuchte, die Geräuschkulisse aus Wind und Meeresrauschen auszublenden. Und dann hörte ich ihn. Einen schwachen Ruf.

»Max!«

Ich suchte das Haus ab, doch nichts rührte sich darin.

Sie richtete sich auf. Erst auf den einen, dann den anderen Fuß. Schwankte wie ein neugeborenes Fohlen. Unsicher machte sie einen Schritt auf das Haus zu. Aber sie hatte sich verschätzt, trat schief auf, stolperte und versuchte mit wedelnden Armen, ihr Gleichgewicht wiederzuerlangen. Wie die Flügel einer Windmühle ruderten sie durch die Luft, dann schien ihr Körper einen Moment lang in der Luft zu hängen, bevor er auf dem Wasser aufschlug.

Ich ließ das Fernglas fallen und rannte über das hohe Gras bis zum Fußweg. Als ich das Tor erreicht hatte, musste ich kurz anhalten, um wieder zu Atem zu kommen. Gleichzeitig zögerte ich, als meine Hand das kühle Eisen berührte.

*Dürfen wir das denn?*

Mein Vater nickte und lächelte.

Quietschend öffnete sich das Tor, und ich ging hindurch. Das Gras war weich unter meinen Füßen. Ich ging ohne besondere Eile. Ich schlenderte dahin. Von der Terrasse aus schaute ich hoch zum Haus – die Tür von Max' Arbeitszimmer war noch immer geschlossen. Also ging ich zum Rand des Pools und schaute hinein.

Sie trieb direkt unter der Wasseroberfläche. Ihre Hand mit den ausgestreckten Fingern ragte etwas in die Luft, ihre Augen waren geöffnet und blinzelten nicht. Ein dünner Strahl aus Blasen strömte aus Mund und Nase. Als ich sie anstarrte, schien sich ihr leerer Blick einen kurzen Moment lang auf mich zu richten, und ihre Mundwinkel bewegten sich, als versuche sie, mit mir zu sprechen. Ihre Hand zuckte und krallte sich ins Wasser.

Lebte sie noch?

Da trug der Wind ein Flüstern zu mir heran. Einen leisen Ruf. Ich wandte den Blick ab, hob den Kopf und sah am Haus hinauf. Wärme durchflutete mich. Es gab keinen anderen Ort auf dieser Welt, an dem ich mich so sicher und glücklich fühlte. Hier wollte ich sein und nirgendwo sonst. Hier, nur hier.

Als ich wieder in den Pool starrte, waren ihre Augen glasig geworden, der Blick war leer und verlor sich im Nichts. Wie eine Kunst-Installation trieb sie im tintenschwarzen Wasser. Friedlich und ruhig, während das Haar ihren Kopf umspielte wie goldener Seetang und ihre Haut im Dunkeln grünlich leuchtete.

»Nun bist du glücklicher«, sagte ich zu ihr. »Jetzt hast du deinen Frieden gefunden. Nun wird alles gut werden.«

Um mich herum wurde es plötzlich ganz still. Der Wind erstarb. Die Wellen hörten auf zu rauschen. Das einzige Geräusch, das ich vernahm, war der wehklagende Schrei eines weit entfernten Raben.

*Einbildung oder Wirklichkeit?*

Ich konnte es nicht mehr sagen.

# FÜNFUNDFÜNFZIG

**Heute**

*Sie sitzt auf dem Stuhl in der Ecke unseres Schlafzimmers. Sie trägt einen königsblauen Kaftan mit dazu passender Schärpe. Ihre manikürten Füße stecken in goldenen Sandalen.*

*Wieder will ich sie fragen, warum sie hier ist. Aber das muss ich nicht. Ich kenne die Antwort.*

*Sie ist hier, weil sie der Preis ist, den ich zahlen muss.*

*Eleanor bewegt sich nicht, während sie mich beobachtet. Ich schließe die Augen und muss mich daran erinnern, dass sie nicht wirklich da ist, dass sie eine Erfindung ist, eine Ausgeburt meiner Einbildung. Aber als ich die Lider öffne, sieht sie mich noch immer an.*

*»Nein«, flüstere ich. »Du bist nicht real. Du existierst nur in meinem Kopf.«*

*Sie lächelte strahlend.*

*»Lass mich zufrieden.«*

*»Wie geht es deinem Bruder?« Ihre Singsang-Stimme durchbricht die Stille.*

*»Es geht ihm gut.«*

*Mein Bruder besucht mich einmal im Monat, immer sonntags. Dann fährt er von Falmouth hierher. Manchmal bringt er seine Kinder mit, die herumtollen wie Welpen. Manchmal kommt er allein. Wir treffen uns am Strand von Sennen und holen uns einen Coffee to go, dann gehen wir vom Parkplatz aus bis nach Gwenver, drehen um und spazieren zurück. Wenn die Kinder mitkommen – zwei Mädchen und ein Junge –, betteln sie ihn an, Steine übers Wasser hüpfen zu lassen. Ich muss lächeln, wenn ich sie dabei beobachte, weil er sie alle paar Würfe gewinnen lässt. Seine Frau kommt nie mit. Sie und ich, wir verstehen uns nicht besonders gut. Einmal hab ich mitbekommen, wie sie sich über mich unterhalten haben.*

*Es war an Weihnachten, und sie war sauer. Mir hatte das Abendessen nicht geschmeckt, das sie gekocht hatte, deshalb hatte ich nicht aufgegessen. Ich hatte Messer und Gabel nebeneinander auf den Teller gelegt und diesen dann höflich ein wenig von mir geschoben. Offensichtlich war das unverschämt genug, um nie wieder eingeladen zu werden. Sie hatte zu ihm gesagt, ich bräuchte* Hilfe. *Am liebsten wäre ich hineingeplatzt und hätte sie gefragt, wer denn keine Hilfe benötigte, aber ich biss mir auf die Zunge.*

*»Und Edie?«*
*»Sie hat sich letztes Jahr gemeldet.«*
*»Geht es ihr gut?«*

*Ein Hauch von Traurigkeit glitt über ihr Gesicht wie der Schatten einer Wolke. Ich wünschte, ich hätte ihr sagen können, dass es ihr gut gehe, aber das kann ich nicht. Das Letzte, was wir von ihr hörten, war eine Postkarte. Darin stand, dass sie noch einen zweiten Sohn bekommen hätte und dass sie aus dem Zentrum von Melbourne in einen Vorort ziehen wollten, um den Jungs eine bessere Umgebung zu bieten. Ein Haus mit Garten mit einer netten Nachbarschaft. Sie schrieb, sie würde uns die neue Adresse mitteilen, aber das war nie geschehen. Auf der Karte standen nur einige dürre Fakten – nicht mal den Namen des Babys erfuhren wir –, aber wenn ich raten müsste, würde ich sagen, es geht ihr gut. Also nickte ich.*

*»Glaubst du, sie vermisst mich?«*
*»Ganz bestimmt.«*

*Meine eigene Mutter lebt noch, aber ich sehe sie kaum. Gelegentlich telefonieren wir, aber das ist nicht dasselbe, als wenn man sich persönlich trifft. Sie besucht mich nicht. Immer erfindet sie die tollsten Ausreden, aber die schlichte Wahrheit ist, dass sie nicht weiß, was sie uns sagen soll und keine Ahnung hat, wie sie sich jemals bei uns wohlfühlen soll. Sie versteht es nicht. Wir verwirren und verunsichern sie.*

*Letzte Woche habe ich Ted gesehen. Er hat seinen Sohn besucht, der jetzt den Laden führt. Er sah alt aus und zerbrechlich, und seine Hände waren knotig von der Arthritis, aber in seinen Augen blitzte immer noch der alte Schalk. Er erzählte mir, dass der gottverdammte Gareth Spence kürzlich geheiratet habe. Seine neue Braut, zwei Mal geschieden, kommt aus Swansea und lebt davon, Vorhänge zu nähen. Laut Ted allerdings nur ganz schicke Dinger für feine Leute aus London, mit Rüschen und Spitzen und diesem ganzen Quatsch. Ich habe Ted nicht gefragt, woher er das alles weiß. Natürlich hat er sich nach meiner Mutter erkundigt, und ich habe ihm gesagt, es gehe ihr gut.*

*Ich gehe zum Kleiderschrank und hole den Seidenschal hervor. Lege ihn um und binde ihn, wie sie es immer gemacht hat. Und da rieche ich es wieder. Der Gestank ist schwer und faulig und mir schrecklich vertraut. Meine Haut prickelt, und ich schließe die Augen.*

*Das ist nicht real, sage ich mir. Eleanor. Der Geruch. Ihre Stimme. Nichts davon. Die Ärztin hat gesagt, eine schwere Angststörung könne alle möglichen Halluzinationen hervorrufen. Dann fragt sie mich nach dem Tod meines Vaters, und ich weiß, worauf sie hinauswill.*

*Die Trauer hat mich kaputtgemacht.*

*Ich spüre Eleanor näher kommen, weiß, dass sie hinter mir steht. Eisig bläst ihr Atem in mein Genick. Ich spanne mich an, mache mich bereit, sie anzusehen. Ich drehe mich um, ziehe scharf die Luft ein und stemme die Hände in die Hüften. Sie steht tatsächlich hinter mir, und ihr Gesicht wird im Spiegel zurückgeworfen. Halb verfault, aufgedunsen, die Haut fleckig und blutleer, die Lippen blau verfärbt. Die Augen sind glasig und ihr nasses Haar strähnig.*

*»Der Schal steht dir gut.«*

*In meinen Augen sammeln sich Tränen.*

*»Und das Armband auch.«*

*Ich antworte nicht. Manchmal frage ich mich, ob es das wert ist. Andererseits, was für eine Wahl habe ich denn? Das ist der Weg, den ich damals gewählt habe. Der einzige Weg, den ich für mich gesehen habe.*

*Dieses Haus.*

*Das Haus auf der Klippe.*

*Im Rückblick ist es schwer zu sagen, warum ich mich so sehr in dieses Haus verliebt habe. Kann überhaupt jemand sagen, warum genau er oder sie sich verliebt hat? Wie jede Affäre hat es irgendwann angefangen, ein Funke der Anziehung oder eine emotionale Verbindung. Und dann wird diese Liebe nach und nach immer stärker. Es folgt das wachsende Gefühl von Sicherheit. Das Ziehen in der Magengegend, sobald man getrennt ist vom Objekt der Begierde. Und manchmal trübt sich diese Liebe ein. Abhängigkeit kollidiert mit Vernunft, und die Linie zwischen Besessenheit und Liebe verwischt. Es wäre einfach zu sagen, dass ich in diesem Haus meinen Vater am intensivsten wahrgenommen habe. Oder dass mich die Aussicht auf ein privilegiertes Leben gelockt hat. Oder dass es zu einer Zuflucht vor meiner Traurigkeit und emotionalen Verwirrung wurde. Oder vielleicht, weil ich nur ein junges Mädchen war, das sich ein wenig verloren fühlte, als es zum ersten Mal durch das Tor am Fuß des wunderschönen Gartens trat.*

*Wie auch immer es angefangen hat, das Haus auf der Klippe hat mich vernichtet.*

»Und«, fragt sie, »gehst du heute schwimmen?«

»Ja«, sage ich mit möglichst fester Stimme, »das werde ich.«

»Das ist gut«, sagt sie. »Ich seh dir so gern beim Schwimmen zu.«

## Epilog

Ich beobachte, wie er sich von der Sonnenliege erhebt und ins Wohnzimmer geht.

Ich beobachte.

Mit meinem kleinen Fernglas.

Die Luft ist kühl. Die Sommerabende werden frischer, während der September sich dem Ende zuneigt. Ich greife nach der Sektflöte und halte sie ins Licht, um die winzigen Bläschen zu betrachten, die an die Oberfläche steigen. Das Glas ist an einer Ecke angestoßen, deshalb drehe ich es und trinke an der anderen Seite. Nichts ist mehr so makellos, wie es einmal war. Aber vielleicht irre ich mich auch, vielleicht war es schon immer so, und ich habe es nur nicht gesehen.

Das Meer ist ruhig heute, flach wie ein Mühlteich. Zielstrebig sind die Möwen unterwegs, suchen auf der Jagd nach Fisch die Wasseroberfläche ab.

Das Haus hält mich fest. Seine weißen Mauern heben sich von der Moorlandschaft ab. Es gehört nicht an diese Küste, aber es hat sich diesen Ort zu eigen gemacht.

So, wie ich ihn mir zu eigen gemacht habe.

Am dritten Oktober, meinem siebzehnten Geburtstag, hatte mich der Wecker früh aus den Träumen gerissen. Das Haus schlief noch, als ich rasch Mums Regenbogenkleid überstreifte. Ich bürstete mir das Haar, legte Mascara und einen Hauch Lippenstift auf. Mum saß im Wohnzimmer. Die Vorhänge waren geschlossen, und so sah ich im Dämmerlicht nur ihren Umriss auf dem Klappbett sitzen. Auf dem Küchentisch lag ein Geschenk, eingepackt in glänzendes Papier, daneben drei von meiner Mutter beschriftete Umschläge und ein Schokoladenkuchen unter einer Fliegenschutzhaube. Ohne irgendetwas davon anzurühren, ging ich in den Flur, schnappte mir meinen Mantel und öffnete die Haustür.

Als ich den Felsen erreichte, setzte ich mich hin, um das Haus zu beobachten, und wartete. Sobald er auf den Stufen erschien, zog ich mir den Mantel aus und ließ ihn einfach liegen. Dann ging ich über den Küstenpfad und durch das quietschende Tor, über den Rasen und hinauf auf die Terrasse. Ich betrachtete das Haus, ignorierte die kühle Brise, die mir eine Gänsehaut verursachte. Als er aus der Küche kam, bemerkte er mich sofort. Mein Herz schlug wie wild, als er die Terrassentür entriegelte. Er kam heraus und fragte mich, ob es mir gut ginge. Ich sagte ihm, dass ich Geburtstag hätte und dass ich nun alt genug wäre, um mein Zuhause zu verlassen. Dann fragte ich ihn, ob ich eine Weile bleiben dürfe. Er protestierte schwach, doch ich brachte ihn zum Schweigen und sagte ihm, dass er sich keine Sorgen zu machen bräuchte. Ich würde in Edies Zimmer schlafen und natürlich kochen und putzen für Kost und Logis. Langsam ging ich auf ihn zu und ließ meinen Körper in der Art für mich sprechen, wie ich es bei Edie gesehen hatte. Ich versprach ihm, dass alles gut werden würde.

Und das wurde es.

Gerade kommt Max mit einem selbst gemixten Drink auf die Terrasse. Sein Haar ist schütterer geworden, fast weiß und wird leicht vom Wind durcheinandergewirbelt. Er humpelt ein bisschen, eins seiner Knie funktioniert nicht mehr so gut. Er setzt sich auf den Stuhl und stellt das Glas auf den Tisch neben das eselsohrige Vogelbuch mit dem perfekten, wenn auch fast verblassten Abdruck einer nassen Teetasse auf dem Umschlag. Er greift nach dem Fernglas und sucht den Himmel ab. Er wird mich zu sich rufen, wenn er etwas entdeckt hat. Er trägt die gleichen weichen italienischen Lederschuhe wie eh und je. Inzwischen sind sie verblichen und ausgetreten, aber immer noch seine Lieblinge.

Er und ich. Eingeschlossen an diesem Ort. Froh und glücklich.

Die Sonne wird im Facettenschliff seines Glases eingefangen. Ich lausche dem Klimpern der Eiswürfel, wenn er daraus trinkt. Ich setze die Sonnenbrille, die ich mir auf den Kopf geschoben hatte, wieder auf und halte kurz das Gesicht in die letzten Sonnenstrahlen des Tages, die noch immer meine Haut wärmen.

Dann stehe ich auf. Gehe hinüber zum Pool. Die Steine unter meinen Füßen sind brüchig und uneben. Unkraut sprießt zwischen den Fugen. Die Pflanzen um uns herum wuchern ungezügelt in den Garten hinein. Die ehemals strahlend weiße Fassade des Hauses ist grünlich-grau verfärbt durch Flechten und Salz, das durch die Luft vom Meer herangetragen wird.

Ich löse den Seidenschal und lasse ihn zu Boden fallen. Er flattert im Wind, als atme er. Ich betrete die erste Stufe. Dann die zweite. Die dritte. Wie immer versuche ich, das Wasser nicht aufzuwühlen. Es muss ganz ruhig sein, damit ich mein Gesicht darin sehen kann. Ein schwarzer Spiegel, der unter seiner polierten Oberfläche all meine Geheimnisse birgt.

Manchmal frage ich mich, was ich getan hätte, wenn sie mehr gekämpft hätte. Wenn sie es geschafft hätte, wieder aufzutauchen und einen tiefen Atemzug zu nehmen. Gern denke ich, dass ich mich dann vorgebeugt und ihr meine Hand gereicht hätte oder dass ich gleich ins Wasser gesprungen wäre und sie zur Treppe gezogen hätte. Doch ein Teil von mir weiß es besser. Dieser Teil von mir weiß genau, was ich getan habe. Dass ich sie seelenruhig unter Wasser gedrückt hätte. Dass ich ihren Kopf so lange unter die Oberfläche gepresst hätte, bis sie ihren letzten Atemzug getan und sich ihre Lungen mit Wasser gefüllt hätten.

Es ist derselbe Teil von mir, der weiß, dass ich schon immer hätte hier sein sollen.

Ich strecke mich und schwimme los. In wenigen Zügen erreiche ich das Ende des Pools. Ich verweile am Beckenrand und schaue über das Meer bis zum Horizont. Das Armband fängt das Licht ein, und ich sehe es an. Wunderschöne Rubine reihen sich um mein Handgelenk. Perfekte Blutstropfen, sicher eingeschlossen in ihren goldenen Fassungen.

Ich wende und gleite durch das seidige Wasser zurück zur anderen Seite. Ich nehme alles auf, die Möwen, das Rauschen der sich brechenden Wellen, den verwilderten Garten und das wuchernde Gras – alles, was diesen wunderbaren Ort umgibt.

*Das Haus auf der Klippe.*

Mein Zuhause.

Ich sehe ihn an. Er lächelt, und ich lächle zurück.

»Ich beobachte«, sage ich leise.

Max hebt sein Glas und nimmt einen Schluck. Ich tauche unter Wasser und treibe durch die Stille.

*Ich beobachte Perfektion.*

# Danksagung

Ich danke meinem unglaublich talentierten Team bei HQ: für eure Professionalität, eure Begeisterung und eure Warmherzigkeit. Danke, Lisa Milton, für deine Unterstützung und deine stets freundlichen Worte. Dieses Buch wäre nie erschienen ohne meine Lektorin Kate Mills, die mich von Anfang an begleitet hat. Das Sennen-Setting ist zum großen Teil unserer gemeinsamen Liebe für diesen wunderschönen Küstenstreifen in Cornwall zu verdanken. Als kluge und einfühlsame Lektorin hast du immer genau verstanden, was ich erreichen möchte, und der Weg dahin war mit dir an meiner Seite eine Freude. Danke dafür.

Ein herzliches Dankeschön gilt auch meiner Agentin und lieben Freundin Broo Doherty. Ich kann mir nicht vorstellen, ohne deine Ermutigungen und deinen Rat zu schreiben. Ich danke außerdem dem gesamten Team der DHH Literaturagentur – dafür, dass ihr mich stets gut gelaunt angetrieben habt. Ich danke auch Lucy Atkins, die mir geholfen hat, den Durchblick in meiner Geschichte zu behalten, auch, als sie mir zeitweise zu entgleiten drohte. Und auch Alexandra Benedict danke ich dafür, dass sie die richtigen Worte gefunden und mir mit wertvollen redaktionellen Ratschlägen beigestanden hat, als ich kurz davorstand, das Manuskript zu verbrennen.

Danke, Sara Crane und Paul Swallow, für euren scharfen Blick, und Cosima Wagner und Sian Johnson, meinen frühen Lesern, für euren Zuspruch und euer positives Feedback. Dieter Newell, dir danke ich dafür, dass du *CLIC Sargent* so großzügig unterstützt und dass du mich darum gebeten hast, einer Figur im Roman ihren Namen geben zu dürfen.

Während ich diesen Roman geschrieben habe, waren mir die Freundschaft und Unterstützung meiner Autorenkollegen aus so vielen Gründen sehr wichtig. Ich möchte die Gelegenheit nutzen, euch allen zu danken. Ich werde mich an jedes Wort des Zuspruchs, jeden Witz oder Kommentar, jedes Zeichen des Verständnisses, jede freundliche Geste von euch erinnern. Besonders erwähnen möchte ich an dieser Stelle all diejenigen, die ich jederzeit anrufen konnte: Susi, Tammy, Clare, Hannah und Lucy. Ich danke euch. Und auch Jenny, die mir ihre Telefonnummer schickte und mir sagte, ich könne sie um sieben Uhr morgens anrufen, und die meine Gedanken von einem Autobahnrastplatz aus sortierte.

Ich danke allen, die dieses Buch gelesen haben. Ihr seid der Grund, warum ich schreibe. Ich danke auch allen Bloggern. Ihr widmet eure Zeit und eure Leidenschaft den Büchern und Autoren, die ihr liebt – für euren unermüdlichen Einsatz bin ich euch unendlich dankbar.

Zu guter Letzt danke ich meiner Familie, die mir wie immer ein Hort der Kraft war. Meiner Schwester. Meinen Eltern (denen dieses Buch gewidmet ist). Meinem Hund, der mir die Füße während des Schreibens warm hielt. Meiner Katze, die zur gleichen Zeit meinen Schoß wärmte. Meinen drei wunderbaren Töchtern, die mich so unglaublich stolz machen und die mir immer wieder ein Lächeln aufs Gesicht zaubern. Und natürlich meinem Ehemann. Ohne dich, mein geliebter Mann, würde es keine Wörter geben. Ich danke dir mit all meiner Liebe, wie immer.

# Die Community für alle, die Bücher lieben

★ In der Lesejury kannst du Bücher lesen und rezensieren, die noch nicht erschienen sind

★ Gemeinsam mit anderen buchbegeisterten Menschen in Leserunden diskutieren

★ Autoren persönlich kennenlernen

★ An exklusiven Gewinnspielen und Aktionen teilnehmen

★ Bonuspunkte sammeln und diese gegen tolle Prämien eintauschen

**Jetzt kostenlos registrieren: www.lesejury.de**

**Folge uns auf Instagram & Facebook:**
www.instagram.com/lesejury
www.facebook.com/lesejury